詩篇翻訳から『楽園の喪失』へ
― 出エジプトの主題を中心として ―

野呂有子

冨山房インターナショナル

詩篇翻訳から『楽園の喪失』へ
― 出エジプトの主題を中心として ―

野呂有子

図 1
『ジュネーヴ聖書』扉絵 (出エジプトの図)

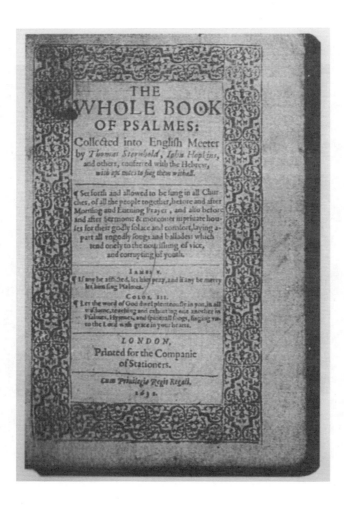

図 2
The Whole Book of Psalmes
1631 年版扉
名古屋大学図書館所蔵

図 3
Eikon Basilike (1649) 挿絵(「殉教」の Charles I)

画 4-1
フラ・アンジェリコ「受胎告知」(1430年頃)
ディオチェザーノ美術館所蔵

図 4-2
フラ・アンジェリコ「受胎告知」(部分)
左上部隅拡大図

図 5-1
フラ・アンジェリコ「受胎告知」(部分:1426年頃)
プラド美術館(マドリード)所蔵

図 5-2
フラ・アンジェリコ「受胎告知」(部分)
左上拡大図

図6-1
エドワード・バーン=ジョーンズ
「受胎告知」(部分)

本図像の存在については、桶田由衣氏から情報をいただいた。

図 6-2
エドワード・バーン=ジョーンズ
「受胎告知」(部分)
右上隅の部分を拡大

まえがき

1.

　本論考は、論者野呂が、2013年2月、聖学院大学大学院アメリカ・ヨーロッパ文化学研究科に提出し、所定の審査および試験に合格し、同3月16日に博士（学術）の学位を授与された、同じ題名の学位論文に加筆訂正を加えたものである。

　論者は、1975年4月に東京教育大学大学院文学研究科修士課程に入学し、日本のミルトン研究の第一人者とされる、新井明博士の指導のもとで、ミルトン研究を開始し、現在に至るまで、研究を続けてきた。

　新井明博士は常々、日本のミルトン研究における、ミルトンの翻訳詩篇の研究を進めることの重要性を口にしておられた。それは論者に、ミルトンの詩篇研究を行うように、という新井博士からの促しであったように思う。本論考のテーマ「ミルトンの詩篇韻文翻訳と『楽園の喪失』の関係性」を追及することによって、論者が多少なりともキリスト教精神の精髄に触れることができているなら、それはこの上もない喜びである。

　本論考のタイトルにある、詩篇とは旧約聖書の「詩篇」(*Psalms*) に含まれる詩篇各篇を指している。また、『楽園の喪失』(1667; *Paradise Lost*) は、英文学史上、William Shakespeare(1564-1616) と並び称される John Milton(1608-74) により執筆された。当時の英国で、詩篇をヘブライ語、あるいはラテン語、さらにギリシア語から英語に翻訳することは多くの人々によってなされた。詩篇文化という豪華絢爛な花が咲き乱れたのである。ミルトンも、しばしば詩篇をヘブライ語から英語に翻訳している。本論考ではミルトンが幼少期より生涯継続して行った詩篇翻訳という作業が、後の『楽園の喪失』制作に極めて大きな影響を与えたことを論証する。

2.

　ジョン・ミルトンは、音楽的で教養のある公証人の子としてロンドンに生まれ、ケンブリッジ大学在学中からピューリタンの信仰にひかれ、また学芸に一生をかけたいと願うようになり、卒業後、文筆活動に入る。「キリスト降誕の朝に寄せる頌詩」

(1628)、『快活な人』と『沈思の人』(1632)、『ラドロー城で上演された仮面劇』(通称『コーマス』；1634)、『リシダス』(1637) などが初期の傑作である。30歳のころフランス、イタリア、そしてスイスに旅したが、母国の政情不安を聞いて帰国し、英国国教会の主教制度を批判する『教会統治の理由』(1642)、離婚の自由を主張する『離婚の教理と規律』(1643)、言論・思想・出版の自由を擁護する『アレオパジティカ』(1644)、チャールズ一世処刑を擁護する『偶像破壊者』(1649) などを精力的に執筆・出版した。

1649年に Oliver Cromwell(1599-1659) を中心とする共和政体になった英国政府のラテン語担当秘書官として活躍し、当時国際的に最高の大学者とされた Claudius Salmasius(1588-1653) がラテン語（当時のヨーロッパの国際共通語。今の英語の役割と似ている）で執筆した『チャールズ一世弁護論』(1649) に対する反駁の書、『イングランド国民のための第一弁護論』(1651；新井明・野呂有子訳、聖学院大学出版会、2003) をラテン語で執筆・出版した。国事に奔走し、過労のため視力を害し、42歳で両目ともに完全失明した。その後も、『イングランド国民のための第二弁護論』(1654；新井明・野呂有子訳、同上)、『自己弁護論』(1655) を口述筆記で出版した。まもなく、共和政体が崩壊して王政復古となる直前には、『自由共和国樹立の要諦』を執筆し出版した。王政復古後、多くの共和主義者が処刑されたなかでミルトンも逮捕されロンドン塔に投獄されたが、友人たちの奔走により、処刑は免れ、財産を剥奪され出獄した。

この後、盲目の詩人ミルトンは最大傑作である長編叙事詩『楽園の喪失』(1667) を完成させた。口述筆記を開始したのは、1658年頃とされている。(1655年頃からは『英国史』及び『キリスト教教義論』の制作も開始していたという。) 1670年に『英国史』を出版、1671年に短編叙事詩『楽園の回復』及び悲劇『闘技士サムソン』を出版した。『楽園の喪失』は、旧約聖書「創世記」第3章に着想を得ながらアダムとイヴを主人公にして、人類の堕落から、神の救済の約束に至るまでの、神の摂理の正しさを歌い上げたものである。

3.

「詩篇」は、全部で150篇あり、そのすべてが神への祈りの詩である。そして、祈りとは、神との対話であり、祈る者に深く内省する機会を与えてくれる神の恵みである。そもそも、祈りそのものが神の恵みであり、神の恵みがあればこそ祈りのつとめが可能となるのである。詩篇作者たちは、おのおのの祈りの中で、「神はわが祈りを聞き届けてくださった」と確信する。祈りのことばが口から出るということは、神が祈ることを許してくださったからであり、誠の心から出た祈りは必ず神のもとに届く

という、ヘブライの人々、そしてそれを継承したキリスト教徒の人々の揺るぎない、神への信仰と信頼をそこに見ることができるのである。

　「詩篇」の一篇一篇は、詩篇を創作した詩人の深い心の動きから出た祈りである。それらは、通常の文学的作品と比較すれば、極めて短いものであるが、1つ1つが作品としてのまとまりを持ち、明白な主題を持っている。そして、それらは、人間の嘆きや怒り、喜びや苦しみを扱いながらも、そのすべてが神への祈りである、という一点ですべて繋がっている。その背後には、まず、神に祈りを捧げることそれ自体が、神からの恵みによるものなのである、というユダヤ・キリスト教の根本思想が脈々と息づいていると考えられる。

　ミルトンが実際に公にした翻訳詩篇を分析・考察して、それらがどのようにして、『楽園の喪失』創作の際に、その一部となって機能しているか、その「基本部分」を明らかにするというのが本論考の試みである。

　ミルトンが翻訳（パラフレイズ）した詩篇は、英語訳詩篇19篇と希臘語訳詩篇第114篇1篇からなる計20篇が残されている。その内の2篇、英語訳詩篇第114篇と第136篇、そしてギリシア語翻訳詩篇第114篇は、ミルトンが1646年1月に出版した『第一詩集』（別名、『1645年版詩集』）に収録されている。英語翻訳詩篇第114篇と第136篇は詩人が15歳の時に翻訳したものである、と説明されている。また、ギリシア語翻訳詩篇第114篇はミルトンが25歳の時に翻訳した。その他の翻訳詩篇全17篇は、ミルトンが1673年に出版した『第二詩集』に、先の『第一詩集』で掲載された詩群と併せて収録されている。翻訳詩篇第80篇から第88篇の計9篇は、1648年の春に続けて英訳し、英語訳詩篇第2篇から第8篇の計7篇は、1653年夏に続けて一週間ほどで英訳したと、ミルトン自身が注記を施している。（詩篇第1篇の英語訳作業については、ミルトンは日付を付していない。）

　合計で20篇（英語翻訳19篇と希臘語翻訳1篇）という数は、「詩篇」が全体で150篇から成ることを考えれば、決して多い数とは言えない。しかし、これら20篇の詩篇群は、ミルトンにとって（そして彼の母国英国にとって）節目となる時に翻訳されていると考えられる。これを受けて、東京女子大学名誉教授である斎藤康代教授の論考では、ミルトンの詩篇作成を四つの時期に分けて論が展開されている。[1]

　本論考では、第1部においてミルトンの詩篇翻訳を四期に分けて論じるが、これは斎藤康代教授の区分に従ったものである。

1　斎藤康代「Miltonと『詩篇』（1）―幼少時代と『詩篇』のParaphrase―」、東京女子大学紀要『論集』第33巻（2号；1983）、「Miltonと『詩篇』（2）―ギリシア語訳「詩篇」とその周辺」東京女子大学紀要『論集』第37巻（2号；1987）、および、「Miltonと『詩篇』（3）―「詩篇80-88」の翻訳をめぐって」東京女子大学紀要『論集』第42巻（2号；1992）。

副題にある、出エジプトの主題とは、神の導きを受けて、モーセを筆頭とするヘブライの民が、紅海を横切ってエジプト脱出を果たし、40年に亘る荒野の彷徨の後、約束の地に到達することを中心とするテーマを指している。

2012年に鬼籍に入った、ミルトン研究の泰斗、John Shawcrossは、研究論文や注釈の中で精力的に『楽園の喪失』における"the theme of Exodus"（「出エジプト」のテーマ）の重要性を明らかにし続けた。それは、すべてのクリスチャンにとって、新たな精神的誕生、すなわち再生を象徴するテーマであるという。さらに、エジプト脱出後の40年に及ぶ荒野での彷徨とその後の約束の地の授与は、エジプト脱出を通して神より与えられた新たな生を新たに生きる長い成長の段階に喩えられると言う。楽園追放後、人類は、こうした「エジプト脱出」→「荒野での長き彷徨」→「神による約束の地の授与」という道筋を繰り返し歩み続けることによって、やがては、来るべき神の王国（新たな楽園）に入ることができる。このことを明らかにするために、『楽園の喪失』には、出エジプトのテーマが多種多様な類型（バリエーション）の形で繰り返し語られている、とShawcrossは主張する。[2]

このことはアダムとイヴの場合にも例外ではない。第十二巻の、アダムとイヴが大天使ミカエルにより楽園から追放される場面には、明らかに出エジプトのイメージが反響している、とShawcrossは言う。そして、それまで『楽園の喪失』において繰り返されてきた様々な出エジプトのイメージの類型（バリエーション）はすべて、最終的には第十二巻の楽園追放の場面に集約され、クライマックスを迎えることになる。

また、旧約聖書「出エジプト記」の中心的テーマである、イスラエルの民の紅海通過の物語は、それ自体独立した形で『楽園の喪失』第十二巻156行〜260行で大天使ミカエルの口を通して、預言という形でアダムに語られている。それについては、第十二巻全649行中、100行強が割かれている。「出エジプト」の物語と対をなすと考えられる、第十一巻で語られる「ノアの方舟と洪水」の物語が第十一巻全901行中、60行強が割かれていることと照らし併せてみても、その比重の大きさが明らかである。

本論考では、ミルトンの処女作の最初の1つである詩篇第114篇英語翻訳が、まさに出エジプトの主題を扱っていること、やはり処女作である詩篇第136篇英語翻訳でも、出エジプトの主題が扱われていること、そして10年後にミルトンが再度、詩篇第114篇を題材としてヘブライ語からギリシア語に翻訳していることに特に注目して考察を行う。これは、Shawcrossの研究において十分に論じられているとは言い難い。Shawcrossの研究においては、ミルトンの翻訳詩篇第114篇及び翻訳詩篇第136篇が『楽園の喪失』に及ぼした影響については考察の対象外となっている。

4.

　本論考では、初期のミルトンの詩篇翻訳作業が、其の後の詩人の歩みを決定し、とくにミルトンの抱くテーマと技法の両面を肥やし、ついには『楽園の喪失』の基礎をなしたことを証明する。この目的のために、第Ⅲ期の詩篇第80篇から第88篇を考察する際にも、また、第Ⅳ期の詩篇第1篇から第8篇を考察する際にも、出エジプトの主題を1つの視点として採用する。また、第Ⅰ期から第Ⅳ期の詩篇翻訳に関しては、ミルトンが『楽園の喪失』の各場面や人物像を造形した、その萌芽として認められる箇所にも注目して考察を行う。

　第2部「詩篇と散文作品」においては、ミルトンの散文作品と詩篇の関係を考察する。詩篇に対するミルトンの言及と見解、さらに詩篇からの詩行が具体的に散文作品中でどのように扱われているかを中心に考察する。主な考察対象は、『教会統治の理由』(1642)、『偶像破壊者』(1649)、『イングランド国民のための第一弁護論』(1651)、『イングランド国民のための第二弁護論』(1654) の四つである。これらの散文作品中にミルトンの詩篇についての見解や反響を確認し検討することによって、実り多き研究成果が得られると考えられるからである。その際に、出エジプトの主題も1つの視点として採用する。

　第3部「『楽園の喪失』における出エジプトの主題」においては、『楽園の喪失』と詩篇、そして出エジプトの主題との関係を考察する。主な考察対象は、第一巻で扱われる地獄のサタンと配下の反逆天使たちの登場する場面、第五巻で扱われる熾天使アブディエルが反乱軍と袂を分かつ場面、第六巻の御子による反逆天使追討の場面、第十二巻で描かれる出エジプトの物語、そして、最終部の楽園追放の場面である。これらの場面では、出エジプトの主題が特に重要な機能を果たし、詩的効果を醸し出していると考えられる。

　本論考の考察を通して明らかになるのは、ミルトンが詩篇を英語に翻訳する、という作業を通じて、聖書の神と救世主の有り様、神の人間への関わり方、将来、創作することになる叙事詩の歌い方、その内容を日々、修練し、模索し続けていたということである。そしてそれは、ミルトンの幼少の頃より始まり、ほぼ生涯を通じて、たゆみなく行われ続けた。

　「詩篇」は、ミルトンの時代には一般によく、声を出して朗読され、歌われた。ミルトンもそのことを意識して英語翻訳を行った。わが国の『讃美歌21』の163も、

2　John Shawcross, "*Paradise Lost* and the Theme of Exodus," *Milton Studies* Ⅱ, ed. James D. Simmonds, (London: University of Pittsburgh Press, 1970) 3-26; *With Mortal Voice: The Creation of Paradise Lost* (Kentucky: The University Press of Kentucky, 1982) 131.

ミルトンの詩篇第 136 篇に基づく頌歌である。

5.
　そもそも、聖書の「詩篇」各篇の翻訳という作業は、ミルトンの時代の英国で、しばしば行われた。[3] 学校では授業の一環として、ラテン語やギリシア語、そしてヘブライ語から英語へと詩篇を翻訳する作業が翻訳練習・修行として行われた。また、卒業後も、学識あるキリスト教徒の人々、聖職にある人々や、教会関係者、文人や音楽の素養のある人たちは、自己修養の一環として、日々の神への祈りの作業の1つとして詩篇の英語翻訳を行い、それに曲を付していたのである。それはまた、教会や集会で、あるいは家庭や私的な内輪の集まりで、より一層、自分たちの口に上りやすい形で、あるいは歌いやすい形で――つまり、自分たちの真心から神に祈りを捧げられると考えられる形で――詩篇を通して神に祈りを捧げるためであった。

　宗教改革により、各国のキリスト教徒の人々には、当時のローマ・カトリック教会で用いられていたラテン語聖書やそのもとであるヘブライ語旧約聖書・ギリシア語新約聖書を母国語に翻訳する道が開かれ、各個人が聖書を解釈する自由が与えられた。そして、それは英国でも同様であった。その直接の結果として、英国では、以降、約二百年続くことになる "psalm culture"（詩篇文化）とも呼ぶべき風潮が生まれることとなった。[4]

　当時の英国における詩篇翻訳の実態について、斎藤康代氏は以下のように説明している。

> ……Henry Ⅷづきの詩人 Thomas Sternhold が、個人的な楽しみから始めたと言われる「詩篇」の韻文訳は、1549 年、彼の死後 John Hopkins に受けつがれ、『Sternhold=Hopkins 詩篇歌集』として版を重ねていく。1562 年、Sternhold の 40 篇と Hopkins の 60 篇を基に、英語詩篇歌 150 篇すべてを含む *The Whole Booke of Psalms* (別名、*The Complete Psalter* 又は *Old Version*) が出版された。以降 1621 年 Ravenscroft の『詩篇歌集』出版迄に、詩篇歌集の完訳は、少なくとも 158 版出ているし、Ravenscroft の『詩篇歌集』出版の 1621 年から 3 年間だけでも、14 版を重ねている。John Carey によると 1600 年から 1653 年迄に出された完訳は 206 版ということである。[5]

　以上の引用からも明らかなように、ミルトンの時代には、実に詩篇韻文翻訳の大流行とも言うべき現象があったことが分かる。およそ 1 年間に完訳が 4 版出ており、

1日に3〜4篇の詩篇韻文翻訳が行われていた、という計算になる。

　ミルトンはこうした時代精神の中で、聖書こそが万巻の書にまさる真実の書であると信じ、ひたすら神の道の正しさと人間に対する神と救世主の有り様に思いを巡らせ、自己に与えられた神の賜物である詩才をいかにして人類救済のために役立てられるのかを模索し続けた。そして、そのために詩篇の翻訳も含めた詩の創作の修練にも余念なく励んだのである。

　ミルトンの時代には、『旧約聖書』の最初の五書―「創世記」、「出エジプト記」、「レビ記」、「民数記」、「申命記」―は、モーセによって書かれたと信じられており、「モーセ五書」と呼ばれていた。また、「詩篇」は旧約聖書「サムエル記」上下に登場するダビデ王により書かれたと信じられており、「ダビデ王の詩篇」("The Psalms of King David")と呼ばれていた。

6.
　ここで、ミルトンの時代に至る、英語訳聖書の翻訳と、詩篇と讃美歌（この時代の英国では「詩篇歌」と言いかえてもよい）を取り巻く状況について簡単に説明しておく。
　そもそも、詩篇歌はカルヴァン主義教会（ John Calvin [1509-64] は、フランスの新教徒で、スイスのジュネーヴに教会を開いた）の伝道されるところに波及していった。その中には英国、フランス、そしてアメリカが含まれていた。英国近世の賛美歌は宗教改革後まず詩篇歌全盛の時代が二百年近く続き、その後に、ようやく創作賛美歌が隆盛を極めることになる。[6]
　まず、当時の英国の宗教事情を簡単に整理してみよう。
　英国でも16世紀に宗教改革があったが、北ドイツやジュネーヴでの宗教改革が民衆の側からの改革であったのに対し、英国の場合、それは支配階級の側からの改革であった。英国王 Henry VIII（1491-1547）は、王妃 Catherine of Aragon(1485-1536) と離婚して、後の Elizabth 女王の母となる Anne Boleyn (1507-36) と結婚しようとローマ教皇 Clemens VII（在位 1523–34) の許可を願い

3　Margaret P. Boddy, "Milton's Translation of Psalms 80-88", *A Milton Encyclopedia*, 7 (1979): 54 では、16・17世紀の文人たちが『詩篇』翻訳や一定の詩篇を韻文訳（歌唱のため）に取り組んだこと、その中には、Sir Thomas Wyatt, Sir Philip Sidney 及び妹 Penbroke 伯爵夫人、George Sandys がいたことが記されている。

4　Hannibal Hamlin, "Psalm Culture in the English Renaissance: Readings of Psalm 137 by Shakespeare, Spenser, Milton and Others." *Renaissance Quarterly* 55 (2002):224.

5　斎藤康代「Milton と『詩篇』(1) ―幼少時代と『詩篇』の Paraphrase―」、東京女子大学紀要『論集』第33巻(2号)、(東京：東京女子大学、1983)、106-107頁。

6　以下の詩篇歌集に関する記述は、原恵・横坂康彦『讃美歌―その歴史と背景』(東京：日本基督教団出版局、2004)、第五章を大いに参考にした。

出た。しかし、これを拒絶されたヘンリー八世は、同年ローマ・カトリック教会から離脱し、1534年 "Act of Supremacy" を発布した。そして、国王自らが英国国教会の首長となったのである。このため、それまではローマ教皇からその代理者として任命されていた、"Archbishop of Canterbury"（ローマ・カトリックの場合はカンタベリー大司教、英国国教会の場合は「カンタベリー大主教」と訳される）は、英国宗教界の第一人者としての地位を剥奪され、国王の支配下に組み込まれることになった。

実際に宗教改革を指導したのは、国王の命を受けた Thomas Cranmer 大主教(1489-1556) だとされている。彼は The Book of Common Prayer（『英国国教会祈禱書』）を制定した。そこで、詩篇歌が隆盛を極めたのは、1つには、「カルヴァン主義によって非聖書的と考えられたものが排除され、聖書に基づく賛美歌として詩篇の自国語訳が促されたことである」。[7] もう1つの決定的な理由は、ローマ・カトリック時代のラテン語による讃美歌の使用に抵抗が感じられるために、急きょ、英語による讃美歌の必要性が高まったが、そうした需要に応じる讃美歌の創作は時間的に困難だったということである。

国教会祈祷書中に使用が規定されていたものは、詩篇以外は「テ・デウム」「ベネディチ・テ」（ダニエル書に追加された続編中の詩）、「ヴェニ・クレアトール・スピリトゥス」（讃21・339）のそれぞれ英訳だけであった。このことは、「ピューリタン教会だけでなく英国の教会全体として詩篇歌時代が16世紀中期から二百年近く続く要因の1つ」となった。[8]

ヘンリー八世の後を継いだ Edward VI（在位 1547-53）は、1547年、即位後、ヘンリー八世づきの詩人であった Thomas Sternhold（1500-49）に勧めて彼の英語詩篇歌19編を収めた歌集を出版させた。これが英語詩篇歌の最初の出版であった。スターンホールドの死後、友人の John Hopkins（? -1570）は英語詩篇歌の作詞を引き継ぎ、『スターンホールド＝ホプキンズ詩篇歌集』を出版しこれが英語詩篇歌の基本となった。[9]

1553年に即位した Mary I（在位 1553-58；通称 Bloody Mary）はカトリック教徒で、プロテスタントを厳しく弾圧した。クランマー大主教も死刑となった。多くのプロテスタント指導者が亡命し、一部は、スイスのジュネーヴに移り、ヘブライ語聖書を英語に翻訳して『ジュネーヴ聖書』（The Geneva Bible）が誕生した。William Kethe（?-1593）は、『ジュネーヴ聖書』と「詩篇」翻訳に従事した。そして彼の詩篇歌は高く評価されることになった。[10] William Whittingham (c.1524-79) と John Pullain (1517-65) も聖書翻訳と詩篇歌作成に従事した。

『ジュネーヴ聖書』(1560) は、メアリーの死後、エリザベス一世（在位 1558-

1603)が王位を継ぎ、新教徒たちがジュネーヴからイングランドに戻って来たときに、共にイングランドにもたらされた。以降、1640年に印刷が不許可になるまでは、英国で一番良く読まれることになる聖書となった。『欽定英訳聖書』(The Authorized King James Version of the Bible; 1611) は、出版直後はそれほど人口に膾炙したわけではない。1640年以降、政策的に『ジュネーヴ聖書』を押しやって後、漸くイングランドに広まっていくことになる。

ここで特筆すべきは、『ジュネーヴ聖書』の内で、最初に英語訳の完成を見たのが、「詩篇」(1559) だったことである。さらに、本論考との関連で見逃せないのは、1560年初版の『ジュネーヴ聖書』の中扉には、「出エジプト」の挿絵が載せられていたことである。(本論考巻末掲載の画像1を参照されたい。) メアリー一世の迫害を逃れてジュネーヴで聖書の英語訳に従事していたプロテスタンの人々にとって、カトリック教徒のメアリー女王の死去とプロテスタントの女王エリザベス一世の即位は、英国における「暴君の迫害」の終焉と神の導きによる正しき信仰の復興を意味した。それは、彼らにとってまさに新たな「出エジプト」の出来事として受け止められたことを如実に示している。

さて、英語詩篇歌150篇すべてが揃ったのは、エリザベス一世の時代になってからであるが、The Whole Book of Psalms (1562) には、スターンホールドの40編、ホプキンスの60篇をはじめ、ウイッティンガム、プレンなど計12人の作品に65曲の旋律をつけて、出版された。[11] このように『ジュネーヴ聖書』翻訳に従事した人々と『詩篇歌集』全150歌完成に関わった人々が一部重なるのである。

ところで、王位に就いた当座は、カトリックとプロテスタントのどちらをも尊重すると公言したエリザベス一世であるが、次第に王位が安定するにつれカトリックの弾圧に乗り出した。そして、1587年にカトリック教徒の Mary Stuart (1542-87) を処刑し、1588年にメアリー処刑抗議を口実に英国に攻め込もうとしたカトリック王国スペインの無敵艦隊を撃破した後は、自信を深め、英国国内のカトリック教徒に対する規制の手を緩めることはなかった。

さらに、James I の治世に入り、火薬陰謀事件 (1605年11月5日) の発覚と Guy Fawkes (1570-1606) を中心とする首謀者たちの処刑によって、英国のカトリック教徒たちは表面上、息の根を止められた感がある。

7　上掲書、107頁。
8　上掲書、108頁。
9　上掲書、103頁。
10　上掲書、104頁。
11　上掲書、105頁。

この時期に、エリザベスの弾圧を逃れて、カトリック教国フランスのリームズ（ランス）に亡命したカトリック教徒の人々はこの地で、ラテン語訳聖書である『ウルガタ聖書』（The Vulgate）から新約聖書の英語訳に取り組み、1582年に出版した。旧約聖書の英語訳はドゥエーで行われ、1610年に出版された。2つを併せて『リームズ＝ドゥウェー聖書』と呼ばれる。これは亡命したカトリック教徒の人々が異国の地フランスで翻訳した英語訳聖書である。このように、イングランドの宗教事情の目まぐるしい変転—カトリック⇒英国国教会⇒カトリック⇒英国国教会—のために、英語翻訳聖書および詩篇のジャンルは、他国の自国語翻訳聖書に比較すると、極めて豊かな実りを迎えることとなった。ここに、英国における翻訳聖書および詩篇の特殊性と独自性がある。

　一方で、Sir Philip Sydney（1554-86）及び、その妹であるMary Sydney Herbert, the Countess of Pembroke（1561-1621）の共同訳による詩篇翻訳集の果たした役割も見過ごすことはできない。シドニーは『詩の弁護』において「詩篇」を高く評価している。[12]　そして自分自身でも詩篇の翻訳を開始した。詩篇第1篇から第43篇までを翻訳したが戦死した。彼の遺志を継いだ実妹ペンブルック伯爵夫人が残りの第44篇から第150篇までを翻訳した。ちなみに、彼女は、当時の英国宮廷で随一の教養の持ち主の才女であり、エリザベス一世のお気に入りでもあった。

　ジョン・ミルトンは19篇の詩篇の英語パラフレーズを行っている。そのうち「み恵み深い主に」（讚21・163）は今日でもしばしば用いられるが、詩篇第136編のパラフレーズで、15歳の時の作品である。

　George Wither（1588-1667）は、『教会の賛美歌と歌曲』という賛美歌集を1623年に出した。これは英国国教会用に作られた創作賛美歌集としては最初のもので、ウィザーはこれを当時用いられていた詩篇歌集に合本として添える許可を国王から得たが、ロンドンの出版業者組合が出版を拒否したため、それは売れずに、迫害を受けたという。[13]

　以上、手短にミルトンとその時代の聖書の英語訳、及び詩篇（歌）について見てきた。

7.
　ところで、『英国国教会祈祷書』には、細部に亘って日々の祈りの細則が定められていた。その祈りの大部に採用されているのは、英国の聖職者Miles Coverdale（1488?-1568?）が翻訳した、いわゆる『カヴァーデール聖書』（1635）の詩篇英語訳である。Charles I（1600-49）の支配下で、カンタベリー大主教を務めたWilliam Laud（1573-1645）に代表される英国国教会の高位聖職者たちは、王権神授説を標榜する国王及び王党派の意向を受けて、その政策の一環として、教会及び集

会において『国教会祈祷書』の細則に厳密に従って、会衆が祈りの務めを行うことを強要した。ロードは英国国教会のみならず、スコットランドの国教会にも『国教会祈祷書』を使用することを要求した。そして『国教会祈祷書』の使用に反対する者を英国・スコットランドを問わず弾圧した。それがもとでロードは、長期議会（1640年11月3日にチャールズ一世が召集）で弾劾され、処刑された。まさに、この『英国国教会祈祷書』の強要とその是非が、イングランド革命の火種となり、王党派と反王党派の争点の1つとなっていったのである。そして、『英国国教会祈祷書』の中核となったのが、カヴァーデールが翻訳した「詩篇」のことばであった。

論者の手許にある『英国国教会祈祷書』は、1853年に出版された版の復刻版である。[14]「詩篇」の部分では、月の第1日の朝の祈りには、詩篇第1篇から第5篇が当てられ、夕べの祈りには　　　　　から第8編が当てられている。第二日の朝の祈りには第9篇から第11篇、夕べの祈りには第12篇から第14篇が当てられている。このようにして詩篇の番号順に月の第30日まで（朝の祈りは詩篇第144篇から第146篇；夕べの祈りは詩篇第147篇から第149篇）詩篇が配当されている。このように、朗誦するための詩篇にはカヴァーデール訳が採用されていたが、これはもともと歌うことを目的として翻訳されたものではなく、いわば散文訳版の「詩篇」であった。

それに対して、歌うことを目的とした韻文版、すなわち、讃美歌としての「詩篇」は先に述べた、『スターンホールド＝ホプキンズ詩篇歌集』として版を重ねていく。1562年、スターンホールドの40篇とホプキンズの60篇を基に、英語詩篇歌150篇すべてを含む *The Whole Booke of Psalms*（別名、*The Complete Psalter* 又は *Old Version*）が出版されて以降、1621年、George Ravenscroft（1618-81）の『詩篇歌集』出版迄に、詩篇歌集の完訳は、少なくとも158版出ているし、レイヴンクロフトの『詩篇歌集』出版の1621年から3年間だけでも、14版を重ねていく。

---

12 *Defence of Poesie* において、Sydneyは、"The chief, both in antiquity and excellency, were they that did imitate the inconceivable of God. Such were <u>David in his Psalms</u>; Solomon in his Song of Songs, in his Ecclesiastes, and Proverbs; Moses and Deborah in their Hymns, and the writer of Job, which, beside other, the learned Emanuel Tremellius and Fransiscus Junius do entitle the poetical part of the Scripture. Against these none will speak that hath the Holy Ghost in due holy reverence." と述べている。聖書の諸書の筆頭に「詩篇」を挙げて、それこそが最高の文学書であると主張する。出典は、Frank Kermode et al. eds. *The Oxford Anthology of English Literature* Vol. 1. (Oxford: Oxford University Press, 1973) 639. 下線は論者による。

13 『賛美歌――その歴史と背景』、113頁。

14 *The Book of Common Prayer Ornamented with Wood Cuts from designs of Albert Durer, Hans Holbein, and others. In Imitation of Queen Elizabeth's Book of Christian Prayers* (London: The Folio Society, 2004)『英国国教会祈祷書』は、首長たる国王の交代や、時代の要請、あるいは情勢に鑑みて内容に変更が加えられている。例えば、この1853年版には、"King Charles the Martyr" と題された9頁に亘る祈祷文が掲載されている (pp.678-86)。　女性の出産感謝の祈りも、版によって長さが異なるのは、出産後の女性の負担軽減を慮ってのことだろうか。

このように、祈祷のための散文版の「詩篇」と、賛美歌としての韻文版の「詩篇」の需要という複雑な状況を反映して、当時の私家版の『祈祷書』には、カヴァーデール訳の「詩篇」と『スターンホールド＝ホプキンズ詩篇歌集』(譜面付き)を合本にして、表紙に豪華な刺繍を施した小型版の『祈祷書』もあった。[15]

ところで、祈りの書である「詩篇」には様々な種類の祈りがある。フランシスコ会聖書研究所『聖書　原文校訂による口語訳　詩篇』(東京：中央出版、昭和43年初版、昭和56年第四刷発行)の説明によれば、詩篇の種類には祈りの4つの型があるという。それは、賛美、感謝、嘆願、信頼である。そして、それらは個人的なものと団体的（会衆的）なものに分けられ、その他にこれらの要素が混合した型もあるという。[16]

ここで最も素朴な疑問を持つならば、神に嘆願するような逼迫した状況におかれた人物にとって、その日に割り当てられた詩篇が感謝の詩篇であった場合、これを自分の真心からの祈りとして唱えることが可能だろうか。たとえ、祈祷者の心境と重なる詩篇が割り当てられていたとしても、そのことば遣いは、祈祷者自身の語感と重なるものだったのであろうか。

ましてや、ミルトンの時代には、神に捧げる祈りとは真の心から生まれ、捧げられるべきものだと信じられていた。本論考の第2部2.「詩篇と『偶像破壊者』」で見るように、ミルトンは、『英国国教会祈祷書』の規定通りに、詩篇やその他の祈りのことばを時々の個々人の心情や状況とは関わりなく、ノルマとして、ただ朗誦したり祈祷したりすることの愚をいましめている。そのようなことでは、祈りのことばは自発的なものとはならず、おざなりで機械的な形だけの、形骸化し空洞化した祈りになってしまうからである。お仕着せの強制されたことばではなく、自分自身のことばと解釈で「詩篇」各篇を歌い、神に祈りを捧げることこそが、真の信仰の形であるという、当時の英国の宗教改革派の思考体系こそが、かくも多くの詩篇翻訳と詩篇歌集を産み出した源泉であったということができる。そして、それを許容することが、今日のデモクラシーの基本理念へと繋がっていくのである。

新たな詩篇歌集を出版し、新たな詩篇訳を出版したのは、改革派だけではない。王党派もまた、新たな詩篇歌集と新たな詩篇訳を出版してこれに対抗した。それは詩篇の解釈を巡って王党派は王権神授説の根拠をそこに見出そうとし、逆に改革派はそこに民権神授説の根拠を見出そうとしたからである。その典型となるのが、詩篇第51篇のダビデ王から神に捧げたとされる懺悔のことばである（これについては、本論考第2部3.「詩篇と『イングランド国民のための第一弁護論』」で扱うこととする）。ミルトンもまた、その流れの中に深く引き込まれていった。かつて、ともに『ラドロー城で上演された仮面劇』（通称『コーマス』）作成に関わった Henry Lawes は新たに選り抜きの詩篇を翻訳して纏め、その詩篇集を幽閉中のチャールズ一世に捧げて忠誠

心を示した。これに対抗して、ミルトンは詩篇第80篇から第88篇を翻訳したという（これについては、本論考第1部第Ⅲ期で論じる）。

　ミルトンは生涯に亘って聖書を愛読し、直向きに読み込んだ。『楽園の回復』第四巻293行から364行のキリストのことばから明らかなように、聖書こそは＜生ける神のことば＞の収められた最高にして唯一の書だったのである。

15　立教大学図書館所蔵の稀覯本の一つは、巻頭に、大主教トマス・クランマーを中心に編纂された『英国国教会祈祷書』の一部（「詩篇」を含む）を収録した『新約（欽定英訳）聖書』(1615年版)であり、巻末には活版印刷による五線譜を含む1622年刊行の『スターンホールド＝ホプキンズ詩篇歌集』が合本で編集・印刷されている。「詩篇」の朗誦と詠唱が、別々の英語翻訳に基づいて行われていたことが分かる。

16　13頁。

目　次

図
まえがき
目次
凡例

詩篇翻訳から『楽園の喪失』へ ― 出エジプトの主題を中心として ―

　序論 ……………… *33*

　第 1 部　ミルトンの詩篇翻訳 ……………… *45*
　　1　第Ⅰ期：ミルトンの詩篇翻訳における出エジプトの主題 ……………… *46*
　　　　(1) 詩篇第 114 篇英語翻訳における出エジプトの主題 ……………… *46*
　　　　(2) 詩篇第 136 篇英語翻訳における出エジプトの主題 ……………… *70*
　　2　第Ⅱ期：ギリシア語翻訳詩篇第 114 篇と出エジプトの主題 ……………… *97*
　　3　第Ⅲ期：翻訳詩篇第 80 篇から第 88 篇 ……………… *110*
　　4　第Ⅳ期：翻訳詩篇第 1 篇から第 8 篇 ……………… *160*

　第 2 部　詩篇と散文作品 ……………… *207*
　　まえがき ……………… *208*
　　1　詩篇と『教会統治の理由』……………… *211*
　　2　詩篇と『偶像破壊者』……………… *221*
　　3　詩篇と『イングランド国民のための第一弁護論』……………… *236*
　　4　詩篇と『イングランド国民のための第二弁護論』……………… *245*

第3部 『楽園の喪失』における出エジプトの主題 ……………… 255
 1 紅海の浪間に漂うパロと地獄の燃えさかる炎の海に漂うサタン……………256
 2 バロンブローサに散り敷く落ち葉と紅海の浪間に浮遊する菅の葉……… 258
 3 アブディエルと出エジプトの主題 …………… 263
 4 神の御子と出エジプトの主題 …………… 271
 5 詩篇第136篇翻訳、『楽園の喪失』、そして出エジプトの主題 ……… 276
 6 第十二巻における出エジプトの描写 …………… 279
 7 楽園追放の場面における出エジプトの主題 …………… 284
 8 『楽園の喪失』第十二巻と神賛美の創作詩篇 …………… 289

結論 …………… 295

年表 …………… 300
参考文献 …………… 305
索引 …………… 317

あとがき…………… 326

凡例

1．ミルトン作品のテキスト本文（英語、ラテン語、ギリシア語すべて）は、散文、韻文ともに特に断りがない場合、すべて *The Works of John Milton*, 20 Vols., ed. Frank Allen Patterson (New York: Columbia University Press, 1931-1940) より引用する。また、散文作品については、*Complete Prose Works of John Milton*, 8 Vols., ed. Don M. Wolfe (New Haven: Yale University Press,1953-1982) のテキスト本文、解説、及び内容説明等を参考にした。

2．論文で引用したミルトンの韻文作品の日本語訳について
  (1) ミルトンの英語韻文作品の日本語訳について
   ①『楽園の喪失』の引用は基本的に新井明訳を使用。適宜、訳し変えた場合がある。
   ②その他の英語韻文作品は基本的に宮西光雄訳を使用。適宜、訳し変えた場合がある。特に「詩篇」翻訳に関しては宮西訳に学びつつ、大幅に改変した箇所がある。
  (2) 詩篇114篇ギリシア語訳に関しては、Merrit Y. Hughes ed., *John Milton: Complete Poems and Major Prose* (New York: Macmillan Publishing Company, 1957) の英語訳を基本としつつ、John Shawcross ed., *The Complete Poetry of John Milton*, Anchor Books(New York: Doubleday & Company, Inc., 1963; revised edition, 1971)、及びColumbia 版のCharles Knapp の英語訳の計三つの英語訳を比較・検討しつつ日本語拙訳を作成した。必要に応じてギリシア語英語辞典を参照した。

3．論文で引用したミルトンの散文作品の日本語訳についてはそれぞれ以下を使用。
  (1)『教会統治の理由』は、新井明・田中浩訳（東京：未来社、1986）
  (2)『イングランド国民の弁護論』は、『イングランド国民のための第一弁護論および第二弁護論』新井明・野呂有子共訳（埼玉：聖学院大学出版会、2003）
  (3)『イングランド国民のための第二弁護論』は、『イングランド国民のための第一弁護論および第二弁護論』新井明・野呂有子共訳（埼玉：聖学院大学出版会、2003）

4. 「詩篇」の日本語訳は原則として、フランシスコ会聖書研究所訳注『聖書　原文校訂による口語訳　詩編』（東京：中央出版局、昭和43年初版、昭和56年第四刷）に拠った。この他に、日本聖書協会『旧約聖書』1955年改訳（1985年）、及び、新改訳聖書刊行会訳『聖書　新改訳』（日本聖書刊行会発行、いのちのことば社発売、1970）などを参照し、稀に一部変えて訳した場合もある。なお、"Psalm,"及び"Psalms"の日本語表記は、基本的に「詩篇」を用いた。しかしながら、書籍タイトル及び引用文中で「詩編」が採用されている場合はこれに従った。

5. 以下の省略記号を使用する。
    CPW: Complete Prose Works of John Milton
    CM: The Works of John Milton

6. 本論中に引用した英文、日本語文に施した下線、波線、太字体、斜字体、四角囲みは論者によるものである。

詩篇翻訳から『楽園の喪失』へ
― 出エジプトの主題を中心として ―

序　論

　本論考では、英文学史上、William Shakespeare（1564-1616）と並び称される、17世紀英国の叙事詩人 John Milton (1608-74) と、旧約聖書の「詩篇」との関係に焦点を宛て、個々の詩篇が後の大作 Paradise Lost (1667) とどのような関わりを持つのかを解明する。

　ミルトンと「詩篇」とのかかわりをひとことで言うなら、「詩篇」はつねにミルトンと共に在った。それは聖書がつねにミルトンと共にあったのと同様である。

　かつてマルティン・ルターが述べたように「詩篇」は「小さな聖書」である。[1] そこには旧約聖書中の主要な出来事のほとんどすべてが、凝縮された形でおさめられている。さらに、新約聖書中のイエス・キリストや使徒たちのことばの多くが「詩篇」の詩行から採用され、新たな生命を吹き込まれ、人類に対する神の恵みと慈愛を響かせている。「詩篇」は、また、神の救済の枠組みの中で、人間の抱く様々な感情や思い―苦悩や希望、悲嘆や喜び、怒りや恨み、慰めなど―を抒情詩の形で歌い上げ、劇化し、浄化する。そして、「詩篇」は、具体的な祈りの型を知らぬ者に、祈りの型を提示し、祈りを実践するよう力づけ、神への信頼と信仰を一層揺るぎないものとさせるのである。

　「詩篇」日本語訳編集者の一人が述べていることからも明らかなように、詩篇は読む者に祈りの具体的な形を提供する。ここにはあらゆる種類の祈りの形が用意されている。順境の時の祈りも逆境の時の祈りも、あらゆる機会における祈りの形がおさめられている。そこで祈祷者は、祈りの形を学ぶとともに、その形を借りて祈った数限りない先達の存在を実感し、そのことばの持つ広がりと深みに思いをいたし、それによって癒される。もし、「詩篇」がなければ、ユダヤ教もキリスト教も、神学体系と理念だけからなる、実践の伴わない哲学的領域に属するものとなってしまっていただろうとまでこの編集者は言い切っている。[2]

1　マルティン・ルター著　徳善義和・俊野文雄・中野隆正訳『ルター著作集』第二集　第4巻（東京：編集者　ルーテル学院大学ルター研究所（編集責任者・鈴木浩）発行所　有限会社リトン、2007）。
2　太田道子「詩編」、石川康輔　ほか編　高橋虔　B・シュナイダー監修　『旧約聖書注解：新共同訳 2』『新共同訳　旧約聖書注解 II　ヨブ記―エゼキエル書』（東京：日本基督教団出版局、1994）。

「詩篇」には、生身の人間の姿があり、人間の声がある。順境の時の感謝の祈りがあり、逆境の時の神への嘆願の呻きがある。そして、その根底に一貫して流れるのは、神に対する信頼の回復と神を賛美する心である。
　さらに、小林和夫は、以下のように述べて、聖書における「詩篇」の果たす役割の重要性を強調している。(聖書各書の表記などは原文をそのまま採用したが、漢数字は算用数字に変えた場合がある。)

> 詩篇がキリスト教の起源と発展に及ぼした影響には絶大なものがある。新約聖書が旧約聖書を直接に引用している数はウェストコット＝ホートによれば、1200回以上あり、特に創世記、詩篇、イザヤ書などからの引用が多く、詩篇からは104回直接に引用されている。K・アーラント、M・ブラック、M・メッガーなどによると、ギリシア語聖書には、直接引用と間接引用を合わせて実に400回以上の引用が詩篇からなされている。これらの詩の引用詩篇は、イエス・キリストについて、彼の謙卑と高挙、苦難と勝利、死と復活について語っている。[3]

「詩篇」注釈者はさらに続けて以下のように述べる。

> 新約聖書における証人たちはイエス・キリストのみことばとみわざに関する幾つかの決定的証言が問題となるところで、詩篇からの引用をして、その証言の権威または根拠とさえしている。特に何回も繰り返して引用されるのは、「王の詩篇」の2、110篇、「個人の嘆きの歌」の22、69篇、「賛美の歌」の8詩篇、「信頼の歌」の16詩篇、「感謝の歌」の118篇などである。……イエス・キリストの現実を見たものは、イエス自身がしばしば詩篇を語り、特に決定的な十字架の受難において詩篇のことばで祈られるのを聞いたのである。[4] そしてたんなるそうした現実のみならず、彼の出来事の意味に思い至った時、そこではそれらが、すでに詩篇に語られていることを知ったのである。そのイエス・キリストにより詩篇を見た彼らのそういう見方の根拠になったのは、イエス・キリストの復活であった。ルカの福音書二四25-27および44-48は弟子たちに復活のイエスが「モーセの律法と預言者と詩篇とに書いてあること」を「語らせるために彼らの心を開」かれた、という重大な証言を伝えている。[5]
> 　原始教会はおもにメシヤとしてのイエスの全体像を詩篇の中に読みとった。その意味では新約聖書の中に引用されている詩篇に限って、これを「メ

シヤ(イエス・キリスト)的詩篇」と呼んで差し支えないであろう。そればかりではない。原始教会を始め、キリストの教会は、詩人たちと共に「嘆き」を祈り、「感謝」をささげ、彼らの見たものを共に見させていただいているのである。[6]

このように、詩篇は、旧約聖書と新約聖書を結ぶ。そして、旧約で預言された救世主がイエス・キリストその人であることを一層強くキリスト教徒の人々に確信させる役割を果たしているのである。さらに、時空を超えたいわば、「祈りの共同体」において、キリスト教徒の人々は、詩篇作者とともに、すなわち、個々の詩篇において、救世主キリストに祈りを捧げ、キリストの来臨を確信するのである。

つまり、「詩篇」とは「小さな聖書」であり、信仰生活に必要不可欠な祈りを供給する尽きることなき泉水であり、旧約聖書と新約聖書を結ぶ、かすがいとなる。そこで人は、キリストにおいて再生を経て、救済史の枠組みの中で己の生を生き直すのである。

ミルトンは生涯に亘って、聖書を愛読し直向(ひたむ)きに読み込んだ。『楽園の回復』第三巻184行のキリストのことばにあるように、聖書("Prophetic Writ")こそは＜生ける神のことば＞の収められた最高にして唯一の書だったのである。例えば、Michael Liebはミルトンの詩作品がすべてある意味で、聖書の語り直しの作業であったとさえ述べている。[7] ミルトンの作品と聖書の関係は、いくら論じても論じ切れるということはない。さらに、ミルトンは生涯に亘って「詩篇」を愛し、愛唱した。それはミルトンの甥でミルトンから教育を受け、後には彼の叙事詩の口述筆記を行ったEdward Phillipsの証言からも明らかである。[8]

ここで、ミルトン自身のことばに立ち返って、ミルトンが聖書及び詩篇についてどのように考えていたかを見ていくことにする。そのためには、ミルトンが『教会統治

---

3 榊原康夫他『新聖書注解 旧約3 ヨブ記→イザヤ書』(東京：いのちのことば社、1974)、142頁。
4 詩篇第22篇1節を指す。
5 三大区分とされる「律法」(モーセ五書)、「預言書」(「イザヤ書」、「エレミア書」、「エゼキエル書」、「ダニエル書」他)、「諸書」とは別の区分となり、「諸書」の中で「詩篇」が独立して、「律法」及び「預言書」と並置され重要視されていることが分かる。
6 上掲書、143頁。
7 "John Milton," *The Blackwell Companion to the Bible in English Literature*, eds. Rebecca Lemon, Emma Mason, Jonathan Roberts, and Christopher Rowland (Chichester: John Wiley & Sons Ltd., 2009; rpt. 2012), pp.269-85.
8 Helen Darbishire, *The Early Lives of John Milton* (London: Constable and Company Ltd. 1932; rpt. 1965), p.33.

の理由』(1642) 第二巻の巻頭で、将来、自分が英国の国民的叙事詩人として執筆しようと構想する、叙事詩の主題について述べている部分を引用して考察することとする。

叙事詩の主題を探し求めるミルトンの視線は、まず、ヨーロッパの古典的作品であるホメロスやヴェルギリウス、そしてタッソーの作品へと向けられ、それらに対して聖書の「ヨブ記」を対置させる。次に英国の古代の英雄へと目を向け、その後にソポクレスやエウリピデスの劇作品へと言及する。そしてそのまなざしは最終的には聖書の各書へと向けられていく。

いまや、日々わが心にきざす内的な促しにかられて……かんたんには死に絶えないような作品を後世のために残したきものと思うようになりました。……わたくしとしてはできるかぎりの努力を傾けて、わが国語をみがきあげようと思うものであります。……聖書も「雅歌」などは、オリゲネスの見解が正しくも示すように、ふたりの人物と二重のコーラスからなるところの、神的(ディバイン)な牧歌劇であるといえます。また「聖ヨハネの黙示録」も、高邁にして堂々たる悲劇の荘厳な姿をもち、そのおごそかな幕と場のあいだにハレルヤと立琴の調べによる七重のコーラスを挿んでいます。わたくしの見解は、この文書の注解書を出した斬界の権威パレウスも支援してくれています。……しかし旧約聖書の律法や預言者の書に頻出する詩歌の類は、神学的議論ばかりか作詩の方法においてさえ、異教世界の頌歌、賛歌の類よりすぐれていて、あらゆる種類の叙情詩にまさり、模倣を拒絶する高さに達しているのであります。……詩人は説教壇の役割とは別に、偉大なる国民に美徳とよき市民たるの自覚をつちかい、心の乱れをしずめ、感情を正道にもどし、輝かしい高邁の祝歌をうたって全能なる神の栄光の玉座をほめたたえ、勝利の殉教者と聖徒らの苦悩や、信仰に立ちつつ勇敢にキリストの敵に刃向う正しく敬虔な国民の行為と勝利をうたい、王国や国々が正義や神への真の礼拝から後退していく一般的現状を悲しむものであります。最後に詩人は、宗教の神聖と高邁、美徳の愛すべくも重大なること、運命と呼ばれるものが外から強いる変化のなかで、また人間の思いが内側から強いられて巧妙な賢しらと逆行におちいるなかで、いかなる情熱と驚きをもつものか—このようなことがらを思慮深い穏やかさで描き出すのが、その役割であります。……とくに喜びをあたえつつ、詩人は範例の実例をとおして全編にわたって聖と徳を教えます。その結果……詩人の教えをうけたそのときには、その道はじつは荒れて歩むに難いものであるにもかかわらず、なだらかで楽しいものと万人の目に映ずるようになるのであります。[9]

「雅歌」に牧歌劇の題材を見出し、「聖ヨハネの黙示録」に高邁な悲劇の題材を見出したミルトンの視線の行き着く先にあるのが、「旧約聖書の律法や預言者の書に頻出する詩歌の類」である。そして、これらは、キリスト教神学の立場からはもちろんのこと、文学的技法においても異教世界の詩歌にまさり、すべての叙情詩にもまさるものである、とまで言い切っている。そして、その中に「詩篇」も含まれていることは言うまでもない。そして、これらの詩歌は、「国民に美徳とよき市民たるの自覚」を植えつけ、「王国や国々」を「正義や神への真の礼拝」へと立ち戻させる働きをすればこそ価値を持つのである。

　このことから明らかになるのは、ミルトンにおいては文学の目標とするものと信仰の目標となるもの、そして国家や国政の目的とするものが、それぞればらばらに切り離されたものではなく、すべてが１つの目標に向かって収斂していくべきものとして捉えられていた、ということである。つまり、ミルトンにあっては、神を賛美し正しく礼拝することは、優れた詩歌や文学を創造し、それを享受することであり、それはまた、健全な国家と健全な国民を涵養・育成することであった。すべては、同じ事柄の異なった側面として理解されてしかるべきなのである。この意味で、ミルトンの信奉する神は、現実に働きかける生きた神であり、ミルトンの理想とする文学は現実をより良くするための生きた文学である。それは決して現実逃避の宗教、現実逃避の文学ではなかった。さらに特筆すべきは、ミルトンがこのように現実を直視し、現実を受け入れ、現実を改革していく文学の力を学び取ったのは、ユダヤ・キリスト教の教えと文学からであり、彼はそれを継承していったということである。

　幼いときから、両親の期待を一身に受けて、聖職者の道に進もうと勉学に邁進していたミルトンは、成長するに従って当時の英国国教会の腐敗ぶりを知るに至り、ついには聖職者の道を捨て、詩人として立つことを決意する。引用文から明らかなように、ミルトンにとっては、「説教壇の役割」とは別の「詩人」の役割とは、詩の持つ力によって正しいキリスト教の精神と精髄を国民に伝え、「範例の実例を通して」「聖」と「徳」とを教えるという役割であった。それは、当時の腐敗した宗教界に身を置いていては不可能なことであった。ここに至ってミルトンは、名称のみで実体の伴わない「聖職者」ではなく、真の意味での「聖なる」務めとしての詩人の道を選んだのである。引用文からは、ミルトンがキリスト教詩人としての自覚に立ち、それに相応しい叙事詩の題材を探し求める姿が伝わってくる。その意味で、彼の題材探究の着地点が「旧約聖書の律法や預言者の書に頻出する詩歌の類」であることは重要である。長編叙事詩『楽

9　ジョン・ミルトン著　新井明・田中浩訳『教会統治の理由』（東京：未来社、1986）、101-105頁。

園の喪失』は「旧約聖書の律法や預言者の書に頻出する詩歌の類」の延長上に位置すると考えられるからである。

　次に、『楽園の回復』第四巻288行〜364行のイエス・キリストのことばを考察の対象としたい。『楽園の回復』は、新約聖書「ルカ福音書」第4章1〜13節、及び「マタイ福音書」4章1〜11節に取材した、サタンによる荒野でのキリスト誘惑の物語である。40日間の断食の後、キリストはサタンから、パンの誘惑、富の誘惑、栄光の誘惑、武力の誘惑、学芸（知識）の誘惑、王権（王領）の誘惑、そして神を試みるようにという誘惑を受ける。

　ところでミルトンは「キリスト教的英雄の型」を生涯に亘って追及し、究極の理想を神の御子（イエス・キリスト）の中に見出した。[10]　人類の始祖アダムとイヴが犯し、全人類に波及した罪を贖うために、自ら人の形を取って、人としてこの世に生を受け、全人類の罪を一身に受けて、十字架上で殉教の死を迎えた神の御子こそは、まさに『教会統治の理由』において推奨される「勝利の殉教者」にして究極の「聖徒」である。『楽園の回復』はそのキリストの「苦悩や、信仰に立ちつつ勇敢にキリストの敵に刃向う正しく敬虔な国民」の一人としてのキリスト「の行為と勝利をうたい、王国や国々が正義や神への真の礼拝から後退していく一般的現状を悲しむ」「簡潔な叙事詩」である。この英雄叙事詩において、「詩人」ミルトンはキリストを「範例の実例」として、サタンの誘惑をいかに退けて「内なる楽園（パラダイス）」を—『楽園の喪失』最終巻においてアダムとイヴに示された—回復していくかを具体的に示している。以下は、ギリシア・ローマのあらゆる知識を与えようというサタンの誘惑を御子が払いのける場面である。

　　………………………………………………天国から、
　　光の泉から、光を受けとる者は、他のどんな教理も、
　　それが真理だと認められていても、必要ではない。
　　………………………………………………
　　……………………………………………われらの
　　律法も物語もすべて、讚美歌がまき散らされたように組み
　　こまれ、われらの詩篇は、わが征服者の耳をかくも
　　楽しませた。バビロンでのわれらのヘブライの歌や、
　　竪琴音曲を、音楽の専門術語で記されたので、寧ろ
　　この技芸はわれらに由来し、ギリシアに伝えられたことを示す。
　　ひどい物真似だ………………………………………
　　………………………………………………………
　　………………………………………………あらゆる

真の鑑賞力では卓絶するシオンの民、イスラエル族の
歌唱には、到底比べる値打ちもないと解るだろう。
神と神に似て神神しい人達、聖なるものの中から至聖
なる神と、神の聖徒らが称えられる歌唱だ。神から
霊感を授けられたもので、汝から得たものではない。
……………………………………………
　だが、この点では、わが預言者より遥かに劣る。
神のみ業によって教えられ、彼らの荘重なる、
衒いなき素朴な表現の仕方で、国政の堅実な
諸法則を、ギリシアやローマのあらゆる雄弁
より、巧みに教える人人、とみなされるので。
彼らにおいて、何が国民を幸福にして、いつまでも
幸福にしておくか、何が王国を滅ぼし、都市を廃墟
にするかを、最も平明に教わり、最も平明に学ぶ。
この者だけがわが律法と共に、最も巧く国王を作る。[11]

　サタンの誘惑を退けた御子は、神への「賛美歌」が散りばめられた、ヘブライの「律法」や「物語」の素晴らしさを称揚する。それら賛美歌の中で具体的に言及されるのが、「詩篇」である。「わが征服者の耳を……楽しませた」とは、具体的には、詩篇第137篇の第3節を意識していると考えられる。[12]　そして、ギリシア・ローマの詩歌といえども、それらはヘブライ文学の模倣に過ぎず「真の鑑賞力では卓絶するシオンの民、イスラエル族の歌唱」には及ぶべくもないと言う。なぜなら、それらの歌唱は「神や英雄〔英雄の語源hērosには「神に似た人」の意がある〕」、そして「至聖なる神と、神の聖徒ら」を讃える。そして、それを歌う詩人の霊感は、神から授けられたものなのである。このように、『楽園の回復』において、ミルトンが究極の英雄と考える御子の口を通して、最高の文学形式として、「詩篇」が称揚されていることは注目に値する。
　ここで「われらの詩篇」の語句に対応するのは、"our Psalms"である。この語の語源はギリシア語"psalmos"（プサルテリウム（ハープに似た楽器）を引く、プサ

10　野呂有子、「『第一弁護論、第二弁護論』解説」、ミルトン著　新井明・野呂有子共訳『イングランド国民のための第一弁護論および第二弁護論』（埼玉：聖学院大学出版会、2003）、488-89頁。
11　ミルトン著　宮西光雄訳『ミルトン英詩全訳集』上巻（東京：金星堂、1983）、351-55頁。
12　「われらをとりこにした者は、／われらに歌を求めた。／われらを苦しめる者は、／シオンの歌をうたえ」と言い、／楽しい歌を求めた」とある。『聖書　原文校訂による口語訳　詩編』、444頁。

ルテリウムに合わせて歌うこと）である。ゆえに、ここでのイエスのことばは必ずしも、旧約聖書の「詩篇」を意味しているわけではなく、直前の語「讃美歌」（"Hymns"）と同程度の意味を持っていると解釈することも可能である。しかし、本章の前半で既に見たように、新約聖書中のイエス・キリストや使徒たちのことばの多くが「詩篇」の詩行から採用され、新たな生命を吹き込まれ、人類に対する神の恵みと慈愛を響かせていること、「詩篇」の各篇が祈りという人間の捧げうる最高の「供物（オファリング）」であること、「詩篇」の詠唱とは祈りを通した神との対話であること、それが、祈る者に深い内省の場を提供すること、そもそも、「詩篇」それ自体が神に対する賛美の祈りの集合体であることを考え合わせると、ここでキリストの言う"our Psalms"は、旧約聖書の「詩篇」を中心とする「神賛美の祈り」を意味する、と考えるのが妥当である。[13]

17世紀英国を代表する叙事詩人として知られるジョン・ミルトンは、15歳の時に2篇の詩篇を韻文の形に翻訳（パラフレイズ）している。詩篇第114篇と第136篇である。この2篇は、いずれも賛美詩篇であり、いずれもが人に対する神の救済の御業を主題としている。それから約45年後に、ミルトンは叙事詩『楽園の喪失』(1667) を出版することになるが、その「大いなる高き主題」とは「神の永遠の摂理を擁護し、神の道の正しさを／人びとに明らかにすること」（"assert Eternal Providence, / And justifie the wayes of God to men"）であった。

形式面からこの2つの詩篇翻訳（パラフレイズ）を考察すると、ミルトンは詩篇第114篇を"heroic verse"、つまり、英雄詩形で書いている。強弱5歩脚のリズムで2行ずつ押韻している。また、詩篇第136篇について言えば、もとのヘブライ語原典詩篇は26節であったが、ミルトンはこれを韻文に翻訳（パラフレイズ）する際に24節に縮めている。このことは、『楽園の喪失』が無韻ではあるが「英雄詩形」で書かれていること、もとは十巻であったものを十二巻にまとめ直したことと考え合わせるとき、極めて示唆的である。

つまり、ミルトンの処女作である2つの詩篇の韻文翻訳（パラフレイズ）は、長い年月を経て、ミルトンが大作『楽園の喪失』を執筆する際に、何らかの影響を及ぼしているのではないか、との推測が成り立つのである。

この仮説は、短絡的に聞こえるかもしれない。あるいは、こじつけとも見えるかもしれない。確かに、わずか15歳の少年が行った習作が、様々な人生経験を経て、人生の辛酸をもなめ尽くし、円熟期を迎えた60歳を過ぎた大詩人の大作に何等かの影響を与えているとは、にわかには信じがたい。また、それぞれがわずか18行と96行（リフレイン部分を除けば、48行）の詩行が、全体で1万565行もの長編叙事詩制作の際に、どれほどの影響力を持ちうるのか、という疑問は当然起こる。（論者自身も、実際に、ミルトンの詩篇韻文翻訳（パラフレイズ）の分析を始めた当初は予測もしていないこと

であった。詳細な分析及び考察は、本論の各章において行うものとする。）実際、ミルトンがグラマースクールで、習いたてのヘブライ語文法と「詩篇」を操って行った翻訳(パラフレイズ)など、後の大作と何の関わりもない、と考えるほうが普通であるかもしれない。

例えば、英国最初の本格的文芸批評家とされる Samuel Johnson (1709-84；通称、ジョンソン博士) は、ミルトンの詩篇第114篇英語翻訳と次に掲載された詩篇第136篇翻訳に関して、以下のように述べている。

> At fifteen, a date which he uses till he is sixteen, he translated or versified two Psalms, 114 and 136, which he thought worthy of the publick eye; but they raise no great expectations; they would in any numerous school have obtained praise, but not excited wonder. [14]

ここで、ジョンソン博士が、ミルトンの詩篇第114篇英語翻訳と詩篇第136篇翻訳について、15歳の生徒の「習作」以上の意義を認めていないことは明らかである。ミルトン自身は、これら詩篇英語訳の2篇が公共の耳目に触れるだけの意義があると考えたからこそ、『第一詩集』に収録したのかもしれないが、作者の将来の詩的成功の見込みを感じさせるものではない。せいぜい、学校では評価を受けるかもしれないが、何の詩的感興も感じさせるものではない、というのである。

一方、E. M. Tillyard は、ミルトンによる詩篇第114篇翻訳には、英国の翻訳家でプロテスタント詩人であった Joshua Sylvester (1563-1618) による翻訳、*Du Bartas His Divine Weekes and Workes* の影響が見られると指摘し、具体的に例示する。しかし、ティリヤードは、この時点でミルトンは既にシルベスターの翻訳レヴェルを超えていると主張する。その上、ミルトンが最終的に叙事詩『楽園の喪失』の主題を決定する際に、シルベスター訳の『聖なる一週間』に匹敵するような、天地創造に関する詩を書くという少年ミルトンの大望に相当影響されていたかもしれない、と示唆する。[15]

また、Marjorie Nicolson は、ミルトンの詩篇韻文翻訳について論じた後、ミルトンは詩篇150篇すべてについて、深く読み込み、吟味し、出版されたもの以外の

---

13 Barbara Keifer Lewalski, *Milton's Brief Epic: The Genre, Meaning, and Art of Paradise Regained* (Providence: Brown University Press; London: Methuen, 1966) や Mary Ann Radzinowicz, *Milton's Epics and the Book of Psalms* (Princeton, N.J.: Princeton University Press,1989) も論者と同様の立場を取っている。

14 *Samuel Johnson: Lives of the English Poets*, ed. Robert Montagu (London: The Folio Society, 1965), p.16.

15 E. M. W. Tillyard, *Milton* (London: Chatto and Windus, 1930), p.8.

詩篇についても翻訳を行っていただろうと推定する。そして、その成果は、当時、大流行していた「詩篇」全篇の韻文翻訳集という形ではなく、[16]『楽園の喪失』の中に見出されることになると述べている。[17]

ミルトンの叙事詩と詩篇の関係について大きな成果を上げた著作としては、Mary Ann Radzinowicz 著 Milton's Epics and the Book of Psalms（Princeton: Princeton University Press, 1989）がある。本書において、ラツィノウィッツは、「詩篇」から深く学んだミルトンが、『楽園の喪失』及び『楽園の回復』において、独自に詩篇群を創作している、と指摘する。ラツィノウィッツは、ミルトンの創作詩篇が具体的には、旧約聖書「詩篇」のいずれの詩篇から影響を受けているか、それらが混淆・熟成して、いかに優れたミルトン独自の詩篇群を形成しているかを詳細に分析している。

しかし、本論考で扱うのは、そういった高度な詩篇の分析ではない。ミルトンが実際に公にした詩篇を分析・考察して、それらがどのようにして、『楽園の喪失』という、いわば大聖堂のほんの一部として機能していくことになるのかを明らかにすることこそが本論考の主眼である。

Mary Ann Radzinowicz によれば、ミルトンの『キリスト教教義論』には、「詩篇」全150篇中約五分の四の詩篇が、引用あるいは出典箇所のみ明示される形で言及されているという。[18] また、Sims の The Bible in Milton's Epic (University of Florida Press,1970) "Index of Biblical References" を克明に読み解けば、『楽園の喪失』には合計で約70の詩篇、延べにして約150箇所の、詩篇からの反響があることが分かる。さらに、Marjorie Nicolson は、ミルトンの詩篇に対する関心は生涯をかけて続いたものであり、それらはやがて、ミルトンの後期の三大作品といわれる長編叙事詩『楽園の喪失』（1667）、叙事詩『楽園の回復』（1671）、及び悲劇『闘技士サムソン』（1671）において、詩篇翻訳という形で蒔かれた種が花開きイギリス文学史上、不滅の叙事詩及び悲劇という形で実を結んだことを示唆している。[19] これを受けた形で Radzinowicz は Toward Samson Agonistes(1978) 及び Milton's Epics and the Book of Psalms(1987) において、Lewalski は、Milton's Brief Epic: The Genre, Meaning, and Art of Paradise Regained（Providence: Brown University Press, London: Methuen, 1966）、および、Paradise Lost and the Rhetoric of Literary Forms (Princeton: Princeton University Press, 1985) において、『楽園の喪失』、『楽園の回復』、『闘技士サムソン』におけるミルトンの詩篇研鑽の成果―ミルトンが生涯をかけて詩篇を口ずさみ、詩篇について瞑想し、詩篇の精神を究明し、詩篇を通して神と対話し、詩篇から学びつつ神に祈りを捧げた成果―の一端を明らかにして見せる。

ミルトンの散文における詩篇の反響に目を転じれば、Harris F. Fletcher は、*The Use of the Bible in Milton's Prose* (Haskell House Publishers, Ltd., 1970) において、ミルトンの主要な散文作品における聖書からの引用箇所および出現箇所への言及を行っている。
　本論考でも、散文作品におけるミルトンと詩篇の関係について、『教会統治の理由』(1642)、『偶像破壊者』(1649)、『イングランド国民のための第一弁護論』(1651)、『イングランド国民のための第二弁護論』(1654) を中心に考察する。
　さらに、『楽園の喪失』においてミルトンの翻訳詩篇がどのように生かされているか、また、ミルトン自身が他の詩篇から学んだ成果が、主要登場人物たちのことばの中にどのように生かされているかについて考察を行う。

　最後に、本論考を進めるにあたって、東京女子大学名誉教授、斎藤康代氏の「詩篇」に関する3つの論考、
　「Milton と『詩篇』(1)―幼少時代と「詩篇」の Paraphrase」(1983)
　「Milton と『詩篇』(2)―ギリシア語訳「詩篇」とその周辺」(1987)
　「Milton と『詩篇』(3)―「詩篇 80 − 88」の翻訳をめぐって」(1992)
　(いずれも、東京女子大学紀要『論集』所収)
から極めて多くを学んだことを申し添えておく。

16　斎藤康代「Milton と『詩篇』(1)―幼少時代と『詩篇』の Paraphrase―」、東京女子大学紀要『論集』第 33 巻 (2 号)、(東京：東京女子大学、1983)、106-107 頁。詳細は、本書 p.22-23 を参照されたい。
17　*John Milton: A Reader's Guide to His Poetry* (London: Thames and Hudson, 1964), p.24.
18　*Milton's Epics and the Book of Psalms* (Princeton, N.J.: Princeton University Press, 1989), p.x.
　　ラツィノウィッツは『キリスト教会議論』で言及されていない 34 の詩篇の番号を列挙した上で、その内、詩篇第 83 篇、第 85 篇、第 87 篇はミルトンの翻訳があると指摘する。しかしながら、ラツィノウィッツは、詩篇第 114 篇及び第 136 篇もミルトンにより翻訳されていることを失念したようである。なお、同著者による、*Toward Samson Agonistes: The Growth of Milton's Mind* (Princeton, N.J.: Princeton University Press, 1978) は、ミルトンが若い頃から書きためた詩群及び、壮年期の散文作品やソネット、詩篇翻訳などのすべてが、最終的には悲劇『闘技士サムソン』へと収斂されていることを論じた、極めて啓発されるところ大なる書籍であるが、彼女は一貫してミルトンの翻訳詩篇 136 篇を "Psalm 146" と誤記し続けている (p.190, p.193, p.432)。この誤りは、約 10 年後に同著者によって執筆された *Milton's Epics and the Book of Psalms* においても修正されていない (p.ix)。さらに、同書でラツィノウィッツは彼女自身が "the pioneering book" と評価する、James Sims, *The Bible in Milton's Epic* (University of Florida Press, 1970) について、Sims は詩篇 2 章 7 行に対する『楽園の喪失』の反響を見落としていると指摘する (p.12)。しかしながら、Sims は、同書巻末の "Index of Biblical Reference" において、第五巻 602-605 行に、詩篇第 2 篇 6-7 行の反響があることを明示している (p.264)。よって、これはラツィノウィッツの見落としである。*Milton's Epics and the Book of Psalms* はミルトンの二つの叙事詩である、『楽園の喪失』(1667) 及び『楽園の回復』(1671) と詩篇との緊密な関係を詳細に論じた優れた論考であるが、時折こうした杜撰な間違いがある。ちなみに、James Sims, The Bible in Milton's Epic 及び巻末の "Index of Biblical Reference" は極めて有用である。
19　*John Milton: A Reader's Guide to His Poetry* (London: Thames and Hudson, 1964), p.24.

さらに、英米とは異なり、日本のミルトン研究においては、ミルトンと「詩篇」の関係はほとんど究明されていない。新井明博士の「詩篇」に関する論考[20] を除けば、浅学な論者の知る限り、斎藤教授のこれらの論文が極めて希少にして優れた研究成果であると言うことができる。その意味で、斎藤教授から学びつつ作成した拙論が、日本における「ミルトンと『詩篇』」という研究分野において、僅かながらでも貢献できることを祈念する。

　故宮西光雄教授の手になる『ミルトン英詩全訳集』上下（東京：金星堂、1983）についてもここで感謝の意を表しておかねばならない。ミルトンの詩篇翻訳を読み進めて行くうえで、論者は何度も宮西教授の翻訳に助けていただいた。日本では等閑視されがちな、ミルトンの詩篇翻訳の一行一行、一語一語にまで行き渡る宮西教授のミルトンに寄せる深い愛とその確かな研究態度に幾度となく接した。ここで改めて斎藤康代教授と故宮西光雄教授に心よりの感謝の意を表したい。

　なお、本稿における過ちの類はすべて野呂の責任に帰されるものであることを断っておく。

20　『ミルトン』（東京：清水書院、1997）、100-101頁。

第1部　ミルトンの詩篇翻訳

1　第Ⅰ期：ミルトンの詩篇翻訳における出エジプトの主題

はじめに

　ミルトンは、1646年1月に *Poems of Mr. John Milton, English and Latin Compos'd at several times* を出版している。（以下、1673年出版の詩集と区別して『第一詩集』と表記する。）表題の下にはヴェルギリウスの『牧歌』第7歌より、"Baccare frontem Cingite, ne vati noceat mala lingua futuro,"（「かの邪悪な舌が将来、詩人となるべき者に害をなさぬよう、わが額をジギタリスの葉の冠で飾れ」）が引用されている。[1]

　巻頭を飾るのは "On the Morning of Christ's Nativity"（「キリスト降誕の朝に」）で、表題の下に1629年作成とあることから、ミルトン20歳〜21歳の作である。第二番目は詩篇第114篇の英語翻訳、[2] 第三番目は詩篇第136篇の翻訳である。詩篇第114篇の英語翻訳の下に、ミルトン自身が15歳の時の作品であると記している。このことから、本詩集編纂に際して、ミルトンが詩篇第114篇英語翻訳、及び第136篇翻訳を掲載するに足る最年少時の作品として位置づけていることが窺える。四番目に置かれているのは、"The Passion"（「キリストの受難」；未完）である。このように、2つの詩篇翻訳は「キリストの生誕」と「キリストの死」という極めて重要な主題の間に位置付けられている。従って、詩篇第114篇と第136篇は、作者兼編者であるミルトンの脳裏において、キリストの御業と関連づけられていると想定される。

（1）詩篇第114篇英語翻訳における出エジプトの主題

　ミルトンによる、詩篇第114篇英語翻訳は、1646年1月、ミルトンが37歳で出版した『1645年版詩集』に収録されている。ミルトン自らが15歳の時にヘブライ語から英語に翻訳（パラフレイズ）したと注記を付している。詩篇第114篇は賛美詩篇中の讃美歌に分類される。[3] ミルトンによる詩篇第114篇英語翻訳は、全18行からなり、出エジプトにおける神の偉業を称えている。2行ずつ押韻（ライム）が施された弱強五歩脚（アイアンビックペンタミター）の形を取っている。

ヘブライ語の原詩は全8節からなる簡潔な詩である。出エジプトを主題とし、神の不思議な御業によって、エジプトのパロのもとで奴隷として圧政と迫害に苦しんでいたイスラエルの民が紅海を通過して安住の地に導かれる様子が歌われている。ちなみに、ケンブリッジ聖書注解叢書の監修者で自ら詩篇の注解を行った Alexander Francis Kirkpatrick（1849-1940）は、詩篇第114篇について「この詩は形の完全と劇的鮮明さに於いて、詩篇全篇中匹敵するものはなし」と述べたという。[4]

　英国最初の本格的文芸批評家とされる Samuel Johnson（1709-84；通称ジョンソン博士）は、ミルトンの詩篇第114篇英語翻訳と次に掲載された詩篇第136篇翻訳に関して、以下のように述べている。

> At fifteen, a date which he uses till he is sixteen, he translated or versified two Psalms, 114 and 136, which he thought worthy of the publick eye; but they raise no great expectations; they would in any numerous school have obtained praise, but not excited wonder. [5]

　ここで、ジョンソン博士が、ミルトンの詩篇第114篇英語翻訳と詩篇第136篇翻訳について、15歳の生徒の「習作」以上の意義を認めていないことは明らかである。ミルトン自身は、これら詩篇英語訳の2篇が公共の耳目に触れるだけの意義があると考えたからこそ、『1645年版詩集』に収録したのかもしれないが、作者の将来の詩的成功の見込みを感じさせるものではない。せいぜい、学校では評価を受けるかもしれないが、何の詩的感興も感じさせるものではない、というわけである。

1　*Poems of Mr. John Milton: The 1645 Edition with Essays in Analysis*, eds. Cleanth Brooks and John Edward Hardy (London: Harcourt, Brace and Company, Inc., 1951), p. xvii. ラテン語引用の翻訳は以下を参考にした拙訳である。*Virgil: Eclogue・Georgics・Aeneid* I-VI, with an English Translation by H. Rushton Fairclough, revised by G. P. Goold (Cambridge, Massachusetts and London: Harvard University Press, 1999; Revised Edition, 2004), p.69. なお、「邪悪な舌」は過剰な称賛により神々の嫉妬を呼び起こすとされ、ジギタリス（"foxglove"）はそのような災い除けのお守りと考えられていた、と同書同頁に注がある。
2　十年後の1634年秋にミルトンは詩篇第114篇のギリシア語翻訳を行っているため、1624年の翻訳を「詩篇第114篇英語翻訳」とし、1634年の翻訳を「詩篇第114篇ギリシア語翻訳」と表記する。それ以外の詩篇翻訳に関してはすべてヘブライ語から英語への翻訳であるため、特に「英語」という語は明記しないものとする。
3　フランシスコ会聖書研究所訳『聖書　原文校訂による口語訳　詩編』（東京：中央出版社、昭和43年初版発行、昭和56年第四刷）、「付録」による。
4　矢内原忠雄『聖書講義VI　詩編　続詩編』（東京：岩波書店、1978）234頁。
5　Robert Montagu, ed., *Samuel Johnson: Lives of the English Poets* (London: The Folio Society, 1965), p.16. 当該書において、ジョンソン博士はミルトンの優れた評伝を書いている。

一方、E. M. Tillyard は、ミルトンによる詩篇第114篇翻訳には、英国の翻訳家でプロテスタント詩人であった Joshua Sylvester (1563-1618) による翻訳、*Du Bartas: Divine Weekes and Workes*〔原典は Guillaume du Bartas 作 *La Sepmaine*〕の影響が見られると指摘する。しかも、ティリヤードは、この時点でミルトンは既にシルベスターの翻訳レヴェルを超えていると主張する。その上、ミルトンが最終的に叙事詩『楽園の喪失』の主題を決定する際に、シルベスター訳の『聖なる一週間』に匹敵するような、天地創造に関する詩を書くという少年ミルトンの大望に相当影響されていたかもしれない、と示唆する。[6]

　シルベスターは、フランスの新教徒(ユグノー)詩人 Guillaume du Bartas (1544-90) 作 *La Sepmaine* (1578) を英語に翻訳した。その主題は神の「天地創造」である。ティリヤードによれば、ミルトンの生れる3年前、火薬陰謀事件の年、1605年に2冊の、同時代の英国に大きな影響を与えることになる書籍が出版された。一冊は Francis Bacon の *The Advancement of Learning* であり、もう1冊がデュ・バルタスのシルベスター訳『聖なる一週間』であったという。これらのことから、ティリヤードが、ミルトンに与えたデュ・バルタスの影響、及び、シルベスターの影響を重要視していることが明らかである。

　ところで、Christopher Hill は、ミルトン版詩篇第114篇英語翻訳成立前後の英国の状況について以下のように説明している。

　ミルトンが15歳で本詩篇翻訳を行った恐らく前年、1623年の10月に、皇太子 Charles Stuart (後のチャールズ一世；1600-49) は、寵臣である Duke of Buckingham (通称、バッキンガム公、George Villiers;1592-1628) と共にスペインに赴き、スペイン王女に求婚したが不成立に終わり帰国した。

　Christopher Hill によれば、縁談の不成立は英国民を喜ばせた、という。カトリック教国スペインの王女との結婚は、プロテスタント教国英国にとっては新たな脅威の種となることが懸念されたからである。セント・ポール大聖堂では、詩篇第114篇を歌って、脅威の回避を祝ったという。それは政治的な意思表示の意味が極めて濃厚であった。この時、英国は、モーセに率いられて出エジプトを果たしたイスラエルの民に準えられ、カトリック・スペインは、イスラエルを支配下に置いて収奪し、神の裁きにより紅海で全滅したエジプト軍に準えられたのである。ヒルは、"If Milton was not incited to translate this Psalm by the younger Gil...." と慎重な表現を用いて、15歳のミルトンが当時の政治状況に刺激されて、詩篇第114篇の英語翻訳を行ったこと、それが、ミルトンの通った聖ポール学院の校長の息子で、ミルトンの教師であり、先輩でもあったアレグザンダー・ギルの勧めによるものだった可能性を示唆している。[7]　ヒルがその根拠として挙げるのは、それからほぼ10年後の1634

年にミルトンが同詩篇のギリシア語訳をギルに捧げている、という事実である。[8]
ヒルの指摘が正鵠を射ているとすれば、ミルトンは既に15歳の時から、折々の時事的出来事に触発されて詩作を行うという傾向を有していたことになる。[9]

以下に、ミルトンによる詩篇第114篇英語翻訳を挙げる。訳も同時に掲載する。（訳は、宮西光雄訳に学びつつ、野呂が手を加えた箇所がある。）議論を円滑に進めるために、各詩行に番号を振った。

1) ミルトンによる詩篇第114篇英語翻訳

1　When the blest seed of Tera's faithful Son,
2　After long toil their liberty had won,
3　And past from Pharian Fields to Canaan Land,
4　Led by the strength of the Almighties hand,
5　Jehovah's wonders were in Israel shown,
6　His praise and glory were in Israel known.
7　That saw the troubled Sea, and shivering fled,
8　And sought to hide his froth becurled head
9　Low in the earth, Jordans clear streams recoil,
10　As a faint Host that hath receiv'd the foil.
11　The high, huge-bellied Mountains skip like Rams
12　Amongst their Ews, the little Hills like Lambs.

6　Tillyard, *Milton*（London: Chatto andWindus,1930）, p.8.
7　これに対して、Tillyard は、ミルトンの革命的な性質を助長する要素は聖ポール学院にはなかった、とする。Cf. *Milton*, p.9.
8　Christopher Hill, *Milton and the English Revolution* (Middlesex, New York and Victoria: Penguin Books, 1978; rpt.1979), pp.27-28. なお、同書でヒルは、ギルが相当に熱烈な反王党派であったこと、その為にあやうく処罰されそうになったことについて言及している（pp.28-29）。
9　ミルトンが折々の時事的情勢に触発されて詩作を行う傾向があったことは、『1645年版詩集』の原英語タイトル *Poems of John Milton, Both English and Latin, <u>Composed at Several Times</u>*（下線は論者）により示唆されている。また、ミルトン作品について論じる際に、ほとんどの批評家が、その成立前後の詩人の社会的、家庭的状況について詳細な考察を行って、作品成立時の詩人を取り巻く状況との直接的・間接的影響を論じている。ミルトンが1648年に行った詩篇第80篇から第88篇の連作翻訳及び1653年に行った詩篇第1篇から第8篇の連作翻訳の際にもその成立前後の状況が問題になっている。ソネットの場合には成立年代が確定されているものに関しては、作成前後の状況がしばしば作品成立と密接な関係を持っていることが明らかにされている。新井明「ミルトンのソネット演習」(1)～(4)、『英語青年』Vol. CXXVII.—Nos. 1-4（東京：研究社、1981）、及び『英詩鑑賞入門』（東京：研究社、1986、再版1987）。野呂有子「ミルトンの英雄観」、「ミルトンの英雄観その2」及び「ミルトンの英雄観その3」『東京成徳短期大学紀要』（東京：東京成徳短期大学、1978～80）を参照されたい。

13	Why fled the Ocean? And why skipt the Mountains?
14	Why turned Jordan toward his Chrystal Fountains?
15	Shake earth, and at the presence be aghast
16	Of him that ever was, and ay shall last,
17	That glassy flouds from rugged rocks can crush,
18	And make soft rills from fiery flint-stones gush.

　テラの篤信の息子の、祝福された子孫(シード)が、
　長き苦難を経て、自由を勝ち取り、
　全能者の御手の力に導かれて
　埃及(エジプト)の野よりカナンの地へ進んだとき
　エホバの不思議がイスラエル（の民）の中で示され、
　エホバへの賛美と栄光がイスラエル（の民）の中で知られた。
　御手の力を見て騒然となった海は、震え慄きつつ敗走し、
　泡が渦巻く波頭を低くして地に隠そうとした、
　そしてヨルダンの澄んだ川水は退却する、
　撃退されて怖気づいた軍勢のようにして。
　そびえ立つ太鼓腹の山々は、雌羊の中の雄羊のように飛び跳ね、
　丘陵は仔羊のように飛び跳ねる。
　なぜ海原は敗走したのか？　そしてなぜ山々は飛び跳ねたのか？
　なぜヨルダンは水晶(クリスタル)の源泉に向かって戻ったのか？
　地よ、震撼せよ、御前(みまえ)で恐れ慄け、
　そのお方はかっては常に居まして、まことに、今後も常に存続される、
　荒岩を砕いて鏡のごとく澄み溢れる流れを湧き出させ、
　火炎を生み出す火打石から穏やかな小川を迸り出させる。

2)　英語翻訳詩編第114篇の構造

　全部で18行からなるこの詩篇は、構成上、5部に分けて考えることができる。5部構成としたのは、内容的区切りを考慮するとともに、ミルトンのピリオドの使用法に拠ったためである。

　　第1部　第1行から第6行
　　第2部　第7行から第10行
　　第3部　第11行から第12行

第4部　第13行から第15行
第5部　第16行から第18行

　第1部は "the blest seed of Tera's faithful Son" すなわち「テラの息子」で、神により「祝福された」信仰篤き者〔アブラハム〕の「子孫(シード)」が長い(隷従の)苦難の後で、全能の神から自由を与えられてエジプトの地を過ぎてカナンの地に入った時に、[10] 神(エホバ)の奇蹟の業が証人としてのイスラエルの民に目撃され、神の誉と栄光がイスラエルの民に知られるところとなったと歌う。「テラの息子で神により祝福された信仰篤き者〔アブラハム〕の子孫(シード)」とは通常は「〔アブラハムの孫ヤコブを含む〕イスラエルの子孫」と解される。ヘブライ語原典詩篇第114篇では「イスラエル」となっている。[11] しかし、「イスラエル」と「アブラハムの子孫」とは、その内包するところが微妙に異なる。「イスラエル」という場合、アブラハムの孫のヤコブとその子孫たちを指す。「アブラハムの子孫」という場合には、まずアブラハムが意識され、その息子のイサク、そしてヤコブに始まるイスラエルの民全体が意識されることになる。「アブラハムの子孫」と言う方が包括範囲が広いのである。さらに、「創世記」第3章15節で神からイヴと蛇に下された預言の中に出現する "the Seed of Woman"（「女の子孫」）は「アブラハムの子孫」の異工同音として、ミルトンの時代には理解されていた。[12]

　第2部は内容上、前半と後半に分けられる。前半では神がイスラエルの民に紅海を通過させたことを歌い、後半ではイスラエルの民が約束の地に入るときにヨルダン川の流れが堰き止められたことを歌っている。この2つの出来事は並行法により対をなして扱われるが、詩行第9行の "earth" と "Jordans" の間に内容上の区切りが認められる。前半は、旧約聖書の「出エジプト記」第14章21節から22節が土台となった部分である。（ヘブライ語原典も同様である。）神(エホバ)の奇蹟により、紅海の真っただ中に道ができた様が歌われるが、そこでは海は擬人化され、神により撃退され敗走する敵のイメージで描写される。神の奇蹟の業に混乱した海は、「震え慄きつつ敗走する」。泡立つ波頭の潮流が低く引いて行く様は、頭を低くして攻撃の弓や矢を避

10　この語句に似た表現は「ヨシュア記」24:17 に見出される。
11　フランシスコ会聖書研究所訳注『聖書　原文校訂による口語訳　詩編』（東京：中央出版社、昭和43年初版；昭和53年第四刷発行）、378 頁。及び、ed., John R. Kohlenberger III, *The NIV Interlinear Hebrew-English Old Testament*, Four Volumes in One; Genesis-Malachi (Michigan, Grand Rapids: The Zondervan Corporation, 1979; rpt. 1987) 477 に拠る。以降、本論考で、「ヘブライ語原典で〜である」と言う場合は、この二書を参照した結果を述べている。
12　C. A. Patrides, "The 'Protevangelium' in Renaissance Theology and *Paradise Lost*", *Studies of English Literature*, iii (1963) 19-30.

けようとする敗走兵の姿さながらである。

　後半は、新約聖書の「ヨシュア記」第3章15節から17節が土台となった部分である。（ヘブライ語原典でも同様である。）全イスラエルの民とともに、イスラエルの各部族から選ばれた12人が主の契約の箱をかついでヨルダン川を渡ろうとした時、ヨルダンの川が神の奇蹟の業により堰き止められたという出来事に基づいている。ミルトンによる英語翻訳では、第3部の前半で、紅海の波が、敗走する敵のイメージで描かれていたが、ここでも敗走兵のイメージは継続され、「ヨルダンの澄んだ川水は、撃退されて怖気づいた軍勢のように退却する」のである。ここでヨルダンの川水は、やはり、神の敵であるサタンとその配下の堕天使たちのイメージで描かれている。第2部の前半と後半を繋ぐのは、自然の水の動きが通常では有りえない異常な動きをしたことであり、それを神の敵対者が敗走するイメージで語っている、という点である。

　第3部は、神の顕現に際して、山々や丘陵が地震で揺れた様を雄羊と仔羊が飛び跳ねるイメージで歌っている。「出エジプト記」第19章18節におけるシナイ山の煙が、かまどの煙のように立ち上り、全山が激しく震えた、という記述が土台となっている。（ヘブライ語原典も同様である。）雄羊は豊饒と復活の象徴であり、仔羊はイエス・キリストの象徴であるところから、ここでは、神の奇蹟的な御業が喜びと豊饒と再生を示唆していることが明らかである。[13]

　ここで、ミルトンはヘブライ語原典には存在しない、「雌羊たちの間で」という詩句を補っている。この詩句は、ヘブライ語原典に存在しないばかりか、『欽定英訳聖書』（1611）にも『ジュネーヴ聖書』（1560）にも他の主だった英語訳詩篇にも存在しない。[14]　しかし、重要なのは、ミルトンがここで原典には存在しない雌羊（"Ews"）を登場させることによって、単なる比喩以上の効果が羊たちの生み出すイメージに生じた、ということである。すなわち、「女性的なるもの」の存在である。これと関連して強調しておきたいのは、第1行の "the blest seed of Tera's faithful Son" が、その異教の父をも視野に入れつつ Abraham と "the Abraham's Seed" を、さらにアブラハムの初子イサクを指し、それはまた、"the Seed of Woman" の語句と連鎖するものである、ということだ。

　神の民が羊のイメージで描かれることは、ユダヤ・キリスト教文化においてはしばしば起こることであるし、イサクと雄羊と言えば、聖書「創世記」第22章の「イサクの献供」においてイサクの身代わりとなって全焼の生贄として神に捧げられた雄羊はイエス・キリストの象徴とされている。[15]　さらに、仔羊は通常、イエス・キリストを象徴する。

　となると、12行目に出現する「雌羊」には、聖母マリア的イメージ、あるいは少なくとも母親的イメージが内包されているということになる。その上に、最終的に命

を救われたとはいえ、イサク自身がイエス・キリストの予表とされていることは、通常のユダヤ・キリスト教文化の了解事項といえよう。そうなると、第1行に出現する"the blest seed of Tera's faithful Son"と第12行に出現する"the Ews"とは呼応し合っている、ということである。そして、この2つを繋ぐのは、本詩篇の表面には現れていない"the Seed of Woman"という概念なのである。

このことは、ミルトン作品の背後に常に意識的におかれる「女性的なるもの」の存在、そして、本論考の後の方で考察する、『楽園の喪失』における圧倒的なイヴの存在感について論述する際にも極めて示唆的である。

3) "Chrystal Fountains"、「ヨハネ黙示録」、そして『楽園の喪失』

第4部では、「なぜ海原は敗走したのか? そしてなぜ山々は飛び跳ねたのか? なぜヨルダンは水晶(クリスタル)のような源泉に逆さまに戻ったのか?」と超自然現象が起こった理由を問いかけているが、これは反意的疑問文である。神にとって不可能なことは存在しないからである。ちなみに、原典ヘブライ語詩篇、及び、『欽定訳聖書』、『ジュネーヴ聖書』には、「なぜ丘陵は、仔羊のように飛び跳ねたのか」に当たる部分が存在するが、ミルトン版では省略されている。

特筆すべきは、第2部で"*Jordans* clear streams recoil"とした部分をそのまま単純に繰り返さずに、"Why turned *Jordan* toward his Chrystal Fountains?"と、異なる語句を新たに創作し付け加えている点である。他の2行がほぼそのまま、先行する詩行を繰り返す形になっていることを考え合わせると、この詩行に若きミルトンが工夫を凝らしたことが窺える。「なぜヨルダンは水晶(クリスタル)の源泉に向かって戻ったのか?」という詩行は、原典ヘブライ語詩篇にも他の主だった詩篇英語訳にもない。特に「水晶(クリスタル)の源泉」は瞠目に値する。なぜなら、原典ヘブライ語詩篇でも他の主だっ

---

13 ジーン・C. クーパー著 岩崎宗治・鈴木繁夫共訳『世界シンボル事典』(東京:三省堂、1992)、"Lamb"の項を参照されたい。また、マンフレート・ルルカー著 池田紘一訳『聖書象徴事典』(京都:人文書院、1988)、「仔羊と雄羊」、「犠牲」「羊飼い」の項からも多くを学んだ。

14 *The Whole Book of Psalms Collected into English Metre by Thomas Sternhold , John Hopkins, and Others; conferred with the Hebrew: set forth and allowed to be sung in all churches, of all the people together* , (Oxford: Printed by T. Wright and W. Gull, Printers to the University, 1770) にも、*The Book of Common Prayer Ornamented with Wood Cuts from Designs of Albert Durer, Hans Holbein, and Others. In Imitation of Queen Elizabeth's Book of Christian Prayers.* (London: Folio Society, 2004) にも「雌羊」への言及はない。英語詩篇翻訳はミルトンの時代に極めて夥しい数の出版がなされている。そのすべてに目を通すことは困難であるが、その中でも、ペンブルック伯爵夫人(Sir Philip Sydneyの妹で、シドニー亡き後、兄の意志を継ぎ、兄が翻訳した詩篇第1篇から第43篇以降の107篇を翻訳した)の詩篇第114篇翻訳に、"rams"、"lambs"と並んで"dammes"(母羊)が登場することを付記しておく。*The Psalms of Sir Philip Sydney and the Countess of Pembroke*, ed. J. C. A. Rathmell (New York: Doubleday & Company, Inc., 1963), p.267.

15 クーパー、「雄羊」の項目を参照されたい。

た詩篇英語訳においても、表現の差はあれ、基本的な意味内容として、ヨルダンは単に「逆流する」だけである。[16]　しかし、ミルトン版詩篇第114篇において、ヨルダン川は"Chrystal Fountains"に向かって戻っていくのである。

　ところで、聖書の最後を締め括る「ヨハネ黙示録」には「水晶」の語が三回出現する。第4章6節"a sea of glass unto crystal"、第21章11節"her [Jerusalem's] light...was clear as crystal"、そして、第22章1節"a pure river of water of life, clear as crystal"である。[17]　これら3つの箇所はすべて、詩篇第114篇の当該箇所と極めて密な関係にあると考えられる。そこで、『聖書　新改訳』に基づいて、これらの箇所をその前後も含めて詳細に検討してみよう。

> すると見よ。天に1つの御座があり、その御座に着いている方があり、その方は、**碧玉**（"jasper"）や赤めのうのように見え、……御座からいなずまと声と雷鳴が起こった。……御座の前は、**水晶**に似たガラスの海のようであった。（「ヨハネ黙示録」第4章2節〜6節）

> 都には神の栄光があった。その輝きは高価な宝石に似ており、<ruby>水晶<rt>クリスタル</rt></ruby>のように澄んだ、**碧玉**（"jasper"）のようであった。（第21章11節）[18]

> 御使いはまた、私に**水晶**のように光るいのちの水の川を見せた。それは神と子羊との御座から出て、都の大通りの中央を流れていた。（第22章1節〜2節）

　ヨハネが天使の導きによって幻視した、天界の「御座」とは、神と御子（イエス・キリスト）の座す場所である。（第4章に出現する「いなずまと声と雷鳴」が、神と御子の属性を表すものであることは言うまでもない。）第4章では、御座の前は「水晶に似たガラスの海」のようであり、第22章では、神と子羊の御座から流れ出る「いのちの水の川」は「水晶のように光」っている。つまり、神の命令に従ってヨルダン川が戻っていくその源にあるのは、「黙示録」で示された、「神と子羊（イエス・キリスト）との御座」である。そして、御座の前は「水晶に似たガラスの海」のようであり、ヨルダン川は、そこから流れ出る「水晶のように光るいのちの水の川」に連なる流れとして描かれている、ということができる。そして、「御座の正面におられる子羊」は「大きな患難から抜け出て来た者たち」―すなわち、神とイエス・キリストに対して"faithful"であったために迫害され殉教した者たち―を、「彼らの牧者」として「いのちの水の泉に導いてくださる」のである（第6章17節）。また、第4節と第21節に出現する「碧玉」は、神とイエス・キリストとその栄光を象徴する語として使用されていることも確認される。

さらに、「黙示録」における「ガラス」の語に注目してみよう。

> 私は、火の混じった、ガラスの海のようなものを見た。獣と、その像と、その名を示す数字とに打ち勝った人々が、神の立琴を手にして、このガラスの海のほとりに立っていた。(第15章2節)

「獣と、その像と、その名を示す数字」とは、サタンとその手下たち、偶像と偶像崇拝を行う者ども、そして、その誘惑を意味すると考えられる。それらに「打ち勝った人々」は、神とイエス・キリストを称えて賛歌を捧げるために楽器を手にして、「ガラスの海」のほとりに「立って」いるのである。[19]

このように見てくると、「黙示録」においては、「水晶(クリスタル)」、「ガラス」、「碧玉」の語は、神とイエス・キリスト、その御座と栄光、そして御座を取り巻く「いのちの水」と深く結びついていることが明らかとなる。

15歳の少年詩人ミルトンは、「黙示録」に登場する神とイエス・キリストの御座を取り巻く「いのちの水」を象徴する「水晶(クリスタル)」("Chrystal")、「ガラス」("glass")、そして「澄んだ」("clear")の語を詩篇第114篇の第4部及び第5部(第17行に"glassy"の語が見える)に反響させている。そして、神を畏れて逆流するヨルダン川(そしてすべての水の流れ)の源─神とイエス・キリストという、「いのちの水」の源泉("Chrystal Fountains")─を読者の脳裏にくっきりと浮彫にしてみせるのである。さらに、ミルトンは、水晶を"Chrystal"と綴ることによって、いのちの水の源とは、神と"Jesus Christ"その人であることを示唆している可能性が高い。[20]
このようにして、少年詩人ミルトンは、詩篇第114篇の韻文英語翻訳の作業を通して、

---

16 脚注13でも述べたように、英語詩篇翻訳はミルトンの時代に極めて夥しい数の出版がなされているため、すべてに目を通すことは困難である。しかし、ペンブルック伯爵夫人の詩篇第114篇翻訳に、"twinned spring"(二つに分かれる〔ヨルダン川の源泉としての〕泉水)が登場する。

17 ちなみに、*Cruden's Complete Concordance to the Old and New Testaments*, eds. C.H. Irwin, *et al.* (Cambridge: Lutterworth Press, 1930; revised edition 1985) では、"crystal"の用例は5例のみである。その内、三例が「ヨハネ黙示録」に出現することは特筆に値する(他の用例は、「ヨブ記」第28章17節、及び「エゼキエル書」第1章22節)。なお、典拠は『欽定英訳聖書』とした。

18 『新改訳 聖書』では「透き通った碧玉」となっているが、拙訳で下線部のように訳し直した。

19 「ガラスの海」と「立って」の語に関して言えば、『欽定英訳聖書』では"a sea of glass"、"the sea of glass"、及び"stand"の語が採用されている。『ジュネーヴ聖書』では"a glass sea"、"the glass sea"、及び"stand"が採用されている。『リームズ・ドゥエー聖書』では"a sea of glasse"、"the sea of glasse"、及び"standing"を採用。さらに、*The Interlinear Greek-English New Testament*, trans. and ed. Alfred Marshall (Michigan: Zondervan Publishing House,1958; rpt. 1975), p.1001では、"a sea of glass"、"the sea of glass"、及び"stand"の相当語句が採用されている。

20 *The Oxford English Dictionary* は、16世紀に"crystal"を"chrystal"と表記する場合があったことを指摘している。また、"crystal"の定義2は、本論文で引用した、『欽定英訳聖書』「ヨハネ黙示録」第4章6節を用例として挙げている。

旧約聖書の「詩篇」の世界と新約聖書の「黙示録」の世界をミルトン独自の手法によって融合させているのである。

ちなみに、コロンビア版ミルトン全集 "Index" の "crystal" の項には、『楽園の喪失』における当該語句の出現箇所が七つ挙げられている。第一巻742行 "Chrystal Battlements"、第四巻263行 "her chrystal mirror"、第五巻133行 "thir Chrystal sluce"、第六巻757行 " a chrystal Firmament"、第六巻860行 "Chrystal wall of Heav'n"、第7巻293行 "rise in crystal Wall"、第十二巻197行 "on drie land between two christal walls" である。[21] 第七番目の用例は、綴り通りに解釈すれば、まさに「2つの水晶(キリストの)の壁の間の乾いた地」の意味になる。

さらに、「ヨハネ黙示録」第4章2節〜6節以下の御座の描写と『楽園の喪失』第六巻757行以下の描写にはともに「碧玉」("jasper") が出現するが、その前後も似通った描写になっている。

>...a throne was set in heaven, and one sat on the throne. And he that sat was to look upon like a **jasper** and a sardine stone: and *there was* rainbow round about the throne, in sight like unto an emerald .... And out of the throne proceeded **lightnings** and **thunderings** and voices.... And before the throne *there was* a sea of glass like unto **crystal**: and in the midst of the throne, and round about the throne were...the fourth beast *was* like a flying **eagle**.　　(Revelation 4: 2-7) [22]

>Over thir heads a **chrystal** Firmament,
>Whereon a Saphir Throne, inlaid with pure
>Amber, and colours of the **showrie Arch**
>……………………………………………
>...at his right hand Victorie
>Sate **Eagle**-wing'd, beside him hung his Bow
>And Quiver with three-bolted **Thunder** stor'd,
>And from about him fierce Effusion rowld
>Of **smoak** and **bickering flame**, and sparkles dire;
>……………………………………………
>Hee on the wings of Cherub rode sublime
>On the **Chrystallin** Skie, in **Saphir** Thron'd.　　(VI: 757-772)

「ヨハネ黙示録」においては、天の御座に座すお方は、碧玉や赤めのうのように見え、その回りには緑玉のように見える虹がある。御座からはいなずまと雷鳴と声が起こる。御座の回りは水晶に似たガラスの海のようで、御座の中央と回りには4つの生き物がいるが、4つ目は空飛ぶ鷲のようであったという。

　一方、『楽園の喪失』においては、御子は生ける戦車に乗る。それは、水晶の大空が広がる、その上のサファイアの玉座のことであるが、それには純な碧玉と驟雨の弓形（＝虹）の彩りが散り嵌めてある。御子の右手には＜勝利＞が鷲の翼をつけて座し、御子の脇には弓と三矢の雷を入れた矢づつが掛かり、回りには煙と点滅する炎と、恐ろしい火花が渦を巻いている。御子はサファイアの玉座に座したままで智天使の翼に乗って水晶の空を威風堂々と天翔けた、とある。2つの描写を繋ぐのは、宝石づくし―特に水晶と碧玉―、虹、雷、鷲、御座、そしてその御座に座す御子のイメージである。第六巻の、サタン軍を天から一掃する場面の御子の姿を描写する際に、ミルトンが「ヨハネ黙示録」第4章からヒントを得ていることは明らかである。[23] また、御子（＝Christ）が御座に座す様子を描き出す、この詩行のまとまりが、"chrystal"の語を含む詩行で始まり、"Chrystallin"の語を含む詩行で終わっていることは特筆にあたいする。ミルトンは、まだこの時点では御子が「キリスト」という名称で呼ばれることはないものの、新約聖書において"Christ"と呼ばれる、まさにその人であることを"chrystal"及び"Chrystallin"の語を額縁のようにして、響き渡らせることによって明らかにしている。

4) "the blest seed of Tera's faithful Son"，"Protevangelium"，そして"the Seed of Woman"

　英語翻訳詩篇第114篇の第5部はこれまでに歌われてきたことのすべてが、エホバの神の奇蹟的な御業であることをまとめて述べている。自然の森羅万象が擬人化して描かれ、神の命令によって動いて、神の御意志を成就するために働くことは、そのまま神を賛美することに繋がるのであり、神は過去、現在、未来永劫を統括する方であることが確認される。岩から水を噴出させる奇蹟を歌う、最期の2行の土台となっているのは、「出エジプト記」第17章6－7節に登場する「ホレブの岩」と「メリ

21　このうちの5例が、出エジプトの主題が扱われる箇所に出現する。この問題については、本論考第3部で再度検討したい。
22　『欽定英訳聖書』に拠る。
23　新井明氏は『楽園の喪失』（東京：大修館書店、1978）、175頁の注記で、この場面には「エゼキエル書」第1章及び第10章、「出エジプト記」第28章30節、「ユダの手紙」第14章、「黙示録」第5章11節、詩篇第68篇17節等が重層的に響き渡っていると指摘する。野呂は「黙示録」第4章2-7節をこれに付け加える。

バの泉」、及び、同内容を簡略化して扱ったと考えられる「民数記」第20章11節や「申命記」第8章15節である。人間にとって無くてはならない、生命の元となる水、さらに人がキリストの内にあって再生を迎える時に象徴的に人がその中を通って生まれてくるとされる水を神は思いのままに湧き出させるお方なのである。

　John Carey と Alastair Fowler は、本詩篇翻訳におけるシルベスター訳デュ・バルタスの影響を指摘する。[24]　例えば、第3行 "**Pharian** Fields"、第8行 "**hide his** froth becurled **head**"、第9行 "**Jordans clear** streams"、第14行 "Why **turned** Jordan **toward** his Chrystal Fountains?"、第17-18行 "That **glassy** flouds … **crush** …soft rills … **gush**." などである。[25]　このことは、ミルトンがこの時期に直向(ひたむ)きにデュ・バルタス著シルベスター訳『聖なる一週間』に向き合ったことを証する。ミルトンはデュ・バルタスを主な手本とし、シルベスターの語句の形成方法を真似て、この「習作」を仕上げたというわけである。しかし、本詩篇の価値がそれだけに留まるものでないことは以上の議論からも明らかである。

　ここで、再度、第1行の "the blest seed of Tera's faithful Son" に注目しよう。これに相当するヘブライ語原典は「イスラエル」及び「ヤコブの家」である。つまり、原典及び他の多くの英訳には存在しない、"blest seed" という語句が第一行に出現しているということである。また、"Tera's faithful Son"とは Abraham を指す。[26]　すると、"the blest seed of Tera's faithful Son" とは、"the blessed seed of Abraham" を意味する。ところで、"seed" には、聖書的に特別な意味があり、それは子孫という意味である。[27]　つまり、"the seed of Abraham"と言えば、イサクとヤコブそして、彼らの代々の子孫たちすべてが含まれることになる。"the seed of Abraham" と言えば、その息子イサクをも含む、神の民を指す、聖書においては特別な意味合いを持つ語句である。[28]

　一方で、イスラエルあるいはヤコブの家と言う場合には、アブラハムとイサクは含まれないことになる。ミルトンとしては、是非ともアブラハムとイサクをここで意図的に意識するような表現を用いたかったのではないだろうか。

　「創世記」第31章53節や、「ヨシュア記」第24章2～3節に基づけば、テラは不信心者であったが、その息子アブラハムは信仰に篤く、神はアブラハムを祖とするイスラエルの民を神の民として選び出し、祝福した。アブラハムの子はイサクであり、イサクの子ヤコブはイスラエルとなる。イエス・キリストへと連鎖する「イスラエルの子孫」とはアブラハムを父祖とする。

　ちなみに、ミルトンの祖父はカトリックであったため、英語訳聖書を読んでいた父ジョン・ミルトンを勘当し、父ジョンはプロテスタントになったといういきさつがある。このような経緯から、当該箇所には、ミルトンがカトリックの祖父を不信心者テ

ラに、父ジョンをプロテスタントの篤信者に準え、自分をイサクに、自分を筆頭とする家系を「神の民」に準えるという、何とも大胆な構図がある、と言えるのではないだろうか。[29]

ちなみに、ミルトンの母の名はSarahである。アブラハムの妻の名もSarahであり、イサクは二人の間に授かった極めて遅い長子であった。ミルトンも両親にとっては比較的遅く授かった長子であることからも、やはりミルトンはここで自分をイサクに準えている、と解釈することも可能である。[30] つまり、"the blest seed of Tera's faithful Son"の中にミルトンは自身をも加えて考えている可能性がある。[31]

ところで、C. A. Patridesはミルトンと"Protevangelium"に関する論文の中で、「創世記」第3章15節の神の宣告に出現する"the Seed of Woman"(「女の子孫(すえ)」)が、救世主イエス・キリスト、及び神とキリストに忠実な人々を指すとする解釈はミルトンの時代には通説となっていたことを明らかにした。[32] "Protevangelium"は「原福音」と訳されている。「創世記」第3章15節で"the Woman's Seed"("the Man's Seed"ではなく)が"the Serpent's Head"を打ち砕くという神のことばの中に、後の世に"the Abraham seed"、"the Seed of David"と連鎖して、"Virgin Mary"より生まれる人類の救済者(神を父として生ま

---

24 *The Poems of John Milton* (London and New York: Longman, 1968; rpt. 1980), pp.6-7. また、William R. Parker, *Milton: A Biography*, p.20 は、ミルトンが直向きにシルベスター訳のことばそのものを借用したというよりも、語の形成方法をシルベスターから学んだと指摘する。
25 下線及び太字は論者による。
26 『楽園の喪失』の冒頭では "the chosen seed" という形が出現する。"seed" の語は、詩篇第112篇2節にも見られる:"His seed shall be mighty upon earth: the generation of the upright shall be blessed."(『欽定英訳聖書』)
27 *The Oxford English Dictionary*、"seed" の項目。
28 *Cruden's Complete Concordance to the Old & New Testaments*, p.575. ("seed"の項目) Merrit Y. Hughesもまた、ミルトンの語句の選択は "Abraham" を意識したものであると註で述べている (p.3)。
29 William R. Parker, *Milton: A Biography* I (Oxford: The Clarendon Press, 1968), p.19 にも野呂と同趣旨の指摘がある。このことと関連して興味深いのは、後にミルトンがラテン詩「父に宛てて」(1632?)において、父ミルトン―自分―子孫へと連なる新たな詩人家父長制度の枠組みを提示する試みを行っているということである。詳細は、拙論、「家父長制度のパラダイム―『父にあてて』における預言者的詩人」『十七世紀と英国文化』(東京:金星堂、1995)を参照されたい。
30 斎藤康代「Miltonと『詩篇』(1)―幼少時代と『詩篇』のParaphrase―」東京女子大学紀要『論集』第33巻(2号)(東京:東京女子大学、1983)、97-98頁にも、野呂と同趣旨の指摘がある。
31 後にミルトンは『イングランド国民のための第二弁護論』(1654)において、失明は神の罰であるとして攻撃する論敵に反駁して、神に愛された者たちで失明した者も多いことを指摘するが、聖書中の人物の筆頭にイサクを挙げ、「イサクほどに神の、み心に適った者はいなかった」とし、その子ヤコブも数年の間、盲目の内に過ごしたと述べている。さらに、失明が罪に対する罰でないことは、キリスト自身が証している、と主張する。新井明・野呂有子共訳『イングランド国民のための第一弁護論、および第二弁護論』(埼玉:聖学院大学出版会、2003)、367頁。ここからも、ミルトンが自分とイサク及びヤコブを関連づけて考えていることが明らかである。
32 C. A. Patrides, "The 'Protevangelium' in Renaissance Theology and *Paradise Lost*" *Studies in English Literature* iii (1963):19-30.

れるがゆえに、"the Man's Seed" ではなく、"the Woman's Seed" となる）誕生の約束を認める、という考え方である。また、「蛇の子孫」("the Serpent's Seed")と「女の子孫」("the Woman's Seed")とは、それぞれ、「サタン及びサタンの支配に屈する邪悪な者たち」と「キリスト及びキリストに従順なる義人たち」を指している、とされる。

　ミルトンは、この "Protevangelium" を1つの主題として、『楽園の喪失』において、堕落後のアダムとイヴが「語らい」("conversation")を通して二人で知恵を出し合いながら "the Woman's Seed" の意味する内容のおぼろげな輪郭を把握していく様子を描いた。そして、アダムは大天使ミカエルにより、未来の出来事の幻〔旧約の律法に呼応〕と言葉による想像〔新約の福音に呼応〕）を通じた教育を受けて、ゆるやかに、しかし、正確に "the Woman's Seed" とは来るべき人類の救済者、神の御子たるイエス・キリストであることを理解していく。最終的には、アダムはイヴとこの理解を共有し、神と御子の働きかけにより、自分たち二人の心の中に楽園の「種」が与えられたことを確信し、神の摂理を信じて楽園を去って行く。

　この、アダムとイヴの内なる楽園の核になるものは、"the Woman's Seed" たる神の御子イエス・キリストが自らを生贄として差出し、それによって人類の始祖二人が犯し、子孫全体に波及した罪を贖い、人類を永遠の生へと解放するという考え方である。

　Kathleen M. Swaim は、堕落以前の楽園及びイヴの描写が花と果実に満ちていたのに対し、堕落後の楽園ではイブという「花が散らされ」("deflowered"〔第九巻901行〕、花が散り（イヴのために編んだバラの花冠がアダムの手から落ちて、花びらが散らされる場面に集約される）、楽園は荒廃するが、その中で、"the Woman's Seed" を基調とする "seed" のことばが響き渡り、最終的にその意味するところが「救世主たる神の御子イエス・キリスト」であることが認識される、というミルトンの描き方に注目した。そして、堕落以前の楽園が可視的であり、イメージそのものが支配的であるのに対し、堕落後の楽園が不可視的で、比喩が支配的になっていると指摘する。すなわち、堕落以前の外なる楽園においては、花や果実ということばは、それ自体を表しているのに対して、堕落後の楽園にあって、「種子」という語は、植物の種そのものを表すのではなく、来たるべき神の子キリストとそれに連なる義の人々の連鎖を表わしている、という。そしてアダムとイヴが「種子」の語の意味するところをそれ自体としてではなく比喩として理解し、神の救済史の枠組みを悟った時、彼らの内なる楽園が生れた、すなわち、彼らの心という土壌に救世主とその到来を確信する「種子」が芽を出した、と主張する。[33] つまり、ミルトンは『楽園の喪失』において、楽園の草木の元となる "seed" の語を重層的に用いたということになる。ミルトン

は"the Woman's Seed"いう表現を、「エデンの庭」が＜内なる庭＞として再生されるにあたって、人類の始祖の心の中に象徴的に蒔かれ、芽吹き始めた「種」として機能させているのである。

そもそも、動物（人間）の場合、生物学的に、また、物理的には雄（男性）のみが"seed"を生成する。雌（女性）には"seed"を生成する機能はない。女性はいわば土壌として、男性から"seed"を受け取り、時間をかけてそれを育み成長させる。

それゆえ、"the Woman's Seed"とは逆節的とも言える、神秘のことばであり、特に聖母マリアから生まれるキリストに適用されることばとなる。しかし、"the Woman's Seed"の指す内容を正確に理解するためには、人は精神世界と、不可視の世界の実在を想像し、それを信じるという想像力と、神への信頼と信仰を持つことが要求される。『楽園の喪失』の最終部分で、アダムとイヴが"the Woman's Seed"の意味するところを正確に理解するに至ったのは、彼らがそのような想像力と、神への信頼と信仰を獲得するに至ったことを象徴している。であればこそ、多くの批評家たちは、ミルトンが『楽園の喪失』で描き出したアダム〔とイヴ〕は最初のキリスト教徒であり、最初のプロテスタントである、というのである。かくしてミルトンは、神と御子を信ずる人々もまた、義とされ「約束された末裔（シード）」の内に招き入れられることを可能にしたという。[34]

一方、『楽園の喪失』第十巻499行において、サタンは神の御子のことばを"the Man's Seed"と聞き間違え、そのようなものは恐れるに足らないと地獄の堕天使たちの前で豪語する。そもそもサタンは神を認めようとはしない。それゆえ、彼は物理的・生物学的世界に固執し、そこから抜け出せず、傲慢な自己の奴隷となっている。サタンは徹底した唯物主義者なのである。彼はまた、神を否認するがゆえに、神のことばにじっくりと耳を傾け、その意味を内省しようとはしない。彼は傲慢のゆえに落ち、傲慢のゆえに自己の奴隷となり、傲慢のゆえに永遠に地獄に縛り付けられることになる。

以上を踏まえて、再度「ヨハネ黙示録」に目を転じれば、第12章17節に"her

---

33 "Flower, Fruit, and Seed: A Reading of *Paradise Lost*, *Milton Studies* V, ed. James Simmonds (Pittsburgh: University of Pittsburgh Press, 1973), 155-76. また、同書で、Jonathan Goldberg, "*Virgo Iesse*: Analogy, Typology, and Anagogy in a Miltonic Simile", p.188 は、大天使ミカエルはアダムに対し、新たに植えられた楽園、アダムの内で育つ楽園（"the newly planted paradise that grows within him"）の存在を啓示したと述べ、ミルトンは夜ごと訪れる霊感（インスピレイション）の中でミルトン自身の内なる、かの種子（"seed"）を守り育て、そこから『楽園の喪失』という大樹を育て上げた、と結論づけている。

34 James L. Hedges, "Protevangelium," *Milton Encyclopedia* 7, ed. William B. Hunter, *et al*. (Lewisburg: Bucknell University Press; London: Associated University Presses, 1979), 46-47.

seed"³⁵ の語句が出現することに気付く。「ヨハネ黙示録」においては、聖母マリアと目される「女」が身ごもっているが、サタンを象徴する「大きな赤い竜」が彼女を追跡し、攻撃し、その赤子を産まれた瞬間に殺害しようと待ち構えている。しかし、その企てに失敗すると竜は、「女の子孫」の「残りの者」たちと戦おうと海辺の砂の上に立つ。ここで、「ヨハネ黙示録」は「女の子孫の残りの者」とは、「すなわち、神の戒めを守り、イエスのあかしを保っている者たち」であると説明している。

われわれは既に詩篇第114篇の英語韻文翻訳を通して、"Chrystal Fountains"、"clear"、"glass"、"the sea"などの語の用法に意匠を凝らして、少年詩人ミルトンが、旧約の「詩篇」の世界と新約の「ヨハネ黙示録」の世界を融合させていることを確認した。そうなると、本詩篇翻訳第一行の"the blest seed of Tera's faithful Son"は、「ヨハネ黙示録」第12章17節に出現する"the remnant of her seed, which keep the commandments of God, and have the testimony of Jesus Christ"と呼応し合っていると結論づけることができる。そして、この2つの語句を繋ぐのが、「創世記」第3章15節に出現する"her seed"、すなわち、"the Seed of Woman"なのである。上記の「雌羊」("Ews")の箇所でも触れたことであるが、やはりミルトンは、聖母マリアに連なる「女性的なるもの」に深い関心と尊敬を抱いていたことが明らかである。

5) 新しき出エジプトへの祈念と新たなイスラエルの民

William Parkerは、第2行の"After long toil their liberty had won"に関して、原典のヘブライ語詩篇には相当部分がないことを指摘した上で、ミルトンは押韻の関係からこの詩行を挿入したと見る。³⁶ しかし、野呂はこれには同意しない。

第一に、この行はミルトンの政治論文、例えば、42歳のミルトンが当時、ヨーロッパ随一の学者とされたクローディウス・サルマシウス著『国王チャールズ弁護論』(1649)への応答として執筆した、ラテン語による政治論文、*Pro Populo Anglicano Defensio* (1651;『イングランド国民のための第一弁護論』)に出現する概念に極めて良く似ているからである。以下を参照されたい。

> わたくしは、すべての賜物(たまもの)を与えて下さる全能の神を呼びまつります。われわれを自由へと導き、戦場で国王の驕慢と暴君の激情を打ち砕き、忘れがたき刑罰によってとどめをさした名高き人々に勝利と義がつき従ったように……³⁷

> われわれは国王に反旗をひるがえして神に祈りを捧げ、神は祈りを聞きとどけ、われわれを解放してくださいました。しかるに、王をもたぬ、かのイス

ラエルの民がかたくなに神に王を与えよと請い求めたとき、神は彼らに奴隷になれと命じられたのであります。そして、彼らがもとの統治形態に戻ったのは、バビロニア捕囚から解放されて、ユダヤに戻った後のことだったのであります。[38]

あるていどまでの隷従を支持している古い律法でさえもが、その放縦な専制支配から神の民を解放してきたことはすでに見てきたとおりでありますのに。[39]

　以上、数ある類例の中から3例を引用した。これらの引用から明らかになることは、ミルトンが英語翻訳詩篇第114篇のことばと思考に相通じる枠組みを用いて、イングランド革命における議会派の勝利を描写しているということである。つまり、議会派に代表される「イングランド国民」は、暴君チャールズの圧政のもとで隷従を強いられていたものが、神に呼びかけ、神に解放を祈り、祈りが聞き届けられて、神の手に導かれて自由を回復した、という思考法である。さらに踏み込んで言えば、ミルトンはイングランド革命における「イングランド国民」の勝利を出エジプトの枠組みで捉えている可能性がある、ということになる。このことについては、第2部「詩篇と散文作品」、その3「詩篇と『イングランド国民のための第一弁護論』」において再度論じることとする。

　もともと、ヘブライ語原典詩篇第114篇について、矢内原忠雄は、「作詩の機会はバビロン捕囚より帰還の時」だと推定する。バビロン捕囚は「第二の出エジプトともいふべき国民的大事件であって、詩人は異郷捕囚の地より救ひ出されたる歓喜をば、過去の事実を借りて歌った」というのである。[40] 一方で、本詩篇は「新しいエジプト脱出、すなわちバビロン捕囚からの帰還を望む祈り」であると考える学者たちもいるという。[41] クリストファー・ヒルの指摘にもあったように、ローマ・カトリック教国のスペインと英国王室の婚姻不成立を、エジプトからの脱出に準えて、感謝の祈

35　『欽定英訳聖書』に拠る。(以下同様)『ジュネーヴ聖書』は、"her sede"、『リームズ・ドゥエー聖書』は "her seede"、The Interlinear Greek-English New Testament は "her seed"、Biblia Sacra: Iuxta Vulgatam Versionem, eds. Robert Weber, B. Fischer, H.J. Frede, et al. (Stuttgart: Deutsche Bibelgesellschaft, 1963; rpt. 1983), p. 1894 では、"semine eius" が採用されている。
36　Milton : A Biography, p.19.
37　新井明・野呂有子共訳『イングランド国民のための第一弁護論、および第二弁護論』、5-6頁。
38　上掲書、50頁。
39　上掲書、72頁。
40　矢内原忠雄、234頁。
41　フランシスコ会聖書研究所訳注『聖書　原文校訂による口語訳　詩編』(東京：中央出版社、昭和43年初版；昭和53年第四刷発行)、379頁。

りを捧げるイングランド国民の立場は矢内原の解釈に通じる。一方で、英国国教会とジェームズ一世及び高位聖職者たちによる主教制度に基づいた宗教的抑圧をエジプトの圧政に喩え、そこからの解放を出エジプトに喩えて願うという思考の枠組みは、「新しき出エジプトの祈念」という思考に通ずるものである。

　ちなみに、第3行の"*Pharian* Fields"の詩句に関して、Parker は、若者にありがちな頭韻への好みと珍奇な地名等への興味に駆られたミルトンが、George Buchanan(1506-82) の詩篇ラテン語訳あるいは、ドゥ・バルタスのシルベスター訳の中に当該の形容辞を見つけて、さしたる考えもないまま、"Egypt's field"と書く代わりに、一層絵画的な語として"*Pharian* Fields"を選んだのだ、と言う。[42]　しかし、それだけの理由で、ミルトンが"*Pharian* Fields"の詩句を選んだとは考え難い。ミルトンは、"*Pharian*"がエジプトを意味するラテン語風表現であることを踏まえた上で、当該の語を採用したと見るべきであろう。そうすることによって、「出エジプト」におけるエジプトとローマが"*Pharian*"という一語の内に重層的に響き合い、出エジプトの記憶とローマ及びローマ・カトリックのイメージが重層的に表現されることになるからである。というのも、皇太子チャールズとスペイン王女との縁談が成立すれば、ローマ・カトリックの脅威が英国を襲い、英国において新たな「エジプトの圧政」が猛威を振るうかもしれないという危機が辛くも回避されたからである。ミルトン及び英国の新教徒（この場合、国教会は除外する）の人々にとって、新たな「エジプトの圧政」とは、ローマ・カトリックの支配であり、さらには、英国国教会の高位聖職者たちによる主教制度をも意味するものであった。

　1642年に火ぶたを切られた内戦は、1645年6月ネイズビーの戦いで、ニュー・モデル軍により議会側の圧倒的勝利を迎える。既に同年1月4日には、『英国国教会祈祷書』の廃止が決定され、代わりに公的礼拝の訓告が布告された。[43]　同月には、カンタベリー大主教ウィリアム・ロードが処刑されている。チャールズ一世とロード大主教を中心とする主教体制の中で、国民に『国教会祈祷書』の強制的使用を義務づけたことが、長らく続いた国教徒と非国教徒の軋轢と闘争の主要原因となっていた。こうした英国の政治的情勢に呼応するかのように、ミルトンは1646年1月という時に『第一詩集』を出版している。これは、ミルトンが今までに創作した詩の集大成であった。彼は、ここで一旦、今までの詩作活動に区切りをつけると同時に、革命の中で、議会派の論客として、反王党派の政治論文を執筆し続けていくことを覚悟し、その決意表明の具体的な形として詩集出版を行ったと考えることも可能である。[44]

　ところで、フランシスコ会聖書研究所訳注『聖書　原文校訂口語訳　詩編』では、詩篇第114篇がその中に属する、賛美詩篇について以下のように述べられている。

賛美詩編の構造は……賛美への誘いのことばから成る導入部、次に賛美の理由をいろいろと述べる主要部、最期に結びがある。……
　主要部における賛美の理由としては、イスラエル史における重要事件、およびその事件を通じて示される真理などがあげられている。神の創造のわざと救いのわざがそのおもなものである。この２つのわざのうち、後者のほうが重要な意義を持つ。というのは、イスラエルは、エジプトから救い出されたとき、はじめてヤーウェと出会い、シナイでの契約によってヤーウェの民となり、ヤーウェもイスラエルの神となったからである。イスラエルが地上のすべての民族の中から選ばれたこと、神からあわれみと愛を受けたことが、何回となく歌われている。エジプトからの救出というこの主題は賛美詩編だけでなく、感謝、嘆願などの詩編にもあり、全体で15の詩の中に見られる。（44、66、68、74、77、78、80、81、83、95、105、106、114、135、136番）創造という主題は、8、33、103、104、148番に見られる。[45]

　詩篇第114篇の場合には、賛美への誘いのことばから成る導入部はない。しかし、ミルトン版においては、第１部で、イスラエルは、エジプトから救い出されたとき、ヤーウェと出会い、ヤーウェを認識したことが語られ、第３部では、シナイでの契約によってイスラエルの民がヤーウェの民となり、ヤーウェもイスラエルの神となったことが仄めかされている。そして第５部は結びの部分となっている。
　となると、詩篇第114篇がチャールズの婚約不成立を祝って聖ポール大聖堂で歌われたという事実は、英国人、特に新教徒の人々が、「新たなイスラエルの民」としての自覚を持ち、エジプトのパロに準えられる英国王ジェームズ（及び継嗣チャールズ）の宗教的抑圧から脱出することを通して、英国民に向けられた神の特別の恩寵を意識した、ということに通じるのではないだろうか。さらに、ミルトンが詩篇第114篇翻訳（パラフレイズ）を『第一詩集』に収録したという事実は、ミルトンが「新たなイスラエルの民」

42　*Ibid.*, p.19.
43　"The Ordinance of 4 January 1645, which abolished the *Book of Common Prayer* and established the Directory for Public Worship" を指す。A. S. P. Woodhouse and Douglas Bush eds., *A Variorum Commentary on The Poems of John Milton* Vol.Two: Part Three (New York: Columbia University Press, 1972), p.991.
44　ミルトンは、1641年に『イングランド宗教改革論』、『主教制度論』、『スメクティムニューアスに対する抗議者の弁明への批判』、1642年に『教会統治の理由』、『スメクティムニューアス弁明』、1643年に『離婚の教理と規律』、1644年に『離婚の教理と規律』再版、『教育論』、『マーティン・ブーサー氏の判断』、『アレオパジティカ』、1645年に『四弦琴』、『懲罰鞭』を出版している。極めて精力的に宗教論、政治論、結婚論、教育論を執筆している。
45　「詩編の解説」13頁より。野呂は、創造の主題を扱った詩篇として、詩篇第136篇を加える。

としての自覚を持ち、当時の英国の宗教的抑圧から脱出するという祈願を通して、自分や英国国民に向けられた神の特別の恩寵を意識し、それを具体的な形にした、ということを意味していると考えられよう。[46]

　ミルトンにとって出エジプトの主題は極めて重要な主題であった。そして、ミルトンは詩篇第114篇の翻訳を通してわがものとした出エジプト的思考法を常に携えて、詩作と論文執筆の道を歩んで行ったといっても言い過ぎではあるまい。

6)　"stand still" と "recoil"

　次に、詩篇第114篇の翻訳においては前景化されていないが、詩行の間に常に確固として存在したフレーズとイメージについて付言しておく。それは "stand still" の語句とそれに内包されるイメージである。

　詩篇第114篇の各詩行の土台となっている、旧約聖書の該当部分を確認する作業を通して気づくのは、人と自然の事物に対してしばしばこの語句が用いられている、ということである。そして、自然の事物の場合には、擬人化の効果が生れる。神の命令により、自然の事物は、まるで人間であるかの如くに描かれているのである。そして、"stand still" する姿とは、自然が神の命令に従順に従って、神の民を守るために盾となり、砦となっている場面であることに気づかされる。

　ところで、『欽定英訳聖書』において最初に "stand still" が使用されるのは、「出エジプト記」第14章13節である。

> And Moses said unto the people, Fear ye not, **stand still**, and see the salvation of the Lord, which he will shew to you to day: for the Egyptians whom ye have seen to day, ye shall see them again no more for ever. [47]

　ここで、モーセがイスラエルの民に命じて取らせた姿勢が「堅く立つ」であった。これは、神とその預言者の命令に従順に従いつつも、いつでも神の命令に従って活動する用意のある姿勢である。さらにここでは、神の証人となって、神の力ある驚異の御業を見届ける姿勢でもある。その御業とは、海を2つに裂いて、波を鎮め、海のただ中に一筋の道を創り、民を通過させ、その後には、海を洪水の波の如くに戻してエジプトのパロとその軍勢を飲み込ませる、というものである。そして、その民の取る姿勢とは物理的な姿勢であると同時に精神の有り様をも示す姿勢なのである。つまり、常に神に対する信仰と信頼を抱き、いつも覚醒した状態を保ち、神の御意志を知り、それに沿って行動する、ということである。

「ヨシュア記」においては、"stand still" の語句及びその類型は合計で実に九回も出現する。まず第3章8節では、主の契約の箱をかつぐ、12部族の代表者12人に対してヨシュアは、ヨルダンの川の流れに主の契約の箱をかついだままで「堅く立」てと命じるように、と神から命令される。

> And thou shalt command the priests that bear the ark of the covenant, saying, When ye are come to the brink of the water of Jordan, ye shall **stand still** in Jordan.

そして、12人の祭司たちが命じられた通りにするやいなや、ヨルダンの流れは "**shall stand** upon a heap" するだろうと神は予言する。(3:13) そして、神のことばどおりに、ヨルダンの流れは "**stood** and rose up upon an heap" したのである。(3:16) それゆえに、神の契約の箱をかつぐ祭司たちは、ヨルダン川の川床の乾いた地に「確固として立ちつくし」("**stood** firm")、その間に、イスラエルの民はすべて川向こうへと通過することができたのである (3:17)。第4章では、川の水が「立ち上がって」上流へと引いて行ったという神の御業を記念して、12の石が積み上げられる場面でも、祭司たちが立っていた ("**stood**") ことが繰り返して語られる。(4:9, 10)

さらに、第10章12節および13節においては、ヨシュアがギベオンで、アモリ人の5人の王とその軍勢を倒した時に、日と月はそこに「堅く立って」動くことはなかった。

> ... and he said in the sight of Israel, Sun, **stand** thou **still** upon Gibeon; and thou, Moon, in the valley of Ăj-ă-lŏn.
> And the sun **stood still**, and the moon stayed.... So the sun **stood still** in the midst of heaven, and hasted not to go down about a whole day. (10:12-13)

以上から明らかなように、詩篇第114篇の行間には、イスラエルの民や、神の契約の箱をかつぐ12人の祭司たち、ヨルダン川の流れ、そして、ギベオンの太陽が、

---

46 『第一詩集』の巻頭を飾るのは、「キリスト降誕の朝に寄せる頌歌」(1629年12月) である。翻訳詩篇第114篇及び第136篇はその次に置かれている。第4番目には、未完の「キリストの受難」(1630) が置かれている。二つの翻訳詩篇は「キリスト降誕の朝に寄せる頌歌」と「キリストの受難」に挟まれる形で配置されている。

47 下線及び太字は野呂による。"stand still" の部分は『ジュネーヴ聖書』も同じ。以下、同様。

それぞれ神の命令に従って"stand still"する姿が垣間見えているのである。ミルトンは、詩篇第114篇の翻訳に際しては、この語句を使用していない。しかし、続く詩篇第136篇の翻訳にあたっては、"stand still"の語句を詩篇のかなめとなる箇所で用いている。さらに、『楽園の喪失』においては、"stand still"の語句は、出エジプトのイメージと相まって、「義なるもの」を描く際に、支配的な語句として使用されていくことになる。

　一方、詩篇第114篇第9行に出現する"recoil"の語は、*The Oxford English Dictionary*（第1版）の定義2では、自動詞の用法であるとした上で、"To retreat, retire, go or draw *back* (or *aback*) before an enemy or opposing force"（「敵または敵対する陣営を前にして退却する、撤退する、後戻りする、後ろへ下がる／たじろぐ」）となっている。最終例としてミルトン英語翻訳詩篇第114篇第9行、つまり、ここが掲載されている。また、同定義b．は、"To stagger back, from the effect of a blow"（「〔剣などの〕一撃を受けてよろめきつつ後退する」）となっている。そして、最終例として『楽園の喪失』第六巻194行、"Ten paces huge / He [Satan] back recoiled"（「サタンは十足大きくあとに退いた」）が挙げられている。これは、野呂と同様、*OED*の"recoil"の項目の担当者も、ミルトン翻訳詩篇第114篇9行の"recoil"に、動作主〔ここではヨルダン川〕が敵〔ここでは神〕の出現に怖気づいて敗走するイメージがあると認めていることを示している。さらに、詩篇第114篇のこの場面が、『楽園の喪失』第六巻で、大天使ミカエルの太刀により大打撃を蒙ったサタンがたじろぎつつ退却していく姿へと収斂していくことが示唆されている。その上、特に*OED*に言及はないものの、"recoil"の"coil"の部分は、ラテン語"cūlum"を語源とし、「（下等動物の）後部、尻、尻尾」などを意味するところから、サタンの化身たる蛇が尻尾を巻いて逃げて行くイメージも内包されている、と論者は考える。日本語でも川は「蛇行する」ものであるし、洋の東西を問わず、川が「蛇や竜」のイメージで語られることも珍しいことではないからである。そうなると、ミルトン版詩篇第114篇9行と『楽園の喪失』第六巻194行の前後には、どちらにも「蛇／サタンが強力な敵の出現／攻撃に怯んで敗走する」イメージが横溢していることが明らかである。

　以上を踏まえた上で、再度、ミルトン版詩篇第114篇第2部を見てみよう。

　　御手の力を見て騒然となった海は、震え慄きつつ敗走し、
　　泡が渦巻く波頭を低くして地に隠そうとした、
　　そしてヨルダンの澄んだ川水は退却する、

撃退されて怖気づいた軍勢のようにして。(7〜10行)

　第7行と第8行の2行は紅海の波が引いて、ひとすじの陸の道ができた様が言外に想定されている。そして引いて行く波は、神の脅威的な力に驚愕した敵の軍勢が、退却しようともと来た道を走りだす様子や、後れを取った敗残兵が頭を抱え身を丸めて何とか敵の攻撃から身を守ろうとする様子で描かれている。ヨルダン川の流れも大打撃を受けた軍勢が命からがら退却していくイメージで描かれている。このイメージは、民が紅海を通過し、パロとエジプト軍が攻撃しようと後を追っていくと海の大波が崩れて、あわてふためくパロを軍勢もろとも飲み込んでいく様と二重うつしになっている。ここで、神の御業を見て、驚愕し、あわてふためきつつ海に飲み込まれていくエジプトの軍勢は極めてサタン的である。

　なぜなら、神の民は仲介者モーセの命令に従って「堅く立ち」ながら、神の御業を見つめているからである。神に祝福され守られている民は、驚愕し、騒然となり、逃げ惑う必要はない。ここで描かれる暴君パロとエジプトの軍隊が、神と神の民の敵として描かれていることは言うまでもない。そうなると、エジプト軍と二重うつしで描かれる海や川は極めてサタン的であるということになる。[48]

　このようにミルトン版詩篇第114篇で描かれたサタン的な海のイメージは、『楽園の喪失』第一巻において、地獄の海で失神したまま、火の浪間を漂うサタン軍の描写、第六巻で、大天使ミカエルの一太刀を受けて後ずさりして頽れる魔王サタンの描写、そして、「生ける戦車」に乗った御子の姿に驚愕し、頭を抱えて攻撃を避けようとするものの、追撃されて、天から一掃される反逆天使の軍団の描写へと繋がっていく。

48　Parker, *Milton : A Biography*, p.20 も論者と同様の指摘を行っている。

(2) 詩篇第 136 篇翻訳における出エジプトの主題

　全 24 節からなる、ミルトン翻訳詩篇第 136 篇は、詩篇第 114 篇英語訳同様、『1645 年版詩集』に掲載されている。第 114 篇訳と同様、詩人 15 歳時の作品として、第 114 篇の次に収められている。各行とも 7 音節からなり、2 行ずつ対になって脚韻を踏んでいる。斎藤康代氏によれば、「いずれも強弱 4 歩脚（trochaic tetrameter）であるが、前半 2 行の終わりには弱音節がない heptasyllabic couplet である」。
　一方で、

> 後半 2 行には行末に弱音節のある feminine rhyme が見られる。Refrain の部分に feminine endings を用いることによって、余韻がただよい、とこしえに絶えることのない、確かな神の恵を讃える声が響き渡るような印象を与える。この 1 節の rhythm は 2 節と 3 節まで続く。'Let us...' で始まる創造主への感謝に移る所で、尊厳や優雅な感じを与える弱強調（iambic）に変わる。しかも 1 行の長さが長くなり syllable を 8 つ含む。その後、前半句 2 行はこの iambic tetrameter が、所々に trochaic を混ぜながら（l.38, l.58, l.62, l.82 等が指摘できよう）22 節まで続く。23 節で再び trochaic に戻るが 2 行目には iambic を用い、しかも octosyllabic である。[1]

斎藤氏の精緻な分析からも明らかなように、15 歳のミルトンは詩篇第 136 篇を翻訳するにあたって、かなり自由な実験的試みを行っている。もともと歌うことを想定してなされた翻訳とは考えにくい、とする斎藤氏の指摘にもうなずけるところがある。なるほど、ミルトンの詩篇第 136 篇翻訳は、そのまますべて讃美歌として歌われるには相応しくなかったかもしれない。しかし、その一部、すなわち、全 24 節中 6 節は、斎藤氏も指摘するように、讃美歌中に治められ、今に至るも歌い継がれている。このことは、若きミルトンが情熱を込めて、直向きに詩篇翻訳に取り組んだこと、天地創造と出エジプト、そして、荒野での彷徨から約束の地授与に至るまでを歌う、壮大な神の救済史の物語を俯瞰したことを意味している。

1) 原典ヘブライ語の詩篇第 136 篇について

　原典ヘブライ語の詩篇第 136 篇は、全篇 26 節からなる「大ハレルヤ」と言われる詩篇であり、主なる神の御業を讃え、主に対する感謝を捧げる詩篇である。各節はほぼ 2 行からなり、第 1 行目と第 2 行目の間に意味上の区切りがある。各節の第 1 行は、それぞれが異なる内容を扱い、第 2 行は「その〔ヤーウェの〕いつくしみは、とこしえにきわまりない」という語句が全節で繰り返されるという構成になっている。

第1節1行は神への祈りを命令形で勧告している。続く、第2節及び3節では、神が唯一の至高の神であることを高らかに歌う。第4節は神が偉大な御業を行う方であることを明らかにする。第5節からは、天地創造に始まり、出エジプトを経て、イスラエルの民に約束の地を授与するまでの一連の、神の大いなる御業を歌い賛美する。一方、各節の第2行は、神への賛美のことば「そのいつくしみは、とこしえにきわまりない」というフレーズの繰り返しになっている。第1節から次々と主が唯一神であること、その御業、人間に向けられた慈愛の内容が具体的に叙述されるが、その1つ1つに対して、神のいつくしみが永遠に不変であることが繰り返され、それが詠唱者に一層強く確信される、という構成になっている。

　第1節は「ヤーウェに感謝せよ、ヤーウェは恵みぶかい、そのいつくしみは、とこしえにきわまりない」と歌い始められ、最終節の第26節は「天の神に感謝せよ、そのいつくしみは、とこしえにきわまりない」と締めくくられる。始まりと終わりが似通った表現を取っており、詩全体のいわば額縁とも言うべき役割を果たしている。ちなみに、左近淑は本詩篇について、「1－3節の序、25－26節の結びを別にすると、4－9節が創造者である神、10－24節は、イスラエルの歴史を導く救済者である神を主題としている、と説明する。[2]

　左近の分析を基にして、10－26節を更に詳細に見ていくと、10－15節は出エジプトの主題を扱い、16－22節は荒野の彷徨から約束の地の授与の主題を扱っている。23－26節は結びの部分となる。つまり、①序→②天地創造→③出エジプト→④荒野の彷徨と約束の地の授与→⑤結び、という五部構造になっている。左近や、他の多くの「詩篇」注釈者たちが指摘しているように、詩篇各篇に流れる抒情性、並行法に代表される構造的な緻密さ、詩的技巧の精緻さについては定評があるが、本詩篇、詩篇第136篇もその例に漏れない。特に注目にあたいするのは、③出エジプトの主題を扱う、6つの節（第10節、11節、12節、13節、14節、15節）の配置の妙である。

　五部構造の中間に置かれた③出エジプトの主題は、②天地創造と、④荒野の彷徨と約束の地の授与の主題とをくっきりと分けている。そして、全26節の本詩篇の丁度中間に置かれているのが、13節「紅海を2つに分けられた……」と14節「イスラエルにその中を通らせた……」という2節なのである。海を2つに分ける神の御業の

---

1 「Miltonと『詩篇』（1）―幼少時代と『詩篇』のParaphrase―」、東京女子大学紀要『論集』第33巻（2号）、（東京：東京女子大学、1983）、108頁。William R. Parker, *Milton: A Biography* (Oxford: The Clarendon Press, 1968), p.18. 斎藤氏による、ミルトン版詩篇翻訳の韻律分析は極めて精緻にして秀逸である。考察の確かさからは、斎藤氏の讃美歌に対する長年の深い理解が窺われる。
2 旧約聖書＜3＞『詩編を読む』（東京：筑摩書房、1990）、132頁。

主題は、詠唱の丁度中間に置かれることによって、一層その鮮やかさが強調され、印象づけられる。ここからもヘブライ語原典詩篇が極めて優れた詩的構造を持っていたことが明らかである。[3] さらに、神の御業を称賛する大ハレルヤである本詩篇において、出エジプトの主題が極めて重要な主題と見なされていたことが分かる。旧約聖書には、天地創造の後に、人類の堕落、ノアの方舟など、出エジプトに至るまでに多くの出来事が語られているが、本詩篇においては、天地創造と出エジプト、そして荒野での彷徨と約束の地の授与の3つが主題として選ばれ、それらが神の偉大なる御業として讃えられている。このことから、本詩篇において、出エジプトの主題は天地創造の次に位置づけられて、極めて重要視されていることが分かる。このことは、また、「詩篇」文学において出エジプトの主題が極めて重大視されていたことをも物語っている。[4]

既に述べたように、そもそも本詩篇は各節が2部形式になっている。例えば、各節の第1行を共同体の誰か一人（祈りの主導者）が歌い、第2行をその他の者たちが一緒に唱和することによって、神の1つ1つの御業と、その背後にある神の永続性と不滅性が鮮やかに対照されるという構造になっている。しかも、神がイスラエルの民に示した具体的な慈愛の事例を1つ1つ重ねながら、その永続性と不滅性がその度に確認されることによって、神への信頼が累積的に高まり、この祈りの共同体の構成員相互の絆も一層強まるのである。

2) ミルトン翻訳詩篇第136篇について

ミルトンが翻訳した詩篇第136篇、「み恵み深い主に」（賛美歌21・163）の一部（24節中の6節）は約400年を経た現在においてもしばしば教会での礼拝の際に用いられているという。[5] それは、15歳にして、既にミルトンが詩人としての力量を備えていたこと、さらに、父親の音楽の才能をも受け継いで、会衆の間で賛美歌として歌われる際に必要不可欠と考えられる様々な配慮と芸術的知恵を獲得していた証左ともなる。[6]

15歳のミルトンの詩人としての眼は、前節でも指摘したように、詩篇第136篇の詩的技巧及び構造を決して見逃すことはなかった。つまり、ミルトンは各節の持つ二部構造と詩全体の持つ五層構造、及び、3つの主題（出エジプトを中心に据えた、それ以前の神の天地創造の御業と、それ以降の荒野の彷徨から約束の地の授与まで）を見落とすことはなかった。それどころか、ミルトンは様々な意匠を凝らして、この構造を更に緻密でダイナミックなものへと変換させた。

以下の議論では、ミルトンの加えた変更点を理解しやすくするために、左側にミルトンの英語翻訳を置き、右側に『欽定英訳聖書』の詩篇訳を置く。詩篇第136篇に

関して言えば、『欽定英訳聖書』はヘブライ語原典の詩風を比較的忠実に留めていると考えられるからである。[7]

なお、下線及び太字は論者による。下線及び太線は議論の進行上、特に必要と考えられる箇所に付した。『欽定英訳聖書』の斜字体部分は原書の筆記形式に従う。また、『欽定英訳聖書』の詩篇翻訳は韻文訳ではないが、ミルトン詩篇翻訳の各節と『欽定英訳聖書』の各節を相応する形で並置した。

また、本論文で底本とするコロンビア版では、2節目からは、リフレイン部分を省略形で示しているが、『欽定英訳聖書』がリフレイン部分をすべて表記していること、また、ミルトンの詩篇第136篇の一部が現在に至るも歌い継がれていることなどを考慮して、繰り返し部分もすべて表記する。

ミルトン版　詩篇第136篇

① Let us with a gladsom mind
　　Praise the Lord, for he is kind
　　　For his mercies ay endure,
　　　Ever faithfull, ever sure.

欽定英訳聖書版　詩篇第136篇

① O give thanks unto the Lord ; for *he is* good :
　　for his mercy *endureth* for ever.

3　『教会統治の理由』第二巻序文でミルトンはヘブライ文学の持つ優れた文学的主題と構造を高く評価していた。本論考「序論」を参照されたい。

4　フランシスコ会聖書研究所訳注『聖書　原文校訂による口語訳　詩篇』（東京：中央出版社、昭和43年初版；昭和56年第四刷）、13頁において、賛美詩篇で歌われる主題について、神の創造の業と救いの業がその主なものであるとした上で、後者の方が重要な意味を持つとする。その理由は、イスラエルがエジプトから救出されたとき、初めてヤハウェと出会い、シナイでの契約によって神の民となり、ヤハウェもイスラエルの神となったからである、という。そして「エジプトからの救出という主題は、賛美詩篇だけでなく、感謝、嘆願などの詩篇にもあり、全体で十五の詩の中に見られる」という。この議論については、本論第1章「詩篇第114篇英語翻訳における出エジプトの主題」を参照されたい。

5　原恵　横坂康彦『新版　讃美歌―その歴史と背景』（東京：日本キリスト教団出版局、2004）、113頁。

6　斎藤康代氏によれば、父ジョン・ミルトンは音楽の才に秀でた人物であり、1621年に出版された、Thomas Ravenscroft, *The Whole Booke of Psalmes*（『詩篇歌集』）中の6篇（第5篇、第27篇、第55篇、第66篇、第102篇、第138篇）の詩篇と "A Prayer to the Holy Ghost"（「聖霊への祈り」）の作曲を行った。父は音楽家としての立場からも詩篇の韻文訳に強い関心を持っていたはずであり、この意味からもミルトンが詩篇韻文翻訳を行うことを大いに喜び奨励しただろうと斎藤氏は述べているが、野呂もこれに同意する。斎藤康代、「Miltonと『詩篇』（1）―幼少時代と『詩篇』のParaphrase―」、東京女子大学紀要『論集』第33巻（2号）、（東京：東京女子大学、1983）、106頁。William R. Parker, *Milton: A Biography* (Oxford: The Clarendon Press, 1968), p.18.

7　*The NIV Interlinear Hebrew-English Old Testament*, pp.498-500.

② Let us blaze his Name abroad,
　　For of gods he is the God;
　　　For his mercies ay endure,
　　　Ever faithfull, ever sure.

③ O let us his praises tell,
　Who doth the wrathfull tyrants quell.
　　　For his mercies ay endure,
　　　Ever faithfull, ever sure.

④ Who with his miracles doth make
　Amazed Heav'n and Earth to shake.
　　　For his mercies ay endure,
　　　Ever faithfull, ever sure.

⑤ Who by his wisdom did create
　The painted Heav'ns so full of state.
　　　For his mercies ay endure,
　　　Ever faithfull, ever sure.

⑥ Who did the <u>solid</u> Earth ordain
　To rise above the watry <u>plain</u>.
　　　For his mercies ay endure,
　　　Ever faithfulL, ever sure.

⑦ Who by his all-commanding might,
　Did fill the new-made world with light.
　　　For his mercies ay endure,
　　　Ever faithfull, ever sure.

⑧ And caus'd the <u>Golden-tressed</u> Sun,
　All the day long his course to run.
　　　For his mercies ay endure,
　　　Ever faithfull, ever sure.

② O give thanks unto the God of gods :
　　for his mercy *endureth* for ever.

③ O give thanks to the Lord of <u>lords</u> :
　　for his mercy *endureth* for ever.

④ To him who alone doeth great wonders :
　　for his mercy *endureth* for ever.

⑤ To him that by wisdom made this heavens :
　　for his mercy *endureth* for ever.

⑥ To him that made great lights :
　　for his mercy *endureth* for ever.

⑦ To him that stretched out the earth above
　　the waters : for his mercy *endureth* for ever.

⑧ The sun to rule the day :
　　for his mercy *endureth* for ever.

⑨ The horned Moon to shine by night,
   Amongst her spangled sisters bright.
      For his mercies ay endure,
      Ever faithfull, ever sure.

⑩ He with his thunder-clasping hand,
   Smote the first-born of *Egypt* Land.
      For his mercies ay endure,
      Ever faithfull, ever sure.

⑪ And in despighte of *Pharao* fell,
   He brought from thence his *Israel*.
      For his mercies ay endure,
      Ever faithfull, ever sure.

(⑫)

⑫ The ruddy waves he cleft in twain,
   Of the *Erythræan* main.
      For his mercies ay endure,
      Ever faithfull, ever sure.

⑬ The flouds stood still like Walls of Glass,
   While the Hebrew Bands did pass.
      For his mercies ay endure,
      Ever faithfull, ever sure.

⑭ But full soon they did devour
   The Tawny King with all his power.
      For his mercies ay endure,
      Ever faithfull, ever sure.

⑨ The moon and stars to rule by night :
   for his mercy *endureth* for ever.

⑩ To him that smote Egypt in their firstborn :
   for his mercy *endureth* for ever.

⑪ And brought out Israel from among them :
   for his mercy *endureth* for ever.

⑫ With a strong hand, and with a stretched
   arm : for his mercy *endureth* for ever.

⑬ To him which divided the Red sea into parts :
   for his mercy *endureth* for ever.

⑭ And made Israel to pass through the midst
   of it ; for his mercy *endureth* for ever.

⑮ But overthrow Pharaoh and his host in the
   Red sea : for his mercy *endureth* for ever.

⑮ His chosen people he did bless
　　In the wastfull Wilderness.
　　　For his mercies ay endure,
　　　Ever faithfull, ever sure.

⑯ In bloudy battle he brought down
　　Kings of prowess and renown.
　　　For his mercies ay endure,
　　　Ever faithfull, ever sure.

(⑰)

⑰ He foiled bold *Seon* and his host,
　　That rul'd the *Amorrean* coast.
　　　For his mercies ay endure,
　　　Ever faithfull, ever sure.

⑱ And large-limb'd *Og* he did subdue,
　　With all his over-hardy crew,
　　　For his mercies ay endure,
　　　Ever faithfull, ever sure.

⑲ And to his Servant *Israel*,
　　He gave their Land therein to dwell.
　　　For his mercies ay endure,
　　　Ever faithfull, ever sure.

(⑳)

⑳ He hath with a piteous eye
　　Beheld us in our misery.

⑯ But overthrow Pharaoh and his host in the
　　Red sea : for his mercy *endureth* for ever.

⑰ To him which led his people through the
　　wilderness : for his mercy *endureth* for ever.

⑱ To him which smote great kings :
　　for his mercy *endureth* for ever.

⑲ And slew famous kings,
　　for his mercy *endureth* for ever.

⑳ Si-hon king of the Amorites ;
　　for his mercy *endureth* for ever.

㉑ And Og the king of Bashan :
　　for his mercy *endureth* for ever.

㉒ Even an heritage unto Israel his servant :
　　for his mercy *endureth* for ever.

㉓ Who remembered us in our low estate :
　　for his mercy *endureth* for ever.

  For his mercies ay endure,
  Ever faithfull, ever sure.

㉑ And freed us from the slavery
  Of the invading enemy.
  For his mercies ay endure,
  Ever faithfull, ever sure.

㉒ All living creatures he doth feed,
  And with full hand supplies their need.
  For his mercies ay endure,
  Ever faithfull, ever sure.

㉓ Let us therefore warble forth
  His mighty Majesty and worth:
  For his mercies ay endure,
  Ever faithfull, ever sure.

㉔ That his mansion hath on high
  Above the reach of mortal eye.
  For his mercies ay endure,
  Ever faithfull, ever sure.

㉔ And hath redeemed us from our enemies :
  for his mercy *endureth* for ever.

㉕ Who giveth food to all flesh :
  for his mercy *endureth* for ever.

㉖ O give thanks unto the God of heaven :
  for his mercy *endureth* for ever.

詩篇第136篇日本語試訳

① われらはともに喜ばしい心で、主を
 誉め称えようではないか、主は優しいので。
  常に信頼でき、常に絶対正しい主の
  恵みはとこしえまでなのだから。

② われらはともに主の御名を、方々に
　　広めようではないか、神々の神であられる方だから。
　　　　常に信頼でき、常に絶対正しい主の
　　　　恵みはとこしえまでなのだから。

③ おお、われらはともに、あの怒れる暴君らを
　　鎮圧し給うお方の、称賛を唱えようではないか。
　　　　常に信頼でき、常に絶対正しい主の
　　　　恵みはとこしえまでなのだから。

④ 大いなる奇蹟で、天と地を愕然とさせ
　　震撼させるお方の、称賛を唱えよう。
　　　　常に信頼でき、常に絶対正しい主の
　　　　恵みはとこしえまでなのだから。

⑤ 英知をもってかくも威風堂々たる、
　　色鮮やかな天を造ったお方の称賛を。
　　　　常に信頼でき、常に絶対正しい主の
　　　　恵みはとこしえまでなのだから。

⑥ 堅き地に、海原よりも高く、
　　盛り上がる様にと命じたお方の称賛を。
　　　　常に信頼でき、常に絶対正しい主の
　　　　恵みはとこしえまでなのだから。

⑦ 一切を治める力で、新たに造られた
　　世界を、光で満たしたお方の称賛を。
　　　　常に信頼でき、常に絶対正しい主の
　　　　恵みはとこしえまでなのだから。

⑧ 房なす金髪の太陽に、ひねもす、
　　その軌道を走らせた、お方の称賛を。
　　　　常に信頼でき、常に絶対正しい主の
　　　　恵みはとこしえまでなのだから。

⑨ 角ある三日月をきらきらと輝く
　　その姉妹〔星〕の間で、夜輝かすお方の称賛を。
　　　　常に信頼でき、常に絶対正しい主の
　　　　恵みはとこしえまでなのだから。

⑩ 主なるそのお方は、雷電を攫(つか)んだ御手で、
　　エジプトの地の初子を打たれた。
　　　　常に信頼でき、常に絶対正しい主の
　　　　恵みはとこしえまでなのだから。

⑪ 冷酷な国王(パロ)の敵対を蔑(なみ)して、主は主の民
　　イスラエルをエジプトから連れだされた。
　　　　常に信頼でき、常に絶対正しい主の
　　　　恵みはとこしえまでなのだから。

⑫ 主は、紅海の、紅い海原を、
　　二つに切り裂かされた。
　　　　常に信頼でき、常に絶対正しい主の
　　　　恵みはとこしえまでなのだから。

⑬ 潮流は、硝子壁(ガラス)のごとく立ちつくした、
　　ヘブル人の諸団隊が、通過する間に。
　　　　常に信頼でき、常に絶対正しい主の
　　　　恵みはとこしえまでなのだから。

⑭ だが海の壁はすぐさま、赤黒い国王を、
　　彼の軍勢もろともに飲み込んだのだった。
　　　　常に信頼でき、常に絶対正しい主の
　　　　恵みはとこしえまでなのだから。

⑮ 主は自らの選ばれた民を荒涼たる
　　荒野で祝福された。
　　　　常に信頼でき、常に絶対正しい主の
　　　　恵みはとこしえまでなのだから。

⑯ 主は、血みどろの戦闘で、豪胆で、
　　名高き国王どもを撃ち倒された。
　　　　常に信頼でき、常に絶対正しい主の
　　　　恵みはとこしえまでなのだから。

⑰ 主は、アモリ人の領域を支配していた、
　　豪胆なシホンとその軍勢を打ち破られた。
　　　　常に信頼でき、常に絶対正しい主の
　　　　恵みはとこしえまでなのだから。

⑱ そして主は、巨大な手足のオグ王を、
　　彼の無鉄砲な総勢と共に、鎮圧された。
　　　　常に信頼でき、常に絶対正しい主の
　　　　恵みはとこしえまでなのだから。

⑲ そして主はその僕なるイスラエルに、
　　安住するように、彼らの領地を与えた。
　　　　常に信頼でき、常に絶対正しい主の
　　　　恵みはとこしえまでなのだから。

⑳ 主は、われらが悲惨に苦しむとき、
　憐み深い目で、われらを見給うた。
　　　常に信頼でき、常に絶対正しい主の
　　　恵みはとこしえまでなのだから。

㉑ そして主は、侵略する敵による隷属の境遇から
　われわれを解放なされた。
　　　常に信頼でき、常に絶対正しい主の
　　　恵みはとこしえまでなのだから。

㉒ 主は、生きとし生ける万物を養って
　恩寵溢れる手で、彼らの欠乏を補う。
　　　常に信頼でき、常に絶対正しい主の
　　　恵みはとこしえまでなのだから。

㉓ それゆえ、われらはともに主の偉大な威光(みいつ)と
　真価の賛歌をうたおうではないか。
　　　常に信頼でき、常に絶対正しい主の
　　　恵みはとこしえまでなのだから。

㉔ 主のご座所は、うつせみの人間の目では
　見えもせぬ、至高の天上にあるのだ。
　　　常に信頼でき、常に絶対正しい主の
　　　恵みはとこしえまでなのだから。

3) ミルトン版翻訳(パラフレイズ)の形式上の変更点

　ミルトン版翻訳(パラフレイズ)と欽定英訳版を比較してみると、ミルトンが加えた形式上の変更として主に以下の３点が明らかになる。

1　全体の節の数を 26 から 24 に削減した。
2　各節の行数が、欽定訳では約２行であるのに対し、ミルトンは４行に増幅させた。欽定訳では各２行の内、前１行が各節ごとに変化する部分、後１行が繰り返し部分になっている。一方、ミルトンは、各節において、前２行を変化する部分、後２行を繰り返し部分とした。
3　結果として節全体の数は２節減ったが、各節の行数を２倍にしたために歌われる内容は却って細やかで充実したものになった。

　こうした変更により、増幅された詩的効果としては、各節の前半部分と後半部分の区切りが一層明確に意識されるようになったことが挙げられる。つまり、各節の前半２行が変化する部分で後半２行が総ての節を通して不変の部分となっていることが一層明確に認識される。

　このことによって、もともと原典詩篇が持っていた構造が一層明確化して読者（詠唱者）に意識されるようになった。つまり、各節の前半部分では、神への具体的賛辞や、神が行った様々な御業が頌栄される。一方で、各節の後半部分は一貫して、それらの御業すべてが─つまり、神から人間に対して与えられた様々な慈愛の形が─忍耐強く（endure にはずっと持続する、という意味と、じっと忍耐するという意味が重層的に込められている）続けられ、それは常に不変で揺るぎないものである、という認識が詠唱の繰り返しによって、繰り返すごとに一層強く明確化されるのである。具体的な神の御業の中心を成すものは、３つ、天地創造、出エジプト、エジプト脱出後の神の導き（荒野の彷徨、約束の地の授与、外敵の侵略からの守護）である。

　さらに、ミルトンは本詩篇全24節中の第12節と13節に紅海通過という出来事を２つに分けて叙述している。このことは、15歳のミルトンが、もともとの原典ヘブライ語詩篇が持っていた優れた詩的構造を見逃さなかったことを証明している。そしてミルトンは、本詩篇における出エジプトの主題を極めて重要な主題として継承した。その結果、出エジプト以前と以降は、一層大きな区切りとして意識されるようになる。このことについて後でさらに検討していくことにする。

4) ミルトン版詩篇第 136 篇第 12 節と第 13 節

　ミルトン版詩篇第 136 篇の第 12 節において「主は、紅海の、紅い海原を、／二つ

に切り裂かされた」と歌われ、第13節において「潮流は、硝子壁のごとく立ちつくした、／ヘブル人の諸団隊が、通過する間に」と歌われる。これら2節の詩行においては、海にくっきりと切れ目が生じて、2つの巨大な水の壁が立ち上がり、それを防護壁として民の通る道が形成される様が読者の脳裏に鮮やかに浮かび上がる。

第12節においてミルトンは"ruddy"と"Erythræan"という「赤色」を意味する語を重ね、流音"r"を繰り返し響き渡らせている。そしてそれによって、紅い潮流が2つに割れてそれぞれの潮流が左右に分かれ、逆方向に向かって勢いよく流れて行く様が視覚と聴覚を通して鮮やかにイメージされる。続く第13節で、潮流は堅く立ち("stood still")、海の彼方へと果てしなく続く巨大な2つのガラス壁のごとくになる("stood like Walls of Glass")。ちなみに、原典ヘブライ語はもちろん、他の聖書にも当該箇所と類似した英語表現は見当たらない。[8]

既に前章「詩篇第114篇英語翻訳における出エジプトの主題」において指摘したが、第136篇英語翻訳の、「堅く立ち」("stood still")には、「出エジプト記」第14章13節と、「ヨシュア記」第3章8節、及び15節から17節が反響している。そして、"like Walls of Glass"には「ヨハネ黙示録」第4章6節、及び第15章2節からの反響がある。

  And before the throne there was <u>a sea of glass</u> like unto crystal:
               (Revelation 4:6)

  And I saw as it were <u>a sea of glass</u> mingled with fire: and <u>them that had gotten the victory</u> over the beast, and over his image, and over his mark, *and* over the number of his name, <u>stand on the sea of glass</u>, having the harps of God. (Revelation 15:2)

このようにミルトンは、詩篇第114篇と同様、詩篇第136篇の世界にも「ヨハネ黙示録」の世界を混淆させている。「ヨハネ黙示録」では、「ガラスの海」は神の御座の前にあり、神の御座を取り囲むようにしている。そして、「ガラスの海のほとりには」サタンとその一党のあらゆる誘惑に「勝利を治めた人々」が神とその御業を寿ごうと

---

8 "stood like Walls of Glass"に類似した表現は、『欽定英訳聖書』、『ジュネーヴ聖書』、『リームズ・ドゥエー聖書』、及び、*The Psalms of Sir Philip Sydney and the Countess of Pembroke* (New York: Doubleday & Company, Inc., 1963) の相応箇所には見当たらない。

して「立っている」のである。ここで、海が「ガラスの壁」のようにして「立つ」のは、単にガラスが水に似て透明であるが堅いがゆえに、この場面の比喩として適当である、という理由で採用されているのではない。ミルトンは、「ヨハネ黙示録」に登場する「水晶に似たガラスの海」に注目し、詩篇136篇において、そのイメージを反響させることによって、出エジプトの世界に、一瞬、「黙示録」の世界が—つまり、神と御子の救いの世界が—現出するさまを描き出しているのである。[9]

　この場面で描かれる海は、「黙示録」においてサタンやその一党の誘惑に打ち勝った人々と同じように、神の被造物として、創造者に従順に仕えている。神の命令に従って生あるもののごとく"stood still"し、神の民が通過する間、壁となり、砦となって義なる者たちを守る海である。その姿は、神の御前に「堅く立つ」熾天使アブディエルや天上の天使たちを連想させる。

　第12節における潮流の水平方向への左右の広がりは、第13節に入ると突然、地から天を指向する垂直方向に向かう。この水平方向から垂直方向への転換は見事であり、ここで明らかに本詩篇の詩の流れにも転換が訪れる。

　さらに第13節には、水壁の垂直な動きに続いて、これとは対照的に、手前から向こう側へと移動する民の群れの水平の動きが加わる。この、水平（左右）→垂直→水平（手前から向こう側へ）という動線の変化は極めてダイナミックである。

　そして、この左右に分かれる海の動きと、その間に形成された、硝子のような2つの水壁に守られて海のこちら側から向こう側へと進む人々の動きがクロスして、束の間、巨大な十字架の形を作り出す。この十字架の形は巨大過ぎるために、モーセと彼が率いるイスラエルの民にも、パロとその軍勢からも、それと認識されることはない。ただ、天にまします神と神の御子、そして天の天使たちによってのみ認識される十字架の形である。そして、自然界の中に、神の手により創られた、巨大な十字架はイスラエルの民と羊の群れなどのすべてが海を渡り終えるまで敵の攻撃を防ぐ守りの壁となる。

　しかし、次の瞬間にはその壁は追手のパロとその軍勢の上に崩れて洪水となり敵どもをすべて飲み込み、海の藻屑とするのである。

　ここに現れた十字架は、教皇主義者たちの振りかざす、人の手でこしらえられた「木や石や」金属の偶像ではない。いわば、「生ける十字架」である。それは、自然の中に神が神ご自身の偏在の証として創りたもうた神の徴である。[10]　神の民を救い、その敵を殲滅するために、神の被造物たる自然が織りなす、束の間の十字架の形である。そして、この「生ける十字架」が示す、神の民の救いと解放、及び敵の殲滅は、神の御子の十字架刑とぴったりと重なる、いわば表裏一体の関係だということになる。[11]

少年詩人ミルトンは原典詩篇が26節から成っていたものを2節削減して24節とした。24は12の倍数であり、12は叙事詩の基本となる数字である。これとは対照的に、後年のミルトンは『楽園の喪失』再版（1674）の際に、最初10巻から成っていたものを、第五巻と第十巻をそれぞれ2つに分けて、構成し直して全12巻とした。ホメロスやヴェルギリウスの叙事詩の系譜に位置付けるのに一層相応しい巻数にしたのである。つまり、2巻増やした、ということである。15歳の若き詩人ミルトンは、12及びその倍数である24という数字に対するこだわりを持っていたが、そのこだわりは、最終的には『楽園の喪失』を全十巻から全十二巻にする、という形で結実を見ているのである。

　若き日に、神を主人公(ヒーロー)／英雄とし、神の御業を主題とする叙事詩風の詩篇翻訳(パラフレイズ)を行ったミルトンは、後年、人に対する神の道の正しさを主題とする叙事詩を形成した。その際に、内容もさることながら、叙事詩風詩篇の翻訳(パラフレイズ)においては2節を削除して全24節とし、長編叙事詩では二巻を増やして全十二巻としたことは、ただの符合とは言えまい。ミルトンの念頭には、常に叙事詩の型へと向かう文学的メンタリティーがあったことが窺える。

5）　ミルトン版詩篇第136篇における民主主義的精神

　ミルトン翻訳詩篇第136篇の一部が今日でも讃美歌として会衆の間で歌い継がれているという。その理由の1つは、先唱者とその他の会衆との平等性にあるのではないだろうか。特に斎藤氏の指摘した、第1節と第2節がそのまま歌われている、ということは示唆的である。

　ヘブライ語原典に比較的忠実な『欽定英訳聖書』から明らかなごとく、原典では、主唱者の唱道する第1節から第3節、そして最終節（第26節）は、すべて命令文になっている。この形式からは、主唱者が各節の第1行を唱えると、その他の会衆が

9　『楽園の喪失』第十二巻においてはモーセに率いられたイスラエルの民がエジプトを脱出する様子が語られるが、海に出現した壁は "two christal walls"（197行）と表記されている。ここでは「ヨハネ黙示録」の反響を踏まえた上で、「水晶のようなガラスの海」の壁は、「二つの水晶の壁」と記述されるが、"christal" の綴りからは、水晶（"crystal"）とイエス・キリスト（Christ）が重層的に響き合う、という効果が生み出されている。

10　これは、『楽園の喪失』第十一巻349-54行で、大天使ミカエルがアダムに向かって言うことば、「心得ていてもらいたい。谷間にいても平野にても、／ここ〔楽園〕と同じく神はいまし、尊きみ姿を／あらわされよう。神の臨在のしるしは／つねにきみにつき従い、きみはつねに／善と父性愛とにまもられて、神のみ顔とみ足の聖き足跡（あと）とを示される」へと連鎖して行く考え方である。

11　Jack Goldman, "Comparing Milton's Greek Rendition of Psalm 114 with That of the Septuagint", *English Language Notes* 21 (1983), 20 では、初代教父たちは、ヘブライ語聖書（旧約聖書）に記されたすべての出来事が救世主キリストの来臨を予示するものと見なし、出エジプトをキリストの十字架刑の象徴と考えた、と述べられている。

各節の第２行を唱えるという形が想定される。[12]　具体的に言えば以下のような方式である。

  主唱者
   O give thanks unto the Lord;　for he is good:
     その他の会衆
       for his mercy endureth for ever.

  主唱者
   O give thanks unto the God of gods:
     その他の会衆
       for his mercy endureth for ever.

  主唱者
   O give thanks to the Lord of lords:
     その他の会衆
       for his mercy endureth for ever.

 …… …… …… ……

  主唱者
   Oh give thanks unto the God of heaven:
     その他の会衆
       for his mercy endureth for ever.

  主唱者
   O give thanks unto the Lord;　for he is good:
     その他の会衆
       for his mercy endureth for ever.

  主唱者
   O give thanks unto the God of gods:
     その他の会衆
       for his mercy endureth for ever.

  主唱者
   O give thanks to the Lord of lords:

　　　　　　その他の会衆
　　　　　　　　　　for his mercy endureth for ever.

…… …… …… ……

主唱者

　Oh give thanks unto the God of heaven:
　　　　　　その他の会衆
　　　　　　　　　　for his mercy endureth for ever.

　以上の方式においては、主唱者の命令によってその他の会衆が神を賛美する、という構成になる。ここには、神への賛美と祈りという行為において、祈りの共同体内に命令する者と命令に従う者という、上下関係が生ずる。

　これに対して、ミルトンは第1節から3節、及び第23節のそれぞれ第1行に命令形ではなく、"Let us praise…."という、共同の祈りの作業を呼びかける表現を採用している。この場合、主唱者は各節の第1行において、他の会衆に共同の祈りと賛美を行おうと呼びかけるという形になることが想定される。そして、共同の祈りの作業であるならば、第3行から第4行の繰り返しの部分は、主唱者を含む会衆全員がともに唱えるという形になる。具体的には以下のような方式である。

先唱者

　Let us with a gladsom mind
　Praise the Lord, for he is kind.

先唱者を含む会衆全員

　For his mercies ay endure,
　Ever faithful, ever sure.

先唱者

　Let us blaze his Name abroad,
　For of gods he is the God.

12　斎藤康代氏も、詩篇136篇の詠唱の方法として、各節の前半句と後半句が別々の人またはグループによって交互に詠唱された可能性を指摘している。「Miltonと『詩篇』(1)─幼少時代と『詩篇』のParaphrase─」、東京女子大学紀要『論集』第33巻(2号)、(東京:東京女子大学、1983)、107頁。

先唱者を含む会衆全員
> For his mercies ay endure,
> Ever faithful, ever sure.

先唱者
> O let us his praises tell,
> That doth the wrathfull tyrants quell.

先唱者を含む会衆全員
> For his mercies ay endure,
> Ever faithful, ever sure.

……………………

先唱者
> Let us therefore warble forth
> His mighty majesty and worth:

先唱者を含む会衆全員
> For his mercies ay endure,
> Ever faithful, ever sure.

　以上の方式においては、先唱者の呼びかけによって先唱者を含む全会衆が神への賛美のことばをともに唱えるという形になる。ここには、神への賛美と祈りという行為における共同体の上下関係はもはや存在しない。15歳のミルトンは既に祈りにおける万民の平等性を意識し、詩篇の英語訳に反映させて、これをことばの面からも保証しようとしていることが窺える。祈りにおける万民の平等性という、キリスト教の根幹に関わる最も本質的な理念が、神に捧げる祈りのことばにおいて保証されているのである。これは、まさに祈りの精神における革命である。このように、祈りにおける万人の平等性、つまり民主主義的精神の祈りにおける具体的な形が保証されていればこそ、ミルトンの詩篇136篇の第1節及び第2節は今日に至るまで歌い継がれているのである。
　しかも、"Let us ～"という表現は、もともとは神に対する祈願文である。「われわれに～させよ」と神に祈ることばが、やがては同等の者に対して、共同の行為を行うよう呼びかける表現になっていったと考えられる。つまり、ここには、神に祈るという行為自体が神の恵みによって可能となる、というキリスト教的思考の根幹がある

と言えよう。

　ところで、だれもが平等に神に祈る権利があるという思想は、かつて、カルヴィン、ツヴィングリ、そしてマーティン・ブーサーが主張した、プロテスタンの根幹に関わる思想だったということができる。[13]　であればこそ、文字を読めない老若男女すべてが母国語により祈りを捧げられるようにと、大陸及び英国においてプロテスタントの人々を中心として、聖書の母国語への翻訳があれほど希求され急務とされたのである。

6）『楽園の喪失』における"Let us 〜"の表現とイヴによる悔悛の詩篇
　ミルトンは、詩篇136篇の英語訳において、原典の命令文による祈りの勧めを"Let us praise ...."と、祈りの共同体に対して共に行動することを促す表現に変換した。

13　以下の長い書名は、Charles Wheatlyにより纏められた、18世紀の『英国国教会祈祷書』のタイトルである。*A Rational Illustration of the Book of Common Prayer of the Church of England Wherein Liturgies in general are proved lawful and necessary, and an Historical Account is given of our own: and the seeming Differences reconcil'd: All the rubricks, Prayers, Rites, and Ceremonies are explained, and compared with the Liturgies of the Primitive Church: The exact Method and Harmony of every Office is shew'd, and all the material Alterations are observed, which have at any time been made since the first Common Prayer-Book of King Edward VI, with the particular Reasons that occasioned them.* (London: Printed for the Author; and are to be Sold by M. Smith, R. and J. Borwick, R. Knoplock, R. Wilken, A. Bettesworth, and F. Fayram. 1722) そのp.111に以下のような過去の事実の記載がある。"So that; then it was the custom for the Minister to perform divine Service(i.e. Morning and Evening Prayer, as well as the Communion-office) at the upper end of the Choir near the Altar,; toward which, whether standing or kneeling, he always turn'd his face in the Prayers; tho' whilst he was reading the Lessons, he turn'd to the people. Against this <u>Bucer</u>, by the direction of <u>Calvin</u>, most grievously declaim'd ; urging that 'it was a most Anti-Christian Practice for the Priest to say prayers only in the Choir, as a place peculiar to the Clergy, and not in the body of the Church <u>among the People, who has as much right to divine worship as the Clergy themselves</u>,' He therefore strenuously insisted, and 'that the reading divine Service in the Chancel was an insufferable abuse, and ought immediately to be amended, if the whole nation would not be guilty of high treason against God.' (vide Bucer, Cenfur. cap I, p.457.) This terrible outcry (however senseless and trifling) prevail'd so far, that when the common-Prayer Book was alter'd in the 5th year of King Edward, this following Rublick was plac'd in the room of the old one : viz. The Morning and Evening Prayer shall be us'd in such a places of the Church, Chapel, or Chancel, and the Minister shall turn him, as the people may best hear."（下線は論者）
　マーティン・ブーサー（Martin Bucer; 1491-1551）は、ミルトンが一連の離婚論の一つである、『マーティン・ブーサー氏の判断』（1644）において、議論の拠り所としているドイツの宗教改革者であるが、信仰上の理由から一時渡英して、ミルトンの母校ケンブリッジ大学で神学を教えた（1549年）。英国滞在中のブーサーは、教会堂で司祭が祈祷を行う際に聖職者たちに設けられた、内陣にある聖歌隊席で祈祷を行なうのは、神に対する冒瀆である。なぜなら、祈りの権利は聖職者たちのみならず一般の会衆すべてに与えられたものであるから、と抗議した結果、エドワード六世の治世5年目に『英国国教会祈祷書』に変更が加えられ、司祭たちは、朝と夕べの祈祷を捧げる際に、教会堂内の、会衆に良く聞こえるような場所を選定して、そこで祈祷を行うことが典礼細目に加えられたという。本記述が英国国教会側によるものであるだけに、極めて興味深い歴史的資料としての価値を有している箇所である。

祈りにおける、このミルトンの平等意識は、そのまま『楽園の喪失』においても受け継がれ遺憾なく発揮されている。このことを確認するために、まず第四巻432～439行を以下に引用する。

> ....Then **let us** not think hard
> One easie prohibition, who enjoy
> Free leave so large to all things else, and choice
> Unlimited of manifold delights:
> But **let us ever praise him, and extoll**
> **His bountie**, following our delightful task
> To prune these growing Plants, and tend these Flours,
> Which were it toilsom, yet with thee were sweet.

　この場面でアダムはイヴに、禁断の木とその実についての神の命令を難しい禁制とは考えずに、神から自由に与えられた他の限りない喜ばしい事どもを楽しみつつ選び、常に神を賛美し、その恵みのかずかずをともに頌栄しようと提案している。するとイヴもすぐさまこれに同意する。

　引用部分の詩行8行には"let us ～"という、共同の行為を促す表現が二度、間に3行を挟んで出現している。これは基本的に詩篇第136篇の英語訳の表現形式と息遣いに通ずる。4行で意味上のまとまりを持っており、それぞれの第1行目が"let us ～"で始まっている。特に、二番目のまとまりの出だしから1行半の「われらはともに神を誉め称え、神からの賜物を賛美しようではないか」ということばは、そのまま神賛美と感謝の詩篇の出だしとして通用する。ここで、アダムは神を賛美し、夫婦で楽園の植物の手入れをするという、喜ばしき労働を神から与えられたことに感謝しつつ、その思いを分かち合うために、ともに祈ろうとイヴに呼びかけている。まさに堕落以前のアダムとイヴが神に捧げるのに相応しい感謝と賛美の詩篇となっている。ミルトンは旧約聖書中の詩篇の翻訳という習作時代から、着実に詩人としての技量を蓄えて、『楽園の喪失』第四巻において、ミルトン独自の詩篇を創作するに至ったのである。

　この、堕落前のアダムによる神賛美の詩篇とはちょうど対を成す、堕落後のイヴからアダムに対する悔い改めの創作詩篇と呼ぶべき詩行が『楽園の喪失』第十巻914-36行に形成される。

> Forsake me not thus, Adam, witness Heav'n

> What love I sincere, and reverence in my heart
> I beare thee, and unweeting have offended,
> Unhappilie deceav'd; thy supplicant
> I beg, and clasp thy knees; bereave me not,
> Whereon I live, thy gentle looks, thy aid,
> Thy counsel in this uttermost distress,
> **My only strength and stay**: forlorn of thee,
> Wither shall I betake me, where subsist?
> While yet we live, scarce one short hour perhaps,
> Between us two let there be peace, both joyning,
> As join'd in injuries, one enmitie
> Against a Foe by doom express assign'd us,
> That cruel Serpent: On me exercise not
> Thy hatred for this miserie befall'n,
> On me already lost, mee then thy self
> More miserable; both have sin'd, but thou
> **Against God onely, I against God and thee**,
> And to the place of judgment will return,
> There with my cries importune Heav'n, that all
> The Sentence from thy head remov'd may light
> On me, sole cause to thee of all this woe,
> Mee mee onely just object of his ire.

ここで、イヴはアダムに嘆願し、アダムに向かって悔い改めの祈りを捧げている。それは、『楽園の喪失』の枠組みにおいては至極当然のこととなる。なぜなら、第四巻299行で規定されているように、"Hee for God only, shee for God in him."（アダムは神だけのために、イヴはアダムの内なる神のために〔造られた〕）からである。しかし、イヴが悔い改めの祈りを捧げるのは、アダムに向かってではあるが、それは単にアダムその人に、という訳ではない。あくまでも神に対して、つまり、アダムの内に宿る神的部分に向かって嘆願し祈るのである。イヴが「あなた〔アダム〕は神に対してのみ罪を犯してしまったのに対し、わたしは神とあなたとに対して罪を犯してしまった」と述べているのも、堕落以前の神―男―そして女、という構図に鑑みれば、齟齬はまったくない。イヴはここで、堕落以前の神と男と女の正しき関係を思い出し、それに則って悔い改めの祈りを行っている。

Lewalski と Radzinowicz も、論者と同様、イヴがアダムに向けて許しを請う詩行が、ミルトンによる創作詩篇であるとの認識に立っている。また、多くの批評家たちが、930〜931 行に詩篇 51 篇 4 節のダビデからの神に対する悔い改めのことばとされる、"Against thee, against thee only, have I sinned" の章句の反響があると指摘する。[14]

　また、"My only strength and stay"（921 行）に関して言えば、神を自己の砦（"strength"）とし、拠り所（"stay"）とする表現は「詩篇」中に多く見られる。ミルトンが翻訳した詩篇に限ってみても、詩篇 81 篇 1 行（"strength"）、84 篇 5 行（"strength"）、詩篇 2 篇最終行（"stay"）に認められる。さらに、嘆願の形式を持った詩篇としては、詩篇 86 篇 1〜3 節 1 行目までの表現がイヴの悔い改めの創作詩篇と呼応する。

> Thy *gracious* ear, O Lord, encline,
> 　　O hear me *I thee pray*,
> For I am poor, and almost pine
> 　　With need, *and sad decay*.
> Preserve my soul, for ……
> 　　Save thou thy servant O my God
> 　　Who *still* in thee doth trust.
> Pitty me Lord for daily thee
> 　　I call;

> その慈悲深い耳を、おお主よ、傾けたまえ、
> 　　おお、わがことばを聞かれよ、われはあなたに祈り奉ります、
> なぜなら、われは貧しく困窮と悲しき衰退に
> 　　あえがんばかりです。
> わが魂を保護されよ、……
> 　　あなたはその僕(しもべ)を救いたまえ、おお、わが神よ、
> 　　僕は常にあなたに信をおいております。
> われを憐れまれよ、主よ、われは毎日、
> 　　あなたを呼び奉ります。

　イヴの心からの嘆願と悔い改めの祈りを捧げられて、アダムの内なる神が目覚める。正しい秩序の再生、すなわち、男と女との「正しい関係」の回復は、まずイヴの嘆願

と悔い改めの祈りから始まる。[15] 女性の側から始まった人類の堕落は、その修復も女性の側から開始される。このようにイヴを描き出すことのできたミルトンは、女性の持つ肯定的な資質、美徳や謙虚な心を敏感に察知し、それに対して尊敬の念を持っていたことが明らかである。彼はけっして女嫌い(ミソジニスト)などではなかった。

あるべき秩序の感覚を取り戻したイヴの嘆願は、アダムの中の神的感覚に適正に働きかけ、アダムもまた、あるべき秩序の感覚と家長としての自己認識を回復するに至る。そこでアダムはイヴを優しく諭し、諍いを止め、互いを攻め合うことも止めにして、互いに良く話し合うことによって、悲嘆と苦悩を分かち合い、互いの重荷を少しでも軽くするための方策を見つけ出そうと提案する。

> ....
> But rise, **let us** no more contend, nor blame
> Each other ... but strive
> In offices of Love, how we may light'n
> Each others burden in our share of woe;
>
> (X: 958-61)

ここで「人類の家長」たるアダムは、自分を含めた人類全体を堕落させる契機となったイヴに対し、命令形ではなく、共同作業を提案する際に使用される"let us ～"を用いて語りかけている。これは瞠目にあたいする。アダムは「家長」ではあっても「暴君」ではない。イヴの人格を尊重し、イヴのことばや意見、そして判断を尊重し、二人が平等であることを明確に示している。

堕落直前の二人の議論の場面から堕落後もずっと、イヴに対してことばをかける際にアダムはほとんど"let us ～"の表現を用いることはなかった。ただ一度使用されたのは、堕落後の不健全な昂揚感に酔いつつ、イヴを閨に誘う場面であった。"... now **let us** play, / As meet is, after such delicious Fare;"(IX: 1027-28) だが、ここで使用される"let us ～"の表現は見せかけのみの用い方をされている。共に行動を起こすようにと誘いながら、実はアダムは己が性的欲望を満たすことだけを目論

14　例えば、*Paradise Lost: The Biblically Annotated Edition*, ed. Matthew Stallard, (Georgia: Mercer University Press, 2011), p.386.
15　Joseph H. Summers, *The Muse's Method: An Introduction of Paradise Lost* (New York: Center for Medieval and Early Renaissance Studies, 1981), p. 183 において、"Forsake me not thus, Adam"に "the fullest human expression of the will to redemptive love"、が認められ、これが『楽園の喪失』の "the turning point" となる、という指摘がある。

んでいる。そこにあるのは自己利益のみを追求する我欲の心であり、相手に対する共感と思いやりは存在しない。

しばしばサタンが同じ目的で"let us ～"を使用する。サタンはいかにも民主的精神を持っているかのごとくに装いながら、味方の堕天使軍団に対してこの表現を用いる。また、主だった手下の一人であるモロクも"let us ～"を使用している。[16] しかし、サタンとその手下たちは常に私利私欲の追及のために、この表現を用いるのである。それが証拠に、会議を開いて仲間の意向を聞くふりをしながら、サタンの意向は最初から決まっている。神と御子に逆らって敗北したサタンは、神から寵愛を受けている人類の始祖に八つ当たりをして、何の罪もない、弱い存在である女性を策略によって騙し、堕落させて溜飲を下げることを狙っている。つまり、サタンの行いは「弱い者いじめ」により、自己の鬱憤を晴らすことでしかない。

堕落後のアダムは、性的放縦に耽るためにイヴを誘う場面以外では、"let us ～"の表現を使うことはなかった。イヴに対して行動を促す場合はすべて命令形が用いられていた。それが、第十巻の和解の場面で漸く伴侶に対する愛と尊敬を込めた"let us ～"の表現が再度使用されるに至っている。この語句に込められたアダムのイヴに対する平等感は堕落後にあっては、堕落以前よりも遥かに重要な意味合いを持っている。アダムは、かつて自分を、言わば罠にかけたイヴを許したのである。イヴの再生を信じ、イヴへの信頼感を取り戻し、かけがえのない伴侶として手を携えて難局を乗り越えて行こうというアダムの気持ちがここには込められている。アダムの度量の広さが再認識されるとともに、夫婦の絆が再生されたことが実感される場面である。

15歳のミルトンは、詩篇第136篇が祈りの共同体で詠唱される際に、すべての会衆が祈りにおいて平等であることを実感しながら神への賞賛と感謝が累積的に積み上げられて共同体の絆を一層強めていくように、主唱者のことばを翻訳する際に原典の命令形を採用せずに、共同の祈りと賛美の行為を呼びかける"let us praise…."の表現を採用した。そして"let us praise…."の表現は、『楽園の喪失』第四巻において、最初にして最小の祈りの共同体を成すアダムとイヴの祈りの場面で採用され、アダムがイヴの人格を尊重し、平等な伴侶として位置づけていることを明示した。さらに、第十巻においては、堕落後に、あるべき男と女の関係を回復したアダムがイヴを許し、イヴを平等の伴侶として、その意見を掬い上げ難局を打開しようとする場面で使用されている。それは、ミルトン自身が女性を尊重し、女性の意見や意義を肯定的に認識していた証となる。

アダムとイヴが救済に至る道を探りつつ語り合う中で焦点となるのが"the Seed of Woman"の指す内容であることに注意したい。「女の子孫」("the Woman's Seed")は第十一巻、第十二巻の中心テーマである〈アダムの教育〉において重要な

役割を果たすのである。J. H. サマーズは第十巻で発される、神と人との契約の証としての「女の子孫」("the Woman's Seed")の［iː］音が第十一巻、第十二巻で効果的に響き、遂には「救い主」("the redeemer")である神の御子イエス・キリストに収斂するとしている。[17] ミルトンは、第十巻、第十一巻、第十二巻においては聴覚的には＜救済に連なる出産＞をイメージする「女の子孫」("the Woman's Seed")という表現を響き渡らせているのである。

7) 逃げ惑う海川と堅く立つ川海

　ミルトン版詩篇第136篇における海は、神に従順に仕える海である。イスラエルの民が通過する時には、「ガラスの壁のごとくに」("like Walls of Glass")立ち上がり、そのまま「堅く立ち」("stood still")続け、彼らを守る壁とも砦となった。そして、追手のエジプト軍が紅海を通過しようとすると、怒涛となって崩れ落ちパロも軍団ももろともに飲み込んで溺死させた。神の命令に従って神の民を守り、敵を殲滅させる海の姿は、『楽園の喪失』における、熾天使アブディエルや、御子の出陣を見守る天の天使たちの姿において結実することになる。また、同詩篇16節から19節は「ヨシュア記」に基づいている。そこで描かれたヨルダン川は、増水期にも拘わらず、主の契約の箱を戴く民が通過するとき、「堅く立ちつくして」流れをせき止め、逆流させた従順なる神のしもべとして描かれていたことは、前章で既に見たとおりである。一方で、ミルトン版詩篇第114篇に描かれた紅海やヨルダンの流れは、神の御稜威に恐怖を覚え、怖気づいて敗走する敗残兵のイメージで描かれていた。そして、この敗残兵のイメージは、地獄の火の海に浮遊するサタン軍団の無様な姿へと収斂していくことになる。

　このように、弱冠15歳のミルトンは、詩篇第114篇と第136篇を対の詩篇として翻訳（創作）しながら、まったく対照的な海川の姿を描き分けた。一方は神に背き、自ら滅びる邪悪なサタン軍を思わせるイメージであり、もう一方は、義なるものとして神の側に立ち、神の民を守るイメージであった。「神に背くもの」と「神によって立つもの」という対照的なイメージは、やがては『楽園の喪失』における、サタンとその陣営と、熾天使アブディエルや仲間の天使たちの集まりへと分岐して収斂していく。

8) 出エジプトの主題　――　神は民を暴君の圧政から解放する

　Matthew Stallard は、"tyrant" の語が『ジュネーヴ聖書』には300回以上出現

16　『楽園の喪失』第一巻178行、第二巻52行、第二巻249行など。
17　J. H. Summers, pp.179–185.

するのに対し、『欽定英訳聖書』には一度も出現しないと指摘する。[18] 『ジュネーヴ聖書』は1640年まで英国では版を重ねて良く読まれたが、『欽定英訳聖書』は不人気であったという。1640年以降、『ジュネーヴ聖書』が出版されなくなると、『欽定英訳聖書』が次第に人々の間に広まっていったという。

　ところでミルトンは、本詩篇3節において"tyrants"の語を採用し、「怒れる暴君らを鎮圧し給う」神に称賛を唱えようではないか、と会衆に呼びかけている。ちなみに、ヘブライ語原典詩篇第136篇には、"tyrants"の語を含む第3節に相当する節は存在しない。『ジュネーヴ聖書』にも存在しない。1624年の時点で、少年ミルトンが「暴君を鎮圧する」神について歌うとき、我々読者はその後のミルトンの足跡がそのまま『イングランド国民のための第一弁護論』(1651)の主張 —「暴君を成敗するのは、国民に固有の権利であり、その権利は神から賜ったものだ」という— に繋がっていることに、驚きを禁じ得ない。

　また、第21節の "[God] freed us from the slavery / Of the invading enemy."（「主は、侵略する敵による隷属の境遇からわれわれを解放なされた。」）も、『第一弁護論』に連なる表現であることに注意したい。これらの表現から、ミルトンが出エジプトの主題の核心を「神は選ばれた民を暴君の圧政から解放する」という点に置いていることが明らかとなる。

18　Paradise Lost: the Biblically Annotated Edition (George: Mercer University Oress, 2011), p. xxxiii.

2　第Ⅱ期：ギリシア語翻訳詩篇第114篇と出エジプトの主題

　あと数日で、26歳の誕生日を迎えることになる1634年12月にミルトンは、聖ポール学院で親しかったAlexander Gillに手紙を出している。手紙には、ギリシア語の詩を送られたことに対する感謝のことばが書かれ、それとともにギリシア語翻訳詩篇第114篇が同封されていた。そして、この翻訳が突然の霊感を受けて形成されたものであることが記されていた。

　本詩篇翻訳成立のきっかけについては、斎藤康代教授による興味深い指摘がある。それに従えば、同年の9月29日に上演された、*A Masque presented at Ludlow Castle*（通称『コーマス』）をミルトンが執筆したことが、父の不興を買ってしまい、それに心を痛めたミルトンが本詩篇のギリシア語翻訳を行って父の誕生日の贈り物とし、父を喜ばせようとした可能性があるという。かつて、レイブンクロフトの翻訳した詩篇集の一部に曲をつけた父であった。父親は15歳のミルトンが2つの詩篇（第114篇と第136篇）の英語翻訳を行った際に、さぞかし喜んだことであろう。[1]　父の期待を一身に背負って勉学の道に邁進してきたミルトンにとって、父の期待を裏切るようなことだけは絶対に避けたかったのかもしれない。そうした思いが契機となって詩篇第114篇のギリシア語翻訳が行われた可能性は否定できない。[2]

　もう1つの可能性は、クリストファー・ヒルによって仄めかされたAlexander Gillとの深い交流関係にある。もし、1623年の詩篇第114篇の英語翻訳がGillの勧めによるものだったとしたら、11年後にミルトンがそのギリシア語翻訳をギルにクリスマスのプレゼントとして贈って、改めて二人の変わらぬ師弟愛を確認した、ということもありえたのではないか。ギルがギリシア語の詩を贈ってきたのも、クリスマスプレゼントとしてであったかもしれない。[3]　第二の可能性は、第一の可能性を

1　Miltonと『詩篇』（2）―ギリシア語訳「詩篇」とその周辺」東京女子大学紀要『論集』第37巻（2号）(1987)、116-117頁。
2　ミルトンはラテン語詩「父に宛てて」を作成している。ミルトンにとって父は極めて大切な、尊敬と敬愛の対象だったと想定される。『楽園の喪失』においても、父と御子の理想的な関係が繰り返し描かれるのは、ミルトンにとって父親がどれほど重要な存在であったかを象徴的に示していると考えられる。
3　ミルトンは「キリスト降誕の朝に寄せる頌詩」第三連において、「幼い神に贈り物（本詩）を捧げる」よう、詩女神に祈念している。Cf. Ed., by Cleanth Brooks and John Edward Hardy, *Poems of Mr. John Milton: The 1645 Edition with Essays in Analysis* (New York: Harcourt, Brace and Company, Inc., 1951), p.95.

PSALM CXIV.

Ισραὴλ ὅτε παῖδες, ὅτ' ἀγλαὰ φῦλ' Ιακώβου
Αἰγύπτιον λίπε δῆμον, ἀπεχθέα, βαρβαρόφωνον,
Δὴ τότε μοῦνον ἔην ὅσιον γένος υἷες Ιούδα.
Ἐν δὲ θεὸς λαοῖσι μέγα κρείων βασίλευεν.
5 Εἶδε καὶ ἐντροπάδην φύγαδ' ἐρρώησε θάλασσα
Κύματι εἰλυμένη ῥοθίῳ, ὅδ' ἀρ' ἐστυφελίχθη
Ἱρὸς Ἰορδάνης ποτὶ ἀργυροειδέα πηγήν.
Ἐκ δ' ὄρεα σκαρθμοῖσιν ἀπειρέσια κλονέοντο,
Ὡς κριοὶ σφριγόωντες ἐϋτραφερῷ ἐν ἀλωῇ.

10 Βαιότεραι δ' ἅμα πᾶσαι ἀνασκίρτησαν ἐρίπναι,
Οἷα παραὶ σύριγγι φίλῃ ὑπὸ μητέρι ἄρνες.
Τίπτε σύγ' αἰνὰ θάλασσα πέλωρ φύγαδ' ἐρρώησας;
Κύματι εἰλυμένη ῥοθίῳ; τί δ' ἀρ' ἐστυφελίχθης
Ἱρὸς Ἰορδάνη ποτὶ ἀργυροειδέα πηγήν;
15 Τίπτ' ὄρεα σκαρθμοῖσιν ἀπειρέσια κλονέεσθε
Ὡς κριοὶ σφριγόωντες ἐϋτραφερῷ ἐν ἀλωῇ;
Βαιότεραι τί δ' ἀρ ὔμμες ἀνασκιρτήσατ' ἐρίπναι,
Οἷα παραὶ σύριγγι φίλῃ ὑπὸ μητέρι ἄρνες,
Σείεο γαῖα τρέουσα θεὸν μεγάλ' ἐκτυπέοντα
20 Γαῖα θεὸν τρείουσ' ὕπατον σέβας Ἰσσαχίδαο
Ὅς τε καὶ ἐκ σπιλάδων ποταμοὺς χέε μορμύροντας,
Κρήνην τ' ἀέναον πέτρης ἀπὸ δακρυοέσσης.

否定するものではない。こうした事情が相互に絡んでミルトンのギリシア語翻訳詩篇第114篇が誕生したと考えても一向に問題はない。

クリスマスは言わずと知れたキリストの誕生を祝う日である。それに対する捧げものとして詩篇の翻訳ほど相応しいものは他にはなかったのではないか。当時のプロテスタントの人々にとって、真心から出た純粋な祈りほど神への捧げものとして相応しいものはなかったのであるから。そして、詩篇とはまさに神への祈りの詩である。神の御業を讃えるこの詩篇第114篇を翻訳することはまことに時宜に適っていたであろう。

ここで、ギリシア語翻訳詩篇第114篇と英語翻訳詩篇第114篇を比較・検討しながら、ミルトンの11年間の修行の跡を見極めることができたら、と願っている。まず、最初にミルトンによるギリシア語訳詩篇を提示する。そして次の頁では、向かって左側に、ミルトン版ギリシア語詩篇からMerrit Y. Hughesが英語翻訳したものをかかげ、中央には、その日本語拙訳を置き、右側には、ミルトン版英語翻訳の日本語拙訳を掲載した。これらを改めて見比べることによって、ミルトン15歳時の英語翻訳詩篇と26歳時のギリシア語翻訳詩篇の違いを明らかにしたい。

1634年版ギリシア語翻訳詩篇114篇（Hughes英語訳）	ギリシア語翻訳詩篇114篇の野呂訳	1624年版英語翻訳詩篇114篇の野呂訳
When the children of Israel, when the glorious tribes of Jacob left the land of Egypt—a land abhorred and barbarous in speech—then, in truth, the only holy race was the sons of Judah, and among those tribes God reigned in mighty power.	イスラエルの子らが、栄光あるヤコブの種族が、エジプトの地を―忌むべき、野蛮な言葉を話す地を―去ったとき、まことに、唯一の聖なる民族はユダの息子たちであった、そして、それらの種族を神は強力なる御稜威を以て統治なさった。	テラの篤信の息子〔アブラハム〕の祝福された子孫が、長き苦難を経て、自由を勝ち取り、全能者の御手の力に導かれて埃及〔エジプト〕の野よりカナンの地へ進んだとき、エホバの不思議がイスラエル（の民）の中で示され、神の賛美と栄光がイスラエル（の民）の中で知られた。
The sea saw it and, reverently rolling back its roaring waves, it gave comfort to the fugitive. The sacred Jordan was thrust back upon its silver sources.	海はそれを見ると、恭順しく、その猛り狂う波を巻き戻し、亡命の民を励ました。神聖なヨルダン〔川〕はその白銀の源泉まで押し戻された。	御手の力を見て騒然となった海は、震え慄きつつ敗走し、泡が渦巻く波頭を低くして地に隠そうとした。ヨルダンの澄んだ川水は退却する、撃退されて怖気づいた軍勢のようにして。
The huge mountains flung themselves about with mighty	巨大な山々自らが力強く跳躍して跳ね回ったが、それはまるで頑健	そびえ立つ太鼓腹の山々は雄羊の中の雄羊のように飛び跳ね、

leaps like lusty rams in a flourishing garden. All the little hills skipped like lambs dancing to the music of the syrinx about their dear mother.	な雄羊たちが花咲く庭で跳ね踊るよう。すべての丘陵は軽く跳ねたが、それはまるで牧神(パン)の笛の音に合わせて愛しき母羊の回りで仔羊たちが踊るよう。	丘陵は仔羊のように飛び跳ねる。
Why, O dreadful and monstrous sea, didst thou give comfort to the fugitive, rolling back thy roaring waves? Why wast thou, sacred Jordan, thrust back upon thy silver fountains?	おお、恐ろしき、怪物なる海よ、なぜ、そなたは亡命の民を励ましたのか、そなたのその猛り狂う波を巻き戻して？なぜ、そなた、神聖なるヨルダン〔川〕よ、その白銀の源泉まで押し戻されたのか。	なぜ海原は敗走したのか？そして、なぜ山々は飛び跳ねたのか？なぜヨルダンは水晶(クリスタル)の源泉に逆さまに戻ったのか？
Why did the huge mountains fling themselves about with mighty leaps like lusty rams in a flourishing garden?	なぜ、巨大な山々自ら力強く跳躍して跳ね回ったか、まるで頑健な雄羊たちが花咲く庭で跳ね踊るようにして？	
Why did you, O little hills, skip like lambs dancing to the music of the syrinx about their dear mother?	おお、すべての丘陵よ、なぜ、そなたたちは軽く跳ねたのか、まるで牧神(パン)の笛の音に合わせて愛しき母羊の回りで仔羊たちが踊るよう。	
Shake, O earth, and fear the Lord who does mighty things; O earth, fear the Lord, the high and holy One of the seed of Isaac, who poured roaring rivers out of the crags and a perennial fountain out of the trickling rock.	おお、地よ、震撼せよ、そして、主を畏れよ、力強き御業を為すお方を。おお、地よ、神を畏れよ、イサクの子孫(シード)から生まれる、高く聖なる、かのお方〔キリスト〕を。そのお方は、険しい岩山から猛り狂う川々を、雫の沁み出る岩から、絶え間なき泉を流れ出させたお方なのだ。	地よ、震撼せよ、御前(みまえ)で畏れ慄け、そのお方はかっては常に居まして、まことに、今後も常に存続される、荒岩を砕いて鏡のごとく澄み溢れる流れを湧き出させ、火炎を生み出す火打石から穏やかな小川を迸り出させる。

　ギリシア語訳第1行は、英語訳とは異なり、原典ヘブライ語に近い訳となっている。しかし、原典ヘブライ語では"the house of Jacob"に相応する語句を、「栄光あるヤコブの種族」と言い換えて、説明し直している。また、「栄光あるヤコブの種族」とは、『楽園の喪失』における"the chosen seed," "the Woman's Seed"と呼応する表現でもある。

　テラは信仰無き者だったが、その息子アブラハムは信仰篤き者だった。そして、その跡継ぎがイサクである。アブラハムからイスラエルの民が出る。

　ところで、既に英語訳について論じた折に述べたことであるが、ミルトンの母

名がSarahであり、ミルトンは両親が年取ってから生まれた長子であったことから、自己を新しきイサクとして意識していたふしがある。

ミルトンの祖父はカトリックであり、父はプロテスタントになったため、祖父から絶縁されたという経緯もあり、ミルトンが、原典ヘブライ語の「イスラエル〔の民〕」を、このように意訳したのは、自分の父ジョン・ミルトンをアブラハムにたとえることによって、父から自己へと継承される新たなるイスラエルとしての召命意識があったからだと仮定することが可能である。

父から自分へと継承される、新たな、そして正統なる家系の流れに対する意識は、例えばラテン語詩「父に宛てて」にも顕著に指摘される。

ギリシア語訳においては、怪物的な海は、神やイスラエルの民の敵ではなく、神に素直に従い、味方となって民を励ます。一方で、英語訳において、海は神の威力を見て、敗走し、身を隠そうとする敵のイメージで描かれていた。これが、『楽園の喪失』第六巻で、御子の攻撃に戦意喪失して敗走するサタン軍の描写へと繋がるイメージであることは先行章で見たとおりである。

英語訳では、ヨルダン川も、敗走する敵のイメージで描かれるが、これも『楽園の喪失』第六巻で、御子の攻撃に戦意喪失して敗走するサタン軍の描写へと繋がる。

最後の節で登場する「イサクの子孫」はミルトンによるギリシア語訳では"$\text{'}I\sigma\sigma\alpha\chi\iota\delta\alpha o$"である。これをHughes及びShawcrossは"the seed of Isaac"と翻訳し、コロンビア版ミルトン全集は"the son of Isaac"と翻訳している。ここでは、Hughes及びShawcrossの訳に拠った。

さらに、ここには、英語版にはなかった牧神パンの角笛"syrinx"("$\sigma\nu\rho\iota\gamma\gamma\iota$")が出現する。そして、羊たちが飛び跳ねるのは、単なる山や丘陵ではなく、花の咲きみだれる庭、あるいは、実のたわわになる果樹園、もしくは、牧草が豊かにはえる牧草地と解釈される場所である。ここには明らかにヘブライ語原典にも、ミルトンの英語版詩篇にも存在しなかった、明るいエデンの園を思わせる牧場が出現している。しかも牧神パンはイエス・キリストの予表であるとする文学的キリスト教的解釈があることから、この庭には御子がいて笛を吹いて自分の羊たちを踊らせている、という祝祭的雰囲気が濃厚となる。[4]

さらに、英語版では、雄羊〔豊饒と再生の象徴〕と対で描かれていた"Ews"（雌羊）の語は削除され、代わりに「母羊」（"$\mu\eta\tau\acute{\epsilon}\rho\iota$"）が登場している。仔羊〔可憐、従順、

---

[4] 「キリスト降誕の朝に寄せる頌詩」では、キリストは「力強き牧神（パン）」（第89行）と呼ばれている。Cf. Ed., by Cleanth Brooks and John Edward Hardy, *Poems of Mr. John Milton: The 1645 Edition with Essays in Analysis* (New York: Harcourt, Brace and Company, Inc., 1951), p.98.

無邪気などの象徴〕たちが母羊の周りで飛び跳ねるイメージは極めて平和で牧歌的な楽園の世界を一層、理想郷的なものとする効果を上げている。ギリシア語版にリフレイン部分がついているのは、詠唱されることを想定して、翻訳が行われた可能性が極めて高い。

　しかしながら、この母羊と仔羊のイメージは、やがてはピエモンテでの虐殺を嘆くソネットへと連鎖し、『楽園の喪失』においては、第十一巻で、戦争のために駆りだされて屠殺場へと追い立てられる母羊と仔羊、そして雄羊の群れへと収斂していくことになる。

　ギリシア語訳詩篇第114篇において、海は神への従順を示し、避難する人々を励ます。そして、山々は雄羊の如く跳ね回り、丘陵は母羊の回りを跳ね回る "σὐρεττι" のごとき様相を呈する。そして「出エジプト記」で戦い合図のラッパを思わせる緊張感を演出した「角笛」は、ここでは牧神パンの奏でる「牧笛」として機能している。ここには牧歌的な世界、楽園の世界が形成されている。

　ここで指摘されるのは、以下の3つである。

①神に恭順の意を示し、イスラエルの民を励ます海のイメージが『楽園の喪失』における恭順な天使たちのイメージへと反響すること。
②神の御業の偉大さに飛び上がる、詩篇第114篇の山々が、『楽園の喪失』第六巻における天での戦いの後に、御子の手で、もとの場所に戻されて微笑む山々のイメージへと収斂していくこと。
③牧歌的な山間で羊飼いである牧神の笛の音に合わせて母羊の周りを飛び跳ねていた明るい祝福されたイメージが、第十一巻648〜651行で戦争のために食糧として調達され無理矢理引き立てられていく、雄羊、母羊と仔羊たちの傷ましい姿へと変換され、収斂していくこと。

　①と②については、後続章「『楽園の喪失』における出エジプトの主題」において説明するものとする。ここでこれから述べるのは③についてである。

　『楽園の喪失』第十一巻で、アダムは大天使ミカエルにより、次々と幻影を見せられるが、それらはすべて死に関わるものだった。アダムの不従順の罪により地上にもたらされた死の悲惨さを知ってアダムは暗澹たる思いにとらわれる。まもなく、戦争が始まり、食糧として調達され無理矢理引き立てられていく、雄羊、母羊と仔羊たちの傷ましい姿や、彼らの牧者も惨殺される様子が描かれる。

　牧歌的世界の崩壊と羊飼いの殺害は、キリスト磔刑をも暗示している。大天使ミカエルが山上からアダムに見せる多様な死の形の幻の中には、戦争による死が含まれる。

そこでは戦争のための食糧調達に駆り出される羊の群れと殺される羊飼いの描写がある。

>　From a fat Meddow ground; or fleecy Flock,
>　Ewes and thir bleating Lambs over the Plaine,
>　Thir Bootie; scarce with Life the Shepherds flye,
>　But call in aide, which makes a bloody Fray;
>　　　　　　　　　　（XI: 648-651）

　肥沃な地で草を食んでいた羊たちの群れは、雄羊ばかりか、雌羊やその仔羊に至るまでが戦利品として狩り立てられる。そしてことごとく屠殺される。羊飼いたちは羊を守るひまもなく、助けを呼ぶまもなく、その場で殺害されていく。今まで牛や羊たちが草を食んでいた長閑(のどか)な牧歌的田園風景は、一転して屍累(しかばねるいるい)々たる殺戮の場へと変貌する。まさに地獄絵図の世界である。ギリシア語翻訳詩篇114篇において、神の慈愛に守られ神とその御業を賛美するべく、飛び跳ね、踊っていた雄羊たちや、羊飼いの奏でる牧笛の音色に合わせて母羊の周りを踊りまわっていた仔羊たちの楽園は、『楽園の喪失』においては、神に対する人の不従順により破壊され、＜死＞に蹂躙されて地獄へと変貌するのである。戦争により、いたいけな仔羊たちが母羊とともに狩り出される風景は、読者に戦争の悲惨さを一層強く実感させるとともに、人類の堕落を、人類の不従順の罪の重さを再度確認させる。詩人ミルトンも大天使ミカエルも、そして罪を犯した当のアダムもここで深く傷ついている。

　ここで、ギリシア語翻訳詩篇第114篇と『楽園の喪失』第十一巻648〜651行の間に位置する作品として我々が忘れてならない作品がある。それは、1655年5月作とされる「ソネット第18番」、つまり、「ピエモンテでの虐殺を嘆くソネット」である。この14行詩を以下に引用する。ここでは、虐殺される母と子らは、神によって囲われた牧場の善き羊たちに喩えられている。

>　On the late Massacre in Piedmont
>　　Avenge O Lord thy slaughter'd Saints, whose bones
>　　　Lie scatter'd on the Alpine mountains cold,
>　　　Ev'n them who kept thy truth so pure of old
>　　When all our Fathers worship't Stocks and Stones,
>　　Forget not: in thy book record their groanes
>　　　**Who were thy Sheep** and **in their antient Fold**

    Slayn by the bloody Piemontese that roll'd
      Mother with Infant down the Rocks. Their moans
  The Vales redoubl'd to the Hills, and they
    To Heav'n. Their martyr'd blood and ashes sow
  O're all th'*Italian* fields where still doth sway
  The triple Tyrant: that from these may grow
    A hundrer'd-fold, who having learnt thy way
    Early may fly the *Babylonian* wo.

   ピエモンテでおこった最近の大虐殺について
    み裁きを、おお主よ、惨殺された聖徒たちのために。彼らの骨は
      凍てつくアルプスの山々に散乱している。
      われらの先祖たちが木と石を拝んだ昔から、
      み教えの清らかな真理(まこと)を守った人々を
    お見捨てなきように。あなたの巻き物に彼らの呻きの声を記録なされよ。
      善き羊として古(いにしえ)からの囲いに安ずるものたちは
      血に飢えたピエモンテ軍に屠られて、彼らは
      赤子を抱いた母親を岩山から突き落とす。彼らの呻きの声を
    谷々は倍加して山々へと響き亘らせ、山々は
      それらを天へと反響(こだま)させた。人々の殉教の血と亡きがらを種として、
      イタリア全土に蒔かれよ。そこで今なお暴政を行うのは
    三重冠の暴君。これらの種子から百倍もの者たちが
      生え出てくるように、彼らが神の道を学んで、
      早くも、かのバビロンの痛苦を遠ざけるように。[5]

「惨殺された聖徒たち」とは、ワルドー派の子孫の信者たちで、アルプスの山麓に住んでいた。ワルドー派は、Peter Waldo [Pierre Valdès] が 1176 年にローマ教皇とは袂を分かって、キリストの使徒の精神に則ることを目的として始めたキリスト教の改革運動の一派であった。ワルドー派の判断では、教皇制度は使徒の時代以降に出来上がった信仰教条や習慣を重んじるものだったからである。ワルドー派は聖書のみを救済に至る、信仰の拠りどころとしていた。サボワ公は、時の教皇の愛顧を得るために、新教徒を異端として弾圧しようと、サボワとアイルランドの狂信的な軍隊を教唆して、1655 年 4 月 24 日にワルドー派を襲わせ、大虐殺を行わせた。大虐殺はその年の 10 月まで続いたが、ミルトン所蔵の政府関連文書中には、クロムウェルからスウェーデ

ン、オランダ連邦共和国、スイス連邦州などプロテスタント諸国家に宛てて共闘して派兵を呼びかける書簡が残っている。[6]

　聖書のみを拠り所として神への信仰を貫いてきたこの共同体に対して加えられた教皇陣営からの残虐な弾圧と殺戮に対して憤り、神の裁きを願い、殉教のワルドー派の人々への鎮魂を込めたこのソネットで、ミルトンは殉教の聖徒たちを良き羊に喩えている。彼らがアルプスの山麓に形成した共同体は、「古からの囲い」すなわち、古来より神に囲われ守られてきた牧場／楽園として描かれている。狂信的教皇主義者たちの侵略とホロコーストが行われるまで、この牧場はまさにミルトンが詩篇第114篇ギリシア語パラフレイズで詠誦した楽園そのものであった。そこでは信仰篤きワルドー派の男たちは神を賛美して跳ね飛ぶ雄羊のごとくに神を信仰し、こどもたちと母親は、羊飼いの奏でる牧笛の音色に合わせて母羊の周りを跳ね回り踊る仔羊と、子等の姿を慈しみ深く見守る母羊のようにして、神の懐に抱かれながら、「み教えの清らかな真理（まこと）を守」り続けてきたのであった。狂信的教皇主義者の荒くれ兵どもは、その牧場に押し入り、神の民を惨殺した。清らかな牧場は一転して、屍累々たる地獄絵図となった。

　血に飢えた兵士たちが、羊飼いを殺害し、雄羊や雌羊と仔羊を肥沃な牧場から狩り立て、屠殺場へと追い込んで行く『楽園の喪失』第十一巻648-51行の場面は、まさに「ソネット第18番」で描かれたサボア公とその残虐な手下である狂信的教皇主義者が、「善き羊」たるワルドー派の人々―その中には、いたいけな幼子を抱く母親たちもいた―を虐殺する場面と重なり合う。

　ミルトンは既に1658年頃には『楽園の喪失』の口述筆記を開始していたと言われる。[7]　彼は常日頃から口ずさみ続け、推敲し続け、瞑想し続けた「詩篇」の第114篇で歌い上げた「善き羊たちの家族が神の庇護のもとに安住し、そこで神を賛美し続ける肥沃な牧場／花咲く楽園」が蹂躙され破壊された姿を「ソネット第18番」で嘆きつつ描き出し、最終的には『楽園の喪失』第十一巻648-51行の、屠殺場へと狩り立てられていく雄羊や母羊と仔羊の姿に収斂させていったのである。ちなみに、第四巻187行で壁を乗り越えて楽園に押し入るSatanは"Leaps o're the fence with ease into the <u>Fould</u>:"と描写される。さらに、192行では、"So clomb this first grand Thief into <u>Gods Fould</u>;"と畳み掛けるように"Fould"の語は繰り返され、それが神により囲われた場所であることが強調される。AdamとEveの住む楽園は

5　訳は、新井明訳（「英詩研究」、『英語教育』XVII, No. 4,〔1968年7月〕）、及び、宮西光雄訳に学びつつ、一部手を加えた。
6　Shawcross, p.241.
7　新井明『ミルトン』（東京：清水書院、1997）、104頁。

「神の囲い場所」なのである。つまり、サボア公と狂信的教皇主義の軍隊が神の楽園を蹂躙する様と Satan がエデンの園を蹂躙する様は、ミルトンの脳裏には二重写しになっているということである。

　"Avenge"（み裁きをされよ）、"Forget not"（お見捨てなきように）、"record"（[命の書に] 記録されよ）、"sow"（[種を] 蒔かれよ）という四度の嘆願のことばで構成される「ソネット 18 番」は、まさに詩篇の構造を持つ。また、ここには詩篇第 94 篇の歌い出し—"O　Lord　God, to whom vengeance belongeth; O God, to whom vengeance belongeth, shew thyself."[8]　—と呼応する嘆願のことばがある。さらに "A hundrer'd-fold" の語句は「マタイ福音書」第 13 章 8 節と響き合う。"in thy book record their moans" の語句は詩篇第 87 篇 6 節へと連鎖する。「嘆願から預言へ」というダイナミックな流れを持つ本詩は、14 行詩の形にまとめられた、ミルトンによる創作詩篇と呼ぶことができるのではないだろうか。

　ところで、本ソネットには少なくとも 2 つの詩篇からの反響がある。第一の反響は、既に述べた詩篇第 94 篇からのものである。以下に詩篇第 94 篇の関連個所を引用して、さらに検討を加える。比較を容易にするために、論者が意味のまとまりを踏まえて改行し、詩の形にした。

O LORD God, to whom vengeance belongeth;
O God, to whom vengeance belongeth, shew thyself.
Lift us thyself, thou judge of the earth:
Render a reward to the proud.
LORD, how long shall the wicked,
How long shall the wicked triumph?
....
They break in pieces thy people, O LORD,
And afflict thine heritage,
They slay the widow and the stranger and murder the fatherless.
Yet they say, The LORD shall not see, neither shall the God of Jacob regard *it*.
They ... **condemn innocent blood.**
But the LORD is my defence; and **my God is the rock** of my refuge.
And he shall bring upon them their own iniquity...the LORD our God shall cut them off.

詩の冒頭で神に呼びかけ、正当な裁きとしての復讐を敵に加えよと祈念する詩篇第94篇の構造と、ミルトン作「ソネット18番」の構造は似通っている。奢れる者、邪悪な者どもに罰を与えるようにと、詩篇作者は「地の裁き手」なる神に懇願する。そして、敵の罪状を挙げていくのである。敵は「主の民」を八つ裂きにし、「主の嗣業」を苦しめる。敵は、寡婦や寄留の民、そして孤児たちを虐殺するのである。さらに敵は集団で、「神に仕える正しき人」に刃を向け、無辜の民の血を流す。これは、無辜の、神の民たるワルドー派の人々に、集団で襲いかかり、民を殺戮したローマ教皇及びサボア公お抱えの軍隊の凶行にぴったりと重なり合う。次に詩篇作者は、神が自分たちの拠り所であり、「岩」（「ソネット18番」にも「岩」が出現する）たることを確認し、主がやがては主と民の敵を根絶することを確信して詠い終えるのである。この部分もまた、「ソネット18番」の終結部の、良き羊らの殉教が良き種となり、やがては実を結び、ローマ・カトリックが衰退していくよう祈念し預言する部分と呼応し合っている。ミルトンが「ソネット18番」を詠いあげる際に、その背景に詩篇第94篇の世界が広がっていたことは疑いの余地がない。
　ちなみに詩篇第94篇は、第2部「詩篇と散文作品」のまえがきでも言及され、第51篇、第105篇、第149篇と並んで、ミルトンにとっては極めて重要な意味を持つと考えられる詩篇である。ミルトンは1つの詩篇を全体として総合的に捉える一方で、各詩行を1節ずつ、あるいはある一定の意味のまとまりとして認識するという複眼的視点を持ち、それらを自身の創作作品の中で必要に応じて、生きた文脈の中で、生きた詩行として活用しているのである。
　第二の反響は、詩篇第137篇の最終行からの反響である。この行の残酷さは昔から本詩篇を読む者、そして、本詩篇の翻訳者たちをたじろがせてきた。[9]

> O **daughter of Babylon**, who art to be destroyed; happy *shall he be*,
>   that rewardeth thee as thou hast served us.
> Happy *shall he be*, that **taketh and dasheth thy little ones against
>   the stones**.

　ここで言う「バビロンの娘」が、ミルトンの陣営、すなわち当時の新教徒の側にとっては、他ならぬローマ・カトリック教徒とローマ教皇を指すものであったことは周知の事実である。だが逆に、ローマ・カトリック教徒の側から見れば、「バビロンの娘」

8　ここでは『欽定英訳聖書』の英語に従った。以下同様。
9　Hamlin, p.248.

とは新教徒を指すものとなった。ワルドー派の人々を女性や幼子に至るまで殺戮し血祭りに上げた狂信的なローマ・カトリック軍の兵士の頭の中には、詩篇第137篇の最終2行が暗示のことばのようにして鳴り響いていたと見る事ができるのではないだろうか。あたかも、そうした残虐な行為が神の祝福を受ける行為ででもあるかのごとくに錯覚していたのではないだろうか。

　しかし、詩篇第137篇8節後半部分—"happy *shall he be*, that rewardeth thee as thou hast served us."—と9節—"Happy *shall he be*, that **taketh and dasheth thy little ones against the stones.**"—の部分は、ヘブライ文学及び「詩篇」に特有の並行法として理解すべきだと考えられる。つまり、イスラエルの敵どもが、バビロン捕囚の身となった詩篇作者を含む「イスラエルの人々に対して行ったのと同じことをやり返すお方（神）は幸いなり」というのは、具体的には「敵どもの子どもたちを取り上げて岩に打ちつけて殺すお方（神）は幸いなり」ということである。すなわち、バビロン捕囚の身のイスラエル人の子どもたちこそが、実際には岩に打ちつけられ殺されたと考えることができる。すでに詩篇第137篇が詠われた時点では、イスラエル人の子どもたちは犠牲者となっているのである。

　これに対して、詩篇作者は正当な裁き（＝復讐）が神の手によってなされること、すなわち、敵の子どもたちも同じ目に遭うように、と神に祈念しているのである。バビロン捕囚の奴隷の身の人々は自分たちの子どもが敵の手で惨殺されても、自身の力で復讐することは到底望めない弱い立場にあった。であればこそ、詩篇作者は神に対して復讐してくれるように、と祈念する。これは、かつてエジプトで奴隷の身となっていたイスラエル人に対してパロが行ったのと同じ残虐な行為である。パロはイスラエル人の男子の赤子すべてを殺させたではないか。それに対して、神はエジプトの長子すべてを滅ぼしたのであった。実際に、赤子や幼子を殺害するという残虐な行為を行ったのは、イスラエル人ではなく、エジプトのパロであり、バビロンの支配者たちであった。

　一方で、ミルトンは詩篇第137篇9節を逆手に取って、忌むべき狂信的集団の凶行を浮き彫りにするイメージとして採用し、「ソネット18番」を創造したと考えられる。というのも、『楽園の喪失』第一巻に登場するサタンの主だった12人の手下の筆頭にあげられるモロクもまた、無辜の人々と子供たちを人身御供として要求する血塗られた邪神だからである。

　　　　First *Moloch*, horrid King **besmear'd with blood**
　　　　Of human sacrifice, and **parents tears**,
　　　　Though for the noyse of Drums and Timbrels loud

> **Thir childrens cries** unheard, that past through fire
> To his grim Idol.   (I: 393-396)

　血塗れの邪神にして王たるモロク造形の背後には、単に、特定地域に伝承された邪神の姿だけではなく、私利私欲のために平然と流血の凶行を重ね、無辜の民を女、子どもに至るまで殺害して顧みなかった暴君たち―チャールズ一世、ローマ教皇、そしてサボア公 ―のおぞましい姿が並んでいたと考えられるのである。

　神への祈願で始まり、祈願を重ね、最終的には、ワルドー派を虐殺した「虚偽の宗教」であるローマ・カトリックが死に絶え、真のキリスト教徒が百倍にもなって生まれてくるようにと祈念するこの十四行詩は、神への嘆願の詩篇の構造を持っている。この意味で、「ソネット18番」は十四行詩の形に纏められた＜ミルトンの創作詩篇＞として規定することができる。そして、その基底には、ミルトンが26歳になんなんとする年のクリスマス（＝キリスト誕生の日）を記念してヘブライ語からギリシア語に翻訳した詩篇第114篇の世界が広がっているのである。

3　第Ⅲ期：翻訳詩篇第80篇から第88篇

はじめに

　ミルトンによる詩篇80篇から88篇の英語韻文翻訳は、1648年4月に行われた。
　これら9篇の翻訳詩篇には、ミルトン自身の手によるイタリクス部分がある。これは、原典ヘブライ語にはもともとなかった加筆部分である、とミルトン自身が『第二詩集』で注記を付している。これらの詩群は、第Ⅳ期の翻訳詩篇1篇から8篇までの詩群とともに『第二詩集』に収録されている。

　Parkerによれば、ミルトンの翻訳詩篇の内、詩篇136篇、82篇、84篇、85篇、86篇から抽出された詩行が、オクスフォード大学出版局より出版された、*Songs of Praise* (1925; rev. ed., 1931) に収録され、学校や教会で広く歌われているという。讃美歌第12番は翻訳詩篇136篇の一部であり、讃美歌第525番は詩篇84篇から20行が採用され、讃美歌第658篇は詩篇82篇、85篇、及び86篇から5連（スタンザ）（Parkerは、"stanza"の語を使用している）が採用されている。ちなみに、讃美歌第634番は『キリスト降誕の朝に寄せる頌詩』から3連が採用されている。[1]

詩篇80篇から88篇翻訳の意図

　1648年3月にHenry Lawesは幽閉中のチャールズに対して詩篇に新たに伴奏を付けたものを捧げている。その「まえがき」でチャールズをダビデ王に喩えてダビデが窮状に堪えてやがて国王として復活したように、チャールズも今は耐えて、やがてダビデのように王座に返り咲く日があると言って力づけている。
　それに対して、ミルトンは詩篇80篇から88篇を翻訳して、ローズに対抗している。チャールズをダビデに準え、ダビデのイメージでチャールズを讃えることは、ミルトンにとっては「神をも畏れぬ所業」なのである。それゆえ、ミルトンは『イングランド国民のための第一弁護論』でチャールズをダビデに喩えるサルマシウスの愚を激しく攻撃するのである。
　さらに、同年4月には、ロンドンとウェールズで王党派の暴動が起こっている。[2] 囚われの身のチャールズ一世を救出しようという王党派の策謀の1つであった。

ミルトンがこの時期に詩篇80篇から88篇を翻訳したのは、これら王党派の一連の動きを牽制し、革命派の人々を励まし、それと同時に、新しき出エジプトを果たそうとするイングランドの国家が、またもや「エジプトの軛(くびき)」たる主教制度と暴政へと逆戻りすることがないように、と警告を発するためであった、と考えることができる。

(1) 詩篇第80篇

1648年4月ミルトン39歳の創作翻訳

1　Thou Shepherd that dost Israel *keep*
　　Give ear *in time of need*,
　Who leadest like a flock of sheep
　　Thy loved Josephs *seed*,
　That sitt'st between the Cherubs *bright*
　　Between their wings out-spread
　Shine forth, *and from thy cloud give light*,
　　And on our foes thy dread.
2　In Ephraims view and Benjamins,
　　And in Manasse's sight
　Awake* thy strength, come, and be seen　*Gnorera*.
　　To save us *by thy might*.
3　Turn us again, *thy grace divine*
　　To us O God *vouchsafe*;
　Cause thou thy face on us to shine
　　And then we shall be safe.
4　Lord God of Hosts, how long wilt thou,
　　How long wilt thou declare
　Thy *smoking wrath, *and angry brow*　*Gnashanta*.
　　Against thy peoples praire.
5　Thou feed'st them with the bread of tears,
　　Their bread with tears they eat,
　And mak'st them *largely drink the tears　*Shalish*.
　　Wherwith their cheeks are wet.
6　A strife thou mak'st us *and a prey*
　　To every neighbour foe,
　Among themselves they *laugh, they *play,
　　And *flouts at us they throw.　*Jilgnagu*.
7　Return us, *and thy grace divine*,
　　O God of Hosts *vouchsafe*
　Cause thou thy face on us to shine,

試訳

イスラエルを守る羊飼いの、あなたよ、
　困窮のときに、お聞きください。
あなたは、あなたの愛したヨセフの子孫(シード)を
　羊の群れの如くに、導いてくださる。
あなたは煌めく智天使(ケルビム)の間にお座りになる、
　彼らの広げられた翼の間で
輝き出でよ、そして雲間から光を放ち
　われらの敵には恐怖を与えよ。
エフライムとベニヤミンに見えるように、
　そしてマナセの見ているところで
御稜威(みいつ)を奮い立たせ、来たりて、御力で
　われらを救い出すさまを見さしめよ。
われらを元にお戻しください、あなたの神々しき恩寵を
　われらに、おお神よ、お与えください。
御顔をわれらに向けて輝かせてくださいますように、
　さすれば、われらは必ずや安全となりましょう。
全軍の主たる神よ、あなたはいつまで、
　いつまであなたは燻ぶる御怒りと
怒れる額を示されるおつもりか、
　あなたの民の祈りを退けて。
あなたはその民を涙のパンで養い、
　民は涙とともにそのパンを食べる、
あなたは民にたっぷりと涙を飲ませ、
　民の頬は涙で濡れる。
あなたはわれらを全近隣の敵に対する
　不和の種とされ、その餌食とされる。
敵どもは仲間うちで、われらを嘲り、慰みとし、
　侮蔑のことばを投げつける。
われらを復元し、あなたの神々しき恩寵を
　おお万軍の神よ、お与えください
御顔をわれらに向けて輝かせてくださいますように、

1　Parker, p.938.
2　*Ibid.*, p.937.

　　　　And then we shall be safe.
8　A Vine from Ægypt thou hast brought,
　　　　Thy free love made it thine,
　　　And drov'st out Nations *proud and haut*
　　　　To plant this *lovely* Vine.
9　Thou did'st prepare for it a place
　　　　And root it deep and fast
　　　That it *began to grow apace,*
　　　　And fill'd the land at last.
10　With her *green* shade *that* cover'd *all,*
　　　　The Hills were *over-spread*
　　　Her Bows as *high as* Cedars tall
　　　　Advanc'd their lofty head.
11　Her branches *on the western side*
　　　　Down to the Sea she sent,
　　　And *upward* to that river *wide*
　　　　Her other branches *went*.
12　Why hast thou laid her Hedges low
　　　　And brok'n down her Fence,
　　　That all may pluck her, as they go,
　　　　With rudest violence?
13　The *tusked* Boar out of the wood
　　　　Up turns it by the roots,
　　　Wild Beasts there brouze, and make their food
　　　　Her Grapes and tender Shoots.
14　Return now, God of Hosts, look down
　　　　From Heav'n, thy Seat divine,
　　　Behold *us, but without a frown*,
　　　　And visit this *thy* Vine.
15　Visit this Vine, which thy right hand
　　　　Hath set, and planted *long*,
　　　And the young branch, that for thy self
　　　　Thou hast made firm and strong.
16　But now it is consum'd with fire,
　　　　And cut *with Axes* down,
　　　They perish at thy dreadfull ire,
　　　　At thy rebuke and frown.
17　Upon the man of thy right hand
　　　　Let thy *good* hand be *laid*,
　　　Upon the Son of the Man, whom thou
　　　　Strong for thy self hast made.
18　So shall we not go back from thee
　　　　To wayes of sin and shame,
　　　Quick'n us thou, then *gladly* wee
　　　　Shall call upon thy Name.
　　　Return us, *and thy grace divine*
　　　　Lord God of Hosts *voutsafe*,

　　　さすれば、われらは必ずや安全となりましょう。
あなたは葡萄の木をエジプトから持ってこられ、
　　あなたの惜しみなき愛でそれをご自分のものとされ、
　　傲慢で高上りな諸国民を駆逐された、
　　　この愛らしき葡萄の木を移植するために。
あなたはこの木を植える場所を用意なさり、
　　地中深く、揺るぎなく根付けをされた、
　　それで木は速やかに育ち始め、
　　　ついには地一面に広がった。
すべてをおおう、彼女の緑濃き木陰によって
　　丘陵はおおい尽くされ、
　　彼女の枝々は、高きレバノン杉を凌ぐほどに
　　　そびえ立つ、その梢をさし伸ばした。
西側の枝々を彼女は
　　海までさし降ろし、
　　上手は、かの広き川〔ユーフラテス川〕にまで
　　　彼女の他の枝々は伸びていった。
なぜあなたは、彼女の生垣を低くし、
　　柵を壊してしまったのか、
　　行きずりの者みなが、粗暴極まる手荒さで
　　　彼女の木から実をもいでしまうほどに？
牙ある 猪(いのしし) が森から現れ
　　木を根こぎにし、
　　野の獣たちはそこで餌をあさり、葡萄や柔らかな
　　　新芽を食い散らす。
今お戻りください、万軍の神よ、神々しき御座たる
　　天から見おろし、
　　われらをご照覧あれ、眉を顰めたりせずに、
　　　そしてあなたのこの葡萄の木を祝福したまえ。
祝福なされよ、この葡萄の木を、あなたの右手が
　　植えて、長きに渡り根付かせた、
　　祝福されよ、かの若枝を、それはあなたがご自分の
　　　ために揺るぎなく強く育てられたもの。
だが、今、その木は火に焼き尽くされ、
　　斧で切り倒される。
　　切り倒す者どもは滅びる、あなたの恐ろしき御怒りと
　　　叱責とご不興の面持ちによって。
あなたの右手の人間の上に、
　　あなたの善き手を重ねせしめよ、
　　その人間の息子の上に、
　　　彼は、あなたご自身が手づから強く育てられた人。
さすれば、われわれはあなたから離れて
　　罪と恥の道へと後戻りすることは決してないだろう、
　　われらを甦らせてくださいますように、さすれば、
　　　喜んで、われらはあなたの御名を呼びまつろう。
われらを復し、あなたの神々しき恩寵を
　　万軍の神たる主よ、お与えください、

> Cause thou thy face on us to shine,
>   And then we shall be safe.

御顔をわれらに向けて輝かせてくださいますように、
  さすれば、われらは必ずや安全となりましょう。

　詩篇80篇は四層構造になっている。ヘブライ語原典詩篇80篇は、全19節から成るが、ミルトンは、原典第18節と19節をひとまとまりの節にまとめて、全18節に構成している。第1部は第1節〜3節、第2部は第4節〜7節、第3部は8節〜14節、第4部は15節〜18節である。第1部から第4部の最終節(第18節はさらに前半と後半に分割される。その後半部分)は、それぞれが類似した、神への祈願となっている。まず、第1部、第2部、第4部の最終節について考察する。

> 3　Turn us again, *thy grace divine*
>   *To us* O God *vouchsafe*;
>   Cause thou thy face on us to shine
>   And then we shall be safe.
>
> 7　Return us, *and thy grace divine,*
>   O God of Hosts *vouchsafe*
>   Cause thou thy face on us to shine,
>   And then we shall be safe.
>
> 18　So shall we not go back from thee
>   *To wayes of sin and shame,*
>   Quick'n us thou, then *gladly* wee
>   Shall call upon thy Name.
>   Return us, *and thy grace divine*
>   Lord God of Hosts *voutsafe,*
>   Cause thou thy face on us to shine,
>   And then we shall be safe.

　いずれの節においても、ほぼ同じ言い回しが採用されていることに気付く。つまり、神に呼びかけ、「われらを復元し、あなたの神々しき恩寵をお与えください、／御顔をわれらに向けて輝かせてくださいますように、／さすれば、われらは必ずや安全となりましょう」という内容が繰り返されているのである。
　相違点としては、第3節の最初の行が"turn"となっているのに対し、第7節と

第18節5行目の語が"return"となっている点である。

第二の相違点は、第3節及び第7節では"vouchsafe"と綴られているのに対し、第18節5行目では"voutsafe"と綴りが異なっている点である。

そして第三の相違点は、神に対する呼びかけのことばである。第3節は"O God"、第7節は"O God of Hosts"、そして第18節は"Lord God of Hosts"となっている点である。神への呼びかけは、後へ行くに従って重みを増している。「おお、神よ」→「おお、万軍の神よ」→「万軍の神たる主よ」と、詩の流れが進むに従って神への呼びかけが重みを増して行く構成になっているのである。本詩篇においては神への呼びかけの部分において漸層法が非常に巧みに採用されていることが明らかである。

一方で、ヘブライ語原典においては、第3節での神への呼びかけは、"O God"、第7節"O God Almighty"、第19節"O Lord God Almighty"となっている。『欽定英訳聖書』詩篇第80篇（全19節）の場合、第3節"O God"、第7節"O God of hosts"、第19節"O Lord God of hosts"となっており、ヘブライ語原典も『欽定英訳聖書』もともに、詩の流れが進むに従って神への呼びかけが重みを増して行く構成になっている。特に、『欽定英訳聖書』とミルトン版は、神への呼びかけの部分に関しては、良く似ている。ただし、ミルトン版は"Hosts"と綴りが大文字で始まっている点、及び、3回目の神への呼びかけに、"O"がない点に差異化がなされている。

ミルトン版詩篇80篇の節の数は、第1部が3節、第2部が4節、第3部が7節、第4部が4節である。（第1節と第18節が他の節の二倍の長さになっているところから、厳密に長さを問題にすれば、第1部4節分、第2部4節、第3部7節、第4部5節分ということになる）。第4部の「与える」の語の綴りが他の2つと異なり、"voutsafe"と綴られているのも、読者の注意を喚起するためにミルトンが意図的に採用したものである可能性が高い。

第3部では、イスラエルはエジプトから神の手で移植された美しい木の比喩で語られる。ここでも出エジプトの主題が用いられている。

> 8　A Vine from Ægypt thou hast brought,
> 　　　*Thy free love made it thine*,
> 　　And drov'st out Nations *proud and haut*
> 　　　To plant this *lovely* Vine.

第8節において、神の導きにより出エジプトを果たしたイスラエルの民は、神の手によってエジプトから移植された「葡萄の木」に喩えられている。神がイスラエル

の民を自分の選民としたことは、「あなたの惜しみなき愛でそれをご自分のものとされ」と歌われている。そして続く2行では、他国の民の占有していた地域にイスラエルの民が土地を与えられた経緯は、「この愛らしき葡萄の木を移植するため」であったと歌われている。

　葡萄の木の比喩は第8節から始まり、第16節まで続く。その間に、第14節の神への呼びかけと祈願が差し挟まれる。第14節の言い回しは、先に挙げた3つの祈願の言い回しと似ているが、内容はやや異なっている。

> 14　Return now, God of Hosts, look down
> 　　　　From Heav'n, thy Seat divine,
> 　Behold *us, but without a frown*,
> 　　　　And visit this *thy* Vine.

　「今お戻りください、万軍の神よ、」という部分は、第3節、7節、18節と似通っているが、「神々しき御座たる／天から見おろし／われらをご照覧あれ、眉を顰めたりせずに、／そしてあなたのこの葡萄の木を祝福したまえ。」というように、"return"、"look down"、"behold"、"visit"と動詞を4回重ねて神に祈願している。内容的には「戻って」、「見下ろして」、「照覧して」、「祝福せよ」と神と祈願者の距離が次第に縮まる行為を要請していることが分かる。ここでも、漸層法が効果的に採用されている。他の3つの祈願の節では、命令形は2回（"turn us again"／"return us"及び"vouchsafe/voutsafe"）使用され、その結果として、祈願者たちには身の安全と心の平安が約束されるだろうという確信を述べる形になっている。しかし、第14節が動詞を連ねて神への祈願を行うのは、それだけ切羽詰まった状態にあるからである。神により育てられた木は今、火で焼かれ、斧で切り倒されるところなのである。

　一方で、ヘブライ語原典においては、"Return"、"Look down"、"see"、"watch over"となっている。「戻って」、「見下ろして」、「目をとめて」、「見張りをせよ」というように、二番目からの動詞はすべて「見る」動作を重ねて、対象物に対する保護の度合いが高まるようにことばが選ばれている。『欽定英訳聖書』（1611）では、"Return"、"look down"、"behold"、"visit"という4つの語が使用されており、ミルトンは第14節の動詞に関しては『欽定英訳聖書』を踏襲していることがわかる。ちなみに、『ジュネーヴ聖書』（1560）でも、"Returne"、"loke downe"、"beholde"、"visit"が採用されているところから、『欽定英訳聖書』も当該箇所に関しては、『ジュネーヴ聖書』を踏襲していることが明らかである。ミルトンは、これら先達の聖書における語の選択に示された漸層法に注目して、これを踏襲したと想定される。

第8節から始まる、葡萄の木の比喩は美しい。そして、民が勢力を増して、国土を拡大していく過程を木が枝を広げて伸びていく様に喩えて歌う部分は、瑞々しさと勢いに溢れ、雄大にして雄渾である。その「緑濃き木陰」は丘陵をおおい尽くし、梢はそびえ立ち、レバノン杉を凌ぐほどである。それだけに、その木が蹂躙される様は痛々しく哀れを誘う。神が垣を低くし、柵を壊したために、通りすがりの者たちがあらあらしく「実をもいで」行き、森からは猪が現れ、「木を根こぎにし」、野の獣たちも「葡萄ややわらかな新芽を食い散らす。」ここで、木が蹂躙されていく様を描出する際にも漸層法が効果的に採用されている。垣が壊され⇒人が実をもぎ⇒猪が根をあらし⇒獣たちが実や新芽を食いあらす。詠唱が進むにつれて、木の被害は大きくなり、危機的状況が厳しさの度合いを増していく。しかし、それでもまだ、木に生命が宿る限りは、復元の見込みは残っている。掘り返された根は再度根付き、食べ残された新芽から新たな若枝が伸びる可能性は残されている。しかし、木が火で焼かれ、斧で切り倒されるとなれば話は別である。復元の可能性は絶たれ、木は絶滅してしまう。ここに至って詩人は声をあげて神に呼びかけ、助けを切実に乞い求めるのである。

　ところで、出エジプトの主題は、既に第1節から認められる。詩人は「羊飼い」としての神に呼びかけ、神の人間に対する働きかけと神の有り様を出エジプトの言い回し ―「ヨセフの子孫を導いてくれる」（ミルトン版英語訳詩篇114篇）、「煌めく智天使(ケルビム)の間に座る」（「出エジプト記」第25章18-22節） ― を用いて語り、窮状から救出してくれるように神に嘆願する。第1節で「あなたは、あなたの愛したヨセフの子孫(シード)を羊の群れの如くに、導いてくださる」と、過去形ではなく、現在形で書かれていることは注目にあたいする。かつて、John T. Shawcross は、『楽園の喪失』における、出エジプトのテーマについて概括的に述べた際に、ミルトンにおいては、出エジプトの主題は、現在の"Josephs seed"、すなわち、キリストにより頼むすべての信仰深き者に対する神の有り様として捉えられているという意味のことをのべたが、ミルトンが詩篇80篇において現在形を用いていることも、Shawcross の主張を証左する。[1] 神の救いは、神が光輝く顔を民に向けて光を与えてくれる、という形で描出される。

　第2部では、自分たちに向けられた神の怒りのために自分たちが嘆き悲しみ、敵からは嘲笑され侮辱されている現状を語り、そこからの救出を祈念する。第6節は、『楽園の喪失』第五巻でアブディエルに向けられた反乱天使たちの蔑みに通じる。アブディエルについては、本論考第3部「『楽園の喪失』における出エジプトの主題」において詳述する。

　ここで、神により植えられて繁栄する木には、12節で荒々しくその実をもぐ描写

があるところから、『楽園の喪失』第九巻で禁断の木の実を荒々しくもぐイヴの描写に通じる。16節は、『楽園の喪失』第一巻611～615行で、雷電に焼かれた木の比喩で堕落天使たちの立つ様が歌われる箇所に通じる。「木は火に焼き尽くされ」という箇所は、第一巻で、雷電に焼かれた木の比喩で堕落天使たちが歌われている箇所へと通じる。さらに神とつながらぬ者たちの行く末が、囲いを壊され、実をもがれ、根を掘りかえされ、新芽を食べられ、立ち枯れして、切り倒される木のイメージで語られる。そして、『楽園の喪失』第一巻で、神の御子の雷電に撃たれ、地獄に堕ち／落ち、サタンの掛け声でようやく立ち上がりはしたものの、立ち枯した木のイメージで語られるサタン軍の堕天使たちの姿が彷彿とされる。

　第17節においては、御子たる「人間の息子」の上に善き手である右手を重ねる、すなわち、救い主（イエス・キリスト）に人類救済の使命を託すことを詩人は神に祈っている。御子は、神ご自身が手ずから強く育てられた人なのである。ここでは、ミルトンが『楽園の喪失』における神と御子の関係を、詩篇翻訳を通して練り上げる作業を行っていることが分かる。

　ところで、本詩篇においては手のイメージが盛んに使用される。さらに、神の右手と選民のイメージも横溢している。ちなみに、本詩篇に登場するベニヤミンとは「右手」つまり「正しい手」の意味であるところから、神の祝福を受けた「幸せな子」の意味をも併せ持つ。手もまた、神のイメージの特徴的要素となっている。人間の中に神のイマゴが認められるのは、顔、「立つ」という姿勢、そして、手の働かせ方においてであろう。四足の動物は四肢すべてを歩行活動に使う。しかし、人間は「立つ」という姿勢を取ることにより、歩行活動には２本の足（動物で言えば後ろ足）を使用する。そして、２本足で「立つ」ことによって、手が独自の活動をすることになる。ミルトンの描く神と神の御子は良く手を使用する。例えば『楽園の喪失』第六巻835行～836行において、御子は反乱軍を鎮圧するための万雷を右手に握っている。第七巻225行～230行においては、新たな世界を創造しようと現れた御子は「黄金の両脚器（コンパス）」の一方の脚を中心におき、他方の脚を混沌の深淵の中めがけて一回転させる。[2] また、第八巻465行～468行で、神はアダムの要望に応えて、「相応しき助け手」たるイヴを創造するために、アダムの左胸を開き、あばら骨を取り出す。そしてこれらの手のイメージが重層的に語られることによって、連帯と契約を意味する、手と手を重ねるイメージへと連鎖していき、ついには『楽園の喪失』第十二巻最終部で、楽園を追放されたアダムとイヴが手をつないで荒野に旅立つ箇所へと通じて行く。

1　"*Paradise Lost* and the Theme of Exodus", *Milton Studies* II, 22.
2　英国の詩人で画家の William Blake（1757-1827）の挿絵でも有名な場面である。

さらに神のもっとも重要な属性であり、人間にも与えられた究極の「神に似た」資質とは、ことばであろう。御子は「神のことば」であるが、『楽園の喪失』においてはしばしば、神が御言葉を発して命令すると、御子が代行者として手を動かし御業を行う、という過程が採用されている。第六巻の天上の戦いの場面において、3日目にサタン軍を天から一掃せよ、という神の命令（680行〜718行）を受けて御子がそれに従う場面（723行〜866行）、さらに、第七巻の天地創造の場面において、神の命（163行〜168行）を受けて、天地を想像する場面である。ここで、「わが〔神の〕ことば、わが産みし子」たる御子自身もまた、ことばによって深淵を鎮め、天を造り、地を作り出している。(216行〜231行) このような御子の姿を『楽園の喪失』で描き出していることは、ミルトンが"poet"として、神から人間に与えられた賜物たることばによって、公共の福利のために、そして「神の道の正しさを／人びとに明らかにする」ために『楽園の喪失』を創り出したことと重ねあわされるのである。そもそも、詩人を意味する"poet"とは、ギリシア語"poiētēs"を語源としており、「創り出す人」を意味するからである。

(2) 詩篇第81篇

1648年4月ミルトン39歳の作品

1 To God our strength sing loud, *and clear*,
   Sing loud to God *our King*,
   To Jacobs God, *that all may hear*
   Loud acclamations ring.
2 Prepare a Hymn, prepare a Song,
   The Timbrel hither bring,
   The *cheerfull* Psaltry bring along
   And Harp *with* pleasant *string*.
3 Blow, *as is wont*, in the new Moon
   With Trumpets *lofty sound*,
   Th'appointed time, the day wheron
   Our solemn Feast *comes round*.
4 This was a Statute *giv'n of old*
   For Israel *to observe*,
   A Law of Jacobs God, *to hold*
   From whence they might not swerve.
5 This he a Testimony ordain'd
   In Joseph, *not to change*,
   When as he pass'd through Ægypt land;
   The Tongue I heard, was strange.
6 From burden, *and from slavish toyle*

野呂試訳（宮西光雄訳を一部採用）

われらが力なる神に向かって、声高く明瞭に歌え、
　歌え、声高く、われらが王なる神に向かって、
ヤコブの神に向かって、さすれば皆に聞こえよう、
　高き歓呼の声が鳴り響くのが。
賛歌を用意せよ、詩歌を用意せよ、
　鼓をここへ持ち来たれ、
喜びに溢れた弦楽器(サルテリウム)を持ち来たれ、
　そして心地良き弦音(つるおと)の竪琴(ハープ)をも。
吹き鳴らして告知せよ、いつものごとく新月の時に
　高らかに鳴るラッパの響きによって、
定められた時を、われらの荘厳なる祭りが
　経巡ってくるその日を。
これは、古来より与えられた定め
　イスラエルの民が守るようにと、
ヤコブの神の法、そこに拠り頼み
　民が正道を踏みはずさぬようにと。
この法を神は立証(あかし)として制定なされた、
　ヨセフ〔イスラエルを指す〕の中に、変更せぬようにと、
ヨセフがエジプトの地を通過した時に。
　われが聞いた言葉は聞きなれぬ奇異なものだった。
重荷を、奴隷の苦役を、

	I set his shoulder free;	われは彼の肩から降ろし自由の身とした。
	His hands from pots, *and mirie soyle*	彼の両の手は、われにより大籠と湿地の泥を
	Deliver'd were *by me*.	取り除かれ自由にされた。
7	When trouble did thee sore assaile,	苦難が汝を激しく攻めたてたその時
	On me then didst thou call,	汝はわれを呼び求め、
	And I to free thee *did not faile*,	われは汝を必ず自由の身にさせ、
	And led thee out of thrall.	汝を導いて奴隷状態から解放させた。
	I answer'd thee in *thunder deep *Be Sether ragnam.	われは轟く雷鳴で汝に答えた、
	With clouds encompass'd round;	雲にぐるりを取り囲まれながら。
	I tri'd thee at the water *steep*	われは、名高きメリバの嶮しき
	Of Meriba *renown'd*.	岩水のほとりで汝を試みた。
8	Hear O my people, *heark'n well*,	聞け、おお わが国民よ、よく聞くがよい、
	I testifie to thee	われのことばを傾聴する気が、
	Thou ancient stock of Israel,	汝にあるなら、汝イスラエルの
	If thou wild list to mee,	古来の木の株よ、われは汝に証する、
9	Through out the land of thy abode	汝が住処の全土に亘って
	No alien God shall be	いかなる他の神もけっしてあってはならうし
	Nor shalt thou to a forein God	汝はけっして異国の神を崇めようと、
	In honour bend thy knee.	膝を曲げることがあってはならない。
10	I am the Lord thy God which broght	われは汝の神にして主なるもの、
	Thee out of Ægypt land	汝をエジプトの地より連れだした
	Ask large enough, and I, *besought*,	思う存分にわれに請い求めよ、さすればわれは
	Will grant thy full demand.	嘆願されて、汝の懇望のありったけを聞き届けよう。
11	And yet my people would not *hear*,	それでもなお、わが民はわが声を聞こうとはせず、
	Nor hearken to my voice;	耳を傾けようともしなかった。
	And Israel *whom I lov'd so dear*	そして、われがかくも愛したイスラエルは
	Mislik'd me for his choice.	自らの思惑で、われを嫌った。
12	Then did I leave them to their will	それでわれは彼らを彼らの意志のままにして、
	And to their wandring mind;	彼らの踏み迷う意向のままにした。
	Their own conceits they follow'd still	彼ら自身の独断に彼らは常に従った、
	Their own devises blind.	彼ら自身の盲目の思いつきに。
13	O that my people would *be wise*	おお、わが民が賢明であって、全生涯を
	To serve me *all their daies*,	われに仕えていればよいものを、
	And O that Israel would *advise*	そして、おお、イスラエルが熟慮して、
	To walk my *righteous* waies.	わが義なる道を歩いていればよいものを。
14	Then would I soon bring down their foes	さすれば、われは速やかに撃ち倒そう、
	That now so proudly rise,	今、かくも傲慢に蜂起する、彼らの敵どもを、
	And turn my hand against *all those*	そして、わが手を攻撃に向けよう、イスラエルに
	That are their enemies.	仇なす、すべての敵に。
15	Who hate the Lord should *then be fain*	主を憎む者は、その時、喜んで主に頭を下げ、
	To bow to him and bend,	腰を屈めるであろう。
	But *they, his* People, should remain,	だが、かれら主の民は残されるであろう、
	Their time should have no end.	彼らの盛りの時には終わりがないだろう。
16	And he would feed them *from the shock*	そして主は、刈束の山から取り分けた
	With flowr of finest wheat,	選り抜きの小麦の粉で彼らを養い、
	And satisfie them from the rock	岩から取り分けた蜜を彼らの食物として
	With Honey *for their Meat*.	彼らを満ち足らせるであろう。

本詩篇1節から5節3行までは、イスラエルの民が神を賛美するための楽器を用意している様子、それが神の定めた祭りのしきたりであることが歌われている。5節4行から14節までは、神ご自身がイスラエルの民に語りかける、という形を取っている。そして、15節及び16節は、再びイスラエルの民が主を賛美し、自分たちが主に選ばれ、取り分けられる民であることの確信と神がイスラエルの民を最上の食べ物で養い満ち足らせるであろう、という確信で終わっている。

　4節～7節、及び10節には、出エジプトの主題が認められる。出エジプトの主題は語り手がイスラエルの民から神へと移行しても、そのまま継続される。民と神のどちらもが過去の出エジプトの記憶を呼び戻すことによって、民は現在、自分たちが置かれた窮状から救われたいと願い、神は民を救う意志があることを示している。かつて神の呼ぶ声から耳を背け、窮地に陥った民に対して、神は自分の声に耳を傾け、自分に拠り頼めば、願いを聞き届けて民を救おうと語る。イスラエルの神は、民の嘆願に耳を傾け、願いを聞き入れる神として提示されている。この神の姿はやがては『楽園の喪失』における神と御子の造形へと繋がっていく。

　また、第1節で「われらが力なる神」、「われらが王なる神」、「ヤコブの神」と三度、表現を変えて神に言及しているのは、詩篇の思考法の特徴である、「主が統治する」、「真の神は主のみである」という考え方を前面に押し出して強調していると考えられる。それによって、囚人となったチャールズ一世をダビデ王に準えるという王党派の戦略にミルトンが強く抗議しているとも考えられる。

　第1節から2節にかけて、神に向かって声高く歌い、歓呼と賛美を鳴り響かせ、詩歌を用意して、楽器を奏で、ラッパを吹き鳴らすという情景は、祭りの準備の華やいだ雰囲気を盛り上げているが、それと同時に、『楽園の喪失』において天上の天使たちが賛歌や音楽を神と御子に捧げて、その勲功を寿ぐ場面へと連鎖していく。

　天使たちが、神と御子を寿ぐ場面は、第二巻344～415行（御子が人類のあがないとなることを申し出た場面）、第六巻883行～892行（御子がサタン軍を天から放逐して父の元へと凱旋する場面）、第七巻180行～191行（御子が神の代行者として天地創造のみ業を開始する場面）、同557行～634行（御子が天地創造を終えて神の元へ帰還した場面）である。つまり、『楽園の喪失』においては、御子の3つのみ業「人類のあがない」、「サタンに対する勝利」、そして「天地創造」が賛美され寿がれていることが分かる。

　第6節から7節の表現は『イングランド国民のための第一弁護論』とよく似ている。以下の引用は、第1部1章でミルトン版英語訳詩篇114篇を論考した際にも扱ったものであるが、本詩篇とも共通の響きを持っている。

わたくしは、すべての賜物(たまもの)を与えて下さる全能の神を呼びまつります。われわれを自由へと導き、戦場で国王の驕慢と暴君の激情を打ち砕き、忘れがたき刑罰によってとどめをさした名高き人々に勝利と義がつき従ったように ……[1]

われわれは国王に反旗をひるがえして神に祈りを捧げ、神は祈りを聞きとどけ、われわれを解放してくださいました。[2]

　つまり、ミルトンの神は、民が困窮して呼べば、それに応答してくれる方なのである。そして、民の祈りと叫びに応答する神の姿は、『楽園の喪失』の神と御子の描写へと結実していく。現に神は、アダムの祈りと願いを聞き入れて、「相応しき助け手」を創造している。こうした神及び御子像の原型は、旧約聖書と詩篇の内に見出すことができるのである。
　第14節に登場する「イスラエルに仇なす、すべての敵」とは暗に王党派とチャールズを指す。そして、そのイメージもまた、『楽園の喪失』におけるサタンと反逆天使たちの造形に繋がっていく。彼らを攻撃する「手」は天の反乱軍を根こそぎ雷電で打ち倒す御子の造形に繋がる。ここでは、「神の手」の超然たる強さが印象的に詠唱されている。
　第15節に出現する「盛りの時に」「終わりがない」「主の民」は、『楽園の喪失』においては、アブラハムの子孫ばかりか、アブラハムの信仰を継ぐ子らへと発展していく。第十二巻546行〜552行において、御子（イエス・キリスト）は「いやはてには天から雲に乗り、父の／栄光をもってあらわれ、邪れる世とともに／サタンを滅し去り、業火の固まりのなかから／清め浄めた新天新地、義と平和と愛とを／礎とする限りなき時代を起こし、喜びと／永遠の祝福の実を結ばせたもうであろう」と歌われることになるのである。
　本詩篇第16節において、選り抜きの食べ物で民を養う主の姿は、内面的／精神的充足感を「選ばれた民」に与える『楽園の喪失』の神の造形へと繋がる。そして、この神は、自分を範例として、民にもまた選り抜きのものを神に捧げることを要求する神なのである。このことは、後続の章でも取りあげる。

1　新井明・野呂有子共訳『イングランド国民のための第一弁護論、および第二弁護論』、5-6頁。
2　上掲書、50頁。

(3) 詩篇第 82 篇

1648 年 4 月ミルトン 39 歳の創作翻訳作品

1 God in the *great *assembly stands　*Bagnadath-el.
　　Of Kings and lordly States,
　　　†Among the gods †on both his hands　†Bekerev.
　　　　He judges and debates.
2 How long will ye *pervert the right　*Tishphetu gnavel.
　　With *judgment false and wrong,
　　Favouring the wicked by your might,
　　　Who thence grow bold and strong.
3 *Regard the* weak and fatherless　*Shiphtu-dal.
　　Dispatch the poor mans cause,
　　And †raise the man in deep distress
　　By † just and equal Lawes.　　†Hatzdiku
4 Defend the poor and desolate,
　　And rescue from the hands
　　Of wicked men the low estate
　　Of him that help demands.
5 They know not nor will understand,
　　In darkness they walk on
　　The Earths foundations all are*mov'd　*Jimmotu.
　　And *out of order gon.
6 I said that ye were Gods, yea all
　　The Sons of God most high
7 But ye shall die like men, and fall
　　As other Princes die.
8 Rise God, *judge thou the earth in might,　*Shiphta.
　　This wicked earth *redress,
　　For thou art he who shalt by right
　　The Nations all possess.

野呂試訳（宮西光雄訳を一部採用）

神は偉大なる集会において立ち上がる
　　諸国王や領主階級(ロードリーステイツ)の者達の間で
　右手にも左手にも侍る神々の間で
　　神は裁き、討議し給う。
汝らはいつまで、不正にして
　不法の裁決で正義を曲げるのか？
邪悪な者たちを汝らの権力で依怙贔屓(えこひいき)しながら、
　彼らはそれゆえ大胆に強力になって行く。
弱き者たちや父なき者たちを顧みよ、
　貧しき者たちの申し立てを速やかに結審せよ、
そして、悲惨極まりなき人を
　公正にして平等の法により救い上げよ。
貧しき者たちや寄る辺なき者たちを弁護せよ、
　そして邪悪な輩の手に囚われて、
　助けを懇望する者を
　低き境遇から救出せよ。
彼らは道理を知らず、理解しようともしない、
　彼らは暗闇を歩き続ける。
世界の礎(いしずえ)すべてがぐらつき、
　たがが外れてしまった。
われは言った、汝らは神々であった、さようすべてが
　いと高き、神の息子たちであった、
しかし、汝らは人間の如くに死に、
　他の君主たちが死ぬ如くに倒れる。
奮い立ち給え、神よ、あなたが御稜威で地を裁かれますように、
　この邪悪な世界を立て直されますように。
というのも、あなたは正当な権力で
　諸国民のすべてを占有し給うお方なのだから。

　第 1 節において、諸国王や領主階級(ロードリーステイツ)と呼ばれている者たちは、lord が大文字になれば「主」の意味となることを意識して、ミルトンが区別して語句を選んでいることが窺える。ミルトンは本詩篇においても、王と呼ばれる主(ロード)は神ただ一人である、と暗に主張している。

　偉大な集会／法廷において立ち上がり、弱者や貧者、そして被征服民族を弁護し、救出しようとする弁護人のイメージで神が描かれている。この神の姿は、『楽園の喪失』において、やがて堕落することになる人類の始祖アダムとイヴのために弁護し、自らを賠償として差し出す御子(イエス・キリスト)の姿へと収斂していく。また一方では、集会において、神に非難される諸国王や領主階級の者たちの姿は、地獄の"conclave"（ローマ・

カトリックにおいて教皇を選出する会議。ここでサタンとその軍勢はローマ・カトリックのイメージで描かれている）で神への復讐を画策し、その目的のために無垢で弱い人類を破滅に導かんとするサタン及びその一党へと収斂していく。

第2節における、「不正にして不法の裁決で正義を曲げ」、おのが権力をもってして「邪悪な者たちを」「依怙贔屓(えこひいき)しながら」「大胆になって行く」諸国王や領主階級の者たちとは、チャールズ一世や彼に類する暴君たち、そして主教制度及びローマ・カトリックの高位聖職者たちを指している。彼らの姿もまた、やがては『楽園の喪失』のサタンに通じていく。

第3節における「公正にして平等な法」という表現は、『イングランド国民のための第一弁護論』にしばしば出現する、極めて重要な語句である。ここには、「公正にして平等な法」により、弱者や困窮に喘ぐ人々を救済すると同時に、特権階級を断固として許さない、決然たるミルトンの姿勢が見えている。彼は『イングランド国民のための第一弁護論』において「法の平等性」を説いた。そして、国王がどのような犯罪を犯そうとも、裁きを免除する特権を認めるなどもっての外であることを論証した。国王といえども一人の人に過ぎないのであって、犯罪を行えば当然のことながら裁かれ罰される、というミルトンの議論は『偶像破壊者』や『イングランド国民のための第一弁護論』で一層深く広く展開されていくことになる。なぜなら、真の王は神のみであり、全地を統治するのも神のみだからである。こうした考え方は詩篇翻訳の作業を通して、既にミルトンのものになっていることが良くわかる。

第4節には、不正を行う裁判官として不正な裁きを行う諸国王や領主たちを弾劾する神が登場する。その神を範例としつつ、ミルトンは『偶像破壊者』や『イングランド国民のための第一弁護論』でチャールズや王党派を弾劾していく。

第5節では、バランスが崩れ、正義の裁きが行われない歪んだ世の中を立て直すお方として、神が登場する。

第6節では、王権神授説を主張したものの、オリヴァー・クロムウェル（1599-1659）率いる革命軍と戦って敗れ、裁判にかけられ死刑を宣告されたチャールズ・スチュアートの姿が描かれている。神授の権力を持つ国王だと言っていばってはみたものの、国王もただの人間であることが判明した。ミルトンは詩篇第82篇を援用して、国王も普通の人間と同様、罪を犯せば裁判にかけられるべきであり、有罪と判明すれば罰せられるべきであること、そして極悪非道の罪を犯した場合には死刑に処せられるべきであると主張しているのである。ここには、契約思想に基づく、極めて近代的な国王観が認められる。

第7節では、共同体から権威と権力を与えられて、公共の福利のために働くべく選定されたはずの国王たちが、「神」のように崇められて傲慢に膨れ上がり、私利私

欲に走った結果、神の裁きを受けて、敗戦し、裁かれ、犯罪者として処刑される姿が描かれている。君主は"princes"であるが、主も神の御子も"prince"とは呼ばれないことをここでミルトンは読者に再確認させている。そもそも、"Prince of the Air"と言えば"Satan"の別名となる。ここではまた、サタンと"prince"の暗示的繋がりも意識されている。Margaret P. Boddy は、ミルトンがこれらの詩篇翻訳を行った1648年春には、国王が裁判をかけられることの是非が大問題となっていたと指摘する。[1] ミルトンは国王が裁判にかけることが当然であるという立場から、詩篇第80篇から88篇を選び、本詩篇第7節をこのように翻訳し、国王を裁判にかけることの正当性が聖書の「詩篇」にあると主張していると考えられる。そして、Boddy は、この時期にミルトンは微妙な立場にあったからこそ、あえて自分の翻訳詩篇群がヘブライ語から厳密に翻訳されたものであると注記をつける必要性があったのではないかと言う。[2]

第8節では、世界のすべてを掌握する権威と権力を正当に占有するのは神のみであって、国王や貴族たちではないことが再度確認されている。この響きは『楽園の喪失』第十一巻335～338行へと連鎖していく。本詩篇翻訳連作の翌年執筆されることになる『偶像破壊者』や、その後に執筆される『イングランド国民のための第一弁護論』へと発展していく考え方がここにある。

ここで改めて、詩篇82篇と『楽園の喪失』第三巻240行を比較すると、詩篇82篇6行～7行では、'gods' は、自分たちの意に反して、神により 'mortal' なものとされる。それに対して、『楽園の喪失』第三巻において御子は自らの自由意志で「神の代行者」としての「栄光を脱いで」人のために死ぬ、すなわち 'mortal' となることを選び取り、それを神に申し出る、と Pecheux は指摘する。[3] ミルトンはやはり、御子が全人類のために生け贄となって死に、それによって全人類を救済するという有り方の中に究極的なキリスト教的英雄の型を見出しているのである。

---

1 "Milton's Translation of Psalms 80-88", *A Milton Encyclopedia*, 7 (1979): 53.
2 *Op cit.*
3 Sister M. Christopher Pecheux, "The Council Scenes in *Paradise Lost*," *Milton and Scriptural Tradition*, ed. James H. Sims and Leland Ryken, (Columbia: University of Missouri Press, 1984), p.92.

(4) 詩篇第83篇

1648年4月ミルトン39歳の翻訳作品

1 Be not thou silent *now at length*
　　O God hold not thy peace,
　Sit not thou still O God of *strength*,
　　We cry and do not cease.
2 For lo thy *furious* foes *now* *swell
　　And *storm outrageously,　　　*Jehemajun.
　And they that hate thee *proud and fell*
　　Exalt their heads full hie.
3 Against thy people they † contrive,　　†Jagnarimu.
　　† Their Plots and Counsels deep,　　†Sod.
　*Them to ensnare they chiefly strive　*Jithjagnatsu gnal.
　　*Whom thou dost hide and keep.　　*Tsephuneca.
4 Come let us cut them off say they,
　　Till they no Nation be
　That Israels name for ever may
　　Be lost in memory.
5 For they consult † with all their might,　†Lev jachdau.
　　And all as one in mind.
　Themselves against thee they unite
　　And in firm union bind.
6 The tents of Edom, and the brood
　　Of *scornful* Ishmael,
　Moab, with them of Hagars blood
　　That in the Desart dwell,
7 Gebal and Ammon *there conspire*,
　　And *hateful* Amalec,
　The Philistims, and they of Tyre
　　Whose bounds the Sea doth check.
8 With them *great* Asshur also bands
　　And doth confirm the knot,
　All these have lent their armed hands
　　To aid the Sons of Lot.
9 Do to them as to Midian *bold*
　　That wasted all the Coast.
　To Sisera, and as *is told*
　　Thou didst to Jabins *hoast*,
　When at the brook of Kishon *old*
　　They were repulst and slain,
10 At Endor quite cut off, and rowl'd
　　As dung upon the plain.
11 As Zeb and Oreb evil sped
　　So let their Princes speed
　As Zeba, and Zalmunna *bled*

野呂試訳（宮西光雄訳を一部採用）

今こそはどうか、黙したままでおられるな、
おお神よ、静けさを保っておられるな、
座したままでおられるな、おお力ある神よ、
われらは叫び声を上げて止まぬ。
なぜなら、ご覧あれ、猛々しい敵が今や膨れ上がり、
激越なまでに荒れ狂っており、
そして、あなたを憎む者どもは傲慢にして凶悪、
その首を傲然と高くもたげる。
あなたの民を陥れようと彼らは謀略と謀を
深く張り巡らし、
民を罠にかけようと彼らはまず第一に画策する、
あなたが隠まい、保護する民を。
敵どもは言う、さあ、かの民を刈り取ってしまおう、
民がなくなってしまうまで、
イスラエルの名が永久に記憶から
失われてしまうように。
なぜなら、敵どもは知恵の限りを尽くして謀を巡らし、
しかも、全員が心を一つに合わせているからだ。
あなたに逆らって彼らは一致団結し、
堅き同盟をもって互いに誓約する。
エドムの天幕の者ども、侮蔑に満ちた
イシュマエルの腹子たち、
モアブとハガルの血の流を組む者ども―
彼らは荒野に住む者ども
ゲバルとアモンは荒野で共謀する
そして悪意に満ちたアマレクも、
ペリシテ人、そして、ツロの住民―
その国ざかいは海が制御する。
さらにまた強大なアッシリアが結託して
絆を揺るぎなきものとするが、
これらの者どもはみな、ロトの息子たちを
援護するために、武装の腕を差し出した。
この者どもに対しては、大胆なミデヤンになさったと
同様にして下さい―彼らは沿岸一帯を荒らした。
シセラに、そして、伝えられるがごとく、
あなたがヤビンの軍勢になさったように、
―彼らは古のキション川の畔で
撃退され殺害され、
エンドルで完全に刈り取られ、転がされて
まるで平原に積み上げられた肥やしのよう。
悪しき成り行きのゼエブとオレブのように
彼らの君主たちを悪しき成り行きにさせたまえ、
ゼバフとツァルムナの血が流されたように

	So let their Princes *bleed*.	彼らの君主たちの血を流させたまえ、
12	*For they amidst their pride* have said	なぜなら、彼らは傲慢に膨れ上がりこう言った、
	By right now shall we seize	当然の権利により、今、われわれは神の御座所(ごぎょ)を
	Gods houses, and *will now invade*	奪い取ってやる、そして、その中の荘厳なる宮殿に
	† Their stately Palaces.　　　† *Neoth Elohim bears both.*	今、侵入していこう。
13	My God, oh make them as a wheel	わが神よ、おお、彼らを車輪のようにさせよ、
	No quiet let them find,	彼らが静寂を見出すことのなきように、
	Giddy and *restless* let *them reel*	彼らに眩暈を起こさせ休むことなくきりきり舞いさせよ
	Like stubble from the wind.	風に吹き飛ばされる麦わらのように。
14	As *when* an *aged* wood takes fire	老樹の森が、雷電により
	Which on a sudden straies,	突如として火がつき、
	The greedy flame runs hier and hier	貪り尽くす火炎が高みへと高みへと走り
	Till all the mountains blaze,	ついに山々全体が燃え上がるように、
15	So with thy whirlwind them pursue,	あなたの竜巻で敵どもを追跡し、
	And with thy tempest chase;	あなたの雷風雨で追い詰めてください。
16	*And till they *yield thee honour due;　　*They seek thy Name*, Heb.	ついに彼らが然るべき栄誉をあなたに捧げるように
	Lord fill with shame their face.	主が彼らの顔を恥でおおいますように。
17	Asham'd and troubl'd let them be,	彼らを面目なからしめ、困惑させてください、
	Troubl'd and sham'd for ever,	永久に困惑させ、恥じ入らせよ、
	Ever confounded, and so die	常に混乱させ、そして死なしめよ、
	With shame, *and scape it never*.	恥辱を抱えたままで、決して恥辱から逃れられぬまま。
18	Then shall they know that thou whose name	その時、彼らは必ずや悟ることになろう、エホバの名の
	Jehova is alone,	あなたが唯一のお方だと、
	Art the most high, *and thou the same*	あなたこそ、いと高きお方、あなたこそ変わらずに
	O're all the earth *art one*.	地上すべてを統べるお方だと。

　第2節で描かれる、傲慢な敵はチャールズ一世と王党派を暗示する。そしてその姿は、サタンとその一派に連鎖する。また、敵の姿を蛇が傲然と鎌首をもたげるイメージで描いている。

　イスラエルを陥れようとする敵が、傲慢にも悪巧みを凝らしている様が蛇のイメージで描かれている。これも『楽園の喪失』における、蛇／サタンのイメージへと収斂していく。

　第3節は、『楽園の喪失』において、神の育てた人間、アダムとイヴを罠にかけようと画策するサタンの姿を連想させる。さらに蛇の罠にかかったイヴに連鎖していく。

　第4節は草を刈り取る、あるいは、木を切り倒すイメージが現れている。サタンとその一党が人を神から切り離して根こぎにし、破滅させようとする姿に通じる。

　第6節で敵には"seed"（子孫）の語は使わず、動物の"brood"（腹子、卵）や"blood"の語を採用していることに注意したい。敵の子どもが人間的ではなく、動物的である、ということは、敵自体が理性を持たぬ、獣的な存在だということに他ならない。しかも彼らは血に餓えた獣なのである。さらに、"brood"と"blood"という視覚的に

も発音上も極めて似通った単語を連続して採用することによって、敵どもの獣性と残酷さが結び付けられ、強調されている。

　第9節における「大胆なミデヤン」は「士師記」第6～8章に通じ、「シセラに、そして、伝えられるがごとく、／あなたがヤビンの軍勢になさったように、／―彼らは古(いにしえ)のキション川の畔で／撃退され殺害され」の箇所は「士師記」第4～5章に通じる。

　第11節における「悪しき成り行きのゼエブとオレブのように／彼らの君主たちを悪しき成り行きにさせたまえ」の部分は、「士師記」第7章25節に、「ゼバフとツァルムナの血が流されたように」の箇所もまた、「士師記」第7章25節を想起させる。さらに、第11節には暴君征伐の呼びかけがある。ミルトンは詩篇翻訳を行いながら、現実の政治的状況に対して敏感にその動向を反映させている。

　第12節には王権神授説への痛烈な批判が込められている。そして、それは必然的に暴君征伐の呼びかけとなる。彼らは人間の身でありながら、神の名を騙り、神の宮に侵入し、神に成りすまして憚らないのである。

　"stately Palaces"の部分は、ヘブライ語原典では"pasturelands"（牧草地、放牧場、牧場）の相応語句となっている。国王や高位聖職者たち、そしてそれに類する輩は、神の名を騙り、神の聖域にいる被造物に対する支配へと覇権を伸ばし、そこに居座ろうとしている。そして、それを「当然の権利により」（"by right"）なされる行為だと主張し、それこそが「神授の王権」だと言い募るのである。こうした「この世の」王侯貴族たちの姿は、『楽園の喪失』におけるサタンとその軍勢の造形へと繋がっていく。神が御子を継承者として指名した際に、サタンは「傲慢に膨れ上がり」、"injur'd merit"（I:98;「当然の処遇が蹴られ」）、"himself impair'd"（V:665;「おのれの存在が傷つけられた」）と考えて、「謀を深く巡らし」、神と御子の御座と天を襲い、それをわがものとするために戦いに打って出たのであった。

　第13節は、御子によりきりきり舞いさせられ、地獄の火に焼かれる『楽園の喪失』のサタン軍の描写へと収斂する。

　第14節の"strays"は"atmospherics"の意味である。複数形で空電、空電現象を起こす自然現象（雷、オーロラ等）を意味する。そして、このあたりの描写は『楽園の喪失』における御子の造形へと繋がり、天の戦いでの御子の勲へと繋がる。さらに、第14節では、詩篇原典に直接には出てこない、雷による山火事で木々が燃えるイメージがあり、これは『楽園の喪失』第一巻611行～615行で描かれる地獄の堕落天使たちの描写へと収斂する。詩篇83篇で描かれる、この世の君主たちに用いられる比喩は、御子の雷電に撃たれて天から落ち、黒焦げの大木のようになるサタンとその一党のイメージへと連鎖していくのである。

　17節には、チャールズ一世への言及がある。

18節には、またもや、「地上すべてを統治するのは主なる神のみであって、地上の王たちではない。彼らは高上りした敵に過ぎない」というミルトンの揺るぎない主張が詩篇翻訳という形で浮き彫りにされる。

　翻訳詩篇83篇はミルトンの他の翻訳詩篇同様、『楽園の喪失』創作への大きな切掛けを作ることになった。多くの行に「士師記」への言及があることから、本詩篇には『闘技士サムソン』への影響もあることが想定される。しかし、ここではその問題には触れないこととする。

(5)　詩篇第84篇

1648年4月ミルトン39歳の翻訳作品　　　　野呂試訳（宮西光雄訳を一部採用）

1　How lovely are thy dwellings fair!
　　O Lord of Hoasts, how dear
　The *pleasant* Tabernacles are!
　　Where thou do'st dwell so near.
2　My Soul doth long and almost die
　　Thy Courts O Lord to see,
　My heart and flesh aloud do crie,
　　O living God, for thee.
3　There ev'n the Sparrow *freed from wrong*
　　Hath found a house of *rest*,
　The Swallow there, to lay her young
　　Hath built her *brooding* nest,
　Ev'n *by* thy Altars Lord of Hoasts
　　They find their safe abode,
　And home they fly from round the Coasts
　　Toward thee, My King, my God.
4　Happy, who in thy house reside
　　Where thee they ever praise.
5　Happy, whose strength in thee doth bide,
　　And in their hearts thy waies.
6　They pass through Baca's *thirstie* Vale,
　　That dry and barren ground
　As through a fruitfull watry Dale
　　Where Springs and Showrs abound
7　They journey on from strength to strength
　　With joy and gladsom cheer
　Till all before *our* God *at length*
　　In Sion do appear.
8　Lord God of Hoasts hear *now* my praier,
　　O Jacobs God give ear,

あなたの麗しき住まいは何と心惹くものであることか！
　おお万軍の主よ。あなたの
心楽しき幕屋はなんと愛しいものであることか、
　そして、あなたはかくも近くに住まわれる。
わたしの魂は、おお主よ、あなたの囲われた庭を
　見たいと願い、息も絶え入るばかりです。
わたしの心と身体は声を大にして叫びまつります、
　おお生ける神よ、あなたを呼び求めて。
そこでは雀さえもが不正から自由の身とされて、
　休息の家を見つけ出しています。
燕はそこで、卵を産むために、
　雛を孵すために巣作りをしたところです。
万軍の主よ、あなたの祭壇の傍らにさえ、
　鳥たちは安全な棲家（コート）を見出し、
そして四方八方から、あなたの元へと
　飛翔し帰還いたします、わが王、わが神よ。
幸いなるかな、あなたの家に住まう者は、
　そこでは彼らはいつもあなたを称賛する、
幸いなるかな、あなたを自らの力の拠り所とする者は、
　そして彼らの心にはあなたの道が宿っている。
彼らはバカの渇きの谷を通り過ぎる、
　かの干上がった不毛の地を
あたかも、実り多き水辺の谷間を通るがごとくにして
　そこでは豊かに、泉が湧き驟雨が降り注ぐ。
彼らは砦から砦へと日ごと旅をする
　喜びと喜ばしき活気に満ちて
そしてついには、皆がわれらの神の御前に、
　シオンにて現れる。
主よ、万軍の神よ、今、わが祈りをお聞きください、
　おおヤコブの神よ、耳をお向けください。

9	Thou God our shield look on the face	神よ、われらが盾なるあなたが注視されますように、
	Of thy anointed *dear*.	あなたのいとし子、油注がれたる者の顔を
10	For one day in thy Courts *to be*	というのも、あなたの囲われた庭で過ごす一日は
	Is better, *and more blest*	虚栄の悦楽の中で過ごす
	Then *in the joyes of Vanity*,	最良の千日よりも
	A thousand daies *at best*.	望ましく、祝福に満ちているのです。
	I in the temple of my God	わたしは、わが神の宮の中にいられるなら
	Had rather keep a dore,	そこで門番をしていたほうがよい、
	Then dwell in Tents, *and rich abode*	天幕に住み、豪勢に
	With Sin *for evermore*.	永久に、罪とともに住まうよりも。
11	For God the Lord both Sun and Shield	というのも、太陽にして盾である主なる神は
	Gives grace and glory *bright*,	恩寵と、輝かしい栄光を与えてくださるから、
	No good from them shall be with-held	その道が正しく義なる者たちには
	Whose waies are just and right.	どんな善きものも、与えられぬままであるはずはない。
12	Lord *God* of Hoasts *that raign'st on high*,	万軍の神なる主よ、高きところにて統治する方よ、
	That man is *truly* blest,	ただあなただけをより頼み、
	Who *only* on thee doth relie,	ただあなたの内に休息する人は
	And in thee only rest.	まことに祝福されています。

　詩篇第84篇には、神の庭のイメージが出現する。これは、エデンの園の造形へと繋がっていく。さらに、エジプトの肉鍋（隷属の中で、食べ物に不自由せずにいる状態）よりも、荒野での神の元での自由を選ぶ、という「内なる楽園」の考え方も既に出現している。

　第2節の"court"の語源はラテン語で"cohortsem"（囲い、庭、囲い地）の意味である。フランシスコ会訳では「庭」と訳され、『聖書　新改訳』では「大庭」、『ヘブライ語英語聖書』及び、『欽定英訳聖書』では"courts"、左近淑の訳では「庭」となっている。

　第3節は、鳥のイメージで、神を慕う民の姿勢を歌い上げている。雀が神の宮に憩いの巣を作る様子が、不正な状態から自由の身とされる人のイメージで語られる。燕が祭壇の傍らに巣を作り、そこで卵を孵化して雛を育てる比喩で、神の恩寵が信仰篤き人を栄えさせる様子が歌われている。燕たちが飛び急いで帰巣する比喩で、神の元へ戻る者の姿を歌っている。実際に神の家に物理的に住んでいるというよりも、精神的に神の家に住んでいる者たちのことを燕に託して歌っているようにも考えられる。

　本詩篇において、詩人の魂は神の庭を一目見たいと希求している。そして、そこには、物理的な庭ばかりではなく、「魂の庭」を求める信仰者の姿もまた、描き出されている。身も心も魂も、つまり全身全霊で神と神の庭を請い求める義なる人の姿が描かれるのである。

　第5節において、自分の心の中に神の道を宿している（"God's way in their

hearts"）人たちは幸いである、というように、精神的に神の家に住んでいる者たちのことが歌われている。『楽園の喪失』第十二巻において、大天使ミカエルがアダムに伝える、"paradise within" の考え方に通じる思考法がここに認められる。

『楽園の喪失』第九巻における Adam から Eve へのことば、そして、第十二巻における Eve から Adam へのことばは、それぞれ、あなたとともにいられるなら、そこが楽園であるが、一人で楽園に住んでいても、もはやそこは楽園ではない、という内容のものであった。

第7節の砦とは物理的な砦ではなく、サタンの誘惑に打ち克つ、信仰の砦、心の砦の意味だと考えられる。

第11節における「輝かしい栄光」は、『楽園の喪失』第一巻611〜615行で扱われる、地獄に堕ちたサタンや堕落天使たちの「萎れた栄光」とは対極にあるものである。

一方で、水の豊かな、神の庭への道中は、中心から流れ出す4つの川を抱く楽園へと連鎖する。さらに「ヨハネ黙示録」における、神と御子の御座から流れ出し、都の大通りを流れる川のイメージへと連鎖していく。

フランシスコ会訳（p.283）によれば、ミルトン訳で「渇きの」と訳されている「ヘブライ語は『バカ』で、その意味は、乾燥地にはえる低いバルサムの木である。別訳では、『バカ』は固有名詞として扱われ『バルサム（の谷）』と訳されることもある。エルサレム南西端の外側にある今日のワディ・エル・メスのことかもしれない。ここで、いくつかの巡礼者の道が一本になり、都の中に通じる。9月か10月にかけて行なわれる幕屋祭のときに巡礼に来る理由の1つは、雨ごいである。長い夏の日照りのあとだけに、耕作や種まきのために雨は絶対に必要であった。巡礼者は農耕年がはじまると上京してきたので、このときの秋の雨は『初めの雨』と呼ばれた（春の雨は「あとの雨」と呼ばれた。「申命記」第11章14節にこれに関する記述がある）」という。

なお、若干の写本と古代語訳は「かわいた谷」を「涙の谷」（ヘブライ語で「ボキム」―「士師記」第2章45節参照）としている。これは、作者の身分を捕囚とする解釈に適合する。）ちなみに、新改訳は「なみだの谷」を採用し、脚注で「あるいはバルサムの木の谷」としている。『欽定英訳聖書』は"the valley of Bācă"とし、『ヘブライ語英語聖書』も"the Valley of Baca"を採用している。ミルトンはここで、"Baca"の語源である「かわいた」を十分意識しつつ、それを"thirstie"にすることによって、「（土地が）乾いた、乾燥した」という意味と「（人・動物が）のどが渇いた」という重層的な意味の響きを生み出すことに成功している。

そして、物理的に「乾燥した谷」が、精神的な「渇きの谷」へと変換されることになる。そこからさらに「死の影の谷」に通じるイメージが生れてくるのである。

(6)　詩篇第85篇

1648年4月ミルトン39歳の創作翻訳　　野呂試訳（宮西光雄訳を一部採用）

1　Thy Land to favour graciously　　　　あなたの地に慈悲深き恵みを与えるために、
　　　Thou hast not Lord been slack,　　　　主よ、あなたが後れを取ったりはなさらなかった。
　　Thou hast from *hard* Captivity　　　　あなたは、苛酷な捕囚の境遇から
　　　Returned Jacob back.　　　　　　　　ヤコブを帰還させてくださった。
2　Th' iniquity thou didst forgive　　　　あなたは、ご自分の民を悲嘆に暮れさせた
　　　That wrought thy people woe,　　　　その罪悪をお許しくださった。
　　And all their Sin, *that did thee grieve*　　しかも、あなたのご不興を買った彼らの
　　　Hast hid *where none shall know*.　　罪の総てをだれにも知られぬようにお隠しくださった。
3　Thine anger all thou hadst remov'd,　　あなたは、御怒りをすべて拭い取り、
　　　And *calmly* didst return　　　　　　御心静かに戻られた、
　　From thy † fierce wrath which we had prov'd　火よりも遥かに恐ろしく燃えさかると、われらが身を
　　　Far worse then fire to burn.　†*Heb. The burning*　以て知ったあなたの猛烈な激怒をお止めになって。
　　　　　　　　　　　　　　　　heat of thy wrath.
4　God of our saving health and peace,　　われらの救いの癒しと平和を司る神よ、
　　　Turn us, and us restore,　　　　　　われらの元に戻り*、われらを復元させてください、
　　Thine indignation cause to cease　　　われらに向けられた、あなたの憤怒を止め、
　　　Toward us, *and chide no more.*　　これ以上はお咎めにならないでください。
5　Wilt thou be angry without end,　　　あなたは果てしなく、お怒りになり、
　　　For ever angry thus　　　　　　　　このように、永久にお怒るになるおつもりか？
　　Wilt thou thy frowning ire extend　　あなたはその渋面の憤激をわれらの上に
　　　From age to age on us?　　　　　　代々に亙って引き伸ばすおつもりか？
6　Wilt thou not *turn, and *hear our voice*　あなたはわれらの元にお戻りになり*、われらの声を聞き、
　　　And us again *revive,　　*Heb. Turn to quicken us.*　われらを再び生き返らすおつもりはないのか、
　　That so thy people may rejoyce　　　かくして、あなたの民が、あなたによって、
　　　By thee preserv'd alive.　　　　　　生きたまま危害から逃れて喜ぶように。
7　Cause us to see thy goodness Lord,　　主よ、われらにあなたの寛大さを見させ、
　　　To us thy mercy shew　　　　　　　われらにあなたの御慈悲をお示し下さい。
　　Thy saving health to us afford　　　　あなたの救いの癒しをわれらに施して、
　　　And life in us renew.　　　　　　　われらの内なる生命を甦らせたまえ。
8　*And now* what God the Lord will speak　そして今、主なる神が語られることを、
　　　I will *go strait and* hear,　　　　われはすぐさま行って聞くことにしよう。
　　For to his people he speaks peace　　というのも神の民に、そして神の最愛なる
　　　And to his Saints *full dear,*　　　聖徒らに神は平安を語られるから。
　　To his dear Saints he will speak peace,　神の愛しき聖徒らに、神は平安を語るだろう、
　　　But let them never more　　　　　　だが、彼らに決して再び愚かさへと
　　Return to folly, *but surcease*　　　　舞い戻りせず、以前のような悪の道を
　　　To trespass as before.　　　　　　避けるように為さしめよ。
9　Surely to such as do him fear　　　　まことに救済は、主を畏れる者たちの
　　　Salvation is at hand　　　　　　　　手の届くところにあり、
　　And glory shall *ever long appear*　　そして栄光が間もなく現れ、
　　　To dwell within our Land.　　　　　われらの地の内に住むだろう。
10　Mercy and Truth *that long were miss'd*　長い間、待ち望まれていた慈悲と真実は
　　　Now *joyfully* are met　　　　　　今は喜ばしげに相まみえ、
　　Sweet Peace and Righteousness have kiss'd　甘美なる平安と正義が今、接吻をしたところで

	And hand in hand are set.	手に手を取って座している。
11	Truth from the earth *like to a flowr* 　　Shall bud and blossom *then*, And Justice from her heavenly bowr 　　Look down *on mortal men*.	その時、真実は土の中から花開くかのように 　　芽を出して、やがて蕾を綻ばせるだろう、 すると正義は彼女の天の住まいから 　　現身の人々を見下ろすだろう。
12	The Lord will also then bestow 　　Whatever thing is good Our Land shall forth in plenty throw 　　Her fruits *to be our food*.	主はまたその時、あらゆる 　　善きものを与えてくださるだろう。 われらの地がわれらの糧となるように 　　彼女の実をたわわに実らせるだろう。
13	Before him Righteousness shall go 　　*His Royal Harbinger*, Then *will he come, and not be slow 　　His footsteps cannot err.	主より前に、正義が主の勅使なる 　　先触れとして進むだろう、 すると、主が来たまうだろうが、遅い足取りではなく 　　主の歩みが踏み誤ることはない。

*Heb. *He will set his steps to the way.*

第 1 節の、後半 2 行には出エジプトの響きが認められる。（詳細は、前出のミルトンによる翻訳詩篇 114 篇及び 136 篇の論考を参照されたい）

> あなたは、<u>苛酷な捕囚の境遇から</u>
> 　　<u>ヤコブを帰還させてくださった。</u>

ここで言われる「ヤコブ」とは、フランシスコ会版『詩篇』においても説明されているように、聖書に登場する個人としてのヤコブを指すのではなく、ヤコブの子孫たるイスラエルの民の総称として使われている。ミルトンもその意味で「ヤコブ」の語を使用している。第 1 節は、*The NIV Interlinear Hebrew-English Old Testament* の英語訳、及び『欽定英訳聖書』ではそれぞれ以下のようになっている。

> You showed your favor to your land, O Lord;
> You <u>restored the fortunes of Jacob</u>.

> Lord, thou hast been favourable unto thy land:
> Thou hast <u>brought back the captivity of Jacob</u>.

The NIV Interlinear Hebrew-English Old Testament と『欽定英訳聖書』を比較すると、前者では "restored the fortunes of Jacob" と概括的に述べられていた部分の内容が、後者では "hast brought back the captivity of Jacob" と具体的に訳されていることが分かる。イスラエルの民が奴隷状態から解放され、出エジプトを

果たしたことが明示されている。しかも、神の動作は現在完了形で記述されており、過去の行為が現在にまで影響を与えていることを示している。ちなみに『ジュネーヴ聖書』では以下のようになっている。

  Lord, thou hast bene fauourable vnto thy land:
  Thou hast brought <u>againe</u> the captiuitie of Iaakób.

『欽定英訳聖書』は、『ジュネーヴ聖書』の当該箇所から"againe"の語を削除しただけで、あとはほぼそのまま踏襲している（綴りについてはここでは問題としない）。[1] ここで改めてミルトンの翻訳詩篇に目を向けてみよう。

  Thy Land to favour graciously
   Thou hast not Lord been slack,
  Thou hast from *hard* Captivity
   Returned Jacob back.

ミルトンも現在完了形を採用しており、『ジュネーヴ聖書』及び『欽定英訳聖書』を踏襲している。"hard"が斜字体になっているのは、ミルトン自身が詩篇80篇から88篇の前書きで説明しているように、ミルトンが新たに付した語だという意味である。"not ...slack"と意訳しているが、内容的には上記２つの翻訳とそれほど意味は変わらないことが分かる。
 続く第２節は以下のようになっている。

  あなたは、ご自分の民を悲嘆に暮れさせた
   その罪悪をお許しくださった。
  しかも、あなたのご不興を買った彼らの
   罪の総てをだれにも知られぬようにお隠しくださった。

この箇所は、『楽園の喪失』第十巻において、神の御子が罪を犯したアダムとイヴの裸形を獣の皮でおおった場面を連想させる。さらに、以下の２行は、『楽園の喪失』

---

1 *The NIV Interlinear Hebrew-English Old Testament*, p.441; *The Holy Bible Containing the Old and New Testaments Translated out of the original tongues and with the former translations diligently compared and revised by His Majesty's Special Command: Appointed to be read in Churches: Authorized King James Version*,p.582; *The Geneva Bible* (1560 edition),p.254.

第十一巻で、神が御子の取りなしにより、人の罪を許した場面を彷彿とさせる。

あなたは、御怒りをすべて拭い取り、
　　御心静かに戻られた、

　次に、第4節第2行及び、その繰り返し部分である第6節第1行の解釈については、宮西訳は「われらを、御身近に返し」としている。しかし、ミルトン自身が以下のように、第6節について"† Heb. *Turn to quicken us.*"（われわれを生き返らすために戻る）と註を付けているため、「戻る」という行為をするのは神であるというミルトンの解釈に従った。

　　4　God of our saving health and peace, thy wrath.
　　　　<u>Turn</u> us, and us restore,
　　　Thine indignation cause to cease
　　　　Toward us, and *chide no more*.
　　われらの救いの癒しと平和を司る神よ、
　　　われらの<u>元に戻り</u>*、われらを復元させてください、
　　われらに向けられた、あなたの憤怒を止め、
　　　これ以上はお咎めにならないでください。

　　6　Wilt thou not *<u>turn</u>, and *hear our voice*　　† Heb. *Turn to quicken us.*
　　　　And us again *revive,
　　　That so thy people may rejoyce
　　　　By thee preserv'd alive.
　　あなたはわれらの元に<u>お戻りになり</u>*、われらの声を聞き、
　　　われらを再び生き返らすおつもりはないのか、
　　かくして、あなたの民が、あなたによって、
　　　生きたまま危害から逃れて喜ぶように。

　ところで、第4節について、矢内原忠雄は『聖書講義Ⅳ　詩編　詩編続』（岩波書店、1978）p.473において「……神よかへりきたまへ」を「我らをひきかへりたまへ」と読む説もある、と紹介している。しかし、続けて「『我らをかへらしめたまへ』というよりも、『神よ、かへりきたまへ』と言う方が、はるかに力強き意味をもっている」と述べており、ミルトンと同様の解釈を採用していることが分かる。ちなみに、

IHEB訳、フランシスコ会訳、『新改訳』には、問題の詩句に直接該当する箇所は見当たらない。

　第7節において、嘆願者は神に赦しと慈悲を乞い、罪を犯したために、「生ける屍」となった自分の内に、新たな生を与えよと祈願している。

> 7　Cause us to see thy goodness Lord,
> 　　　To us thy mercy shew
> 　Thy saving health to us afford
> 　　　And life in us renew.
> 　主よ、われらにあなたの寛大さを見させ、
> 　　　われらにあなたの御慈悲をお示し下さい。
> 　あなたの救いの癒しをわれらに施して、
> 　　　われらの内なる生命を甦らせたまえ。

　この箇所は、『楽園の喪失』第十巻において、堕落後のアダムとイヴが神に向かって赦しを請い、祈りを捧げる場面と通底する。実際には、アダムとイヴの祈りは罪の重さのために、ことばにはならず、「呻きと溜め息」が漏れるのみであったが、彼らの胸の内はこのようなものであったにちがいない。

　『楽園の喪失』第十巻において、堕落後のアダムとイヴのもとに、神の御子が現れ「女の子孫」に秘められた救済の約束を与えた。その後、アダムとイヴの悔い改めの祈りに心動かされた天上の御子は、人類と神との取り成し役（"mediator"）として人類を救うために自分を使うよう神に請い求めた。それに応答して、神は大天使ミカエルをアダムとイヴのもとに遣わした。二人が荒野に出立し、そこで生きていきていくための心の準備ができるよう、十分に教え諭して、しかる後に二人を楽園から追放させるためである。堕落後の人類に教育が行なわれ、それによって堕落後とはいえ、アダムとイヴの魂は再生され、やがては神の御子が人の子として地上に生まれて、自らが十字架刑につくことによって二人の罪を贖い、全人類を救済してくださる、という確信を得るに至るのである。

　詩篇85篇10節は以下のようになっている。

> 10　Mercy and Truth *that long were miss'd*
> 　　　Now *joyfully* are met
> 　*Sweet* Peace and Righteousness have kiss'd

And *hand in hand* are set.

　ここでは、長く待ち望まれていた＜慈悲＞と＜真実＞が再会し喜ばしげに互いを見かわし、＜平安＞と＜正義＞が接吻し、手に手を取って座している。

　ところで、ミルトン自身が断っているように、イタリクスの部分はミルトンが独自に付加した部分である。『欽定英訳聖書』では"righteousness and peace have kissed each other"、とあり、「手に手をとって座す」という記述は存在しない。フランシスコ会版では、「義と平和とは　いだきあう」が、やはり「手に手をとって座す」という記述は存在しない。『ジュネーヴ聖書』では、"Mercie and trueth shal kisse one another"とある。『リームズ・ドゥエー聖書』では、"iustice and peace haue kissed."とのみあり、『欽定英訳聖書』と時制も内容もほぼ重なっている。『シドニー兄妹共同訳』では"Peace with kisse shall Justice greete"となっている。

　A Variorum Commentary on the Poems of John Milton に拠っても、他の翻訳詩篇、つまり詩篇80篇、81篇、82篇、83篇、84篇、86篇、87篇、88篇とミルトンの詩作品、あるいはミルトンの時代の他の詩篇翻訳との呼応関係については多少注記があるものの、本詩篇についての注記はない。

　しかし、第10節から明らかになるのは、ミルトンが手のイメージに対して、特に"hand in hand"という、手の表現を通した心の通い合い・連帯のイメージに強い思い入れを持っていたということである。それは、他の英語翻訳詩篇に似通った表現がまったく存在しないという事実からも一層確信が持てるものとなる。詩篇85篇10節にミルトンが独自に付記した"hand in hand"の表現は、やがては『楽園の喪失』第十二巻最終行で楽園を追放されるAdamとEveのしっかりと結ばれた手（"hand in hand"）の描写へと収斂する。

> They hand in hand with wandring steps and slow
> Through *Eden* took thir solitarie way.　　　　(VI: 648–649)

　大天使ミカエルの教育を受けたアダムと、眠りの中で神から救いの確信を与えられたイヴは、悲しみつつも心安らかに楽園を去っていく。行く手に広がる荒野では、二人は心を1つにして、来るべき「女の子孫」、イエス・キリストの救済を信じて歩を進めていく。その状態をミルトンは大天使ミカエルに"A paradise within thee"(587)と表現させている。

　詩篇85篇10節で、＜慈悲＞と＜真実＞が相まみえ、＜平安＞と＜正義＞が慈しみ合っている状態はまさに、神の宮が内在する、内的な楽園（"Paradise within"）

を象徴する。続く11節において、真実が芽吹き、蕾を持ち花開くさまは、まさに楽園そのものの姿である。

> 11　Truth from the earth *like to a flowr*
> 　　　Shall bud and blossom *then*,
> 　　And Justice from her heavenly bowr
> 　　　Look down *on mortal men*.

そして、真実の花が咲く地上の楽園を天から見降ろすのは＜正義＞である。そこでは神が人々に生きる糧をたわわに実らせてくれるのである。

> 13　Before him Righteousness shall go
> 　　　*His Royal Harbinger*,
> 　　Then *will he come, and not be slow
> 　　　His footsteps cannot err.

＜正義＞は主の使いとして先触れとして前進する。その後には主がやってくる。その足取りは軽やかで歩みは決して踏み誤ることはないのである。

詩篇85篇に現出する世界は、一見すると『楽園の喪失』の最終場面とはまったく対照的である。アダムとイヴは罪を犯し、楽園を追われて行く。しかも、人類の堕落後の楽園は天候も荒れ、薔薇の花も散った。

しかし、アダムとイヴの楽園追放には、神の正義と慈悲とが込められている。二人の足取りは重く（"slow"）、踏み迷いながら（"wandering"）歩を進めて行く。そして、悲しみながらも、二人の心は平安の内にある。それは、やがて来るべき救世主の存在を信じていればこそ、なのである。神の足跡（"footsteps"）は自然の至るところに散りばめられており、それが過ちを犯しやすい人間を導く目印となるのである。二人の心に蒔かれた種（"the woman's seed"）は、やがてはイエス・キリストとして、＜真実＞として地上の荒野に花開くのである。ここには、確かに『楽園の喪失』第十二巻最終行に連なる響きがある。

(7) 詩篇第86篇

1648年4月ミルトン39歳の創作翻訳

1 Thy *gracious* ear, O Lord, encline,
   O hear me *I thee pray*,
   For I am poor, and almost pine
   With need, *and sad decay.*
2 Preserve my soul, for † I have trod   † Heb. *I am good,*
   Thy waies, and love the just,   *loving, a doer of good*
   Save thou thy servant O my God   *and holy things.*
   Who *still* in thee doth trust.
3 Pitty me Lord for daily thee
   I call; 4. O make rejoice
   Thy Servants Soul; for Lord to thee
   I lift my soul *and voice,*
5 For thou art good, thou Lord art prone
   To pardon, thou to all
   Art full of mercy, thou *alone*
   To them that on thee call.
6 Unto my supplication Lord
   Give ear, and to the crie
   Of my *incessant* praiers afford
   Thy hearing graciously.
7 I in the day of my distress
   Will call on thee *for aid*;
   For thou wilt *grant* me *free access*
   And answer, *what I pray'd.*
8 Like thee among the gods is none
   O Lord, nor any works
   Of all that other gods have done
   Like to thy *glorious* works,
9 The Nations all whom thou hast made
   Shall come, *and all shall frame*
   To bow them low before thee Lord,
   And glorifie thy name.
10 For great thou art, and wonders great
   By thy strong hand are done,
   Thou in thy everlasting Seat
   Remainest God alone.
11 Teach me O Lord thy way *most right*,
   I in thy truth will bide,
   To fear thy name my heart unite
   So shall it never slide
12 Thee will I praise O Lord my God
   Thee honour, and adore
   With my whole heart, and blaze abroad

野呂試訳（宮西光雄訳を一部採用）

あなたの慈悲深い耳を、おお主よ、傾けたまえ、
おお、わがことばを聞かれよ、われはあなたに祈り奉る、
なぜなら、われは貧しく、困窮と悲しき衰退に
喘がんばかりです。
わが魂を保護されよ、われはあなたの道を踏み
歩んできたのですから、そして義なる者を愛されよ、
あなたはその僕を救いたまえ、おお、わが神よ、
僕は常にあなたに信をおいております。
われを憐れまれよ、主よ、われは毎日、
あなたを呼び奉ります。おお、汝の僕の魂を
喜ばしめよ、なぜなら、主よ、あなたに対して
われはわが魂と声を高く差し上げます。
というのもあなたは良き方、主よ、あなたはお許しに
なりたがります。あなたは皆に対して
慈悲に満ちておいでです、あなただけが
あなたを呼び奉る者たちに対してそうなのです。
わが嘆願に対して主よ
耳を貸されよ、わが絶え間なき
祈りの叫びに対してあなたは、慈悲を以て
お聞きください。
わが苦難の日にわれは
助けを求めてあなたを呼び奉るでしょう。
というのも、あなたは自由な接近をお認め下さり、
われの祈りにお応え下さるから。
神々の間にはあなたのような方はおらず、
おお主よ、他の神々がなしたすべての
所業の内で、あなたの栄光ある御業のような
業は何もありません。
あなたが創られた諸国民はみな
やって来て、主よ、あなたの前に
平身低頭の身構えをして、
あなたの御名に栄光を与えるだろう。
というのも、あなたは偉大にして、諸々の偉大な奇蹟が
力強き御手によってなされるからです。
あなたは永遠なる御座所に、
ただ一人の神として鎮座なさいます。
ああ主よ、われに教え給え、いと正しき、あなたの道を、
われはあなたの真実に住まいます。
あなたの御名を畏れるために、わが心を一つにする、
さすれば、わが心は断じて滑落することはない
われは、おお、わが神なる主よ、あなたを誉め讃え
あなたに栄誉を捧げ、わが心のすべてをかけて
あなたを敬う、そしてあなたの御名を

	Thy name for ever more.	あまねく広めよう、以前にもいや増して。
13	For great thy mercy is toward me,	というのも、われに対するあなたの慈悲は偉大にして、
	And thou hast free'd my Soul	あなたはわが魂を自由にして下さった
	Eev'n from the lowest Hell set free	地獄の底の底からさえも、そして、最も深き不正の
	From deepest darkness foul.	暗黒からも自由にして下さったから。
14	O God the proud against me rise	おお神よ、われに刃向って驕り高ぶる者どもが蜂起し、
	And violent men are met	凶暴な輩が集まって
	To seek my life, and in their eyes	わが命を取ろうとする、そして彼らの目には
	No fear of thee have set.	あなたに対する何の懼れも現れてはいない。
15	But thou Lord art the God most mild	だが、主なるあなたはいと柔和なる神にして
	Readiest thy grace to shew,	その恩寵を示すのは、いと素早く、
	Slow to be angry, and *art stil'd*	お怒りになるのは遅く、いと慈悲に溢れた
	Most mercifull, most true.	いと真実なる方である。
16	O turn to me *thy face at length,*	おお、ついには御顔をわれに向けて
	And me have mercy on,	われに慈悲を垂れたまえ、
	Unto thy servant give thy strength,	あなたの僕に御力を与え、
	And save thy hand-maids Son.	あなたのはしための息子を救い給え。
17	Some sign of good to me afford,	御恵みの幾ばくかのしるしをわれに授け、
	And let my foes *then* see	そうしてわが敵どもに見せ、
	And be asham'd, because thou Lord	顔色なからしめて下さい、なぜなら、主なるあなたは
	Do'st help and comfort me.	われを助け、慰めて下さるのだから。

　第3節で、行中での区切りが出現する。これは、1653年作成の詩篇1篇から8篇になると自由に行われる詩的技法であるが、詩篇80篇から88篇までの翻訳作業においてはこれが初出となる。行またがりの技法とともに、やがて『楽園の喪失』においては自由闊達に行われることになる技法である。

> 3　Pitty me Lord for daily thee
> 　　　I call; 4. O make rejoice
> 　　Thy Servants Soul;

　"Thy Servants Soul"の語句は、『楽園の喪失』第六巻において29行から始まる、神から熾天使アブディエルへの呼びかけ、"Servant of God"に呼応する。この語句が含まれる「汝の僕の魂を喜ばしめよ」という詩行において、行中の区切りが出現することは特筆して良い。それは、サタンの軍勢と袂を分かったアブディエルが神の元へと戻り、神から嘉せられるという出来事そのものが「神の僕アブディエルを喜ばせる」からである。

　第16節でも"thy servant"の語は繰り返される。そして同節の最後は、"thy hand-maids Son"とあり、"servant"の中でも最も古くから家にいる家付きの召使

いの語を使用して、神との精神的距離の近さを象徴的に表している。

>   16 O turn to me *thy face at length*,
>   And me have mercy on,
>   Unto thy servant give thy strength,
>   And save thy hand-maids Son.

　第7節に描かれた神の姿は『楽園の喪失』第十巻の御子の姿に繋がる。アダムとイヴの呻き―ことばにならない祈り―に対しても御子はそれを聞かれて、神に取り成しの祈りを捧げ、アダムとイヴの祈りに応答する。

>   7 I in the day of my distress
>   Will call on thee *for aid*;
>   For thou wilt *grant* me *free access*
>   And answer, *what I pray'd*.
>   わが苦難の日にわれは
>   助けを求めてあなたを呼び奉るでしょう。
>   あなたは自由な接近をお認め下さり、
>   われの祈りにお答え下さるから。

　第8節及び9節は、自分たちの神をヘブライの民だけでなく、諸国民すべてが信奉するようになると預言している。主こそが真の神であるという思考法は『楽園の喪失』第十二巻の大天使ミカエルのことばへと収斂していく。

>   8 Like thee among the gods is none
>   O Lord, nor any works
>   *Of all that other gods have done*
>   Like to thy *glorious* works,
>   9 The Nations all whom thou hast made
>   Shall come, *and all shall frame*
>   To bow them low before thee Lord,
>   And glorifie thy name.

　これを『楽園の喪失』第十二巻446行〜450行と比較してみよう。

> All Nations they shall teach; for from that day
> Not onely to the Sons of *Abrahams* Loines
> Salvation shall be Preacht, but to the Sons
> Of *Abrahams* Faith wherever through the world;
> So in his seed all Nations shall blest.
> かれら（使徒たち）はよろずの国民に教えをほどこそう。
> その日より、救いは宣べつたえられよう。
> アブラハムの腰から出る息子たちばかりか、全世界に、
> アブラハムの信仰を継ぐ息子たちに。かくして
> アブラハムの子孫なるキリストにより、全国民は祝福される。

　人類の罪を贖うために自己を犠牲にするという、アブラハムの子孫たるイエス・キリストの比類なき御業により、生物学的なアブラハムの息子たちのみならず、信仰におけるアブラハムの息子たちにも救いが与えられる。すなわち、人種に関わりなく、イエス・キリストに拠り頼むすべての信仰者が救われることになるというのである。それゆえ、全国民が祝福を受けることになる。詩篇86篇の第8節及び9節と上記に引用した『楽園の喪失』の詩行は表裏一体の関係にある。詩篇が民の側からの行為を歌っているのに対し、『楽園の喪失』では主の側からの民に対する働きかけが歌われているからである。

　第11節について、矢内原忠雄は、この一文は、聖書の他の箇所には見いだされず、この詩のみに用いられ、「心の思いすべてを神に向かって集中する」（"my heart unite"）ことによって、語句のモザイクが1つの祈りとして結合されている、と述べている。[1]

> 11　Teach me O Lord thy way most right,
> 　　　I in thy truth will bide,
> 　　To fear thy name <u>my heart unite</u>
> 　　　So shall it never slide.

　矢内原忠雄が注目する"unite"の語を含む詩行は、『ジュネーヴ聖書』では"<u>knit my heart</u> vnto thee, so that I maie feare thy Name"、『欽定英訳聖書』では、"unite

---

[1] 『詩編　詩編続』p.486.

my heart to fear thy name"となっている。ミルトンの詩行は、『欽定英訳聖書』の詩行の後半の7語を行頭に置いて、語順を入れ替えているが、採用されている語はすべて同一であり、当該詩行を翻訳する際に、ミルトンが『欽定英訳聖書』を基にしたことが分かる。実は、この"unite"の語はミルトンの翻訳詩篇83篇5節でも採用されていた。そこでは、以下に示すように、神に敵対する者どもが徒党を組んで一致団結する様が歌われていた。

> 5   For they consult † with all their might,   †*Lev jachdau.*
>   And all as one in mind.
>   Themselves against thee they <u>unite</u>
>   And in firm union bind.

それに対して、翻訳詩篇86篇では、神を畏れ敬い、直向きに神に拠り頼むために精神を統一する意味で"unite"の語が使用されている。このように"unite"の語は、神の敵を叙述する際にも、信仰篤き人を叙述する際にも使用されていることが分かる。

こうした"unite"の語の対照的な使用法が、『楽園の喪失』においても採用されているのは特筆に値する。サタンは、人類を誘惑して堕落させた後、意気揚々と地獄に戻る。そして地獄から地球に巨大な橋を架けていた、娘にして妻である＜罪＞と息子＜死＞に再会する。＜罪＞は、サタンに向かって称賛と祝辞のことばを発するのであるが、その中に"unite"の語が見いだされる。

> O Parent, these are magnific deeds,
> ・・・・・・・・・・・・・・・・
> For I no sooner in <u>my Heart</u> divin'd,
> <u>My Heart</u>, which <u>by a secret harmonie</u>
> <u>Still moves with thine, join'd in connexion sweet</u>,
> ・・・・・・・・・・・・・・・・
> That I must after thee with this thy Son,
> Such fatal consequence <u>unites us three</u>: (X: 354-364)

上記引用からは、＜罪＞とサタンの心が「うるわしく結び合い、／秘めた調和を保って」いつも一緒に動いているがゆえに、サタンの成功を予知し、「み跡を追わなければ」と感じたこと、そしてそれは、運命的な縁により、サタンと＜罪＞と＜死＞が結び合わされている（"unites"）からであるという＜罪＞の思考法が明らかとなる。ここで

は、詩篇83篇と同様に、神の敵対者たちが結び合って神に対抗しようとするという、負の意味で"unite"が使用されている。

一方、『楽園の喪失』第十二巻では、"the seed of Woman"という神秘のことばで繰り返しその救いが語られながら、いまひとつその意味するところの掴めなかったアダムがここに至ってようやく神意を理解した場面で、"unites"の語が採用されている（382行）。神の御子が処女マリアの胎を通して、人として地上に生まれる、すなわち御子において神と人が結合するというコンテクストである。大天使ミカエルから、十字架刑によって全人類を救済し、アダムの犯した罪を贖うと伝えられたアダムは感涙にむせびながら以下のように語る。

> O Prophet of glad tidings, finisher
> Of utmost hope! now I understand
> What oft my steddiest thoughts have search in vain,
> Why our great expectation should be call'd
> The seed of Woman: Virgin Mother, Haile,
> High in love of Heav'n, yet from thy Womb the Son
> Of God most High; So God with man unites.　　　(XII:375-382)

引用からも明らかなように、ここでは、人類の贖い主たる御子が地上に人として生まれることによって、神と人が結合するという、キリスト教神学において最も重要な思考法を叙述する際に"unites"の語が使用されている。

ミルトンが翻訳詩篇83篇と86篇において採用した、対照的な"unite"の語の使用は、『楽園の喪失』における、神と処女マリア、そして救世主たる御子の三者を結び付けるという最重要の言説において採用されている。そして、これとは対照的な、グロテスクなパロディーである、サタンと＜罪＞、そして＜死＞という地獄の三者を結び付ける際にも"unite"が使用されているのである。

このように、ミルトンの詩篇翻訳の作業は、各詩篇単位のみならず、詩篇連作という枠組みにおいても、『楽園の喪失』の詩行の間に連鎖して、響きわたっていくのである。

(8) 詩篇第87篇

1648年4月ミルトン39歳の創作翻訳	野呂試訳（宮西光雄訳を一部採用）

1 Among the holy Mountains *high*
   Is his foundation fast,
There Seated in his Sanctuary,
   His Temple there is plac't.

   聖なる高き山々の間に
     あのお方の揺るぎなき礎(いしずえ)がある
   そこに、かのお方の至聖所に据えられて、
     かのお方の神殿が、そこに置かれている。

2 Sions *fair* Gates the Lord loves more
   Then all the dwellings *faire*
Of Jacobs *Land*, though there be store,
   And all within his care.

   シオンの美しき門戸は主をなお一層愛しむ、
     ヤコブの地の、すべての美しき棲家(すみか)よりも、
   とはいえ、そこには棲家が多くあり、
     それはすべて主の保護の内にある。

3 City of God, most glorious things
   Of thee *abroad* are spoke;

   神の都よ、そなたのいと栄光ある物事(ものごと)は
     諸外国で語り草(はえ)になっている。

4 I mention Egypt, *where proud Kings
   Did our forefathers yoke,*
I mention Babel to my friends,
   Philistia *full of scorn,*
And Tyre with Ethiops *utmost ends,*
   Lo this man there was born:

   われはエジプトに言及しよう、そこでは傲慢なる諸王が、
     われらの父祖たちに軛(くびき)をつけた。
   われはわが友らに、バベルについて言及しよう、
     軽蔑に満ちたペリシテについて、
   エチオピアと共に最果ての地にあるツロについても、
     見よ、この人はそこで生まれた。

5 But *twise that praise shall in our ear*
   Be said of Sion *last*
This and this man was born in her,
   High God shall fix her fast.

   だが、かのシオンへの讃美はわれらの耳には二度、
     そして最後に語られるだろう
   この人が、また、この人が〔母なる〕シオンで生まれた、
     高きにまします神が彼女を揺るぎなくお据えになろう。

6 The Lord shall write it in a Scrowle
   That ne're shall be out-worn
When he the Nations doth enrowle
   That this man there was born.

   神は、このことを巻物に書き記されよう。
     決して擦り切れることのない巻物に
   主が国民について、この人はそこで
     生まれたと記録なさる時。

7 Both they who sing, and they who dance
   With sacred Songs are there,
In thee *fresh brooks, and soft streams glance*
   And all my fountains *clear.*

   歌う者たちも、踊る者たちも
     聖別された歌とともにそこにあり、
   そなた〔シオン〕に抱かれて清新なる小川(いだ)と柔和な
     せせらぎが煌(きら)めく、そして清澄なるわが泉のすべても。

　詩篇87篇第2節には「内なる楽園」（Paradise within）という『楽園の喪失』最終部でアダムとイヴが獲得するに至る、ピューリタニズムの最高の悟性への予感がある。これは、詩篇84篇でも認められた考え方であった。ミルトンがこの時期に詩篇80篇から88篇の連作翻訳を行いながら、これらの詩篇中に認められる「内なる楽園」に関わる詩行について瞑想を深め、それらをやがて執筆することになる『楽園の喪失』において結実させていった跡がここにある。

   2   Sions *fair* Gates the Lord loves more
       Then all the dwellings *faire*

> Of Jacobs *Land, though there be store,*
> *And all within his care.*

第4節には、"Egypt"の語が見える。"where proud Kings / Did our forefathers yoke,"と過去形でエジプトの傲慢なる諸王たちがイスラエルの父祖に軛をつけたことが記されているところから、それが出エジプト以前の隷属状態の記述であること、さらに続く詩行が現在形で書かれていることから、出エジプトの記憶に言及していることが分かる。

> 4　I mention Egypt, *where proud Kings*
> 　　　*Did our forefathers yoke,*
> 　I mention Babel to my friends,
> 　　　Philistia *full of scorn,*
> 　And Tyre with Ethiops *utmost ends,*

最終節は、神に捧げる聖なる歌とそれに合わせた踊りについての言及があり、そこでは、人々と自然の風物である小川やせせらぎ、泉も唱和して、楽園を思わせる牧歌的な世界の描写によって、翻訳詩篇87篇は締めくくられている。

> 7　Both they who sing, and they who dance
> 　　　With sacred Songs are there,
> 　In thee *fresh brooks, and soft streams glance*
> 　　　And all my fountains *clear.*

以上のように、「聖なる山」で始まった詩篇87篇は、「聖なる川」で締めくくられる。「聖なる山」には主がおいでになり、詩人は「聖なる川」に抱かれて安息の境地にある。

(9)　詩篇第88篇

1648年4月ミルトン39歳の創作翻訳

1　Lord God that dost me save and keep,
　　All day to thee I cry;
　And all night long, before thee *weep*
　　Before thee *prostrate lie.*

野呂試訳（宮西光雄訳を一部採用）

われを救い保護なさる、主なる神よ、
　日がな一日、われはあなたに叫びまつります。
そして夜もすがら、あなたの御前ですすり泣き
　あなたの御前に身を投げ出し、ひれ伏します。

2 Into thy presence let my praier 　　With sighs devout ascend 　And to my cries, that *ceaseless are*, 　　Thine ear with favour bend.	あなたの御面前へと、わが祈りを 　敬虔な溜め息とともに立ち昇らせたまえ そして、止まることなき、わが叫びに、 　あなたの耳を寛大さを以て傾けたまえ。
3 For cloy'd with woes and trouble store 　　Surcharg'd my Soul doth lie, 　My life *at deaths uncherful dore* 　　Unto the grave draws nigh.	幾多もの悲嘆と苦悩に打ちひしがれ、 　わが魂は重圧に押し潰されそうです。 わが命は死の陰鬱な戸口にあって 　墓の中へと近づいていきます。
4 Reck'n'd I am with them that pass 　　Down to the *dismal* pit 　I am a *man, but weak alas　　*Heb. A man without 　　And for that name unfit.　　　manly strength.	われは、不吉な奈落へと進み落ちて 　行く者どもと同列に見なされます。 われは男なれど、悲しいかな、弱き者にして 　男の名に相応しからず。
5 From life discharg'd and parted quite 　　Among the dead *to sleep*, 　And like the slain *in bloody fight* 　　That in the grave lie *deep*. 　Whom thou rememberest no more, 　　Dost never more regard, 　Them from thy hand deliver'd o'er 　　Deaths hideous house hath barr'd.	命からまったく追放され、切り離されて 　死人の中で眠るように、 血みどろの戦闘で殺害され、 　墓の中深く横たわる者のように。 もはやあなたのご記憶にない者、 　もはや二度と顧みられることのない者で、 御手から引き渡され、死のおぞましき 　家が閉じ込めてしまった者たちです。
6 Thou in the lowest pit *profound* 　　Hast set me *all forlorn*, 　Where thickest darkness *hovers round*, 　　In horrid deeps *to mourn*.	あなたは、いと低きどん底の奈落に 　われを一人ぼっちにしてしまわれました。 そこでは、漆黒の暗闇が辺りに漂い、 　恐ろしき深淵で悲嘆に暮れるばかりです。
7 Thy wrath *from which no shelter saves* 　　Full sore doth press on me; 　*Thou break'st upon me all thy waves,　*The Hebr. 　　*And all thy waves break me.　　bears both.	いかなる防壁も防ぎえない、あなたの御怒りは 　われを激烈に責め苛む。 あなたは、御波のすべてをわれに打ちかからせ、 　御波のすべてがわれを打ち砕く。
8 Thou dost my friends from me estrange, 　　And mak'st me odious, 　Me to them odious, *for they change*, 　　And I here pent up thus.	あなたはわが友をわれから遠ざけ、 　われを忌まわしき者となす。 われを友に対し忌まわしき者となす。というのも彼らは 　変わり、われはここにかくの如く監禁されているから。
9 Through sorrow, and affliction great 　　Mine eye grows dim and dead, 　Lord all the day I thee entreat, 　　My hands to thee I spread.	悲しみと大いなる苦しみのために 　わが片目は衰え、死んだ。 主よ、われは日がな、一日あなたに請願し、 　わが諸手をあなたに差し伸ばす。
10 Wilt thou do wonders on the dead, 　　Shall the deceas'd arise 　And praise thee *from their loathsom bed* 　　With pale and hollow eyes?	あなたは死者に奇蹟を行われるのか？ 　死人が厭わしき床から 立ち上がり、青白き虚ろな、二つのまなこで 　あなたを褒め称えるだろうか？
11 Shall they thy loving kindness tell 　　On whom the grave *hath hold*, 　Or they *who* in perdition *dwell* 　　Thy faithfulness *unfold*?	死人たちがあなたの愛溢れる優しさを語るとでもいうのか、 　その上には墓がしかと覆いかぶさっているのに？ あるいは、地獄に住む者たちが 　あなたのご信義の厚さを明らかにするとでも？
12 In darkness can thy mighty *hand* 　　*Or* wondrous acts be known, 　Thy justice in the *gloomy* land	暗闇の中でもあなたの力ある御手、あるいは 　驚異の業は知られうるものでしょうか？ あなたの正義は、陰惨な地、

	Of *dark* oblivion?	暗き忘却の地で知られうるものでしょうか？
13	But I to thee O Lord do cry	だが、おお主よ、われはあなたに叫びまつります
	E're yet my life be spent,	わが命が費えてしまわぬうちに、
	And *up to thee* my praier *doth hie*	そしてわが祈りは御許へと急ぎ立ち昇る
	Each morn, and thee prevent.	朝ごとに、そしてあなたに先回りして。
14	Why wilt thou Lord my soul forsake.	主よ、なぜあなたはわが魂を見捨てたもうや、
	And hide thy face from me,	そしてわれから顔を背け隠してしまわれるのか、
15	That am already bruis'd, and † shake	われはすでに、あなたから送られた
	With terror sent from thee;	恐怖に挫かれ、うち震えているというのに。
	Bruz'd, and afflicted and *so low*	挫かれ、苛まれ、かくも低められ、
	As ready to expire,	今にも息を引き取りそうにして、
	While I thy terrors undergo	われがあなたからの恐怖をこの身に受けて
	Astonish'd with thine ire.	あなたの激怒に茫然自失している間に。
16	Thy fierce wrath over me doth flow	あなたの激烈な憤怒がわれの頭上に注がれ落ち
	Thy threatnings cut me through.	あなたの脅威がわれを寸断する。
17	All day they round about me go,	日がな一日、脅威はわれを包囲し、
	Like waves they me persue.	波のごとくにわれに追い迫る。
18	Lover and friend thou hast remov'd	愛する者と友をあなたはわれから遠くに運び
	And sever'd from me far.	われから遠くへ切り離してしまわれた。
	They *fly me now* whom I have lov'd,	われが愛した者たちは、われから逃げ去った
	And as in darkness are.	まるで暗闇の中にいるかのごとくに
	Finis.	終わり

† Heb. *Prae Concussione;*

　本詩篇は、「ヨブ記」を彷彿とさせる。翻訳詩篇第 80 篇から第 88 篇の連作詩篇群は最後が本詩篇、翻訳詩篇第 88 篇という極めて暗い雰囲気の詩篇で終わっているために、悲劇の調子を帯びたものとなっている。これに対し 1653 年翻訳の詩篇第 1 篇から第 8 篇の連作詩篇群は最後がキリストの降誕をイメージさせる明るい終わり方になっている。極めて対照的な連作詩篇群といえる。

　ミルトンが公にした英語翻訳詩篇全 19 篇の中には、失明を主題とした翻訳詩篇が 2 篇ある。それは本詩篇、詩篇第 88 篇と詩篇第 6 篇である（制作年代順）。詩篇第 88 篇は、1648 年 4 月に英語翻訳が行われた。この頃、ミルトンは精力的な政治論文執筆がたたってか、片目が失明していたという。ミルトンは健康も害していたが、これは視力を何とか保とうと薬を過剰に摂取していたためであった。[1] ミルトンの時代には、失明は、神の怒りを買う行いをした結果、罰として下されたものであるという迷信が流布していた。そのためか、本詩篇には全体的に死と暗闇のイメージが漂う。全 72 行中に、"death" 及び "dead" の語が合計で 5 回（第 3 節；1 回、第 5 節；

1　Parker, p. 324. パーカーはまた同書で、この時期のミルトンは迫りくる全盲の恐怖に悩まされていたと指摘する (p.910)。

2回、第9節；1回、第10節；1回）出現する。"darkness" 及び "dark" の語は4回（第6節；1回、第12節；2回、第18節〔最終節最終行〕；1回）出現する。また、神の怒りを示す語句は、"Thy wrath"（第7節冒頭）、"thine ire"（第15節最後）、"Thy fierce wrath"（第16節冒頭）のように、3回出現し、2回目と3回目は、続けて発され、三度目の語句は極めて強い表現になっている。詩人は自分が神に遺棄され、死人と同様、墓の中に横たわるイメージで神に苦境を訴える。墓の語は3回（"Grave,""grave,""the grave"）、地獄及びその類語も3回（"dismal pit,""the lowest pit profound,""perdition"）出現する。他にも苦悩や陰鬱さ、直接的・間接的に死を想起させる語句が頻出する。"Woes"、"Trouble"、"weak"、"slain"、"bloody fight"、"hideous house"、"horrid deep"、"mourn"、"sorrow, and affliction great"、"With pale and hollow eyes"、"deaths uncherful dore"、"the deceas'd"、"their loathsome bed"、"the gloomy land"、"dark oblivion"、"thy terrors / Thy threatnings" などである。これらは、さらに、第7節における "Thou break'st upon me all thy waves" と "And all thy waves break me" という並行法の使用、第8節における "And mak'st me odious" と "Me to them odious" という並行法の使用、第15節における "already bruis'd, and shake / With terror sent from thee" と "Bruz'd, and afflicted and so low / As ready to expire" という並行法の使用、第18節（最終節）における "Lover and friend thou hast remov'd" と "And sever'd from me far." という並行法の採用によって、一層悲惨の度合いが高まっていく。詩人の失明が、神の怒りを招いたその罰として与えられたものだとすれば、彼は神に忌み嫌われ遺棄された状態にある、ということになる。そしてそれは、精神的死を意味するのである。詩人は物理的暗闇（失明）と精神的死（神からの遺棄）の状態に追い込まれている。彼が愛した者たちや友人たちは、彼を見放して去っていく。彼はただ一人、暗闇の中に取り残され、自分の犯した罪とは何なのかを自問自答せざるを得ない。

　このように、苦境と悲嘆、死、そして地獄を想起させる言い回しの中にあって、全行中でただ一度ずつ使用されている "thy loving kindness" と "Thy faithfulness"（ともに第11節に出現）、すなわち、「神の愛溢れる優しさ」と「神のご信義の厚さ」が暗闇で燦然と輝く光のようにして、詩人の取るべき道を浮かび上がらせるのである。それは、最終節で扱われる "Lover and friend thou hast remov'd / And sever'd from me far" や "They fly me now whom I have lov'd / And as in darkness are." という状態—すなわち、かつては愛する者たちや友人たちから与えられていた "love" や "faithfulness" が剥奪された現在の状態—とは鮮やかな対照をなしている。つまり、人からの愛や信頼がまったく存在しない暗闇であればこそ、神からの愛と信

義の厚さが光となってほとばしり出るのである。

　ミルトンが詩篇第80篇から88篇を連続して翻訳した一か月前、1648年3月にHenry Lawes（1596-1662）は、旧約聖書の「詩篇」から選んだ一連の詩篇に曲を付して、幽閉中のチャールズ一世に捧げている。ヘンリー・ローズといえば、かつてミルトンに『ラドロー城において上演された仮面劇』（1634年上演；通称『コーマス』）執筆を勧め、仮面劇に曲を付けたまさにその人である。それ以来、ローズと友情を温め続けていたミルトンは、ソネットを作成し、ローズに捧げているほどであった。

　だが、ここに至って、ミルトンはローズとは袂をわかたざるを得なかった。ローズが国王の信奉者として、王党派として旗色を鮮明にしたのに対して、ミルトンは議会派の論客としてまさに立とうとしていた。これら一連の翻訳詩篇も、ローズが国王に捧げた詩篇への批判として執筆された、と見るのは、Margaret Boddyである。[2] 彼女は、「愛する者たちが自分から逃げ去り、近づいてこない。まるで、彼らは暗闇にいるかのごとくである」という詩人ミルトンの心情の中に、Henry Lawesとの訣別、甥のEdward Phillips(1630-96?)、及びJohn Phillips（1631-1706?）との仲たがいなどがあると推測する。[3] そうした矢先の片目失明であってみれば、ミルトンがそこで神の意志の何たるかを問い直し、自分の進むべき道について改めて自問自答したとしても無理はあるまい。

　本詩篇は、大きく分けて3部構成となっている。第1部は、第1節から第9節2行目まで、第2部は、第9節3行目から第12節終わりまで、第3部は、第13節から第18節終結部までとなる。区分の根拠は、それぞれの部の最初に詩人から神への祈りが置かれているという点である。第1部では第1節と2節が神への祈りに当てられている。第2部では、第9節3行および4節が神への祈りに当てられており、第3部では、第13節全体が神への祈りに当てられている。詩人はそれぞれの祈りに続けて自分の置かれた苦境について神に切々と訴える。第1部において、詩人の魂は押しつぶされそうであり、その命は墓の中へと近づいていく。死人とともに眠る者のように、戦場で殺害された者のように、どん底の状態に追い詰められている。神の怒りは詩人に洪水の大波のように襲い掛かり、友人は去り、片目は死んだ。しかし、そのような状態にあっても、いや、それだからこそ、詩人は神に嘆願し、諸手を差し伸

---

[2] Margaret Boddy, "Milton's Translation of Psalms 80-88," *Modern Philology* Vol.64, (August, 1966),1-9.
[3] *Op. cit.*

ばす。第2部の始まりである。詩人はここで、死んだ者は神を賛美することができないと、6回、反意の疑問形で神に訴える。そして、それでもなお、詩人は神に向かって叫び祈り、神を賛美する。神にどのような仕打ちを受けても、神の怒りが下っても、友や愛する者たちが詩人を見捨てても、詩人の神への信頼と賛美の気持ちに揺るぎはないのである。

　詩人は第1部では「日がな一日」そして「夜どおし」("all day long," "all night long") 神に祈り叫び、御前で嘆き悲しむ。第2部では「日がな一日」("all day long") 神に請願し、諸手を差し伸ばす。そして第3部では、「命が費えてしまわぬうちに」("E're yet my life be spent") 主に叫び奉り、その祈りは朝ごとに、主に先回りして急ぎ立ち昇る ("up to thee my praier doth hie / Each morn, and thee prevent")。本詩篇の始めでは、主の御前で嘆き悲しんでいた詩人は、苛酷な状況の中で神に「請願」し（第2部）、第3部に至ってそれは神への祈りと叫びとなるのである。ここでは極めて効果的に漸層法が採用されている。詩人を取り巻く状況は、第1部→第2部→第3部へと進むにつれて苛酷の度を増していくが、それとは逆に詩人の神への呼びかけは、「嘆き」→「請願」→「祈り」へと変化していく。つまり、詩人を取り巻く状況の苛酷さに対する認識が深まるにつれて、それとは対照的に詩人の神への信頼はますます高まり、第1節で嘆きとして始まった本詩篇は、請願を経て、祈りへと変換される。友が去り、愛するものが去り、暗闇の中に一人ぼっちで置かれてこそ、詩人は神との一体感を確信するに至るのである。この三層構造の祈りの部分について言えば、ヘブライ語原典では第1部と第3部はともに「祈り」を意味する語が与えられている。第2部で詩人は「諸手を伸ばして」「神に呼びかけ」ている。以下に相応箇所の英語訳を引用してみよう。

> O Lord, the God who saves me,
> 　　day and night I cry out before you.
> May my ***prayer*** come before you;
> 　　........................
> I call to you, O Lord, every day;
> 　　I spread out my hands to you.
> 　　........................
> But I cry to you for help. O Lord;
> 　　in the morning my ***prayer*** comes before you.
> 　　　　　　　　　　(Chapters 1-13) [4]

以上から明らかなように、ヘブライ語原典では、第1部で詩人は神に対して祈りが届くようにと叫び、第2部では諸手を差し伸べて神に呼びかけ、第3部では神に対して助けを叫び求め、その祈りは神の御前に届く、という構成になっている。つまり、神へ叫び祈る→諸手を広げて神に呼びかける→神の助けを叫び求めて祈りが届く、という形である。ミルトンはこの神への祈りの部分について、意匠を凝らして漸層法を効果的ならしめている。つまり、ミルトンは、もともとのヘブライ語原典詩篇が持つ、祈りの三層構造とそれに伴う詩人の神への信頼という優れた詩の枠組みを生かしつつ、なお一層、それを精密化した。嘆き→請願→祈り、という構成は、神に対する詩人の心が漸層的に神に近づき寄り添っていく形になっていると言えよう。

　このように考えてくると、詩篇全150篇中でも、特に「悲観的調子」が強いとされる本詩篇は、最も神との一体感が強く感じられる詩篇でもある、ということになる。フランシスコ会聖書研究所訳注によれば、「作者とともにいるのは暗闇だけである」ということになるが、果たしてそうだろうか。暗闇の中で詩人とともにあるのは、神ではなかったか。神がいればこそ、詩人は神に語りかけているのではないか。

　フランシスコ会聖書研究所訳注はまた、「本詩にあらわれている感情は、受難のときにキリストがあらわした感情をわれわれに想起させる」と言う。[5]　これは極めて優れた指摘である、と思う。本詩篇の詩人は、ここで受難のキリスト（旧約の時点ではまだその存在が明確には知られていなかったが）の心情を予期している。そして、これを翻訳したミルトンは、他の多くの先達の翻訳者たちと共に受難のキリストの心情に己が心情を重ね合わせて、そこから新たな力を得ている、と述べることも可能であろう。

　『闘技士サムソン』（1671出版）の成立年代を1650年代と見るParkerは、本詩篇に『闘技士サムソン』の反響を指摘する。[6]　そして、確かに本詩篇には、『闘技士サムソン』の反響が認められる。特に、サムソンが自分の陥った苦境の原因について自問自答する場面の連続には、本詩篇に共通する心情的動きが認められる。サムソンは内省を繰り返し、現在の苦境の原因を他者のせいにして、神への信頼を失いそうになるが、その度に自己の弱さこそがすべての苦境の原因である、と思い直して、神への信頼を回復していく。その過程は何度も繰り返される。それは、本詩篇で、神への叫びと祈りの後に、自己の陥った苦境について語りつつ、どん底に陥ったという自己認識の直後に神への祈りを通して、神との信頼関係を回復しようと努める詩人の精

4　*The NIV Interlinear Hebrew-English Old Testament*, pp.444-445.
5　『聖書　原文校訂による口語訳　詩篇』、291頁、及び293頁。
6　Parker, p.324.

神の有り様と極めて似通っている。しかし、そのことを以てして、『闘技士サムソン』の成立年代を1650年代とすることははなはだ危険であると言わざるを得ない。なぜなら、本詩篇で吐露された詩人の心情とことば遣いは、『楽園の喪失』(1667)においても認められるからである。

ここで、本詩篇6節の詩行に注目してみよう。

> Thou in the lowest pit *profound*
>   Hast set me *all forlorn*
> Where thickest darkness *hovers round,*
>   In horrid deep *to mourn.*
> あなたは、いと低きどん底の奈落に
>   われを一人ぼっちにしてしまわれました。
> そこでは、漆黒の暗闇が辺りに漂い、
>   恐ろしき深淵で悲嘆に暮れるばかりです。

上記の詩行は、『楽園の喪失』第七巻25行から28行のミルトン自身のことばへと連鎖する。

> ……………………though fall'n on evil dayes,
> On evil dayes though fall'n, and evil tongues;
> In darkness, and with dangers compast round,
> And solitude; ….
> 悪しき日に遭(あ)っても……まこと
> 悪しき日に遭い、悪しき舌に逢っても。
> 暗闇(やみ)におり、危険と孤独に、ぐるりを
> 囲まれていても。

危険と暗闇に囲まれた孤独な状況にある、という点では、詩篇88篇を詠唱する詩人と『楽園の喪失』を詠唱するミルトンは極めて似通っている。そして、詩篇88篇の詩人が朝ごとに神への賛美の祈りを、神に先回りして捧げたことと、詩女神(ミューズ)のウラニアが「夜ごとに、また朝が東を紅(あけ)にそめるときに、／わが眠りを訪」(第七巻28行〜30行)ずれて、ミルトンの詩作を導くさまとも符合する。

詩篇88篇において、いかに苛酷な苦境におかれても賛美の祈りを神に捧げ続けた詩人は、それから約20年後に『楽園の喪失』において詩女神に導かれつつ、完全失

明の中、妻二人を失い、長子も失い、二人目の妻との間に授かった子供も失い、革命の夢破れ、財産を剥奪され、周囲からは嘲笑されるという、一層苛酷な状況の中にあって、なお「神の道の正しさを人間に証するために」、神を賛美する長大な叙事詩を歌い続けているのである。彼はもはや、暗闇の中でも逡巡しない。神から自分に与えられた使命を自覚し、その使命—叙事詩『楽園の喪失』を完成させること—に向かって揺るぎなく進み続けて行く。

　以上から明らかなように、ミルトンは1648年に詩篇88篇を英語翻訳した際に獲得した「忍耐」と「初志貫徹」の思考法をそれから二十年近く持続させて、『楽園の喪失』(1667) に結実させている。ミルトンという作家は極めて息の長い、ぶれることの少ない作風態度を持った作家なのである。既に本論第1部で扱った詩篇114篇及び136篇の英語翻訳からも明らかなように、15歳時に獲得した出エジプトの主題の表現及び思考法を45年後まで持ち続けるタイプの作家なのである。そこから考えれば、ミルトンが1648年代に獲得した詩的表現や思考法を1671年まで持ち越して『闘技士サムソン』を完成させたとしても、そこには何ら矛盾はない。[7]

　本詩篇を以て、1648年4月の全9篇の翻訳詩篇連作は終わる。どん底の暗闇の中で、友人や愛する者たちに離反された状況で、神に祈りを捧げ、神との対話を経て、神への信頼を一層揺るがぬものとした詩人ミルトンは、この後、精力的に政治論争の真っただ中へと身を投じていく。

　1649年1月30日、かつてのイングランド国王チャールズ一世は、イングランド国家への反逆者として処刑された。ここにイングランド共和制が産声を上げることとなった。[8]

　その後の国内外の王党派の動きは活発であった。チャールズ処刑の衝撃がイングランドの津々浦々を走り、また一方で全ヨーロッパの国王・王族を震撼させる中、2月9日にイングランド国内でチャールズの礼拝堂付き牧師ジョン・ゴードン (1605-1662) により、英語で『王の像』が出版された。著者がゴードンであることは隠されており、亡き国王チャールズ自身が『王の像』を執筆したという体裁が取られていた。前日8日にはチャールズ一世の埋葬がなされていることから、『王の像』

---

[7] Edward LeConte は "Areopagitica as a Senario for Paradise Lost", Milton's Unchanging Mind (New York; London: Kennikat Press, 1973), 70-98 において、1644年に出版された言論・思想・出版の自由を主張する『アレオパジティカ』の内容と1667年出版の『楽園の喪失』の内容に極めて類似した点があることを証明し、ほぼ四半世紀を経てもミルトンの「楽園喪失」のテーマや筋の構想に大きな変更がなかったことに驚愕しつつ、それを指摘している。本論考における論者と同質の流れにある批評態度である。

[8] 以下の記述は、『イングランド国民のための第一弁護論および第二弁護論』に付した、野呂の「解説」481-499頁と重複部分があることを断っておく。

出版はあたかも亡き国王がキリストのごとく蘇ったかのような印象をイングランドの民衆たちに与えたにちがいない。王党派はそのような効果を計算に入れて出版日を定めたと推察される。序言を含めて全部で 29 章からなるこの論文は、各章の終結部にチャールズ一世による神への祈りが配され、殉教のキリストに模せられたその姿は多くのイングランド人の心を感傷で揺さぶり、その涙を誘った。巻頭に掲載された、「跪いて神に祈りを捧げる敬虔な王チャールズの像」は、「跪いて神の許しを請うて祈りを捧げるダビデ王」の姿や、殉教のキリストを想起させる構図になっていた。[9]

この書は何度も版を重ね、共和政府は政府存続のためにもこの書の流布を防ごうと手だてを尽くしたが、すべては徒労に終わった。

共和政府にとって最初の試練ともいえる『王の像』出版とほぼ並行して、ジョン・ミルトンは『国王と為政者の在任権』を出版した。ミルトンはこの書を国王処刑以前から執筆し、準備していたといわれるが、その出版は共和政府にとってまことに時宜を得たものとなった。[10]

そして、これが共和政府の認めるところとなり、ミルトンは 3 月 13 日に国務会議に招かれ、15 日にラテン語担当秘書官に任ぜられた。5 月 16 日に出版された『和平条項に関する所見』執筆は、ミルトンが共和政府からの要請で公務として執筆した最初のまとまった政治論文となった。

チャールズを断罪したものの、共和政府による新政権の土台はまだまだ安定しているとはいえなかった。おりから、チャールズ一世の皇太子チャールズがオランダのハーグで即位宣言を行ない、スコットランドとアイルランドでも彼を国王として認めるという宣言が出され、反革命の気運が高まりを見せた。その間にも、『王の像』はひそかに売れ行きをのばしていた。

このような情勢に、ランプ議会は反革命の拠点をたたくという名目で、アイルランド遠征を決定した。クロムウェルを司令官兼アイルランド総督とする遠征軍は 8 月、ダブリンに上陸した。年末にはイングランド側の海岸線をほぼ掌握し、内陸部へと攻めいって勝利を治めた。遠征の最中の 10 月 6 日、共和政府はミルトンによる、『王の像』反駁の書、『偶像破壊者』を出版した。『王の像』出版から 8 か月後、共和政府に反駁論執筆を命じられてから 5 か月後のことであった。

それも束の間、翌 11 月には、今度は海の向こうのオランダ、ライデンからイングランドの新政権を全ヨーロッパに向かって公然と糾弾する文書が出版された。当時オランダに亡命中の皇太子チャールズに依頼されて、国際的に学識の誉れ高い、フランスの大学者クローディウス・サルマシウス (1588-1653) がラテン語で執筆した『チャールズ一世弁護論』であった。

サルマシウスはイングランドの新政権を「40 名の暴君による軍事独裁政権」と決

めつけ、その政治指導者たちを「神をも畏れぬ涜神の輩」、「国父殺害者」、「無教養な野蛮人」として糾弾する。これら「イングランドのくずども」は「神の法」、「自然の法」および「人の法」を蹂躙する残酷な殺人・暴力集団だというわけである。

サルマシウスはいわゆる「国王家父長制(パトリアーキー)」論に基づいて、チャールズ一世を弁護する。「臣民が国王に従うのは、子が父親に従うのと同様である。国民は臣民の国父なのである」と彼は主張する。また、「王権神授説」に基づいて「国王はそもそも神の承認を受けて統治の主権を保持する。それゆえ臣民はこれに服従する義務がある」という議論を展開する。この議論は大枠において、ロバート・フィルマーの『国王家父長論(パトリアニカ)』(1631年以前に執筆され、王党派間で回覧されていたという)に重なるものである。

イングランドの共和政府にとっては『チャールズ一世弁護論』をこのまま放置しておくことは外交政策上きわめて危険であった。放置すれば、それはとりもなおさずサルマシウス、ひいてはチャールズとその一派の主張を認めることになる。すなわち「共和政府」と銘打ってはいるものの、その実体は「まともなラテン語」で共和政府を弁護できるような教養を備えた人物などひとりもいない、未開の蛮族の集団だと自ら認めることに他ならない。武力(軍事力)はあっても知力(教養)はない、ヨーロッパの国際社会ではまともに相手にされない連中だという王党派側の主張を裏付けることになる。まさに外患内憂の共和政府であった。

1650年1月8日、国務会議の命令で白羽の矢が立ったのがラテン語担当秘書官ジョン・ミルトンであった。樹立後間もないイングランド共和制を軍事的に支えたのがクロムウェルであるなら、言論で支えたのは自分だとする自負が『第二弁護論』(1654)中に示されるが、あながちミルトンの誇張とは言い切れない。

ちなみに、『チャールズ一世弁護論』出版に脅威を感じたのはイングランド共和制だけではなかった。1648年のウェストファリア条約でようやく国際的に独立が正式承認された新教国、オランダ連邦共和国では、翌年1月1日をもって『チャールズ一世弁護論』出版不許可の勅令が発布された。

『チャールズ一世弁護論』論駁は、ミルトンにとってはやりがいのある、しかし、骨の折れる仕事だったに違いない。それは、序言を含めて13章にわたるラテン語で書かれた長大な論文であった。サルマシウスは旧約聖書・新約聖書、ユダヤの古文書、ギリシア・ローマの哲学者、弁論家、政治家、諸国王、ローマ法、初代教父たちの文

---

9 Hamlin, *Psalm Culture and Early Modern English Literature* (Cambridge: Cambridge University Press, 2004), p.195.
10 以下の記述は、新井・野呂訳『イングランド国民のための第一弁護論および第二弁護論』巻末に付した野呂著「解説」とほぼ重なることを断っておく。

書、諸外国の歴史書、および当時の多様な政治論文等を総動員させて、国王家父長制および王権神授説の理論的根拠として引用し、理論武装に怠りなかった。これを論駁するためにはミルトン自身が、引用されたすべての文書に目を通し、そのコンテクストを確定し直し、サルマシウスの議論の弱点を突いて、自分の理論を構築していかなくてはならない。単に『チャールズ一世弁護論』を読んで、そのあら捜しをするだけではことは済まないのである。資料収集と検索、読了に要した時間だけでも膨大なものであったことが推察される。

こうして、1651年2月24日にラテン語による『イングランド国民のための弁護論』（以後、『第一弁護論』と省略）が出版される。サルマシウス著『チャールズ一世弁護論』出版からほぼ1年が過ぎていた。母国語英語で『王の像』反駁の書、『偶像破壊者』を執筆するのに5か月ほどかかったが、ラテン語による『第一弁護論』執筆にはその二倍強の歳月が必要だったわけである。

『第一弁護論』は速やかに再版を重ねた。イングランドおよび大陸の出版社により（17世紀中だけでも）17ほどの異なる版が出回ったということは、『第一弁護論』がどれほどイングランドおよびヨーロッパの知識人たちの間に流布したかを物語っている（『偶像破壊者』は英国内で2版を重ねたにとどまった）。

『第一弁護論』を読んだ論敵サルマシウスの怒りは激しいものであったという。サルマシウスが『第一弁護論』反駁の書を出版するという噂は早くからミルトンに届いていた。しかし、サルマシウスの存命中に反駁論が出版されることはなかった。彼は1653年9月3日、保養先のベルギー東部スパで亡くなった。

ミルトンがサルマシウスからの反駁論を待ちうけていた1652年9月中旬、オランダのハーグからミルトン砲撃が開始された。『王の血の叫び』と題されたこの『第一弁護論』反駁書の著者は英国国教会の牧師ピーター・ドゥ・ムラン（1601-84）であったが、彼は匿名で問題の書を出版した（その兄ルイスは世評では『王の像』をラテン語に翻訳した人物だという）。『王の血の叫び』は、サルマシウスを偉大な学者として褒めそやし、「王権とイングランド国民とに反逆して、」共和政府の犯した「国父殺し」の罪を糾弾する。[11]　チャールズ処刑に比較すれば、キリストを磔にしたユダヤ人の罪など、単なる邪悪の影にすぎない。ユダヤ人たちはキリストの栄光に対して盲目にされていた。しかしながら、国王殺しどもは、主権者〔国王〕の正統な権力、および、国王に対する彼らの責務について十分過ぎるほど承知していたのである、というわけである。

さらに、ドゥ・ムランは、イングランド共和制のスポークスマンたるミルトン個人の人となりをもあげつらって糾弾する。共和政府は「再度反駁論執筆をミルトンに命

じた」と彼自身は『イングランド国民のための第二弁護論』（以後、『第二弁護論』とする）の中で述べている（しかし共和政府の正式文書中にその記録は残っていない）。

かくして1654年5月30日、『第二弁護論』は出版された。『第二弁護論』の中でミルトンは論敵をアレグザンダー・モア（1616-70）であるとして議論を進め、この人物がいかに素行不良で信用のおけない、女たらしの似非聖職者であるかを徹底的に証明しようとする。それは、論敵が『王の血の叫び』の中でミルトンの個人攻撃を行なうことによって、そのような人物を弁護者として任命したイングランド共和制を攻撃するという戦術を取ったからである。ミルトンはこれを逆手にとって論敵攻撃の戦術としたのである。また、ミルトンは自叙伝的個所で自分が高潔な人物であることを詳細に証明しようとするが、それは論敵の攻撃が事実無根であることを証明し、ひいてはイングランド共和制の名誉を擁護するためであった。

ミルトンが『王の血の叫び』の著者をミドルブルグ市の牧師アレグザンダー・モアであると誤認したのは、当時の状況を考慮すると無理からぬことであったと言わざるをえない。というのも、ドゥ・ムランは『王の血の叫び』の原稿をサルマシウスに送り、サルマシウスはこれをモアに渡して出版を依頼した。モアはこれに献辞を書き、その献辞に書名したのがアムステルダムの出版人アドリアン・ブラク（1600-67）であったといういきさつがある。当時の半官的な議会報『メルキュリウス・ポリティクス』さえもが、1652年9月20〜30日版の紙面で『王の血の叫び』の著者はアレグザンダー・モアであると報じた。

『王の血の叫び』反駁論執筆は急を要する仕事であったが、『第二弁護論』出版までには2年近い歳月が過ぎている。1652年という年は、ミルトンにとっては生涯最悪の年だったのではあるまいか。この年、ミルトンを次々と襲ったのは完全失明（2月28日）、妻メアリ・パウウェルの産褥死、さらに、生後1年になる一人息子の死という家庭的悲劇であった。そして、これに追い打ちをかけるようにして9月中旬『王の血の叫び』が出版された。

こうした逆境を乗り越えて『第二弁護論』を出版したミルトンに、さらに厳しい試練が与えられた。ミルトンが『第二弁護論』中で論敵をアレグザンダー・モアと規定し、これを手厳しく糾弾したため、今度はモア本人がミルトンの敵対者として名乗りを挙げたのである。1654年10月、モアは自分が『王の血の叫び』の著者ではないことを明言し、ミルトンがいかに大きな間違いを犯したか、またミルトンがいかに信用できない人物であるかを徹底的に論じるラテン語論文『公共の信託』を出版した。

これに対してミルトンはさらに『自己弁護論』（1655年8月8日出版）を執筆し

11　*CPW*, Vol. IV, Part I, p.252.

てモアに応酬していくことになる。ミルトンは『自己弁護論』中で、1652年出版の『王の血の叫び』に対する反駁の書〔『第二弁護論』〕執筆に時間がかかった理由として、1652年に、彼が襲われた数々の不幸について述べている。

> But at that time, in an especial manner, I was oppressed with concerns of a far different nature. My health was infirm, I was mourning the recent loss of two relatives, the light had now utterly vanished from my eyes. Besides, my old adversary abroad, a far more desirable one than the present, hovered for an attack, and now daily threatened to descend upon me with all his force. [12]

引用文中からは、健康を損ね、2人の身内（妻メアリ・パウェルと1歳の長男ジョン・ミルトン）を亡くして喪に服し、両目は完全失明し、かつての論敵クローディウス・サルマシウスが新たに『第一弁護論』に対する反駁の書を出版すると聞いて、それに対する備えをしようとしていた1652年のミルトンの様子が伝わってくる。しかし、このようなどん底の状態にあっても、いつまでも悲嘆に打ちひしがれたままではいない、不屈のミルトンの姿が続く文章に現れる。

> But considering myself relieved from a certain portion of my task, by his sudden death; and being somewhat re-established in health, by its being in part restored and in part desperate; that I might not appear as disappointing altogether the expectation of persons of the first consequence, and amid so many calamities, to have abandoned all regard for reputation; as soon as an opportunity was given me of collecting any certain information concerning this anonymous crier, I commence my attack upon him. [13]

ここでミルトンは、サルマシウスの急逝によって、サルマシウスの反撃を論駁するという「務め」から解放され、視力回復は絶望的であったが健康はある程度回復したので、数々の苦難に打ちひしがれて務めを放棄して、自分を評価してくれる共和政府の要人たちの期待を裏切ることのないように、と配慮して、『王の血の叫び』に反駁する準備を整えていたと語っている。

『第一弁護論』や『第二弁護論』に比較すると、『自己弁護論』の評価は低い。その理由は、匿名で出版された『王の血の叫び』の作者をドゥ・ムランではなく、アレグ

ザンダー・モアだと誤認したまま、『第二弁護論』を出版し、公然とモアを攻撃したばかりか、モアが『公共の信託』において、その誤りを指摘したにも拘わらず、ミルトンが『自己弁護論』においてなお、一層、モアを罵倒していることが大きいと思われる。イェール版の注釈者 Kester Svendson も、『自己弁護論』において、ミルトンはほぼ終始一貫してモアを攻撃し続けていると指摘する。[14] しかし、少なくとも上記引用中に、われわれはミルトン健在のしるしを見ることができるのである。

そして、1655年8月に、過去の修羅場を振り返って淡々と語るミルトンの姿を見るとき、われわれは、1652年9月から1655年8月に至るミルトンの心境の変化に思いを馳せるのである。

そして、この間に位置づけられるのが、1653年8月の、詩篇第1篇から第8篇の英語翻訳連作の完成と、1654年5月に出版された『第二弁護論』である。これらについて考察することは、ミルトンの心の旅路 ―ミルトンの精神的出エジプトの軌跡― を跡付ける上で、極めて意義深い作業となろう。

---

12 *CM*, Vol. IX, ed. Frank Allen Patterson (New York: Columbia University Press,1933) 所収の *Pro Se Defensio contra Alexandrum Morus, &c.*, pp.13-15.

13 *Ibid.*, p.15.

14 *CPW*, Vol. IV, Part II, p. 687. なお、武村早苗氏は「ミルトンの *Pro Se Defensio* における風刺」『ミルトン研究』(東京：リーベル出版、2003)、47-59 頁において、『自己弁護論』に対する評価の歴史を検討し、当該作品をミルトンの「喜劇的精神が最高に発揮された作品」として位置づけている。この批評態度は、武村氏の師である故越智文雄博士の批評態度の流れを汲むものである。

4　第IV期：翻訳詩篇第1篇から第8篇

まえがき

　44歳のミルトンは、1653年夏にヘブライ語詩篇第1篇から第8編までの英語翻訳を完成させた。そしてこれらの連作翻訳は、1673年、ミルトンの死の前年に、他の詩と共に『第二詩集』に収録されて出版された。詩篇第1篇の翻訳期日は示されていない。続く第2篇から第8篇までは、ほぼ一日一篇ずつ、1653年8月8日より14日までミルトン自身が翻訳の日付を施してあるところから、一般的には詩篇第1篇は1653年8月7日に翻訳されたと推定する研究者が多い。

　だが、野呂はこうした考え方に懐疑的である。もし8月7日に翻訳を行ったのなら、ミルトンはその日付を記述したと考えられるからである。詩篇第1篇は、その後に続く全149篇の導入となり、基本となる重要な詩篇であるところから、ミルトンは8月以前に詩篇第1篇のみは翻訳を終えていたと考えるのが自然である。それがいつのことであるかは分からない。

　なお、8月11日は、詩篇翻訳の作業は休みとなり、詩篇第5篇は8月12日、第6篇は8月13日、第7篇及び第8篇の2篇は8月14日に翻訳したと、ミルトンによる記述がある。

　詩篇第1篇から第8篇の翻訳の場合、ミルトンはもはや、各詩篇の各節の区切りに忠実に翻訳することはなく、原典にない語句を付加した場合にその箇所をイタリクスで区別して示す、という作業も行わない。第80篇から第88篇がすべて"common metre"（8音節と6音節の行を交互に繰り返す）で訳されていたのとは対照的に、本詩篇連作は、すべてが異なる様々な韻律で翻訳されている。原典の節の区切りは大らかに処理され、1行の詩行の中途に原典の節の区切りが来るということもある。行またがりも行われる。この段階になると、訳語もかなり自由に採用され、単なる翻訳の域を超えて、創作翻訳と呼ぶことがますます相応しくなっていく。自由闊達な詩風と韻律の使用は、そのまま『楽園の喪失』の 無韻詩（ブランクヴァース）の韻律へと繋がっていくものだと、Shawcrossは指摘する。[1]　ミルトンは将来の大作作成を見据えつつ、様々な韻律の可能性を探り、実験していると考えられる。

　なお、以下の詩篇第1篇英語訳の行頭あるいは詩行の途中で示される○で囲った数字は、ヘブライ語原典の各節の番号を示すものである。これはミルトンの創作翻訳に

は付されていない、便宜上のものである。以下に英語と訳を示す。

(1) 詩篇第1篇の翻訳

① Bless'd is the man who hath not <u>walk'd</u> astray
　　In counsel of the wicked, and ith' way
　　Of sinners hath not <u>stood</u>, and in the seat
　　Of scorners hath not <u>sate</u>. But in the great
② *Jehovahs* Law is ever his delight,
　　And in his Law he <u>studies</u> day and night.
③ He shall be as a tree which planted grows
　　By watry streams, and in his season knows
　　To yield his fruit, and his leaf shall not <u>fall</u>,
　　And what he takes in hand shall prosper all.
④ Not so the wicked, but as chaff which fann'd
　　The wind drives, ⑤ so the wicked shall not <u>stand</u>
　　In judgment, or abide their tryal then,
　　Nor sinners in th' assembly of just men.
⑥ For the Lord knows th' upright way of the just,
　　And the way of bad men to ruine must.

野呂試訳（宮西光雄訳に学びつつ、一部変えた箇所もある）

　　幸いなり、邪悪な者の勧めに乗って、
　　道をさ迷い歩いたこともなく、罪人の
　　行く道に立った事もなく、神をあざける者らの
　　座についたこともない人は。しかもその人の
　　喜びは、常に偉大なエホバの律法(おしえ)の内にあり、
　　その律法(おしえ)を彼は昼も夜も瞑想する。

1　*The Complete Poetry of John Milton*, Revised Edition, ed. John Shawcross (New York: Doubleday & Company, INC., 1963 rpt. 1971), p.231.

彼は水を湛えた小川のほとりに植えられて育つ
一本の木のよう。相応しき時に実をつけることを
知っており、彼の葉は決して落ちることなく、
彼が手に取るものはすべて必ず栄える。
邪悪な者はそうではない、彼は風に煽られて
吹き散らされる籾殻(もみがら)のよう。邪悪な者は審判の場に
立っておれず、裁きに堪えることもない。
罪人はまた正しき者の集いに立つこともない。
主は正しき者たちの正道を知っておられ、
悪しき者たちの道は必ずや滅びへと至るからだ。

　本詩篇は、rhymed iambic pentameter couplet (2行ずつ脚韻を施された、弱強五歩脚) の詩形式を取った、16行詩である。行またがりがあり、caesura (中間休止) の位置は多様である。[2]
　詩篇第1篇1節は、フランシスコ会聖書研究所訳注『聖書　原文校訂　詩編』では、以下のように訳されている。[3]

　　幸いである、
　　悪い人の寄り合いに行かず、
　　罪びとのつどいに　あずからず、
　　神をあざける者の座に連ならず、
　　ヤーウェの教えを喜び、
　　昼も夜も、その教えを口ずさむ人は。

　下線部の3つの動詞については、「『行く(直訳では〔ともに〕歩く)』、『あずかる(直訳では立つ)』、『連なる(直訳ではすわる)』の中に、悪に深入りしていく3つの段階が見られる」と註が施されている。『聖書　原文校訂　詩編』から、明らかなのは、ミルトンが第1節を英訳するに際して、原典ヘブライ語の3つの動詞を原文に忠実に英語に置き換えているということである。
　ちなみに、『欽定英訳聖書』(1611) も、それぞれ相当箇所に "walketh," "standeth," "sitteth" の訳語をあてている。[4]
　ミルトンも『欽定英訳聖書』と同様、語彙としては "walk," "stand," "sit" を採用し、一連の具体的動作を通して人が神の道から逸れて堕落して行く様を生き生きと描いているが、『欽定英訳聖書』とは明らかに異なる点が幾つかある。その1つは『欽定英

訳聖書』が現在時制を採用しているのに対し、ミルトンが現在完了形を採用しているという点である。それによって「今までに一度も罪を犯さなかった」という点を強調する文勢が生れる。この点で、ミルトンの英語訳は『欽定英訳聖書』から、更に一歩踏み込んだものになっていると言うことができる。

次に、第2節の"study"の語に注目してみよう。*The Oxford English Dictionary*（第二版）によれば、"study"の語の定義2は以下のようになっている。本論に関係すると考えられる定義のみを引用する（カッコ内の数字は初出例と最終例の年次を指す）。

2．a. To think intently; to meditate (*about,* †*of, on, upon, in*);
   to reflect, try to recollect something or to come to a decision.
   (1430-1965)

   †d. With indirect question: to debate with oneself, deliberate,
   consider, *Obs*. (1300-1788)

   †e. To ask oneself without answer, 'wonder' *why, what, etc. Obs.*

   †f. To search, 'cast about' *for Obs.* (1551-1748)

以上を踏まえて、試訳では「瞑想する」と日本語訳を付した。ちなみに、『欽定英訳聖書』は"meditate"の語を採用している。『聖書　原文校訂　詩編』では「口ずさむ」と訳されている。その理由は「絶えず神の律法(おしえ)を心に留めてこれについて考察と内省を深める」ということは「律法の言葉(おしえ)を諳んじて反芻する」ことと重なると考えられるからであろう。ミルトンが"meditate"の語を採用しなかったのは、脚韻の制約が理由だったとも考えられるが、与えられた既成の語句に盲従することを嫌い、自らの言葉と感性を最重要視するミルトンの姿勢によるものとも考えられよう。

第二の相違点として、第3節で"fall"の語が採用されていることが挙げられる。「ヤハウェの教えを昼も夜も瞑想する人」は「小川のほとりに植えられて育つ木」に喩えられる。彼は「相応しき時に実をつけることを知っており」、その「葉は落ちることは決してなく」、「手に取るものはすべて必ず栄える」。ここで、"his leaf shall not

---

2　Margaret P. Boddy, "Milton's Translation of Psalms 80-88", *A Milton Encyclopedia*, 7 (1979): 54.
3　（東京：中央出版社、1968）、27頁。
4　Sir Philip Sidneyによる英語訳では、"tread," "wait," "seat" となっており、三つの段階的動作を通して人が悪の道に堕ちていく姿の輪郭はややぼやける。J. C. A. Rathmell, ed., *The Psalms of Sir Philip Sydney and the Countess of Pembroke* (New York: Doubleday & Company, Inc., 1963), p.3.（以降、『シドニー兄妹詩篇共同訳』とする。）

fall"とあるように、ミルトンは"fall"の語を採用して英語翻訳を行なっている。

ちなみに、『聖書　原文校訂　詩編』では、ここは「しおれる」となる (p.27)。『欽定英訳聖書』は"wither"（萎れる）を採用している。[5]　ここでミルトンが原典ヘブライ語の「萎れる、枯れる」を採用せず、"fall"の語を使用していることは特筆に値する。これは、本詩篇においてミルトンが意識的に"stand"と"fall"の語を対置させ、それぞれの語が内包するイメージを対照させている証しである。さらに、"stand"と"fall"の併置は、「詩篇」の顕著な特徴の1つとされる「並行法」("parallelism")という技巧的観点からも、詩の内容と輪郭をくっきりと浮彫にする効果を発揮している。[6]

ところで、詩篇第1篇の翻訳において、ミルトンは第1節の"stand"の語に対して、第3節で"fall"の語を対置させて、当該詩篇の内容と輪郭をくっきりと浮彫にして、詩的効果を高めていた。さらに、第5節を見ると、"so the wicked shall not stand / In judgment"（邪悪な者は審判の場／に立っておられず）とあり、"stand"の語が再び出現する。「邪悪な者」は籾殻の比喩で語られる。籾殻は、風が吹けば散らされてどこかに行ってしまう。神の裁きの場に「立ち」「堪える」ことはできないのである。ちなみに、ヘブライ語原典では、相当語句は"stand"となっている。[7]　ミルトンは詩篇第1篇中に、二度出現する"stand"の語に注目し、この概念を一層明確化・鮮明化するために、原典の"wither"の語を、"stand"の対立概念としての"fall"に置き換えた。そしてそれによって、詩篇第1篇がもともと内包していた「正しき者は神の御前に立つ」が、「邪悪な者は落ち／堕ちる」という構図を鮮やかに浮き上がらせて見せたのである。

第6節において、「正しき者」は集い、その「正道」は神に嘉される。しかし、「悪しき者」たちの道は「滅びへと至る」のである。詩篇第1篇においては、正しき者たちが神の裁きの場に「立ち」、裁きに「堪える」ことは明示されていない。しかし、並行法的観点に立てば、正しき者たちが「神の裁きの場に立ち、裁きに堪ええる」ことは当然の帰結として予想される。この概念は詩の表面には明示されないが、いわば、詩の深部を流れる地下水脈のようにして、読者の心に暗示的に刻まれると言えよう。

以上から、詩篇第1篇においてミルトンが"stand"（第1節）⇒"fall"（第3節）⇒"stand"（第4節）というように、"stand"と"fall"を対立概念として採用し、「詩篇」の特徴的技巧法の1つである並行法を一層効果的たらしめていることが明らかである。そして、「幸いな人」、「ヤハウェの教えを昼も夜も瞑想する人」、「正しき人」のグループと、「邪悪な者」、「罪人」、「神をあざける者」のグループは鮮やかな対照をなし、「神の教えに従う正しき人」への祝福と、「神の教えをあざける邪悪な人」への呪いという主題を持つ。[8]　知恵の詩篇は、"stand"と"fall"という対照語及び対

照的概念に支えられて、緊密な詩構造を持つに至っている。

『楽園の喪失』(1667)との関連で特筆すべきは、既に本詩篇をミルトンが翻訳した1653年の時点で、"stand"(立つ)と"fall"(落ちる/堕ちる)という動詞の対立的使用及び対立的概念が、詩人の中で熟成され明確化されている、という事実である。そして、この対立語、対立概念を擁した構造は、『楽園の喪失』において、神の側に立ち、神への従順に生きるアブディエル、御子、ラファエル、ミカエル、善天使たちと、それに対峙する邪悪な者ども―神に離反し、天から落ち/堕ちて、神への不従順を誓うサタン、ベルゼバブ、その他の堕天使たち―という構図へと繋がっていく。そして、神の手で"stand"する者として創造されながら、サタンの策略により"fall"し、御子の取り成しによって再び"stand"する者とされたアダムとイヴの霊的試練と成長の場を用意することになる。

(2) 詩篇第2篇と御子の叙任

>   Why do the Gentiles tumult, and the Nations
>   Muse a vain thing, the Kings of th' earth upstand
>   With power, and Princes in their Congregations
>   Lay deep their plots together through each Land,
> 5   Against the Lord and his Messiah dear.
>   Let us break off, say they, by strength of hand
>   Their bonds, and cast from us, no more to wear,

---

5 『シドニー兄妹詩篇共同訳』も"wither"を採用している。
6 並行法とは、ヘブライ詩の形式的特色の一つである。小林和夫は、詩篇の詩的技巧は、旧約聖書の他の詩的部分と本質的には同じである、とした上で、「詩篇」に特徴的な詩的技巧の一つとされる、「並行法」について以下のように三つに分けて説明する。
 a 同義的並行法　最も単純な形式で、第1行で言われたことが、第2行で他のことばで繰り返されている。
 b 反語的並行法　第1行と第2行の思想を逆の意味において繰り返すもの
 c 総合的並行法　第2行が第1行を補足または統一統合してゆくもの
ちなみに、小林は、「b 反語的並行法」の具体例として、詩篇第1篇6節を挙げている。「主は、正しい者の道を知っておられる。しかし、悪者の道は滅びうせる」「詩篇」『新聖書注解旧約3　ヨブ記→イザヤ記』いのちのことば社、1974）、140頁。
7 *The NIV Interlinear Hebrew-English Old Testament*, p.348.『欽定英訳聖書』は"stand"を、『シドニー兄妹詩篇共同訳』は"stay"を採用している。
8 フランシスコ会聖書研究所訳注、27頁。

| | Their twisted cords: he who in Heaven doth dwell
| | Shall laugh, the Lord shall scoff them, then severe
| 10 | Speak to them in his wrath, and in his fell
| | And fierce ire trouble them; but I saith hee
| | Anointed have my King (though yet rebell)
| | On Sion my holi' hill. A firm decree
| | I will declare; the Lord to me hath say'd
| 15 | <u>Thou art my Son I have begotten thee</u>
| | This day; ask of me, and the grant is made;
| | As thy possession I on thee bestow
| | Th'Heathen, and as thy conquest to be sway'd
| | Earths utmost bounds: them shalt thou bring full low
| 20 | With Iron Scepter bruis'd, and them disperse
| | Like to a potters vessel shiver'd so.
| | And now be wise at length ye Kings averse
| | Be taught ye Judges of the earth; with fear
| | Jehova serve, and let your joy converse
| 25 | With trembling; kiss the Son least he appear
| | In anger and ye perish in the way
| | If once his wrath take fire fuel sere.
| | Happy all those who have in him their stay.

日本語訳（宮西光雄訳を基にするが、一部変えたところもある）

異邦人らがさわぎたち、諸国民が
　空しいことを考え、地上の諸王が
　武力で逆らい、君主らは会議で、それぞれの謀略を、
主と主の最愛なる救世主(メシア)に抗して、各国の国中で
　頗る巧みに協議するのは何故か？
　彼らは言う。「手の力で、この枷を
切って、絡み縄を、二度と身につけぬ様に、
　われらから投げ捨てよう。」天国に住む主は、
　笑い、主は彼らを嘲り、そして彼らに
厳しく、怒りをこめて告げ、凄まじく激しい憤怒を

こめて彼らを必ずや悩ますだろう。だが主は言う。
　　　われは（汝らが反逆しても）わが王に油を注いだ
　　ところだ、聖なる山シオンの上で。揺るがぬ神勅を
　　　われは言明しよう。主はわれに言われた、
　　　汝はわが御子、われが汝を生んだ、
　　今日。われに求めよ、さらば授与されよう。
　　　汝の所領としてわれは汝に与えよう、
　　　異教徒の地を汝が征服した領土として、
　　地の果てまでを支配するために。彼らを汝は鉄の王笏で
　　　挫いて鎮圧し、斯様に粉微塵になった
　　　陶器の如く、散乱させる。
　　そして今、汝ら、逆らう王たちよ、ようやくにして
　　　賢くなれ、地の裁きつかさたちよ、教わるがよい、
　　　恐れを持ってエホバに仕えよ、汝の喜びを慄きと
　　馴染ませよ、御子に口づけせよ、御子が怒りつつ現れ、
　　　汝らが進み行く途上で、死滅することのなきように
　　　御子の憤怒がひとたび、乾いた燃料に火を点けるなら。
　　幸いなるかな、御子を支えと頼む者すべては。

　ミルトンは本詩篇において、Dante (1265-1321)が『神曲』(1307-21)で用いた terza rima（三韻句法）の形式を転用している。[9]　詩篇第2篇は、王の叙任の詩篇とされる。ちょうどソネット2つ分の長さになっている。11行から16行が、『楽園の喪失』第五巻602行から606行と響き合うことは多くの批評家の指摘するところである。

　　　　...but I saith hee
　　　　　Anointed have my King...
　　　　On Sion my holi' hill....A firm decree
　　　　　I will declare; the Lord to me hath say'd
　　　　　Thou art my Son I have begotten thee

9　James Samuel, *Dante and Milton* (New York: Cornell University Press,1966), p.286, "Appendix A" の項。また、The *Complete Poetry of John Milton*, ed. John Shawcross, p.232.　さらに、Margaret P. Boddy, "Milton's Translation of Psalms 80-88", *A Milton Encyclopedia*, 7 (1979): 54.

This day;

     だが主は言う。
 われは……わが王に油を注いだ
 ところだ、聖なる山シオンの上で。揺るがぬ神勅を
われは言明しよう。主はわれに言われた、
  汝はわが御子、われが汝を生んだ、
今日。

Hear my Decree...
This day I have begot whom I declare
My onely Son, and on this holy Hill
Him have I anointed,...
... your Head I him appoint

わたしの命令を聞くがよい！
今日、わたしは、今わが独子と
宣言する者を生み、この聖なる山においてその頭に油を注ぎ、
王と定めた。……
わたしは、彼を汝らの首(かしら)と定める。[10]

　このように、第五巻で神が御子を生み、後継者として任命する詩行と、翻訳詩篇第2篇の当該箇所は極めて似通っている。ミルトンが何度もことばを選び直して詩篇翻訳を行ったことが容易に想像される。何通りもの表現を推敲して、詩篇の行が確立されたのであろう。そうした作業が前提にあったからこそ、『楽園の喪失』のこの伸びやかで大らかにして、大胆な倒置表現が生まれてきたと考えられるのである。
　ところで、あるべき即位式の本質的要素は、天を王座として、全世界を支配する神ヤハウェの権威を示すことにある、と木田献一は述べている。[11]　本詩篇及び問題の詩行、は革命前後に議論の争点となった。ミルトンは、後の『楽園の喪失』において、当該詩篇及び詩行が、本来あるべきであったと考えるコンテクストに置いて叙事詩を形成している。なぜなら、ミルトンにとって地を統べるのは主たる神のみであり、その地位を継ぐのは、神の御子キリスト以外にはあり得なかったからである。
　また、詩篇第2篇の主は、諸国王の空しい反逆行為を天から見下ろして笑い嘲る。この主の姿も『楽園の喪失』の神の姿に連鎖する。『楽園の喪失』の神は謹厳に反り返っ

ている神ではない。笑う神、すなわち、ユーモアを解する神なのである。

　さらに、詩篇第2篇の構造と『楽園の喪失』の物語の構造が極めて良く似ていることも注目に値する。第1行から第8行前半では、主の統治を疎ましく思う信仰なき人々が神の軛を振り切ろうと策略を練り、反逆しようとする。しかし主はこれを笑って、相手にしない。そして、御子を生み、自分の跡継ぎとして王として公認する。その後、反逆の輩が御子の王笏で粉微塵に打ち砕かれた様が語られ、御子への揺るがぬ信仰を持つことが称揚される、という構造になっている。

　これは大枠で『楽園の喪失』の筋と重なる。最初にサタンと堕落天使たちが、神に反逆しようと謀議を重ねる。が、神はそれを承知しておられ、サタンらの空しい試みを笑われるのである。そして、第5巻で御子の認証が宣言される。

　第六巻では、御子が雷をふるってサタンと反逆天使たちを天から真っ逆さまに追い落とす。そして、第十巻の後半部から最終二巻では、ミカエルの教育を通して、堕落後のアダムとイヴが御子への信仰を次第に深め、最終的には御子に拠り頼んで荒野へと出立する。

　このことからも、ミルトンが詩篇翻訳という作業を重ねながら、絶えず詩篇を口ずさみ、瞑想し、詩篇のことばと内容がミルトンの血肉となって、叙事詩を作成する際に大きな働きをしたことが確信されるのである。

(3)　詩篇第3篇の翻訳

```
    1    Lord how many are my foes
                How many those
           That in arms against me rise;
                Many are they
    5     That of my life distrustfully thus say,
           No help for him in God there lies.
           But thou Lord art my shield my glory,
                Thee through my story
           Th'exalter of my head I count;
```

10　本訳は、平井正穂訳『失楽園』（岩波書店、1981年初版；2011年）より採用。
11　『詩編を読む』上、28頁。(詩篇第2篇「王の即位の歌」7～9節に関する説明がなされている。

10 Aloud I cry'd
    Unto Jehovah, he full soon reply'd
  And heard me from his holy mount.
  I lay and slept, I wak'd again,
     For my sustain
15 Was the Lord. Of many millions
     The populous rout
    I fear not through incamping round about
  They pitch against me their Pavillions.
  Rise Lord, save me my God for thou
20   Hast smote ere now
    On the cheek-bone all my foes,
     Of men abhor'd
    Hast broke the teeth. This help was from the Lord
  Thy blessing on thy people flows.

日本語訳（宮西光雄訳を基にするが、一部変えたところもある）

主よ、わが敵は、なんと多く、
なんと多くの者たちが
武装してわれに刃向い立ち上がることか。
多くの者たちがいて、
わが命について疑わし気に、言う。
彼の為の助けは、神の中にはないと。
だが主なるあなたはわが盾、わが栄光、
わが語りかけを通して、あなたをお頼みするわれの、
うな垂れたかしらを上げてくださるお方
われが声を上げてエホバに
叫べば、あのお方はすぐさま答えてくださり、
そして聖なる山からわれに耳を傾けてくださる。
われは横たわり、眠り、われはまた目覚めた。
というのもわが支えは
主であったから。何百万もの
暴徒の群衆も、

> われは恐れない。彼らがわれを包囲して陣取り
> われを攻める幕屋を張っても。
> 主よ、立ち上がり、わが神よ、われをお救いください。
> というのもあなたはたった今、わが敵の総勢を、
> 忌むべき者どもの
> 顎骨を撃ち、
> その歯を砕いたではありませんか。この助けは主より出でた、
> あなたの民族(たみ)に降り注ぐあなたの祝福だったのです。

　本詩篇は、1つの連が多様な長さの弱強の詩行により構成され、aabbc という形で押韻されている。第15行には、強い caesura (中間休止) が置かれている。[12] そして、本詩篇にも、祈りに対して速やかに応答してくれる、恵み深き神の姿が描かれている。このような神の姿は、『楽園の喪失』における、神と神の代行者である御子の姿へと収斂していく。ミルトンは詩篇を翻訳しながら、それと同時に、恵み深き主の像を検証し、形成し、自己の内で熟成させていたことが本詩篇翻訳からも窺えるのである。

　ところで、本詩篇1行から4行は、亡き国王チャールズの遺稿とされた『王の像』(1649) 第9章 "Upon the lifting, and raising Armies against the KING" の終結部に置かれた祈祷文において "O my God, the proud are risen against me, ...Consider My enemies, O Lord, for they are many"[13] という形で採用されている。また、本詩篇第6行は『王の像』第10章 "Upon their seizing the Kings Magazines, Forts, Navy, and Militia" の終結部の祈りの中で "Let not mine enemies say, There is no help for him in his God" とやや変化した形で採用されている。

　これに関してミルトンは、『偶像破壊者』(1649) において、「国王の祈りは、ダビデの祈りからの借用である」と述べて攻撃している。[14] 第2部(1)でも述べるように、ミルトンにとって、祈りとは神との真摯な語り合いであった。それゆえ、祈りのことばは、祈る者の心から溢れる、選び抜かれたことばでなければならないとミル

12　Margaret P. Boddy, "Milton's Translation of Psalms 80-88", *A Milton Encyclopedia*, 7 (1979): 55.
13　インターネットのウェブサイト、"Project Canterbury" に掲載された *Eikon Basilike, Or, The King's Book*, ed., Edward Almack. London: A. Moring, Limited, At the De la More Press, 1904. (text from an "advance copy" of the first edition, 1649) より引用。以下、『王の像』の引用はすべてここからの引用である。
14　*CPW* III, p.446. なお、ミルトンは「詩篇」の作者は恐らくダビデ王だろう、と述べている。Cf. *CPW* III, p.553.

トンは考えた。一人ひとりが神の像(イマゴ)をかたどって創造され、度合が異なるとはいえ、「正しき理性」を与えられているがゆえに、一人ひとりが「自分自身のことば」で祈るのが自然の理に適っているとミルトンは考えた。ゆえに、国王や英国国教会の高位聖職者たちが、『国教会祈祷書』を盾として、既成の祈りのことばを、祈る日まで指定して押し付けてくることにミルトンは我慢がならなかったのである。

　ましてや、処刑を目前に控えた国王が真の殉教者であるというなら、その祈りは国王自身のことばで詠唱される、「聖霊と良心（真心）」に満ちたことばでなくてはならないはずであった。[15]　しかしながら、『王の像』で各章の最後におかれた祈りは、サー・フィリップ・シドニー著『アルカディア』のパメラの祈りをほんの数個のことばを入れ替えたり削除しただけのものであったり、[16]　あるいは、「ダビデの詩篇」からの借用を繋ぎ合わせただけのものであったことは、ミルトンにとっては信じがたいことであった。それは、ミルトンにとっては剽窃、改竄を意味した。借用するのであれば、必ず出典を明記すべきだ、というのがミルトンの考え方であった。こうしたミルトンの思考法は極めて合理的であり、現代的である。

　『王の像』における王の祈りには、神への祈りという聖なる詩行を形成するために詩作者に霊感を与えてくれる「聖霊」の介在もなければ、「良心（真心）」もこもらない。そこにあるのは、おざなりの形だけの偽物の祈りなのである。であればこそ、ミルトンは『偶像破壊者』において、極めて激しく「暴君チャールズ」の欺瞞性を暴き出すのである。国王とは名ばかりで、その実態は暴君であったチャールズは、殉教者になりすまし、キリストの名を騙って、偽りの祈りのことばで人心を惑わし、イングランド国民を真の宗教改革の道から逸らし、暴君を仰ぎ見てその支配に甘んじるという隷従の泥沼に、「エジプトの肉鍋」に後戻りさせようとするのである。

　ミルトンは詩篇に向き合う時、それを偽って自己の作品の中に無断で取り込むことは極力避けようとした。彼にとってあくまでも詩篇は詩篇、翻訳は翻訳、創作は創作だったのである。剽窃や改竄は『イングランド国民のための第一弁護論』においても厳しく糾弾の対象となっている。そして、神のことばや「ダビデ王の詩篇」を改竄する「暴君チャールズ」の姿は、論敵サルマシウスの姿とともに、最終的には『楽園の喪失』及び『楽園の回復』のサタン像へと収斂されていくことになる。

(4) 詩篇第4篇の翻訳

>   Answer me when I call
>   God of my righteousness;
>   In straights and in distress
>   Thou didst me disinthrall
> 5 And set at large; now spare,
>   Now pity me, and hear my earnest prai'r.
>   Great ones how long will ye
>   My glory have in scorn
>   How long be thus forborn
> 10 Still to love vanity,
>   To love, to seek, to prize
>   Things false and vain and nothing else but lies?
>   Yet know the Lord hath **chose**,
>   **Chose** to himself a part
> 15 The good and meek of heart
>   For whom to **chuse** he knows)
>   Jehovah from on high
>   Will hear my voyce what time to him I crie.
>   Be aw'd, and do not sin,
> 20 Speak to your hearts alone,
>   Upon your beds, each one,
>   And be at peace within.
>   Offer the offerings just
>   Of righteousness and in Jehovah trust.

---

15 『楽園の喪失』第三巻 191-99 行において、神は純粋な祈りと良心について以下のように述べている。「祈り、悔い改め、正しい従順は、純粋な／意図の努力にとどまったにせよ、それにたいして／わが耳が鈍ることも、目が閉じることもない。／わたしは導者として、かれらの心にわが審判者／＜良心＞を据えよう。かれらがこれを聞くならば、あたえられる光を頼み、光から光へと達し、／終りまで耐え忍びつつ、無事に救いに至りつこう。／わたしのこの長い忍耐と恩恵の日を無視し、／さげすむものはそれを受けることはできない。」ミルトンが『王の像』と対決し、『偶像破壊者』において探り当てた、祈りの本質と神の応答の概念は、このようにして、『楽園の喪失』における神のことばにおいて結実を見るのである。

16 サー・フィリップ・シドニー著『アルカディア』(1593 年出版) 中のパメラの祈りを『王の像』の中で、亡きチャールズ国王の祈りとしてほぼそのまま使用したことは有名である。

```
    25  Many there be that say
        Who yet will shew us good?
        Talking like this worlds brood;
        But Lord, thus let me pray,
        On us lift up the light
    30     Lift up the favour of thy count'nance bright.
        Into my heart more joy
        And gladness thou hast put
        Then when a year of glut
        Their stores doth over-cloy
    35  And from their plenteous grounds
            With vast increase their corn and wine abounds.
        In peace at once will I
        Both lay me down and sleep
        For thou alone dost keep
    40  Me safe where ere I lie
        As in a rocky Cell
            Thou Lord alone in safety mak'st me dwell.
```

　　われが呼ぶとき、答えたまえ、
　　われの義なる神よ。
　　困窮する時も、苦しむ時も、
　　あなたはわれを、隷属から解放し、自由に
 5　なされた。今はわれに情けをかけ、
　　今われを憐み、わが真摯な祈りを聞き給え。
　　高貴な者どもよ、汝らはなんと長く、
　　わが栄光をさげすむつもりなのか？
　　なんと長く、空しいものを常に愛する
10　ことを、かくも許容されるのだろうか？
　　まさしくまやかしの、空しきもの、虚偽そのものを
　　愛し、求め、珍重するためにか？
　　だが、知れ、主は選ばれたのだ、
　　選んで、ご自分自身の側に取り分けられた
15　心善良にして柔和なる者を。

　　　　（誰を選ぶのか、主は知っておられるのだから。）
　　　　エホバは、高きところから、
　　　　われが呼びかける時はいつでも、
　　　　わが声をお聞き下さるだろう。
　20　畏怖せよ、そして、罪を犯すな、
　　　　汝らの心にだけ語れ、
　　　　汝らの寝床の上で、それぞれの者たちよ、
　　　　そして内なる平安に憩え。
　　　　義にして正しき捧げものを
　25　捧げよ、そしてエホバに拠り頼め。
　　　　こう言う者が大勢いる、「そのうち、だれか、
　　　　われらに良い目を見せてくれないものか」と。
　　　　この世の卑俗な群衆のように、語りながら。
　　　　だが、主よ、われらにはこの様に祈らせたまえ、
　30　われらの上に光をかかげ、
　　　　輝くお顔の御恵みをかかげてください。
　　　　わが心のなかに、あなたが注がれた
　　　　喜びと楽しさは、一年のありあまる
　　　　豊作が、彼らの貯蔵ぐらを溢れさせ、彼らの豊穣な土地から、
　35　夥しく増殖して、彼らの小麦や
　　　　葡萄酒が溢れる時よりも、一層豊かなものだった。
　　　　われは、直ちに、平安の内に、
　　　　身を横たえて、眠ることにしよう。
　　　　あなただけが、どんな所に横たわろうとも、
　40　わが身を安全に守ってくださるから。
　　　　岩に掘られた隠れ小部屋にあるかのごとく、
　　　　主よ、あなただけが、われを安全の内に住まわせてくださる。

　本詩篇の各連は、弱強3歩脚5行と弱強5歩脚1行の連からなり、abbaccの形で押韻している、やはり実験的な詩形式の詩篇翻訳である。[17]
　第1行で詩人は、自分の祈りに対して神が答えてくれることを祈念している。
　ここで期待される神の姿は、『楽園の喪失』において、堕落後、自分たちの置かれ

17　Margaret P. Boddy, "Milton's Translation of Psalms 80-88", *A Milton Encyclopedia*, 7 (1979): 55.

た苦境に打ちひしがれて心を低くして祈るアダムとイヴに、速やかに答えようと、仲介者として神に許しを促す御子の姿に収斂されていく。

　第3行には、出エジプトの主題への言及がある。ここでは、かつて自分（の祖先）を隷属の状態から解放してくれた神に、かつての救いの御業を思い起こしてもらい、今もまた、かつてのように苦境にある自分を助けてくれるようにと願う詩人の姿がある。

　第4行及び5行には出エジプトの響きが聞き取れるが、ここで採用されている"disinthrall"（「奴隷状態から解放する」）の語ほど強い語は『欽定英訳聖書』では採用されていない。"thou hast enlarged me when I was in distress;"とある。『ジュネーヴ聖書』では"thou hast set me at libertie when I was in distress"となっている。『ジュネーヴ聖書』では、明確に「奴隷状態からの解放」という出エジプト的雰囲気が読みとれるが、ミルトンは"disinthrall"と一層明確な形で出エジプト的雰囲気を詩行に盛り込んでいる。その後に"And set at large"と、『欽定英訳聖書』で採用された表現を加えて、同じ内容の詩行を重ねて、出エジプトのテーマを反響させている。

　つまり、『ジュネーヴ聖書』も『欽定英訳聖書』も、解放をイメージする表現は一度であるのに対し、ミルトンは"Thou didst me disinthrall/And set at large;"というように、同じ意味の表現を重ねることによって、出エジプトの主題を増幅させている。これはミルトンがもともと詩篇に特有の技巧である「並行法」を使って、旧約聖書の雰囲気を一層高めているということでもある。

　第13行から16行では、神は選り抜きの者を取り分けている。ここには、「選ぶ神」の姿が描かれている。4行の詩行の中に"chose"、"Chose"、"chuse"というように、神が「選ぶ」という行為が3回繰り返して詠唱されている。これは、『楽園の喪失』において、「自由とは選び取る自由である」、「正しき理性とは選びとることである」という思考方法となって結実する。

　第23行から24行では「義にして正しき捧げものを捧げよ」と歌われている。「義にして正しき捧げもの」とは、捧げ手が選び抜いて真心から捧げる捧げものを指している。

　「創世記」において、カインとアベルはそれぞれ主に捧げものをするが、神はカインの捧げものを拒否し、アベルの捧げものを受諾する。アベルに嫉妬したカインはアベルを殺害し、これが人類最初の殺人となる。

　『楽園の喪失』第十一巻429〜447行において、このカインとアベルの物語は幻という形で、大天使ミカエルにより、アダムに伝えられる。そこで、神がカインの捧げものを拒否したのは、それが選り分けていない「緑の穂と黄色の束」の初穂で、「心からのものではない」雑な捧げものだったからであり、アベルの捧げものを受け

取ったのは、それが「群れの初子」の仔羊であり、「選り抜きのもの」だったからだと語られる。ミルトンにとって、神は選び取る神である。それと同時にここには、人が神に捧げものを捧げる場合には、それは真心からの、選び抜かれた捧げものでなければならない、という考え方がある。ここにおいて、ミルトンの「選ぶ神」は、「運命予定説(プリデスティネイション)」の神とははっきりと一線を画している。人が神により救済されるのは、人自身の業によるのではない。あくまでも神の選びによるものだという点では変わりはない。しかし、神は前もって無条件に選んでいるのではない。ミルトンの神は、人が心からの選り抜きの信仰心をもって、心からの祈りを捧げ、自己に与えられた才能(タラント)を最も神のみ心に適う形で生かそうと努力する人の姿を見守っているのである。神は、選り抜きの心と祈りを神に捧げようと努力し続ける人を救いへと選びとるのである。

1653年8月に翻訳された詩篇には、ミルトンの成熟した思考と信仰心が溢れている。前年、5月頃、ミルトンは失明と妻の死、そして長子にして初子（当時、女子は長子とはならない！）で当時一歳であった乳幼児のジョン・ミルトンの死という傷ましい体験を経ている。さらに、失明は神の罰である、という攻撃を王党派から受けていた。

つまり、ミルトンは議会派の論客として『国王と為政者の在任権』（1649年2月）を執筆し、共和制府のスポークスマンとして英語で『偶像破壊者』（1649年10月）を執筆し、さらにラテン語で『イングランド国民のための第一弁護論』（1651年2月）を執筆して、一貫してイングランド共和制の正当性と国王処刑の正当性を主張し続けていた。国王処刑はもちろん、それを弁護することも、「王権神授説」を標榜する王党派から見れば、「神をも畏れぬ瀆神の行為」だった。それがゆえに、ミルトンは神の罰を受けて失明したとして攻撃されたわけである。ミルトンの妻の死、長男の死もまた、王党派からは「神の罰」だとして、恰好の攻撃材料となったことであろう。

このようにしてミルトンは家庭的にも社会的にも、また、肉体的にも極めて辛い状況におかれていた。本詩篇で、「あなたはわれを、隷属から解放し、自由になされた」と歌うミルトンの脳裏には、イングランド革命における議会派の勝利と王党派の打破→暴君チャールズの処刑→イングランド共和制の確立→地上における神の国の到来への期待、という一連の、イングランドにおける「出エジプト的」流れがあったと考えられる（このことについては、第2部で詳細に論じるものとする）。

流石のミルトンも、1652年の失明と家庭的悲劇の直後には詩篇翻訳は難しかったのではないだろうか。（彼はこの年、クロムウェルに宛てたソネット、サー・ヘンリー・ヴェインに宛てたソネット〔そしておそらくは失明のソネット〕を残している。1653年8月に一連の詩篇翻訳を行ったという事実は、ミルトンが幾多もの試練を乗り越えて、ようやく、祈りのことばと向き合う心境になった、すなわち、自己の苦難と苦しみを客体化して見つめるだけの心の余裕を取り戻したという事実を指し示して

いると考えられるのである。

　あるいは、ミルトンは二千年近く前[18]の詩篇作者（ダビデ王）[19]の心情に自分の心情を重ね合わせて、真摯に生きながら、いや、真摯に生きるがゆえに人が陥る苦境というものに深く思いを巡らしているのかもしれない。ミルトンは、詩篇翻訳の過程で、神との対話を深め、祈りにおいて先人の苦境に共感を抱き、祈りの型を基に自分の祈りのことばを再構築するという作業を通して、神の救済史の枠組みを再確認していった。言い換えれば、この8篇の詩篇翻訳は祈りの詩人ミルトンが祈りのことばを更に磨き上げていった過程であり、それはすなわち、出エジプトの紅海通過にも似た過程であったということができるのではないか。

(5)　詩篇第5篇の翻訳

    Jehovah to my words give ear
      My meditation waigh
     The voyce of my complaining hear
    My King and God for unto thee I pray
5   Jehovah thou my early voyce
       Shalt in the morning hear;
     Ith'morning I to thee with choyce
    Will rank my Prayers, and watch till thou appear.
     For thou art not a God that takes
10   In wickedness delight;
     Evil with thee no binding makes
    Fools or mad men stand not within thy sight.
      All workers of iniquity
        Thou hat'st; and them unblest
15 Thou wilt destroy that speaks a ly
     The bloodi' and guileful man God doth detest.
     But I will in thy mercies dear
       Thy numerous mercies go
     Into thy house; I in thy fear
20   Will towards thy holy temple worship low

```
         Lord lead me in thy righteousness
                Lead me because of those
         That do observe If I transgress
         Set thy wayes right before, where my step goes.
   25    For in his faltring mouth unstable
                No word is firm or sooth
         Their inside, troubles miserable;
         An open grave their throat, their tongue they smooth.
         God, find them guilty, let them fall
   30          By their own counsels quell'd;
         Push them in their rebellions all
         Still on; for against thee they have rebell'd;
         Then all who trust in thee shall bring
                Their joy, while thou from blame
   35    Defend'st them, they shall ever sing
         And shall triumph in thee, who love thy name.
         For thou Jehovah wilt be found
                To bless the just man still,
         As with a shield thou wilt surround
   40    Him with thy lasting favour and good will.
```

日本語訳（宮西光雄訳を基にするが、一部変えたところもある）

```
         エホバよ、わが言葉に耳をお向けください、
         わが瞑想のほどをお量（はか）りください、
         わが泣き言の声をお聞きください。
         わが王にして神よ、われはあなたに祈り奉る。
   5     エホバよ、あなたはわが早朝の声を
         朝明けにお聞きになるでしょう。
```

---

18 第1次バビロン捕囚は前597年、第2次バビロン捕囚は前586年（一説に前587年）、帰還の許可が出たのは前538年とされる。今日われわれが手にする全150編の詩が最終的に編集された年代については、およそ紀元前200年頃、あるいは紀元前300年頃といわれている。フランシスコ会聖書研究会訳注『聖書原文校訂による口語訳　詩編』（東京：中央出版社、昭和43年初版：昭和56年第4刷）、9-10頁。

19 ミルトンは『偶像破壊者』において、恐らくダビデ王が「詩篇」作者であろうと述べている。CPW III, p.553.

朝明けにあなたに対して、選りすぐりのわが
　　　祈りを整え、あなたが現れるまで見張りを致します。
　　　というのも、あなたは悪を
10　喜ぶ神ではなく
　　　災禍(わざわい)はあなたとともには住まわないから。
　　　愚か者や気違いどもはあなたの御前には立たない。
　　　罪を犯すあらゆる者どもを
　　　あなたは憎み、呪い
15　すべての嘘つきをあなたは滅ぼすであろう。
　　　残忍で、人を誣かす人間を神は忌み嫌われる。
　　　だがわれは、あなたの尊い慈悲に
　　　あなたの幾多もの慈悲に浴して
　　　あなたの神殿へと入る。われはあなたを畏れ、
20　あなたの聖なる宮に向かってひれ伏す。
　　　主よ、われをあなたの義でどうぞお導き下さい、
　　　われが罪を犯すかどうかと看取するものが
　　　いるので、われを導き、あなたの行く道を、
　　　前もって正しくお定めください、わが足取りが従い行く所ゆえに。
25　ためらい言葉で、頼りない、その口では、
　　　確かな、または真実な言葉はなくて
　　　彼らの心の内は悲惨な苦しみだから。しかも、
　　　彼らの喉は開いた墓で、彼らは舌でへつらう。
　　　神よ、彼らを罪に定め、彼らを自らの謀(はかりごと)に、
30　打ちのめされて、死滅させたまえ。
　　　彼らをみな永遠に反逆させたまえ
　　　彼らはあなたに反逆し続けてきたのだから。
　　　その時、あなたを信頼する者はすべて、自分らの
　　　喜びを持ち来たるだろう、彼らを非難から、
35　あなたが弁護する間に。あなたの御名を
　　　愛する者たちは、つねに賛歌を歌って
　　　あなたを誇って大喜びするだろう。
　　　エホバよ、常にあなたは正しき人を祝福すると
　　　解り、あなたはその人を盾によるごとくに、
40　あなたの永久の恵みと愛顧で囲むでしょうから。

詩篇第5篇は、2行ずつ交互に脚韻を踏む弱強3歩脚と5歩脚が出現する4行連句が基調となっている。[20]

第2行には"meditation"の語が出現し、「わが瞑想のほどをお量(はか)りください」("My meditation waigh")と翻訳されている。これはヘブライ語原典では「うめきを聞き取ってください」に当たる箇所である。

本節の詩篇1篇の箇所でも"meditation"について少しふれたが、詩篇1篇では『欽定英訳聖書』では"meditates"となっている箇所をミルトンは"studies"と翻訳していた。本詩篇の当該箇所は『欽定英訳聖書』も"consider my meditation"とあり、ミルトンも"meditation"の語を採用しているところは共通している。

しかし、"consider"と"waigh"(=weigh)を比較すると、天秤を用いて正義の裁きの神が人間の行いを量るイメージが湧いてきて、それだけ一層、神の行動が具体的に生き生きと想像される。詩的イメージを一層かきたてるという点でミルトンのことばの選択の方が優れている。さらに天秤で軽量を量る神の姿は、『楽園の喪失』において、コンパスで宇宙に円を描く神の姿へと連鎖していく。ここでもやはり、ミルトンの神は具体的な行動を取る神なのである。

ところで、"meditation"という行為が、17世紀の詩人にとって宗教詩を歌いあげる上で極めて重要でだったということを指摘したのは、Louis L. Martzであった。Martzは、ピューリタン詩人が通常、"meditation"の語から想起するのは、"scrutiny of Scripture"と"self-scrutiny"であり、この2つは対概念になっていることを明らかにする。[21] これは実に興味深い指摘である。なぜなら、ミルトンの場合がまさにこれに当てはまるからである。ミルトンは常に自らの心の内を精査し、聖書を精査する。彼は、詩篇の翻訳を行う際に、『欽定英訳聖書』は言うに及ばず、『ジュネーヴ聖書』、『七十人訳聖書』、『ウルガタ聖書』、そして『ヘブライ語英語聖書』、その他、入手可能な限り、すべての聖書を精査していたと考えられる。[22]

本詩篇5行から8行は、『楽園の喪失』におけるアダムとイヴの祈りを想起させる。さらに、ミルトン自身は毎朝神に祈りを捧げ、朝に文筆活動を行ったという。このこ

20　Margaret P. Boddy, "Milton's Translation of Psalms 80-88," *A Milton Encyclopedia*, 7 (1979): 55.
21　*The Poetry of Meditation: a Study in English Religious Literature of the Seventeenth Century* (New Haven and London: Yale University Press, 1954; rpt. 1978) , p.160.
22　斎藤康代「Miltonと『詩篇』(1)―幼少時代と『詩篇』のParaphrase―」、東京女子大学紀要『論集』第33巻(2号)、(東京：東京女子大学、1983)、109頁。Harris Francis Fletcher, *The Use of the Bible in Milton's Prose* (New York: Haskell House Publishers Ltd., 1970), pp.44-45. Matthew Stallard, ed., *Paradise Lost: the Biblically Annotated Edition* (Georgia: Mercer University Press, 2011), pp. xxviii-xxxiv.

とはジョン・フィリップスの『伝記』で明らかにされている。

そして、同じ箇所には、「祈り」こそが、福音の時代にあっては最も価値ある神への捧げものだとする、ミルトンの考え方がはっきり出ているということができる。

しかしながら、この「祈りこそが最高の捧げものだ」とする考え方は実は「詩篇」自体の中に頻出する考え方なのである。例えば、懺悔詩篇とされる詩篇第51篇18節、19節にも明らかである。

  18 あなたは　いけにえを喜ばれず、
    わたしが　焼きつくすいけにえをささげても、
    それをよみされない。
  19 悔いる霊こそ、この上ない　いけにえ。
    神よ、あなたはへりくだった悔いる心を、さげすまされません。[23]

ここでいう「悔いる霊」とは、つまり、改悛の真心から出た祈りと解してよいだろう。あるいは、神の恵みによって人に改悛を促すために送られる「霊的存在」とも考えられる。

さらに上記2節の直前の17節には

  主よ、わたしの口びるを開いてください。
  わたしの口はあなたの誉れをのべ伝えましょう。

とあることから、「口びるを開く」、つまり、祈りのことばを音声にして発するのも、主の恵みと働きによればこそである、という考え方も見て取ることができるのである。

9行から11行には、神を正義の番人と見なす考え方が現れている。『第一弁護論』（1651）では、生まれながらにして神から自由を与えられている人々が王権神授説を鵜呑みにして、暴君のもとで奴隷としてこき使われ、搾取されつづけるなどという不正を神が許すはずがないとミルトンは断言している。神がそのような不法を許すはずがないのは、それが神の法にも自然の法にも反するからである。

本詩篇群作成より2年前に出版された『イングランド国民のための第一弁護論』において、ミルトンは「われわれの自由はカエサルものではなく、生まれながらにして神より賜った贈りもの」だと述べている。ここで言う「カエサル」とは第一義的にはローマ皇帝の意であるが、ミルトンはその意味を敷衍して、国王や暴君の意味でも用いている。人は神により、神に似せて創造されたものであるから、人の顔や姿勢には"imago dei"（神の似姿）が認められる。ゆえに、人は「神ご自身のものであり、

真実の意味で自由であり、ただ神からだけ賜った存在なので」ある。
　それをみすみす国王や暴君に「奴隷として売り渡す」などということをすれば、それは神への冒瀆の行為となるのである。[24]

(6)　詩篇第6篇の翻訳

   Lord in thine anger do not reprehend me
    Nor in thy hot displeasure me correct;
   Pity me Lord for I am much deject
    Am very weak and faint; heal and amend me,
5 For all my bones, that even with anguish ake,
    Are troubled, yea my soul is troubled sore
   And thou O Lord how long? turn Lord, restore
    My soul, O save me for thy goodness sake
   For in death no remembrance is of thee;
10 Who in the grave can celebrate thy praise?
   Wearied I am with sighing out my dayes,
    Nightly my Couch I make a kind of Sea;
   My Bed I water with my tears; mine Eie
    Through grief consumes, is waxen old and dark
15 Ith' mid' st of all mine enemies that mark.
    Depart all ye that work iniquitie.
   Depart from me, for the voice of my weeping
    The Lord hath heard, the Lord hath heard my prai'r
   My supplication with acceptance fair
20 The Lord will own, and have me in his keeping.
   Mine enemies shall all be blank and dash't
    With much confusion; then grow red with shame,
   They shall return in hast the way they came

23　訳は「フランシスコ会訳注版」から採用した。
24　『イングランド国民のための第一弁護論および第二弁護論』76頁。

　　　　And in a moment shall be quite abash't.

　　　主よ、御怒りでわれを責めたまうな。
　　　　　きついご不興でわれを懲らしめたまうな。
　　　われを憐みたまえ、主よ、われは意気阻喪して
　　　　　酷く弱り、精魂尽きたので、われを癒し悔悛させよ。
5　というのもわが骨すべては激痛さえあって疼き、
　　　　　その上にわが魂がいたく悩まされているから。
　　　それに、おお主よ、いつまで……でしょうか？　主よ、
　　　　　帰り来て、わが魂を復元し、おお、われを救い給え
　　　お恵みゆえに！　死ぬと、あなたの思い出はないから。
10　墓でだれがあなたへの賛美を唱えるだろうか？
　　　われはわが生涯を溜息で過ごして疲れ果てている。
　　　　　夜ごとわが臥所をわれは海のごとくにする。
　　　わが寝床をわれはわが涙で濡らす。<u>わが目は、</u>
　　　　　<u>悲しみに消耗し、老けて視力がなくなってしまった</u>
15　われを見据えるわが敵の、すべての者のただ中で。
　　　　　罪を犯す汝らは、すべて立ち去れ、われから
　　　立ち去れ。わが涙ながらの声を主は聞かれたから。
　　　　　主はわが祈りを聞き届けてくださった、
　　　わが祈願を主は情け深く受け入れ，
20　お認めくださるだろう。そしてわれを保護されよう。
　　　わが敵はかならずや、狼狽（うろた）え、ひどく面喰って
　　　　　粉砕され、恥じて赤面することになろう、
　　　彼らはかならずや、もと来た道を急いで後戻りし
　　　　　瞬く間に面目丸つぶれとなろう。

　本詩篇は、弱強5歩脚の4行連句からなる。[25]　1653年8月に作成された本翻訳詩篇では、1648年4月の翻訳詩篇第88篇と同様、「失明」が扱われている。ミルトンは1648年には片目が失明し、1652年夏までには両目が失明したとされている。そのことは、翻訳詩篇第88篇第9節においては以下のように詠われていた。

　　Through sorrow and affliction great / Mine eye grows dim and dead,

一方、翻訳詩篇第6篇13行から14行では以下のように詠われている。

> mine Eie / Through grief consumes, is waxen old and dark

使用されていることば自体は、翻訳詩篇第6篇（mine Eie...waxen old and dark）よりも第88篇の方が強いことが分かる。(Mine eye grows dim and dead) 片目が失明し、両眼失明の危機に怯える心情がより直接的に読み取れる第88篇に対し、第6篇には、一種の諦観と神への信頼が認められる。1648年以降のミルトンは、このまま招命意識をもって執筆活動を継続すれば、まもなく両眼失明となるだろうという心の準備が醸成されていったと考えることもできよう。事実、目を酷使して、1651年出版の『イングランド国民のための第一弁護論』を執筆した後では、ミルトンは完全失明という最悪の自体に追い込まれていった。

　この当時の心境について、ミルトン自身は1654年5月末出版の『イングランド国民のための第二弁護論』で以下のように述べている。

> 　それゆえ、『チャールズ一世弁護論』に反駁するという使命が政府よりわたくしに与えられたとき、おり悪しくもわたくしの健康は優れず、残されたもう片方の目も失明の危機にひんしており、もしこの務めに着手するならほどなくして両目とも失明することになると医師から警告をうけていたのでありますが、わたくしはこの警告にたいしていささかのひるみを示すこともなかったのであります。思うにわたくしは医師の声にではなく……わが内なる神のうながしの声に耳をかたむけたのであります。……
> 　それでは、神のみ裁きを冒瀆する連中をして、口を閉ざさしめよ、わたくしを中傷し、あらぬうわさを流すことを。彼らをして得心させしめよ。このミルトンは自分の運命を悔いてもいなければ恥じてもいないと。わが心にはいささかの動揺もなく、わが決断に悔いはなし、と。神のみ怒りをこの身に受ける覚えはなく、また受けてもいないと。じじつ人生の大きな節目において、父なる神のみ恵みと慈愛とが、たえずわたくしにそそがれているのを感じて、感謝してまいったのであります。とくにこの失明という事態にさいしては、神のいつくしみがあればこそ、わたくしの精神はふるい立ち、新たなる力に満たされるのであります。わたくしのなすべきことは、ただひとつ。神のみ心に身をゆだね、賜らなかったものではなく、賜ったものをこそ拠り

25　Margaret P. Boddy, "Milton's Translation of Psalms 80-88", *A Milton Encyclopedia*, 7 (1979): 55.

どころとすることであります。そして最後に、敵どもをして確信せしめよ。たとえ彼らがどれほど優れた功績をあげたにもせよ、わたくしは自分自身のしあげた仕事にたいする満足感とひきかえにするつもりはないし、その思い出を失うことも望みはしない、と。なぜなら、それはいつもわたくしにとっては心の平安と感謝を生み出す源泉となっているからであります。[26]

　『イングランド国民のための第二弁護論』(1654) を執筆し始めたのは、1653 年 9 月中旬から下旬に、ドゥ・ムラン著『王の血の叫び』が出版されて以降のことになる。完全失明していたミルトンは実際に自分でこの書物を読むことはできず、だれか信頼できる、ラテン語に堪能な人物に読んで聞かされたことになる。すべてを読み〔聞き〕終えて、内容を反芻しながら、反駁を考え、それをラテン語で口述筆記することになるが、その作業にも、信頼できる、ラテン語に堪能な人物の助けを借りたことになる。口述したすべての内容を筆記者に朗読させ、手直しを行い確認する、という作業には相当の時間を費やしたと想定される。その間には、『王の血の叫び』の内容を再確認する、という作業もなされたはずである。これら一連の作業に、1562 年 10 月から早速取りかかったとして、『第二弁護論』出版までには、1 年 8 か月の歳月が流れている。実質の作業時間は 1 年半弱というところであろうか。詩篇第 6 篇を翻訳した 1653 年 8 月という時期は、丁度、『第二弁護論』執筆作業を行っていた時期と重なる。

　そして、確かに、『第二弁護論』からの上記引用箇所の内容と翻訳詩篇第 6 篇後半の詩の流れは重なるのである。翻訳詩篇第 6 篇の後半で詩人は敢然として敵を退ける。それは、主が自分の祈りを確かに聞き届けてくださったという確信から来る行動である。主が自分の祈りを義とされ、自分を守ってくださるという信仰と信頼があればこそ、詩人は敵を撃退するのである。『第二弁護論』の上記引用箇所においても、ミルトンは自分の神への信仰と信頼があればこそ、自分の執筆した内容に誇りを持っている。そして、そのことを敵が確信するように、と神に祈念するのである。自分の人生の節目節目で神が「み恵みと慈愛」をたえず自分にそそいでいると感じて、それを感謝してきたと言う。そして、再度、敵に、自分のしあげた仕事にたいする満足感と思い出が「心の平安と感謝を生み出す源泉となっている」ことを思い知らせよ、と神に祈念している。ここには、敵の撃退→神への信頼→それゆえの敵の再度の撃退、という流れがある。翻訳詩編第 6 篇にもその流れを認めることができる。「罪を犯す汝らは、すべて立ち去れ、われから／立ち去れ」と述べて敵を撃退し、「わが涙ながらの声を主は聞かれたから。／主はわが祈りを聞き届けてくださった、／わが祈願を主は情け深く受け入れ，／お認めくださるだろう。そしてわれを保護されよう。」と述べて神への信仰と信頼を確信し、再度、「わが敵はかならずや、狼狽え、ひどく面喰って／

粉砕され、恥じて赤面することになろう、／彼らはかならずや、来た道を急いで後戻りし／瞬く間に面目丸つぶれとなろう」と述べて、敵の敗残を確信しているのである。

さらに、翻訳詩篇第6篇の終結部の4行には、ヨルダンの流れが逆流するイメージが込められている。

  Mine enemies shall all be blank and dash't
   With much confusion; then grow red with shame,
  They shall <u>return in hast the way they came</u>
   And in a moment shall be quite abash't.

これを『欽定英訳聖書』の相応箇所と比較してみよう。

  Let all mine enemies be ashamed and sore vexed:
  <u>let them return</u> and be ashamed suddenly.

引用から明らかなように、『欽定英訳聖書』では極めて短い表現（"return"）になっているが、ミルトンの翻訳では "return the way they came" と詳しく戻る道まで規定していることが分かる。これは「ヨシュア記」で語られていたヨルダン川が逆戻りするイメージである。われわれは詩篇第114篇の翻訳詩篇を扱った際に既にこのことについて考察した。原典のヘブライ語聖書には相応の部分は見当たらない。翻訳詩篇第6篇でもミルトンは詩の結句において、出エジプトの主題を意図的に強調しているのである。

ところで、"mine Eie/Through grief consumes, is waxen old and dark" という詩行は、現実のミルトンが本詩篇を翻訳した時の状態をほぼそのまま映し出している。1648年にすでに彼の片眼は見えなくなっていた。そして、もう一方の眼の視力も1652年には喪失した。このとき、彼は両目が完全に失明していたのである。しかも、妻をお産で亡くし、当時、一歳ほどであった最愛の息子も亡くなった。敵は彼に目をつけて、すべてがミルトンの冒涜的行いが招き寄せた神の罰だと言って、ミルトンを攻撃するのであった。しかし、本詩篇には両眼失明の悲しみが歌われているばかりではない。それに加えて、妻の死、長子の子、そして敵からの攻撃という四重の苦しみと悲しみが歌われている。そのために、7行目では、ことばが続かなくなってい

---

26 訳は新井明・野呂有子訳『イングランド国民のための第一弁護論および第二弁護論』、368頁。

る。それほどに詩人の心は重く押しつぶされそうになっていることが分かる。芸術が自然を模倣して、それが成功している例となる。

　おお主よ、いつまで……でしょうか？

しかし、その直後に、絶望のどん底にあった詩人の呻き声は確かに主に届いた、という確信が生まれる。

　　罪を犯す汝らは、すべて立ち去れ、われから
　　立ち去れ。<u>わが涙ながらの声を主は聞かれたから。</u>
　　<u>主はわが祈りを聞き届けてくださった、</u>
　　わが祈願を主は情け深く受け入れ、
　　<u>お認めくださるだろう。</u>

それによって、詩人の魂は復活する。主に拠り頼み、主が自分を顧みてくださっている、という思いが胸に溢れた詩人は、主が敵を追い払って下さるという希望に満ちている。そして、そこに現れるのが詩篇第6篇の最後の二行である。詩人は絶望の淵から救われ、新たな出エジプト体験を経て神により救い上げられ、再び自分の足で立つ（"stand"）のである。

　ここで、詩篇第6篇とは対を為すと考えられる、ミルトンの失明のソネットについて考察しよう。

　　ソネット第19番
　　　　When I consider how my light is spent,
　　　　　　E're half my days, in this dark world and wide,
　　　　　　And that one Talent which is death to hide,
　　　　　　Lodg'd with me useless, thogh my Soul more bent
　　5　　To serve therewith my Maker, and present
　　　　　　My true account, least he returning chide,
　　　　　　Doth God exact day-labour, light deny'd,
　　　　　　I fondly ask; But patience to prevent
　　　　　　That murmur, soon replies, God doth not need
　　10　　　Either man's work or his own gifts, who best

Bear his milde yoak, they serve him best, his State
　　　Is Kingly. Thousands at his bidding speed
　　　And post o'er Land and Ocean without rest:
　　　They also serve who only stand and waite.

　わたくしの視力がどのようにして使いはたされてしまったのかと考えるとき、
　　生涯のなかばならずして、しかもこの暗く広がる世界で、
　　　そして、あの一才能〔タラント〕が、隠して使わずにおけば死罪にもあたいするというのに、
　　　わたくしのもとにただいたずらに留まり、わたしの魂は一層身をかがめて
それを用いて創造主に仕え、真心から収支決済を報告したいと
　のぞんでいるのに、かのお方が戻られてわたくしをなじらぬように、
　　神は、光が拒まれている者にも日々の苦役を強いたまうのかと、
　　　わたくしはおろかしくも問うてみる。だが、＜忍耐＞がさきまわりして
わたくしが愚痴るのを押しとどめて、速やかに答える。神にはご不自由はない、
　人の労働も人の天賦の才もお求めにならない。いと良く
　　神の柔和な軛に耐える者こそが、いと良く神に仕える者なのだ。
　　　神威〔みいつ〕は王者のごとし。何千もの天使たちが神の命じるままに、
休む間もなく陸の上、海の上を飛翔する。
　ただ立って待つものも、また神に仕えるものなのだ。

　ソネット第19番の詩の流れは、詩篇第6篇と呼応する。詩篇第6篇で、詩人は失明と厄災とに見舞われ、打ちひしがれ、絶望のどん底にあった。そして詩人は、肉体的・物理的暗闇の中にあって神に呼びかけ、この苦しみがどれだけ続くのかと訊ねようとするが、苦悩と憔悴の余り、ことばの断片がようやく、絞り出すようにして口の端にのぼるのみである。しかし、それでも詩人は神に拠り頼み、神に祈りを捧げようとする姿勢を崩さない。そして、今まさにくずおれて倒れそうになった時、神が願いを入れて自分を支えて下さっている、という確信を持つに至るのである。この確信―すなわち、神は自分を見守って下さっているという、信頼感―を得た詩人は暗闇の中であっても心の中に光を与えられ、立ち上がり歩き始めようとするのである。
　そして、ソネット第19番の詩人も失明して、神に与えられた自分の力を使うことができないという絶望感から、様々な苦悩の思いを巡らせる。神の摂理をはかりかねているのである。そうして、今まさにことばに出して愚痴を言わんとするとき、つまり、心が折れそうになった時に、詩人に聞こえてきたのは、＜忍耐＞の励ましの声であった。神は人が神のために何をなしたかで人の重さをはかるのではない、と＜忍耐＞は説

く。神に拠り頼み、神のためにただ立って神の命令を待っている状態であっても、それは神の証人として十分な役割を果たしている、というのである。最終行に出現する"stand"の意味には計り知れない深さと広さがある。それは、詩篇第1篇で考察したように、神に拠り頼み、神との信頼関係を持続させる心の真っすぐな人であることを意味する。さらに、このことばは、詩篇第136篇で、海に「立ち」、壁となってイスラエルの人々を守り、首尾よく出エジプトを成し遂げさせた波に連鎖し、流れを止めて、イスラエルの人々を通したヨルダンの川に連鎖し、神の御業を立ちすくんで見ていた、つまり神の御業の証し人となったイスラエルの人々へと連鎖し、サタンと反逆天使たちの嘲りに良く耐えて神の基へと戻っていった天使アブディエルに呼応し、神の木としてすっと立つレバノンの木々へと繋がり、御子が反逆天使たちを天から一掃する様をただ立って見ていた天上の天使達へと収束する。そして、"stand"することは、神に仕えることであり、じっと苦境に耐えることでもある。"stand and waite"は、ギリシア語の"hypomeno"（忍耐する）に呼応するフレーズである。[27]

その姿それ自体が、あるいはその姿に象徴される心の有り様が、神の証し人としての価値を持っているのである。そして、それはキリスト教における出エジプト的体験、すなわち魂の再生をも象徴することばなのである。

これほどに簡単なことばで、ピューリタン神学の本質を極め、表現したミルトンの詩才には、だれもが脱帽するであろう。そして、ことばが簡単であればこそ、だれもが苦境にあってソネット第19番に触れて感動する。そこには、ミルトン自身の苦悩と再生があり、その背後には詩篇第6篇、詩篇第88篇へと連なり、「詩篇」を歌った古代イスラエルの人々の極限に至る苦悩と、神への信頼の回復、そして出エジプト的体験としての再生がある。時空を超えた人々の連帯の中に招き入れられ、そこで超越的な絶対者との邂逅を体験することで、ソネット第19番の読者は慰められ、元気づけられ、安らぎを得て現実世界と立ち向かう覚悟を新たにするのである。[28]

ソネット第19番の執筆年代については、詩篇とは異なり、ミルトンの明確な言及はない。（1652年2月頃には完全に失明していた。）CareyとFowlerは1652年としており、Shawcrossは1655年10月から11月を想定している。[29] 論者は、1652年説には組みしない。体験が余りに生々し過ぎるからである。恐らくは、1653年詩篇翻訳を行った前後から1654年の『第二弁護論』執筆終了の間あたりに位置づけられるのではないだろうか。

論者がここで問題にしたいのは、ミルトンが自分の失明について、ごく近接した時期に、翻訳詩篇、ソネット、ラテン語散文という3つのジャンルにおいて、そのジャンルに特有の形式を用いて、語っている、という事実である。翻訳詩篇の場合、元はあくまでもヘブライ語聖書の「詩篇」である。多少の自由な翻訳表現は許されて

も、原典から大きく隔たることは許されない。詩人の主眼はあくまでも原典の詩篇作者に心を沿わせて、詩篇作者の心情とことばを英語に置き換えることにある。ソネットの場合は、詩人自身の心情とことばを弱強五歩脚の十四行詩という枠の中で詠い込むことになる。さらに、『第二弁護論』の場合は、論戦相手の論旨と攻撃に応答するという枠組の中で、自己の弁護を行うわけである。このように、自己の失明に関する３つの言説を合わせ鏡のようにして照らし合わせたとき、そこに自ずからミルトンの実像が立ち上がってくる。そして、そこにあるのは、絶望のどん底にあっても、神への信仰と信頼を再確認し、神の摂理の内に自己の来し方と行く末を位置づけていくというミルトンの姿である。さらに、気づくのは、翻訳詩篇第６篇の枠組を一歩踏み越えて進んだ先にあるのが、ソネット第19番「失明のソネット」だということである。詩篇自体の形式は自由詩形式と呼んで差し支えあるまい。だからこそ、ミルトンは詩篇各篇の翻訳に際して、実験的に様々な詩形式を採用している。多くの先達の翻訳に学びながら、自身のことばによる独自の訳を生み出していくのである。一方で、ソネット第19番は、自身の体験を詠いながらも、その背後には、詩篇をはじめとして聖書の世界が広がっている。「タラントの喩え」は、新約聖書「マタイ福音書」第25章14節〜30節、及び「ルカ福音書」第19章11節〜27節を反響させている。また、「生涯のなかばならずして」という詩行も実際の年齢と考えるよりも、「イザヤ書」第65章20節を踏まえての表現であると考えた方が無理がない。その他にも、"mild yoke"(「マタイ福音書」第11章30節)、"Thousands at his bidding speed / And post o'er Land and Ocean without rest:"(詩篇第68篇17節、「ゼカリヤ書」第１章10節)、そして、最終行"They also serve who only stand and waite."(詩篇第37篇9節、「ルカ福音書」第12章35行〜40行)など、ほんの数行の中にも聖書各書からの反響が鳴り響いている。[30] 最終行で特に注記すべきは、「エペソ人への手紙」第６章10節〜11節である。

> ... be strong in the Lord, and in the power of his might. Put on the whole armour of God, that ye may be able to <u>stand</u> against the wiles of the devil. For we wrestle not against flesh and blood, but against principalities, against powers, against the rules of the darkness of this world, against

---

27　新井明『ミルトンの世界―叙事詩性の軌跡』(東京：研究社、1980)、183頁。
28　ミルトンの失明については、宮西光雄氏が『ミルトン英詩全訳集』上巻、「ミルトンの失明をめぐる諸問題」(561-619頁)で詳細に論じられている。
29　*The Poems of John Milton* (Longman, 1968), p.329 でこの問題について簡潔に整理されている。
30　Carey and Fowler, p.330.

spiritual wickedness in high *places*. Wherefore take unto you the whole armory of God, that ye may be able to withstand in the evil day, and having done all, to stand. Stand therefore, having your loins girt about with truth, and having on the breastplate of righteousness; And your feet shod with the preparation of the gospel of peace; Above all, taking the shield of faith, ...take...the word of God: Praying always with all prayer and supplication in the Spirit, and watching all perseverance and supplication for all saints; [31]

　主に拠り頼み、その偉大な力によって強くなりなさい。悪魔の策略に対抗して立つことができるように、神の武具を身に着けなさい。わたしたちの戦いは、血肉を相手にするものではなく、支配と権威、暗闇の世界の支配者、天にいる悪の諸霊を相手にするものなのです。だから、邪悪な日によく忍耐して、すべてを成し遂げて、しっかりと立つことができるように、神の武具を身につけなさい。立って、真理を帯として腰に締め、正義を胸当てとして着け、平和の福音を告げる準備をしなさい。なお、その上に信仰を盾として取りなさい。……神の言葉を取りなさい。どのような時にも、霊に助けられて祈り、願い求め、すべての聖なる者たちのために、絶えず目を覚まして忍耐強く良く祈り続けなさい。[32]

　英語引用から明らかなように、ここでは"stand"の語が三度繰り返されて強調されている。さらに"stand"の語を包含しつつ「忍耐する」という意味を持つ"withstand"の語も採用されている。その上、"withstand"の語は、ソネット第19番で採用されている"patience"（忍耐）の語と同じ意味を持つ。"perseverance"も「忍耐」の意味を持つ。このように「エペソ人への手紙」第6章10節からそれ以降、特に18節までは、ソネット第19番を理解する上で最重要の部分の1つとなっている。

　このように、ソネット第19番の背景には聖書の詩句という宝石が随所にちりばめられた宝の山が屹立しているのである。主題は、ミルトン自身の失明であるが、そこで採用されることばと思想は、選び抜かれた、聖書を踏まえたことばと思想なのである。しかも、既に見たように、ソネット第19番の構造は、ミルトンが翻訳した詩篇6篇の構造に基づいているのである。

　このように、ミルトンの創作活動は、詩篇の翻訳を基本とし、聖書の世界を踏まえ、それを立脚点としてソネットを制作するという点に大きな特徴があると言える。当時は、詩篇の翻訳も隆盛を極めていたが、ソネットの創作もそれに劣らず隆盛を極めて

いたのである。そして、詩篇翻訳とソネット創作という２つの作業が組み合わせられて、『楽園の喪失』という大作創作の基幹部分を為して行ったということが想定されるのである。

(7)　詩篇第 7 篇の翻訳

　ミルトンは本詩篇第 7 篇と第 8 篇を一日の内に翻訳している。従って、第 7 篇と第 8 篇は対の詩篇と見なすのが自然であろう。かつて若き日に、詩篇第 114 篇と第 136 篇を対の詩篇として『第一詩集』巻頭の詩「キリスト降誕の朝に寄せる頌詩」の次に置いたミルトンは、詩篇の翻訳、という形では、詩篇第 7 篇と第 8 篇を対の詩篇として翻訳した。そして、公にした詩篇翻訳としては、詩篇第 7 篇と第 8 篇が最後となったのである。

    Lord my God to thee I flie
    Save me and secure me under
    Thy protection while I crie,
    Least as a Lion (and no wonder)
 5 He hast to tear my Soul asunder
    Tearing and no rescue nigh.

    Lord my God if I have thought
    Or done this, if wickedness
    Be in my hands, if I have wrought
 10 Ill to him that meant me peace,
     Or to him have render'd less,
    And not fre'd my foe for naught;

    Let th'enemy pursue my soul

31　英語は『欽定英訳聖書』より採用。
32　日本語訳は日本聖書協会『聖書　新共同訳　旧約聖書続編つき』（東京：日本聖書協会、2001）より採用。ただし、四角囲いにあるように、「抵抗して」及び「根気強く」の部分のみ「忍耐して」及び「忍耐強く」と訳し変えた。

And overtake it, let him tread
15 My life down to the earth and roul
In the dust my glory dead,
In the dust and there out spread
Lodge it with dishonour foul.
Rise Jehovah in thine ire
20 Rouze thyself amidst the rage
Of my foes that urge like fire;
And wake for me, their furi' asswage;
Judgment here thou didst ingage
And command which I desire.

25 So th' assemblies of each Nation
Will surround thee, seeking right,
Thence to thy glorious habitation
Return on high and in their sight.
Jehovah judgeth most upright

30 All people from the worlds foundation.

Judge me Lord, be judge in this
According to my righteousness
And the innocence which is
Upon me: cause at length to cease
35 Of evil men the wickedness
And their power that do amiss.

But the just establish fast,
Since thou art the just God that tries
Hearts and reins. On God is cast
40 My defence, and in him lies
In him who both just and wise
Saves th' upright of Heart at last.

God is a just Judge and severe,
　　　And God is every day offended;
45　　If th'unjust will not forbear,
　　　His Sword he whets, his Bow hath bended
　　　Already, and for him intended
　　　The tools of death, that waits him near.

　　　(His arrows purposely made he
50　　For them that persecute.) Behold
　　　He travels big with vanitie,
　　　Trouble he hath conceav'd of old
　　　As in a womb, and from that mould
　　　Hath at length brought forth a Lie.

55　　He dig'd a pit, and delv'd it deep,
　　　And fell into the pit he made,
　　　His mischief that due course doth keep,
　　　Turns on his head, and his ill trade
　　　Of violence will undelay'd
60　　Fall on his crown with ruine steep.

　　　Then will I Jehovah's praise
　　　According to his justice raise
　　　And sing the Name and Deitie
　　　Of Jehovah the most high.

　　　主なるわが神よ、われはあなたの許へ急ぎ行く。
　　　われを救い、あなたの庇護のもとにわれを
　　　お守りください、われが哀願する間に。
　　　獅子のように（何の不思議もないことだが）、敵が
5 　　わが魂をずたずたに切り裂き、切り裂いて
　　　そばには助けはないということにならないように。

主よ、わが神よ、われがこの事を企むか、
実行したなら、邪悪がわが手にあったなら
われと親しく交わるつもりだった者に、
10 悪い仕打ちをしたり、その者への
お返しが、より手薄であり、わが敵を
ゆえなく解放しなかったりしたのであれば。

その敵にわが魂をつけねらわせ、
わが魂を捕えさせよ、無益にわが命を
15 地に踏みつけて、今は無き
わが栄誉を土埃のその中にうち転がして
そこに広げて見苦しい
屈辱で打ちのめさせよ。

エホバよ、御怒りをこめて、お力を発揮し
20 始めてください。火の如く追い迫るわが敵どもの
ただ中で、活動なされるように立ち上がってください。
しかもわれのために目覚めていて
彼らの激怒を鎮めてください。地上で
われが望む、裁きと命令をあなたは約束なさいました。

25 それで、それぞれの国民の集まりが
正義を求めてあなたを取り囲むだろう。
その後、天国の、荘厳なるあなたの御座所へ
彼らに見えるところへとご帰還ください。
エホバはあらゆる国民(くにたみ)をいと正しく、
30 天上界の礎(いしずえ)から、お裁きになるのです。

われをお裁きください、主よ、このことについて
神へのわが義とわれに備わる
清浄無垢とにより
わが裁きつかさにおなりください。
35 ついには、悪人どもの邪悪と、邪まなことをする
彼らの力とを絶やしてください。

だが、正しき者を揺るぎなくうち立ててください、
　　　あなたは正しきお方、人心を試し、
　　　制御する神であられるから。わが防護は、
40　神に一任されており、神にだけあるのだ、
　　　正しく、英明であられるので、心情が
　　　高潔な者を終には救助するお方にある。

　　　神は正しく厳しい裁きつかさなので、
　　　神は毎日、不快な思いをなさる。
45　もしも邪悪な者が憚ることがなければ、
　　　神は神刀(みつるぎ)を研ぎ、神の弓をすでに張り、
　　　しかも、邪悪な者のために、死の武器(もののぐ)を用意なされた、
　　　そして死は近くでその者を待ちかまえている

　　　（神の矢は迫害する者らのために、
50　神おん自ら、わざわざ作られた）見よ、
　　　彼は虚栄を孕み、その陣痛は激しい。
　　　胎内にあるがごとく、久しい以前からの
　　　苦悶を孕み、その鋳型から、
　　　ついには虚言を生み出していた。

55　彼は竪穴を掘り、さらに深く掘り下げて、
　　　自ら掘った穴へと落ちた。
　　　彼の与える危害は然るべき手順を踏んで、

　　　自らの頭上に戻り来る、彼の悪しき習慣たる
　　　暴虐が、即座に彼の脳天に、
60　急激なる破滅とともに落下するであろう。

　　　ならば、われはエホバへの賛美を
　　　神の正義に拠り頼みつつ、歌い上げよう。
　　　そして、いと高きお方であるエホバの
　　　御名(みな)と神格とを歌い上げよう。

詩篇第7篇の詩形式は、ababbaと押韻する6行単位の弱強4歩脚の10連とaabbと押韻する4行連句1つから成っている。[33] 上記の詩篇中、以下の部分に注目して論を進めるものとする。

> Behold
> He travels big with vanitie,
> Trouble he hath conceav'd of old
> As in a womb, and from that mould
> Hath at length brought forth a Lie.

> 見よ、
> 彼は虚栄を孕み、その陣痛は激しい。
> 胎内にあるがごとく、久しい以前からの
> 苦悶を孕み、その鋳型から、
> ついには虚言を生み出していた。

　詩篇第7篇に登場する邪悪なものは、男性でありながら、出産行為を行う。つまり、彼は両性具有なのである。しかし、これは明らかに自然の摂理に反する。その結果、彼が孕むものは虚栄と苦悶に過ぎず、それは虚言という形を取って生まれてくることになる。彼は明らかにサタンの側に組みする者である。[34]
　以上の5行は、『イングランド国民のための第一弁護論』(1651)におけるサルマシウスへの揶揄に呼応し、本詩篇第7篇の翻訳(1653)を経て、『楽園の喪失』における罪の懐胎と死のお産、及び近親姦とその結果としての地獄の犬の誕生とその狼藉へと収斂していく。ここで、『第一弁護論』における、サルマシウスへの揶揄の内容を確認しておこう。

　　「さていまやわたしの前には、新たなる、いっそう重大な議論がたちはだかっている」とそなたは言う。神と自然の法にかかわる以上に重大な議論とや。お手をお貸し下さい、ルキナよ、お産の女神よ。サルマシウス山が陣痛を起こしました。この男が恐妻家であるのもゆえあってのこと。さあさあ、おたちあい。なにか怪異なるものが誕生するのでありましょう。「王にして、王と呼ばれる人物がかりになにかべつの権威の前へ召喚されるなどということがあるとすれば、それは必然的に王権以上に偉大な権威ということになる。

しかし、王権以上に偉大であると定められた権威は王権と呼ばれるべきであるし、じじつそれこそが王権にほかならないのである。なぜなら、王権とは、国家において至上の、唯一無二の権威であり、それ以上に偉大な権威は認められないものである、と定義されるべきであるから。」大山鳴動してネズミ1匹とはこのこと、しかも愚鈍なるネズミであります。お手を貸し下さい、文法教師の方がたよ。この文法教師のお産〔噴火〕に手をお貸しさい。震源地は神と自然の法ではなく、用語辞典だったのであります。[35]

　ここで揶揄されるサルマシウスは男性でありながら、陣痛を起こし出産する。しかし、大言壮語と国王（暴君）たちへの追従の言辞は、虚ろで中身のない、「王権神授説」を奉持する迷信であった。ここには、民主的統治を好み、王政を嫌った神が、王を求める民に「怒りを込めて」王を与えたという「サムエル記」の記述など一顧だにしない、サルマシウスに対する強烈な皮肉がある。ヨーロッパ随一の博学にして大学者という鳴り物入りで登場したサルマシウスであるが、その実態は中身のない、ただ知識を弄ぶだけの似非キリスト教徒の姿があるばかりである。神の法と自然の法は、民を守るためにある、という信念を、聖書の精読と精査から確信するミルトンにとって、神から与えられた天賦の才能を公共善のために行使しないサルマシウスは、まったくの張りぼての虎に過ぎないのである。神への信頼と神の前の人間の平等という概念の欠けたサルマシウスは、空疎で、その弁説は人心を害し、虚偽に虚偽を上塗りするものとしか映らない。

　そのようなサルマシウスが何か生み出そうとしても、真に実体のあるものを作りだすことはできない。虚偽は虚偽を産みだし、悪の手先として、最終的には地獄に落ちることになるのである。[36]

　『楽園の喪失』第二巻においてサタンはエデンの園に侵入するために、地獄の門を通過しなくてはならない。地獄の門には、異形の怪物が二人で門を守っていた。この二人とは、＜罪＞と＜死＞であった。サタンと＜死＞は危うく殺し合いになるところ

33　Margaret P. Boddy, "Milton's Translation of Psalms 80-88", A Milton Encyclopedia, 7 (1979): 55-56.
34　Roy Flannagan, "Comus", *The Cambridge Companion to Milton*, ed. Dennis Danielson (Cambridge: Cambridge University Press, 1989), p.30 に "the image of the sorcerer or sorceress is androgynous" と、論者と同趣旨の指摘がある。
35　『イングランド国民のための第一弁護論、および第二弁護論』182-83 頁。
36　Kester Svendson, *Milton and Science* (New York: Greenwood Press, Publishers, 1956), pp.189-90 にも同趣旨の指摘がある。

を間に入った＜罪＞の仲立ちにより、武器をおさめる。何と、＜罪＞はサタンが天上で自分の頭から作り出した娘であり、＜死＞はサタンと＜罪＞との近親相姦の結果、生まれた二人の「長子」だったことが判明する。

　この場面で＜罪＞の口を通して語られる自身の出産の叙述は極めておぞましい。

　　ここでもの思いにひたりつつ
　　一人座っておりますとまもなく、あなたに孕まされた
　　わが胎はいまや膨れ上がり、
　　異様な胎動とひどい陣痛とを感じ、
　　ついにこの忌まわしい子供、あなたの種の
　　子は、乱暴にもわが胎を引き裂き、
　　無理やり道を開きましたので、恐れと痛みに
　　ねじくれよじれて、下半身はこのような蛇の
　　姿になりはてました。けど、わが胎中の敵は
　　破滅のための致死の投槍を振り回しながら、
　　おどり出て、私は逃げまどい、「死！」と叫び
　　おぞましいその名に地獄も震撼し、洞穴すべてから
　　呻き声で、「死！」と、こだまが返ってきたのです。(Ⅱ：777-789)

　この後、さらにおぞましい＜死＞による＜罪＞との近親相姦・強姦シーンが＜罪＞の口を通して再現されることになるが、上記の引用箇所には出産による死の恐怖がおぞましくも迫力をもって描かれている。

　邪悪なものが生み出すのは、一層、邪悪なものであり、それが増えて繁殖しても、それは産みの母＜罪＞を食い物にして、ますます邪悪の度を増すことになる。サタンに組みするものは、罪を犯し、その結果、神から限りなく離れているという意味で、死を招き、そこから救出されることはない。彼らは未来永劫に亘って、互いを傷つけ合いながら、互いの腐肉を貪り食って、死の状態を生き続けることになるのである。

　『第一弁護論』において、暴君の放縦を弁護する、という不自然極まりない、神のみ心に背く行為を行うサルマシウスは、男性でありながら不自然で怪奇な出産行為を行う。しかし、そこから生まれるものは、不毛と死でしかない。こうした不自然で不毛な出産のイメージは、詩篇第7篇の翻訳を経て、＜罪＞による＜死＞の出産という、この上なくグロテスクな「出産」のイメージへと収斂していくのである。

　しかし、ミルトンが出産そのものを、そして赤子の誕生を心から喜び、それを是としていたことは言うまでもない。彼がどれほど赤子の誕生を喜び、その時期尚早の死

を傷ましく思っていたかは、例えば「キリスト降誕の朝に」や、「咳がもとで亡くなった女児の死を悼むの詩」、そして、本詩篇第 7 篇の次に置かれた、詩篇第 8 篇における、赤子の口から生まれる産声—つまり、泣き声—こそが、神を賛美する最強の砦となる、という賛歌の中に余すところなく示されているのである。

(8) 詩篇第 8 篇の翻訳

1653 年 8 月 14 日にミルトンは、詩篇第 7 篇と第 8 篇 2 首を作った。

  O Jehovah our Lord how wondrous great
    And glorious is thy name through all the earth!
  So as above the Heavens thy praise to set
    Out of the tender mouths of latest birth,

5 Out of the mouths of babes and sucklings thou
    Hast founded strength because of all thy foes
  To stint th'enemy, and slack th'avengers brow
    That bends his rage thy providence to oppose.

  When I behold thy Heavens, thy <u>Fingers art</u>,
10 The Moon and Starrs which thou so bright has set,
  In the pure firmament, then saith my heart,
    O what is man that thou remebrest yet,

  And think'st upon him; or of man begot
    That him thou visit'st and of him art found;
15 Scarce to be less than Gods, thou mad'st his lot,
    With honour and with state thou hast him crown'd.

  O'er the works of thy <u>hand</u> thou mad'st him Lord,
    Thou hast put all under his lordly feet,
  <u>All Flocks, and Herds</u>, by thy commanding word,

20   All beasts that in the field or forrest meet.

  Fowl of the Heavens, and Fish that through the wet
    Sea-paths in shoals do slide. And know no dearth.
  O Jahovah our Lord how wondrous great
    And glorious is thy name through all the earth.

おおエホバよ、われらの主よ、あなたは何と驚くほど偉大で
　　荘厳であることか、御名は地の全土に渡って！
　天空より高きところまで、あなたへの賛美が届くように、
　　生れたての赤子たちの柔和な唇から迸(ほとばし)る賛美の歌を

5　嬰児(みどりご)や乳飲子(ちのみご)らの唇から迸る歌を基礎(いしずえ)にして、
　　あなたは砦(とりで)を築いてしまわれました。あなたの敵すべての故に、
　かの仇(かたき)を挫(くじ)き、かの復讐者の額皺(ひたいじわ)を伸ばすために、
　　かの者は、あなたの摂理に対抗せんと、怒りを注ぐ。

　あなたの創造なさった天界、あなたの指の業、
10　　澄み切った空にあなたがかくも煌(きら)らかに配置なさった
　月や星々をわれが仰ぐ時、われの心は問う、
　　ああ、人間とは何ものか、今も御心に留めてくださるとは、

　人間を念頭におくとは。お生みになった人間について言えば、
　　あなたは人間を祝福しに来られ、人間から神だと気づかれるとは？
15　あなたはほぼ神々にも伍するほどに人間の運勢を定め、
　　　人間に栄光と威厳の冠をかぶせてくださった。

　あなたは人間を御手の業〔万物〕の首長として置かれた。
　　あなたは総てを首長たる人間の足元に服従させた、
　羊の群や牛の群などすべての家畜、野や森に集う野獣のすべてを、
20　　威厳ある御言葉によって。

　天空の鳥や、浅瀬の濡れた潮路をすべる
　　魚類をも。しかも食物の不足はなくて。

> おおエホバよ、われらの主よ、あなたは何と驚くほど偉大で、
> 　　荘厳であることか、御名は地の全土にわたって！

　本詩篇は、弱強5歩脚の6つの4行連句から成り、abab と押韻している。弱強5歩脚は、後の大作『楽園の喪失』、『楽園の回復』、そして『闘技士サムソン』において採用されることになる基本的な詩脚である[37]　（これらの作品では行末に押韻をしない blank verse が採用される）。

　詩中にある、「生まれたての赤子」や「嬰児や乳飲み子ら」は、本当の幼な子を指しており、「その歌」とは「泣き声」や「うぶ声」を指していると考えて差し支えないだろう。しかし、その一方で、これらの語句は比喩的に機能していると考えることも可能である。つまり、信仰においての「赤子」や「幼な子」たちである。まさに、「第一コリント書」や「ヘブル書」に記されている意味での「赤子」であり、「幼な子」である。かれらの唇から出る歌や祈りのことばは、幼児の片言のように未熟で稚拙なものであるかもしれない。しかし、赤子や幼児は全身全霊をかけて、泣き、片言を語るのである。そこに偽りはない。神と御子は、稚拙ではあっても、そのように真実に溢れたものを義として受け取るのではないか。そもそも、至高の完全な存在である御子が、この世に赤子の姿を取ってやってきたのであるから。

　詩篇連作の最後を飾る、詩篇第8篇の翻訳を通して、ミルトン自身も生まれたての赤子として新たな言葉を獲得して、再生していく。ここには、喪失体験の克服と復活のことば ―嬰児の産声こそ神の砦― の回復がある。Boddy は、本詩篇が『楽園の喪失』における天地創造の場面、及び人の創造の場面へと繋がっていると指摘する。[38] 生まればかりの赤子の産声は、すべての出来事の象徴ともなっている。天地も創造されて「産声」をあげ、アダムも人間として初めて神により創造される。生まれたての赤子のイメージは、森羅万象すべての誕生へと連なっていくのである。その意味で、本詩篇翻訳のもととなるヘブライ語詩篇第8篇は、赤子の産声と天地創造、そして人間の創造を重層的に高らかに歌い上げた極めて優れた詩篇だということができる。そして、この詩篇が詩人ミルトンに霊感を与え、更なる高みへと導いたことは想像にかたくない。

　深い喪失体験はことばをも失わせる。連続する喪失体験、すなわち、お産による妻

37　Margaret P. Boddy, "Milton's Translations from the Psalms", *A Milton Encyclopedia*, 7 (1979): 56.
38　"Milton's Translations from the Psalms", *A Milton Encyclopedia*, 7 (1979): 56.

の死、続く長男ジョン・ミルトンの死（1歳）、完全失明、そして敵からの呪詛と罵詈雑言によって、ことばを喪失したミルトンは、詩篇〔創作〕翻訳の営みを通して、善き範例としての「詩篇」に拠り頼む。彼は時の検証を経て、継承されてきた詩篇のことば、祈りのことばをなぞる作業を通して、いったんは喪失した自己自身の詩歌のことばを再生させていったのである。それは詩人ミルトンにとっては魂の再生の行為でもあった。詩篇第1篇から第8篇の創作翻訳は、『楽園の喪失』を歌い上げる叙事詩人ジョン・ミルトン誕生の、まさに産声そのものだったということができる。

まとめ

　詩篇第1篇を除く、第2篇から第8篇までの韻文翻訳は8月8日に始まり、中一日、休みを置いて、8月14日に最後の2篇、第7篇と第8篇を仕上げる、という行程を踏んでいる。神の目に「義なる人」と「邪悪なもの」の基本的姿を描き出した詩篇第1篇は、「詩篇」全150篇の最初を飾る。ここでは最も基本的にして核となる人間の2つの有り様を"stand"と"fall"という、ミルトン作品の重要な鍵語を通して"meditate"されている。

　詩篇第2篇では、救い主である御子の誕生と神による認証 ―わたしは今日、あなたを生んだ― が詠唱するが、この表現はほぼそのまま『楽園の喪失』第五巻の神による御子の「産出」の場面で再現されることになる。

　詩篇第3篇では、敵に包囲され、攻撃され罵詈雑言を浴びせられ、「神の救い」を否定された人間の、それでも揺るがぬ神への信頼（神への信頼の回復）が歌い上げられている。

　詩篇第4篇では、主により頼む者が、どのような外的脅威にあっても安らかな眠りを保持することができる様子が歌い上げられている。

　詩篇第5篇は、曙の日ごとの神への賛美の歌であること。ここでは、あなたのゆえに喜びおどる、という神に拠り頼む人の姿が描出されている。

　詩篇第6篇では、逆境、ことばの喪失、そして失明（神への信頼の回復）というときにあって、「ヤハウェよ、あなたはいつまで……」と詩人がことばを失いかけてくずおれかけたまさにその時、彼の願いは神に届き、彼は神に受け入れられたという確信が生まれる。逆境を超えて再生を果たす心の動き、すなわち、出エジプト的体験としての再生の有り方が歌われている。そして、さらにこの思想は、詩篇翻訳を経て、一層、吟味咀嚼され、ミルトン自身の創作であるソネット第19番という形となって新たに産み出されるのである。

詩篇第7篇では、裁き手ヤハウェと義認の確認―わが誠に従ってわれを裁きたまえ―という詩人の思いが絶対者へと繋がっていく様が、グロテスクなお産のイメージとサタン的な世界を連鎖させながら歌われている。

　詩篇第8篇では、喪失体験の克服と復活のことば、そして嬰児の産声こそ神の砦であるという確信が、詩人の心に新たに生まれでる。そして、ミルトン自身も、詩篇翻訳という作業を通して、出エジプト的体験を経て魂の再生を与えられ、新たな歌（それは叙事詩『楽園の喪失』、『楽園の回復』、『闘技士サムソン』へと繋がる）を歌うために暗闇の世界から外の世界へと踏み出すのである。

第2部　詩篇と散文作品

第2部　詩篇と散文作品

まえがき

　ミルトンの散文における詩篇の反響を考察する際に、Harris F. Fletcher 著 *The Use of the Bible in Milton's Prose* (New York：Haskell House Publishers Ltd., 1970) は現在においても、極めて有用な力作である。本書において、フレッチャーは、ミルトンの主要な散文作品における聖書からの引用箇所および出現箇所に関して精緻な言及を行っているが、「詩篇」についても網羅的な調査を行い、その結果をリスト化している。

　本論考では、フレッチャーの調査結果も参考にしつつ、『教会統治の理由』（1642）、『偶像破壊者』（1649）、『イングランド国民のための第一弁護論』（1651）、『イングランド国民のための第二弁護論』（1654）を中心に詩篇との関わりを考察する。これらの散文作品を選んだ根拠は以下の通りである。

　本論考「序論」でも示したように、ミルトンが『教会統治の理由』第二巻冒頭で、将来、自分が英国の国民的叙事詩人として執筆しようと構想する、叙事詩の主題について述べた部分の中で、「旧約聖書の律法や預言者の書に頻出する詩歌の類」が叙事詩の主題の候補として言及されている。ゆえに、序論で示した問題に関して、本章で一層深く掘り下げることに意義があると考えるからである。

　『偶像破壊者』と『イングランド国民のための第一弁護論』は、どちらもが、王党派の主張する「王権神授説」に反駁して、イングランド共和制とイングランド国民の弁護を行い、「国民権神授説」を主張する政治論文である。ミルトンは、『偶像破壊者』出版の前年、1648年4月に、詩篇第80篇から第88篇の英語翻訳連作を行い、『イングランド国民のための第一弁護論』を出版してから約二年後の1653年8月に、詩篇第1篇から第8篇の英語翻訳連作を完成させている。

　従って、2つの詩篇英語翻訳連作という作業の丁度、中間に位置づけられる、2つの重要な政治論文中に、ミルトンの詩篇についての見解や反響を確認し検討することによって、実り多き研究成果が得られる可能性が高いと考えられる。

　さらに、1652年9月に、ミルトン及びイングランド共和制攻撃の書として出版された、ドゥ・ムラン著『王の血の叫び』に対する反駁の書『イングランド国民のため

の第二弁護論』が1654年5月に出版されていることから、詩篇第1篇から第8篇の英語翻訳連作をミルトンが行っていた時期は、『第二弁護論』執筆の時期と重なっている可能性が極めて高い。従って、ここでもまた、ミルトンの詩篇についての見解や反響を検討することにより、実り多き研究成果が得られる可能性がある。

ところで、本論考「第1部」で既に確認したように、ミルトンという作家が極めて息の長いスパンで、過去に行った自分の創作作品中で醸成した文学的特徴を維持し続けることから、時期的に近い英語翻訳詩篇の反響のみならず、過去に手掛けた作品や、他の詩篇群からの反響も、これらの散文作品中に認められることが予想される。

フレッチャーによれば、『偶像破壊者』における詩篇の反響としては、詩篇第78篇34節；36節；37節、詩篇第105篇15節、詩篇第107篇40節、詩篇第149篇8節がある。『第一弁護論』における詩篇の反響としては、詩篇第17篇2節（2回）；3節、詩篇第51篇6節、詩篇第94篇20節、詩篇第105篇15節（2回）、詩篇第149篇8節がある。『教会統治の理由』には詩篇からの直接の反響は示されていない。『第二弁護論』に関してはそもそもフレッチャーの調査の対象から外れている。[1]

また、本論考では『国王と為政者の在任権』(1649) について詳細な論考は行なわないが、『国王と為政者の在任権』においても、詩篇第51篇4節及び詩篇第94篇20節が言及されていることを指摘しておく。この書は、亡き国王弁護の書『王の像』とほぼ並行して出版された。ミルトンはこれを国王処刑以前から執筆して準備していたといわれるが、その出版は共和政府にとってまことに時宜を得たものとなった。そして、これが共和政府に認められて、ミルトンは国務会議に招かれ、ラテン語担当秘書官となった。こうした経緯を考えれば、王権神授説の否定、国民権神授説の主張、共和政府の弁護という同質の論旨を共有する3つの政治論文において、共通して出現する詩篇は極めて重要である。以下に、この3つの論文の内、2つ以上に共通して出現する詩篇の該当箇所を引用する。共通して出現するのは、詩篇第51篇（4節『国王と為政者の在任権』；6節『第一弁護論』）、詩篇第94篇20節（『国王と為政者の在任権』及び『第一弁護論』）、詩篇第105篇15節（『偶像破壊者』及び『第一弁護論』）、詩篇第149篇8節（『偶像破壊者』及び『第一弁護論』）である。[2] 以下に該当箇所を引用しておく。[3] なお、文脈を明らかにするために、前後の行を（ ）を付けて補っ

---

[1] *The Use of the Bible in Milton's Prose*, pp.110-11. なお、フレッチャーは、具体的な出現箇所も示しているが、底本が、"John Mitford's edition of the *Works*, published by Pickering in eight volumes at London in 1851" (p.108) であるため、入手困難なところから、出典箇所への言及は避ける。
[2] 詩篇第94篇20節は、ことのほか強く、ミルトンの脳裏に焼き付いていたものか、『離婚の教理と規律』(1643, 1644) 及び『四弦琴（テトラコードン）』でも言及されている。Cf. Flecher, p.111.
[3] 訳は、フランシスコ会聖書研究所訳注『聖書　原文校訂による口語訳　詩編』によるが、文意を明確にするために一部変えた箇所がある。めに一部変えた箇所がある。

た場合がある。

① 詩篇第51篇4節、(5節、)6節
悪に染まったわたしを洗い、
罪に汚れたわたしを清めてください。
(わたしは自分のとがを認めています。
わたしの罪は　いつも目の前にあります。)
わたしはあなたに、ただあなたに罪を犯し、
あなたの前で悪を行いました。

② 詩篇第94篇20節
腐敗の座が　あなた（ヤーウェ）の味方だろうか。
かれらは　おきての名において　重荷を造り出す。

③ 詩篇第105篇（14節、）15節
（ヤーウェは　かれらをしいたげるのを　だれにも許さず、
かれらのために　王たちを懲らしめた）
「油そそがれた者に手を触れるな。
わたしの預言者たちに害を加えるな」。

④ 詩篇第149篇8節〔9節〕
〔ヤーウェは〕民の王たちを鎖で縛り、
位高い人たちに鉄かせをはめ、
(しるされたさばきを行うために。)

　詩篇第51篇は、当時、「第二サムエル記」第12節から15節を基にした、ダビデの悔悛の詩篇と見なされ、良く知られていた。特に、「王権神授説」を標榜する王党派は、本詩篇の第6節を根拠として、国王は超法規的存在であり、その行いの責は神によってのみ問われるものであって、臣下たる国民に国王を裁く権利はない、と主張した。王党派と議会派の争点の核となる詩篇であった。
　詩篇第94篇20節の最初の行は反語的疑問文であり、主なる神は正義と真実を愛するお方であるから、腐敗の座とは何ら関わりはない、ということになる。この世の権力者たちは、権力を濫用して、法という名の悪法を制定しては、民を苦しめる。しかし、それは主なる神のみ心からはかけ離れた邪悪な行為となる。

詩篇第105篇14節及び15節においては、神によって「油そそがれた者」とは、この世の権力者ではなく、出エジプトを果たしたイスラエルの民を指す。主によって選ばれた民をしいたげる者たちは、たとえ王であっても神のさばきを受けて罰されることになる。

　詩篇第149篇8節においては、この世の王や高位の者たちは、神に捕縛され捕虜とされている。彼らの驕りは神により裁かれることになるのである。

　このように見てくると、②から④には、J. F. D. クリーチの言う「詩篇の神学」の思想が貫き通されている。[4] それは、詩篇全体を通して何度も繰り返される主題であり、信仰の核心となる。それは、すなわち「主が統治される」という思想である。主なる神こそが真の王にして、創造主であり救い主なのであり、他にはいない、という考え方である。「王」という概念は「詩篇」においては神を表す「もっとも重要な隠喩」であり、他の神の役割（勇士、裁き手、羊飼い、逃れ場など）は、「王としての神の役割の一部と解されるべきだ」という。そして、聖書や「詩篇」について瞑想し、神との対話を経てミルトンが到達した結論もまた、「主が統治される」というものであった。このことは、以下の論考中、特に「詩篇と『第一弁護論』」において検討する。

1　詩篇と『教会統治の理由』

　既に序論で見たように、ミルトンは『教会統治の理由』(1642)、第二巻冒頭において、将来、執筆しようと考える叙事詩の主題と構想を述べる中で、聖書の「詩篇」を高く評価していた。「旧約聖書の律法や預言の書に頻出する詩歌の類」は、「異教世界の頌歌、賛歌の類よりすぐれていて、あらゆる種類の叙情詩にまさり、模倣を拒絶する高さに達している」と言うほどであった。そこまで詩篇を高く評価するミルトンであれば、『教会統治の理由』の他の箇所にも、「詩篇」に関する言及や見解が見いだせるのではないか、というのが本章執筆にあたっての論者の考えである。

　本論考、第2部「まえがき」で述べたように、Harris F. Fletcher の *The Use of the Bible in Milton's Prose*（1970）には、『教会統治の理由』における、詩篇各篇

4　飯謙訳『詩編』（東京：日本キリスト教団出版局、2011）、12-13頁。

についての直接の反響は示されていなかった。しかし、それは『教会統治の理由』の中で、ミルトンが一般論としては「詩篇」を扱ったものの、詩篇各篇については言及していない、ということを意味するものではない。それどころか、ミルトンは、『教会統治の理由』の中で、詩篇の番号や行数は明示しないものの、詩篇各篇のことばや行を様々な箇所で響き渡らせているのである。

　例えば新井明氏は、『教会統治の理由』「結論」部分に詩篇第121篇1節の響きがあることを指摘している。[1]

　　ですから高位聖職者たちは、聖書ばかりでなく、時代の流れを研究することが必要でありますし、かれらの助けがそこからやってくる法廷の山に向かって、かれらの目を上げなければなりません。

ここには、詩篇第121篇1節の「わたしは山に向かって目を上げる。わが助けは、いずこより来たるか」が反響している、と新井氏は指摘する。

　「結論」部分だけを見ても、詩篇からの響きは他にも幾つか指摘される。詩篇第121篇への言及箇所の少し前には、以下のような箇所がある。

　　そうなれば、かれら〔高位聖職者たち〕はみずからの意図と奉仕とを君主の目的とするところに合わせ、もしかりに暴君—<u>神よ、罰のむちをわれらから去らしめて、われらの敵へ向けしめたまえ！</u>—が権力を掌握するとなれば、ここにかれの槍兵、槍騎兵たる高位聖職者たちが下知をまち、またここにもかれの火なわ銃兵がいざという時のかまえをとり……[2]

上記引用文中の下線部分、つまり神への祈願の部分について言えば、「詩篇」中に多くの類似した祈願文が認められると考えられる。しかしながら、例えば、本論考第1部で扱った詩篇第83篇と第85篇の一部を合成すれば、下線箇所の雰囲気に近い祈願文ができるであろう。また、詩篇第80篇4節あるいは、詩篇第86篇16、17節とも響き合う。

　　今こそはどうか、黙したままでおられるな、／おお神よ、静けさを保っておられるな／座したままでおられるな、おお力ある神よ、われらは叫び声を上げて止まぬ。……この者〔祈願者の敵〕どもに対しては……悪しき成り行きにさせたまえ、……彼らに……きりきり舞いさせよ、……敵どもを追跡し……追い詰めてください。……彼らを面目なからしめ、困惑させてください

……（詩篇83：1, 9-17.）

われらの救いの癒しと平和を司る神よ、……／われらに向けられた、あなたの憤怒を止め、／これ以上はお咎めにならないでください。（詩篇85：4）

全軍の主たる神よ、あなたはいつまで、／いつまであなたは燻ぶる御怒りと怒れる額を示されるおつもりか、（詩篇80：4）

おお、ついには御顔をわれに向けて／われに慈悲を垂れたまえ、……そうしてわが敵どもに見せ、顔色なからしめて下さい、（詩篇86：16, 17）

さらに、「結論」の開始部分には、以下のような文言がある。

<u>口を開けた墓ども</u>（"those open sepulchers"）が満足することがありうるとしての話ですが ―そしてかれらの偶像の神殿に、諸君らの諸財産から強奪したぜいたく品を一杯に詰めこみおわったときに……[3]

これは、ミルトン版詩篇第5篇28行の「彼らの喉は開いた墓」（"An open grave their throat"）と響き合う。（PL X: 635 に "yawning Grave" の語句が見える。）
このように、『教会統治の理由』「結論」部分だけを取り上げても、少なくとも詩篇の各篇と響き合う箇所を3例上げることができる。
詩篇の響きは、『教会統治の理由』の「結論」にのみ留まるものではない。日本語訳、「第一巻」45頁では、アンドルーズ主教を筆頭とする高位聖職者たちは、木の比喩で語られる。

しかも祭司のだれでもいい、かれらのすべてでもいい、至高者(いとたかきもの)との関係から切りはなされているとすれば、生命なき樹幹と異なるところのないもの、なんの意味もないのであります。

本論考第1部の詩篇第80篇及び詩篇第1篇の分析で確認したように、神の御前で

1　新井明・田中浩訳『教会統治の理由』（東京：未来社、1986）、158頁、及び169頁（注5）。
2　Op. cit.　なお、下線は論者による。
3　Ibid., 156頁。英語テキストは、The Works of John Milton, Vol. III, Part 1, p.270.

義とされる者たちは、「神の祝福」を受けた「木」や、「水を湛えた小川のほとりに植えられて育つ」「木」の比喩で語られていた。逆に、邪悪な者たちは、神から見捨てられ、「風に煽られて吹き散らされる籾殻のよう」であった。そして、本論考第3部で考察するように、神から「切りはなされ」た「生命なき樹幹」のイメージは、『楽園の喪失』第一巻において、地獄の火の海の中で失神しているサタンとその手下の堕落天使の一党へと収斂して行くことになるのである。すなわちミルトンは『教会統治の理由』において、高位聖職者たちを、詩篇で歌われる、神から見捨てられた樹木のイメージで語っている、ということになる。

第二の例は、異端に関する記述である。

> ＜異端＞は＜異端＞を生みましたが、それも、いま生まれたものが、ただちに次の＜異端＞を育て、産褥のとこでまたはらむという怪物の速やかさを発揮いたしました。友交的な論争も、いまは敵対的な論争に化しました。（邦訳書、55頁）

新井明氏は、この箇所は、『楽園の喪失』第二巻790-97行の＜罪＞が＜死＞をはらむ場面に連鎖すると指摘する。[4] 論者は、さらに、当該箇所が1653年8月に行われた英語翻訳詩篇第7篇50-54行と重層的に響き合うことを指摘しておく。

> 見よ、／彼は虚栄を孕み、その陣痛は激しい。／胎内にあるがごとく、久しい以前からの苦悶を孕み、その鋳型から、ついには虚言を生み出していた。

一方で、これらの響きに類似した表現は、1648年8月頃に詠まれたとされる「Fairfax卿に宛てて」と題された「ソネット第15番」の第10行に認められる。

> For what can war but endless war still breed?
> なぜなら戦（いくさ）は終りなき戦の他何を産み出し得ようか。

そして、この流れは、本論考第1部の詩篇第7篇についての分析でも述べたように、『イングランド国民のための第一弁護論』(1651)における論敵サルマシウスへの揶揄にも繋がっていく。邪悪な存在や災い、戦争や虚偽が短時間で無限に自己増殖していく様子を異常な出産のイメージで語るミルトンの思考法は、『教会統治の理由』(1642)から、「フェアファックス卿へのソネット」(1648)、『イングランド国民のための第一弁護論』(1651)、英語翻訳詩篇第7篇を経由して、『楽園の喪失』におけ

る＜罪＞が＜死＞を生み出すという、究極の邪悪で異常な出産へと収斂していくのである。

ところで、邪悪な異常出産のイメージの対極にあるのが、健全な赤子のイメージである。『教会統治の理由』において、宗教改革を経たイングランドは、理想的な発育を遂げていこうとする赤子のイメージで語られている。そして、赤子や幼子が健全に成長するイメージはテキスト全体に横溢しているのである。[5]　さらにこの赤子の健やかな成長を阻むものとして位置づけられているのが、主教制度とその構成要因たる高位聖職者たちである。以下の引用に注目してみよう。

> このようなけばけばしい金ぴかものを使って、方がたは、不信仰の群衆の信仰心をかきたてようとしている。方がたがそのようなことをしようとするのも、聖パウロが、教皇主義の呪われた詭弁にかんしておこなった神聖な教えを見すてているからにほかなりません。もし群衆が不信仰であるならば、説教者の唇は知識をあたえなければならないのであって、儀式をあたえてはならないのであります。キリスト信徒のなかには、堅き信仰のものもいる反面、生まれたばかりの幼な子もいるのでありますが、しかし、儀式—それは律法の初歩でしかない！—にかんしては、もっとも弱きキリスト信徒といえども、幼児服など脱ぎすててしまっていて、いまや完き人間なのである……。
> 　　　　　　　　　　　　　　　　　　　　（邦訳書、117頁）

新井明氏は「生まれたばかりの幼な子」の内容に関して、「第一コリント書」第3章1-3節、及び「ヘブル書」第5章13節、第6章1節の響きを指摘する。論者はさらに、ここには、やがてミルトンが1653年8月に英語翻訳を行うことになる、詩篇第8篇3-6行への重層的な響きの予感があることを指摘しておく。

> 天空より高きところまで、あなたへの賛美が届くように、
> 生まれたての赤子たちの柔和な唇からほとばしる賛美の歌を

4　『教会統治の理由』、86頁。
5　「古き律法から乳ばなれさせ」（邦訳、23頁）、「福音は律法を子供としてみるのでありまして、後見人とはみないのであります」（31頁）、「老成した＜福音＞が学校へやらされて、幼児の＜律法＞からみずから律する方法を教わる必要があるのか」（32頁）、「約束の子ら、自由と恩恵の嗣子たちを産み育てる」（34頁）、「幼な子のひたいに清めの水をふりかけて」（118頁）、「神はいまや……みずからの教会を、一家の分別のある年齢の子たちとして、統率する寛大な父親のごとき存在であります。」（131頁）

嬰児や乳飲み子らの唇からほとばしる歌を基礎にして、
あなたの砦を築いてしまわれました。

　詩篇第8篇の「生まれたての赤子」や「嬰児や乳飲み子ら」は、本当の幼な子を指しており、「その歌」とは「泣き声」や「うぶ声」を指していると考えて差し支えないだろう。しかし、その一方で、これらの語句は比喩的に機能していると考えることも可能であろう。つまり、信仰においての「赤子」や「幼な子」たちである。まさに、「第一コリント書」や「ヘブル書」に記されている意味での「赤子」であり、「幼な子」である。かれらの唇から出る歌や祈りのことばは、幼児の片言のように未熟で稚拙なものであるかもしれない。しかし、赤子や幼児は全身全霊をかけて、泣き、片言を語るのである。そこに偽りはない。神と御子は、稚拙ではあっても、そのように真実に溢れたものを義として受け取るのではないか。そもそも、至高の完全な存在である御子が、この世に赤子の姿を取ってやってきたのであるから。

　それでは、ミルトンはなぜこのように『教会統治の理由』のテキストに「詩篇」のことばを散りばめ、反響させるのであろうか。それは、「詩篇」が『英国国教会祈祷書』を通して、教会や家庭で朝に夕べに詠唱されるという当時の詩篇文化の中で、人口に膾炙していたからであると考えられる。[6]　たとえば、ミルトンが22歳か23歳であった1631年出版の *The Whole Book of Psalems: Colleceted into English Meeter by Thomas Sternhold, Iohn Hopkins, and others, conferred with the Hebrew, with apt notes to sing them withall* (通常、『スターンホールド＝ホプキンズ詩篇歌集』と呼ばれる)の中扉、表題の下には以下のように書かれている。

> [*The Whole Book of Psalems* is] Set forth and allowed to be <u>sung in all Churches, of all the people together before and after Morning and Euening Prayer</u>, and <u>also before and after Sermons</u>: & <u>moreouer in priuate houses for their godly solace and comfort</u>, laying apart all vngodly songs and ballades: which tend onely to the nourishing of vice, and corrupting of youth. [7]

　上記引用からは、教会で朝の祈りと夕べの祈りの前後、説教の前後で詩篇が朗誦、あるいは詠唱されるように、150篇すべてが順番に提示されていること、それが国王の許しを得ていることが示されている。また、各家庭でも魂の慰めと喜びのために詩篇を歌うことが奨励されている。一方で、昔ながらの歌や物語歌は「すべて」、悪

徳を促進し、若者たちを腐敗させ、信仰に差し障りがあるとして歌わぬよう勧告されていることが分かる。出版同業者組合による、国王の勅許を得た、この 1631 版『スターンホールド＝ホプキンズ詩篇歌集』の最終頁には、詩篇全 150 篇の前に掲載されている 13 の讃美歌と、詩篇全 150 篇の後に掲載されている 10 篇の賛美歌の名称がリストになっている。ここから明らかになるのは、教会あるいは各家庭で歌われる讃美の歌は、詩篇讃美歌が 150 篇、それ以外の讃美歌が 23 篇であり、詩篇讃美歌がそれ以外の讃美歌の六倍強となり、圧倒的多数の詩篇讃美歌が教会あるいは各家庭で毎日、少なくとも朝と夕べに朗誦され詠唱されていた、ということである（実際には、もっと多く朗誦され詠唱されていたと想定される）。[8]

このように、人々の耳に馴染んだ詩篇のことばを『教会統治の理由』の中で、論述と論述の間で、生き生きとしたイメージとともに効果的に反響させることによって、ミルトンは当時の読者たちを覚醒させ、聖書のことばの持つ力と、それらのことばによって神と御子が信徒たちに伝えようとするキリスト教の精髄を再確認させようと意図していたと考えられる。そして、それは成功している。

ところで、『教会統治の理由』には出エジプトに関わる表現も効果的に使用されている。まず、第一巻 6 章を締めくくるにあたってミルトンは高位聖職者たちに「かれらの耳にひびきやすい助言」のことばを与える。

諸賢らはその教皇の司教座に、確としがみつき、気おちしてはならない。

---

[6] 原恵・横坂康彦『讃美歌—その歴史と背景』（東京：日本基督教団出版局、2004）、107-108 頁によれば、英国国教会祈祷書には、創作賛美歌はほとんどおさめられていなかったという。祈祷書中に使用が規定されていたのは、「詩篇」以外では、「テ・デウム」、「ベネディチ・テ」、「ヴェニ・クレアトール・スピリトゥス」の英訳だけであった、という。そして、「詩篇」は全 150 篇すべてが掲載され、それぞれの詩篇を詠唱する期日についても指定がなされていた。英国国教会礼拝式文に創作讃美歌がほとんど含まれていなかったことは、「イギリスの教会全体として詩編歌時代が十六世紀中期から二百年近く続く要因の一つとなった」と原・横坂は述べている。詩篇韻文翻訳の大流行とも言うべき現象があったことについては、本論考「はじめに」pp.10-11 を参照されたい。

[7] *The Whole Book of Psalmes: Collecteed into English Meeter by Thomas Sternhold, Iohn Hopkins, and others, conferred with the Hebrew, with apt notes to sing them withall* (London, Printed for the Companie of Stationers, 1631) の中扉（名古屋大学所蔵）。当該『スターンホールド＝ホプキンズ詩篇歌集』が、ロンドン出版社同業組合の要請で出版されたことが分かる。また、出版年の上部に "*Cum Priuilegio Regis Regali.*" とあることから、国王の勅許を得ていることが分かる。

[8] 立教大学図書館所蔵の稀覯本の一つは、巻頭に大主教トマス・クランマーを中心にして編纂された『英国国教会祈祷書』の一部（「詩篇」を含む）を収録した『新約（欽定英訳）聖書』（1615 年版）であり、巻末には活版印刷による五線譜を含む 1622 年刊行の『スターンホールド＝ホプキンズ詩篇歌集』が合本で編集・印刷されている。「詩篇」の朗読と詠唱が、別々の英語翻訳に基づいて行われていたことが窺える。ちなみに、本書の『スターンホールド＝ホプキンズ詩篇歌集』の表紙部分には、先の引用、"Set forth and allowed to be sung in all Churches, of all the people together before and after Morning and Euening Prayer, and also before and after Sermons: & moreouer in priuate houses for their godly solace and comfort, laying apart all vngodly songs and ballades: which tend onely to the nourishing of vice, and corrupting of youth." の但し書きは存在しない。

……思いを高くかかげ、有害な意図をふくらませて、腹を肥やしては、やがて神の到来を迎え、諸賢らが教会を、エジプトふうの専制化におき、80年も悩ませ続けたその罰を、神が諸賢らに加えるのを待ったがよろしかろう。なぜならば、諸賢らが迫害した至福の魂たちや、諸賢らが生存を奪ったあわれな人びとのあいだでは、正しき〈復讐〉は眠ってはいないのだ。(69頁)

上記の引用からは、ミルトンが主教制度下の英国の教会の状態を、「出エジプト記」で描かれる、パロの専制支配にあえぐイスラエルの民の状態に準えていることが分かる。そして、ミルトンは、出エジプトの際に、イスラエルを迫害したエジプトのパロがその軍隊もろとも紅海の波に飲みこまれたように、主教制度の上にあぐらをかく高位聖職者たちにも神の裁きが下ることを預言するのである。

また、第二巻の序論の最終部で、ミルトンは自分が聖職に就くことを断念した理由について、以下のように語る。

しかし、いまは人となり、暴政が教会を侵している現状がわかってみれば、聖職につかんとするものは奴隷となり、奴隷としての誓約をたてねばならないということは、その誓約が腐りはてたる良心をもって誓ったものであるならばいざ知らず、さもなければただちに偽誓するはめになるのか、あるいはみずからの信仰を折るかという岐路に立たされるわけであります。宣教という聖なる職務も、隷従と偽誓で手に入れねばならぬものであるとするならば、わたくしはむしろ汚れなき沈黙を選ぶことをよしとするものであります。(108-109頁)

上記の引用においても、ミルトンは主教制度が暴政であり、その制度下で聖職に就くことは、奴隷となり、自分の魂を売り渡す行為であると述べている。ここでも、主教制度は暴君(=エジプトのパロ)による暴政に準えられているのである。

第三の引用は、『教会統治の理由』「結論」からの引用である。また、「結論」冒頭でミルトンが「ヨハネ黙示録」に言及していることにも注意したい。[9]

しかも〔高位聖職者たちは〕衆人環視のなかで、自分たちはしばしば羊の衣を着ているが、じつはキリストの群れ―それを養うことをうけあっておきながら、反対に餌食としようとしている!―にたいして、血の襲撃のおどしをかける飢餓どう猛のオオカミであることを公然と宣言してやまない。これではまるで、あのエジプトの巨竜―乙女("virgin")の血で日々腹を肥やすので

なければ、荒廃と破壊とを吹き出すというあの巨竜ではないか。(162頁)

上記引用中の「エジプトの巨竜」について、新井明氏は「聖ジョージが退治した竜。スペンサー『妖精の女王』第一巻11歌」からの反響があると指摘している。論者はさらに、ここには、「出エジプト記」に記述された暴君であるエジプトのパロの反響があることを付加しておく。ここで、主教制度と高位聖職者たちは"<u>that huge dragon of Egypt</u>"（エジプトの巨竜；下線は論者による）に喩えられている。この巨竜は乙女の生血を吸って生きながらえる、サタン的怪物である。ところで「ヨハネ黙示録」第12章3節には"a great red dragon"（「巨大な赤い竜」）が登場する。竜は子を産もうとしている「女」（聖母マリアを象徴）の前に立って、女が子を産んだときに、その子を食い尽くそうと待ち構えている。聖母マリアとはまた、「乙女」("virgin")でもある。そして、赤子を食い尽くそうと待ち構える巨大な赤い竜は、イスラエルの男子の赤子を生れ次第、殺害させたエジプトのパロ（「出エジプト記」第1章）に繋がる怪物である。[10]

『楽園の喪失』第十二巻には、イスラエルの民がモーセに率いられてエジプトを脱出する場面が大天使ミカエルの口を通じてアダムに語られるが、そこでは、エジプトのパロは"the River-dragon"（191行）と呼ばれている。

> Thus with ten wounds
> <u>The River-dragon</u> tam'd at length submits
> To let his sojourners depart, and oft
> Humbles his stubborn heart, but still as Ice
> More hard'nd after thaw, till in his rage
> Pursuing whom he late dismissd, the Sea
> Swallows him with his Host, but them lets pass
> As on drie land between two christal walls,
> Aw'd by the rod of *Moses* so to stand
> Divided, till his rescu'd gain thir shoar:　　(XII: 190-199)

9　*The Works of John Milton*, Vol.III, Part I, ed. Frank Allen Patterson (New York: Columbia University Press, 1931), p.269に、"...this is certain that the Gospell being the hidden might of Christ, as hath been heard, hath ever a victorious power joyn'd with it, like him in the <u>Revelation</u> that went forth on the white Horse with his bow and his crown conquering, and to conquer."とある。
10　Milton, *Of Refomation* にも "the olf red dragon" の語句が出現する。

上記引用箇所において、エジプトのパロが"The River-dragon"と呼ばれるのは、1つには、彼がイスラエルの民を奴隷として圧政下におく暴君だからであり、さらに、彼が「黙示録」の「巨大な赤い竜」と同様、嬰児を生まれるやいなや殺害しようと待ち構えているサタン的な怪物だからである。[11] そして、『教会統治の理由』の「結論」部分で、高位聖職者たちと主教制度とは「あの巨大なエジプトの竜」と呼ばれ、乙女の生血を吸う怪物として描かれている。以上から、ミルトンが主教制度の圧政下にある英国を、神の導きによりモーセに率いられてエジプトを脱出する以前の、パロの支配する暴政下のエジプトに準えていることは明らかである。そして、ミルトンは出エジプトの言い回しを採用することによって、主教制度からの出エジプトを果たすようにと、英国のキリスト教徒たちに勧告しているのである。『教会統治の理由』という主教制度批判の論文は、神の促しを受けたモーセがイスラエルの民を導いて出エジプトを果たしたように、神の促しを受けたジョン・ミルトンが英国のキリスト教徒の人々に、主教制度という奴隷制度の軛を払いのけて、出エジプトを果たすようにと勧告するという枠組みを持った宗教論争の論文なのである。[12]

最後になるが、『教会統治の理由』第二巻序論の後半で、ミルトンは時代の制約のために、叙事詩執筆が困難な状況になっていることを嘆き、その理由を述べている。というのも、「この意図の達成は人間の力をこえて成就する神の力にまたなければならない」(106頁)からである。主教制度という「奴隷制度」の制約のもとにあっては、自由で高邁な詩作品の形成は困難を極めるため、当面は「わたくしが負っているものの支払い」(107頁)は猶予を求めなければならないと彼は言う。(ここで、聖書のタラントの喩が「詩人に与えられた神与の賜物」の比喩としてミルトンの脳裏にあることが明らかである。)そして、このように続けて述べる。

　……この仕事は……あの永遠の霊に敬虔な祈りをささげることによって与えられるものなのであります。その霊はあらゆることばと知識を与えてわれらを富ませ、祭壇の清められた火を手にした最高天使たちを、その喜びたもう人びとにつかわして、それをかれらの口びるにあてて清めるのであります。

11　生まれたてのイスラエルの赤子を殺害した「川の竜」(エジプトのパロ)は、「ヨハネ黙示録」において、赤子を飲み込もうとして待ち構える「巨大な赤い竜」を連想させる。しかし、上記引用箇所においては、「川の竜」は、逆に、神に従順なく海〉に飲み込まれてしまう。

12　Michael Walzer, *Exodus and Revolution* (New York: Basic Books, Inc., Publishers, 1985), p.40 で、*The Readie and Easie Way to Establish a Free Commonwealth* (1660) 中のミルトンの"choosing them a captain back for Egypt"の語句に注目して、これは単にエジプトへ回帰するという意味ではなく、「隷従と腐敗へと後戻りし、堕落する」ことを意味していると述べている。論者の論旨と同質の指摘である。

永遠の霊にこうして祈りをささげることに加えて、精選された書物の根を
つめた読書、着実な観察、美しい芸術や高貴なできごとへの洞察などの経
験が必要とされます。(107 頁)

　ミルトンは、こうしたことが「ある程度達成されるまで」は、叙事詩は完成を見
ないと結論づけている。つまり、『教会統治の理由』執筆中（1642 年以前）のミル
トンは叙事詩人としては修行中の身にある、ということである。
　そして、ミルトンの言う「永遠の霊にささげる敬虔な祈り」の中に、「詩篇」も含
まれていることは言うまでもない。それは、「詩篇」全 150 篇のすべてが、人から神
に捧げられた真摯な祈りのことばだからである。

2　詩篇と『偶像破壊者』

　『偶像破壊者』（1649 年 10 月）においてミルトンは『王の像』（1649 月 2 月）に
反駁し、以下の 3 点を主張している。

(1)　王権神授説の否定
(2)　国民権神授説の提示
(3)　暴君成敗は、神の意志に適った行為であり、神の法によって
　　 承認されること。

　こうした点から見ると、『偶像破壊者』におけるミルトンの主張と、それから二年後、
クローディウス・サルマシウス著『チャールズ一世弁護論』への反駁書としてラテ
ン語で執筆された『イングランド国民のための第一弁護論』でミルトンが展開した
主張は、大筋において大差ないと見えるかもしれない。
　しかし、『王の像』に対する反駁として『偶像破壊者』を執筆する際にミルトンが
否応なく直面し、再考し、検討し直すことになった―すなわち "meditate" するこ
とになった―のは、「神への祈り」の問題であった。しかも、それは「ダビデ王の詩
篇」、すなわち、今日で言う、旧約聖書の「詩篇」の扱いを中核とするものであった。
（当時、「詩篇」は、ダビデ王により執筆されたものと考えられていた。そのため、「ダ
ビデ王の詩篇」と呼ばれていた。）
　そもそも『王の像』においては、受難のキリストと重ね合わせた形でチャールズ

の像が形成されている。挿絵に描かれた、ひざまずき、神に対する祈りの姿勢を取るチャールズの図像からは、敬虔極まりなき人物として、全イングランドの民の罪を一身に受けて、その贖いとして処刑される「キリストに限りなく似た」チャールズの姿が読者の脳裏に焼き付けられる、という戦略が取られている。[1]

『偶像破壊者』は序言を含めて 29 章から成る。『王の像』の一章一章に反駁していく形が取られている。一方、『王の像』は各章の終結部に「王の祈り」が付けられている。第 27 章全体は、チャールズ一世からその長子であるチャールズ（王政復古時に、チャールズ二世として即位）に宛てた「正統なる国王から正嫡子に宛てた遺言の書」となっている。頁をめくり、『王の像』を読み進む読者たちの心には、繰り返し、民の平和と安寧を願い、神に祈りを捧げるダビデ風の「敬虔な国父」チャールズ国王の姿が刻み込まれという仕組みになっている。ダビデ王への言及もしばしば行われ、チャールズがダビデ王に比肩する名君であり、神から王権を認定された正統な王であることが強調される。つまり、『王の像』の各章に付された「王の祈り」は、伝統的な「王の祈りの書」―ダビデ王によって歌い上げられたと当時考えられていた― *The Psalms of David* 、つまり「詩篇」を意識して詩作されたものであり、「ダビデ王の詩篇」の系譜に連なる、「チャールズ国王の詩篇」として提示されたものであった。1657 年に、これらの詩は編纂されて、*Psalterium Carolinum*（『チャールズ国王の詩篇』と題されて出版される。[2] これは、「ダビデ王の詩篇」が『英国国教会祈祷書』に付され、当時、最も権威ある祈祷の手本として位置づけられていたことを大いに意識していたからである。事実、「詩篇」の解釈が、革命以前も以降も、英国の祈祷の形と祈りのことばを巡る 1 つの大きな争点となっていたことを考慮すれば、ここでチャールズ国王自身による「祈りの型とことば」が王党派によって提示されたということは、戦略的に極めて大きな意味を持っていた。

ここでミルトンに課せられた使命は、「チャールズ国王自身による祈りのことばの型と内容」が、いかに空疎で事実とはかけ離れたものであるか、それが、神との真の信頼関係と応答関係から生まれた、個人としての人間の真心から生まれたことばとは、ほど遠い、寄せ集めの、剽窃の塊であることを証明するとことにあった。そして、それは幼少時より詩篇のことばに親しみ、常に詩篇について瞑想を巡らし、詩篇を口ずさんでいたミルトンにとって困難なことではなかった。

ミルトンは、『偶像破壊者』第一章において、「王の祈り」と称するものの 1 つが Sir Philip Sidney, *Arcadia* における「パメラの祈り」からの剽窃であることを指摘して、「王の祈り」の実態がいかに空疎で形だけの間に合わせのしろものであるかを白日のもとにさらけ出す。

But this King, not content with that which, although in a thing holy, is no holy theft, to attribute to his own making other mens whole Prayers, hath as it were unhallow'd and unchrist'nd the very duty of prayer it self, by borrowing to a Christian use Prayers offer'd to a Heathen God. Who would have imagin'd so little feare in him of the true all-seeing Deitie, so little reverence of the Holy Ghost, whose office is to dictat and present our Christian Prayers, so little care of truth in his last words, or honour to himself, or to his Friends… A Prayer stol'n word for word from the mouth of a Heathen fiction praying to a heathen God; & that in no serious Book, but the vain amatorious Poem of *Sr Philip Sidneys Arcadia*…. [3]

　引用中で、ミルトンは聖なるキリスト教の神に捧げる祈りにおいては、本来なら、聖霊により霊感を受けてその教えにそって、自分の真心から出たことばを用いて祈るべきであるし、また、当然そうなるはずであるのに、チャールズ一世（実は、ジョン・ゴードン）は他の作家の執筆した恋愛物語の中で登場人物が異教の神に向かって祈っていることばをほぼそのまま借りて、それを自分自身の祈りのことばででもあるかのごとくに装っていると指摘する。そして、祈りにおいて他者のことばを剽窃してそれで事足れりとするような人間には、まったく信頼が置けないし、そこに真実味はまったくないのであるから、そのようなものはまともに受け取る価値がないと主張する。そして、そのような行為は自分自身に対しても友人に対しても裏切りの行為に他ならないものであり、神に対する冒瀆であると示唆する。

　こうしたミルトンの論調は、『偶像破壊者』全体を貫いている。ミルトンは繰り返し、国王の祈りと称するものが、ダビデ王の祈りのことば〔すなわち「詩篇」〕からの剽窃であることを明らかにし、『王の像』のいかさまぶりを徹底的に暴き出すのである。[4]

　そして、亡きチャールズを殉教のキリストや旧約聖書中で神に愛された最も偉大なダビデ王に準えようとする王党派の思惑とは反対に、むしろチャールズはイスラエルの民を隷属させ収奪し、ついには神の裁きによって紅海の藻屑となったエジプトのパ

1 　このイングランドの民衆の脳裏に焼き付けられた「チャールズ＝キリスト」の像こそが、各章に付された「王の祈り」と相乗効果を生み出して、後の王政復古の強力な引き金となったと主張する批評家もいるほどである。
2 　Hannibal Hamlin, *Psalm Culture and Early Modern English Literature* (Cambridge: Cambridge University Press, 2004), p.195.
3 　*CM*, V, pp.85-86.
4 　*CM*, V, p.103, p.162, p.258, et al.

ロに良く似ていると、ミルトンは主張する。第17章を検討してみよう。

> かくしてひとたびエジプトのパロが、イスラエルの民の嫉妬を恐れ、それを封殺し始めると―民の数が増大し、自分に刃向かってくるのではないかという恐怖に駆られたパロが、その恐怖の唯一の救済措置としてイスラエルの民を苦しめ、支配下に置き続けようとすると―恐怖を忌避しようと自分の取った本末転倒の手段によって、彼は突然今まで眠っていた邪悪な思いに取り憑かれたのであります。〔パロとチャールズの〕間の諸例をざっと見て、故意に目をつぶりさえしなければ、われわれ自身の国土に同様の出来事がもたらされているのが明らかでありましょう。この国王は恐らく父王を除けば、歴代の王のだれにもまして、最初に王座についてからこの方ずっと、この上なく信仰篤き人々とその教義に対して―国王が『王の像』の第17章で自分自身のことばで認めているとおり―奇妙な恐怖と猜疑の念とを懐中深く育み、それを「〔プロテスタントの〕牧師たちの舌から出る騒乱好きの非理性的謬見」と名付け、キリスト教徒らしくもなく、「牧師らが天国の鍵をちらつかせて、国民の心から平安と王への忠誠心を追い出すのではないか」と言って疑ったのであります。[5]

引用文から明らかなように、ミルトンはチャールズ一世と「出エジプト記」に登場するエジプトのパロを比較し、その共通点が「民に対する奇妙な恐怖と猜疑の念」だとしている。そして、ここでもまた、ミルトンはイングランド国民をイスラエルの民に準え、イングランド革命を暴君の圧政からの解放、すなわち出エジプトの枠組みで捉えているのである。

　チャールズ一世をエジプトの暴君パロに準えて語るミルトンにとって、主教制度もまた、当然、批判の対象となる。

> それゆえ彼(チャールズ)は、もっと秘儀的な方法、教会にとって一層危険な反キリスト的不正という新たな方法を選び、預言者の民〔イスラエルの民〕に対抗するためにツィポルの子、バラク〔モアブ王〕がしたと同様、他の尊敬されている預言者を傭い、偽りの教会政治[6]によって真の教会を根底から突き崩し、消滅させるのが最善と考えるのであります。国王はこの謀略を推進する上で、主教による教会統治こそが最も有効であると発見したのであります。この位階制度は、判断と流儀の両方において、それを受容した人々を互いに腐敗させるほどにまで、人間の手で最初に腐敗させられた教会にお

ける制度なのであります。一方、聖職者たちの方でも、自分たちが高位の位階にあることは、聖書に基づくわけでもなければ、宗教改革により認められたわけでもなく、何か自分たち自身の霊的賜物とか美徳に支えられているわけでもないと見るや、国王にのみ依存することこそ最上の策であると悟ったのであります。そして、少しずつ国王の妄想に働きかけて、あの堕落した、国王に不似合いな、「主教なければ国王もなし」などという教条に至らせたのであります。その一方で、逆に全高位聖職者たちは彼ら自身の狡猾な判断に基づき、まったく別の考えを抱いていたのであります。[7]

ここで、ミルトンは主教制度及び主教たちを、真の神の教えに従わない暴君たちが、真の預言者に対抗するために雇ってその力を競わせた偽預言者に準えている。つまり、暴君チャールズは、主教という偽預言者たちと主教制度という偽の制度を使って、神の民たるキリストの信徒を抑圧し搾取し続けたというのである。さらに、ここには、真の預言者の一翼を担うというミルトンの召命意識さえもが窺われる。

『王の像』の戦略は、常に神に祈りのことばを捧げる敬虔なチャールズ一世、無残にも瀆神の輩に殺害された国王、神から授けられた超越的権力と権威を持つキリストにも似た殉教者というイメージをイングランドの一般大衆の心に植え付け、議会派や共和政府から人々の心を引き離し、王政復古を狙う、というものであった。各章の終わりに王の祈りの部分を付けたのもそのためであった。
　しかし、神への祈りという最も神聖な捧げものをそのだしに使うということは、常に、物事の見せかけではなく本質を問う、という生き方を貫いてきたミルトンにとっては見過ごすことのできない冒瀆の行為そのものと映った。『偶像破壊者』の第16章『英国国教会祈祷書』廃止の法令について」は、祈りが争点となり、祈りの本質が問われる章となっている。

> 明らかなことは、「既定の形式の祈りをしない」人々には真心からのことばがあるが、かたやそうでない人々は、あらかじめ盛られた一服のことばに見合うふさわしい気持を探さなければならないということであります。そのようなことばは、私人としての弱さをもついかなる人にたいしても、厳格に禁

5　*CM*, V, pp.226-27. 日本語訳は野呂。以下同様。
6　「教会政治」の語は "ecclesiastical polity" の訳として日本のバプティスト教会の用語に定着。
7　*CM*, V, pp.227-28.

じられるということがないのでありますが、それと同様に、われわれの＜祈り＞とその祈りを送り出す＜神的な霊＞〔＝聖霊〕という、けっして幽閉されるはずのない二つの貴重なものを、力ずくでおきまりのことばという＜家畜小屋＞に入れて身動きできなくするものなのです。ですから、そんなことばは実は、天にたいして隷従を迫った巨人族の手よりももっと長い手をもっているかもしれない僭王なのであります。[8]

引用から、ミルトンが祈り及びその祈りを送り出す＜神的な霊＞を極めて神聖な、だれも侵してはならない尊厳溢れたものとして認識していることが分かる。

そもそも儀式というものが、国王が強制してきたように、強制されてよいものなのかどうかということこそが問題であります。われわれは「同じ神にむかって祈っている」というのは本当でありますが、だからといっていつも決まったことばで祈らなければならないのでしょうか。ならば、ひとつの神に祈っているのですから、決まり文句ではなく、真心からのことばを使って祈ることにしようではありませんか。……仮にそのことばが風味豊かでまじりけのないものだったとしても、マナそのものだったとしても、それが私たちの目前にノルマとして山積みにされたとしたらどうでしょうか。かたや、神は毎朝われわれの心のなかに新しい表現を降らせてくださるのですから、あてがわれたことばの方は使うにふさわしいどころか、退蔵されたマナであり「蛆がわき腐った臭いのする」ものだとわかるでありましょう。[9]

ここでミルトンは、『英国国教会祈祷書』に規定がある通りに、詩篇やその他の祈りのことばをノルマとして、時々の個々人の心情や状況とは関わりなく、ただ朗誦したり祈祷したりすることの愚をいましめている。そのようなことでは、祈りのことばは自発的なものとはならず、おざなりで機械的な、形だけの、形骸化し空洞化した祈りになってしまうからである。

『偶像破壊者』において十分に展開された「祈り」と「祈りのことば」に対するミルトンの思考様式は、『楽園の喪失』第五巻144行から152行において具現化されている。

かれらは腰を低めて神を拝しつつ、朝ごとに
かわることばで、朝の祈りをはじめた。
朝ごとにかわることばと聖なる恍惚で

> 創造主をたたえるために、かれらは
> ふさわしい調べに合わせて賛美をうたい、
> おのずからなることばで祈った。うるわしさを
> 添えるリュートや立琴を必要とはせぬほどに
> 調べの高い散文、あざやかな
> 祈りが、時をおかず、かれらの唇から流れた。

　上記の引用箇所は、本章でこの後『偶像破壊者』から引用される一節にぴったりと呼応する。アダムとイヴの祈りは「朝ごとにかわることばと聖なる恍惚」をともなう。それは「おのずからなることば」、つまり、自然に自発的に生まれてくることばなのである。それはご大層な鳴り物も必要としない、祈り自体が「調べの高い、あざやかな祈り」であり、推敲のための時間も必要とせずに、二人の唇からほとばしり出るのである。

　ここで改めてミルトンが、物事の形に囚われることなく、常に物事の本質を問い直し、そこに真心を込めて生きようとする人物であったことが思い起こされる。彼が『離婚論』で主張したのも、やはり、空洞化し形骸化した結婚の外面をのみ取り繕うような生き方を排して、互いが真心を込めて尽くしあい、語り合える関係を伴侶とともに築き上げるという積極的な姿勢であった。それは、結婚が神から与えられた人間の生きる形であるからには、神のみ心に沿うような結婚の形とはどのようなものか、とミルトンが問いかけ、問い直し続けた結果、出てきた答えだったのである。[10]

> **神は聖化してくださる霊によってわれわれの心が導かれるままになさいました**。それと同様に、前もって考えていなくても、われわれのことばが心のなかにすっと入ってくるようになさったのでした。ここでいうことばとは、異教徒や暴君たちの前で用心深く使うべきことばのみではなく、ましてや子としてのことば、恩寵の玉座に近づくにあたって、**言論の自由**をもって、なんら、はばかることなく頻繁に使う神の子としてのことばをさすのであります。それを放っておいて、ほかの人間の上滑りのことばを使うとは、神と、神の完全な賜物である聖霊を傷つけることになるでありましょう。聖霊こ

8　*CM*, V, pp.220-21. 訳は鈴木順子の下訳をもとに野呂が加筆・修正を行った。鈴木順子の了解を得てここに掲載する。以下、16章からの引用はすべて同様。
9　*CM*, V, pp.221-22.
10　詳細は拙論、「母と娘の脱＜失楽園＞」、『神、男、そして女』辻裕子他編（東京：英宝社、1997）、170-208頁を参照されたい。

そわれらに祈る力を授けたまう御方であるからです。それはあたかも、御方のつとめが不完全で、心を授けた人々にたいして十分にことばを与えておらず、ひいては祈りという賜物を完全な賜物にしていないかのごときを意味するのであります。[とりわけこれは、教会でのつとめが公の場で祈ることになっている方々にあてはまるのですぞ。]¹¹

かたや、既定の形式を用いた祈りでは、ことばも内容もいつでも唇にのぼらせることができますから、見せかけの祈りなら十分取り繕うことができてしまいます。すると、祈る人の真心もだんだん緩んできて、自分のことばでもないことばに呼びかけられたところで、容易に気乗りしないというわけです。**そんな祈りでは、心との内的な交わりは減っていき共感することも少なくなります。**祈りは心のなかで生まれることなく、心のなかに沈潜する長い旅の手間を省いて、常套句というみかけの翼にのって一目散に上昇していくのです。仮に、まっさかさまに落ちないとしても、期待された祈りのかわりに、新鮮さを欠いた空虚(うつろ)なことばを束ねて神に捧げるまでであります。¹²

　第1部で確認したように、ミルトンは「詩篇」から19篇を選び出し、それを原語のヘブライ語から英語へと翻訳している。さらに詩篇第114篇に関してはヘブライ語からギリシア語への翻訳も行っている。そして、『偶像破壊者』において、ミルトンは他者のことばをそのまま写し取って（＝剽窃）繰り返すことの愚を厳しく戒めているのである。
　特に神に捧げる祈りのことばの場合、「祈る」という行為は、祈る人間と神との直接の語らいの場においてなされる。それは、祈る個人の人格と神との真剣なやり取りの場であり、そこでは、個人の心から出た誠のことばが要求されるがゆえに、それは祈る者自身の固有のことばとなっていなければならない、とミルトンは考えた。
　ゆえに、『国の像』の国王の祈りと称するものが、サー・フィリップ・シドニー著『アルカディア』からの剽窃、しかも「異教徒の祈り」の剽窃であったことは、ミルトンの眼には許しがたい神への冒瀆と映ったわけである。
　ここで一言断っておかねばならないことがある。それは、個人、あるいは会衆が神に祈りを捧げる場合、一定の決まったことばを使用することに対してミルトンが必ずしも否定的だったわけではない、ということである。しかし、それら祈りのことばとは、決してお仕着せのことばであってはいけない。個人あるいは会衆が、無反省に権力側から与えられたことばに従う、あるいは盲目的に与えられたことばを受け入れるということがあってはならない、とミルトンは考えた。祈りという、極めて重要な、神と

の語らいの場で使うことばであればこそ、祈る側の自覚的な姿勢が要求される。当時の国教会のお仕着せの『祈祷書』に対してミルトン及び当時のピューリタンや非国教徒の人々が拒否反応を示したのもここに理由がある。

つまり、ミルトンの祈りに関する見解は決してミルトンに特有な見解というわけではなかった。当時のピューリタンや非国教徒の人々に共通した見解だった。[13]

そして、それら祈りのことばは、決して洗練された技術的に高度なことばである必要はない。ただ、祈る者の心の底から発された、心からのことば、誠意のこもったことばであればそれでよいのである。それが他者の眼から見て、文学的に稚拙であるか、否かは問題ではない。

このように考えた時、『楽園の喪失』第十巻で、アダムとイヴが神に対して捧げる悔悛の祈り(「詩篇」のジャンルの1つ)が問題となる。禁断の実を食したために、神の裁きを受けた後、アダムは心乱れてイヴを糾弾する。しかし、アダムに対するイヴの悔悛の祈りによって心和らいだアダムはイヴに神への悔悛の祈りを捧げることを提案する。

第十巻におけるアダムとイヴの悔い改めは、確かに祈りの体をなしてはいなかった。口の端に上るのは、「溜め息と呻き声」だけであった。しかし、それは心からの悔い改めの祈り―"penitential prayer from the bottom of their hearts"―に他ならなかった。それゆえ、その祈りは神の御子の元へと届き、御子はこれを至上の供え物として受け取り、神へのとりなしを行ったのである。そして、ことばにならなかったアダムとイヴの祈りの内容を敢えて問うならば、それは、まさに、詩篇第85篇7節のことばに込められた内容にほかならなかったといえるだろう。つまり、神に赦しと慈悲を乞い、罪を犯したために、「生ける屍」となった自分の内に、新たな生を与えてくれるようにという祈りと願いである。

「心からの悔い改めの祈り」こそ、神への最高の捧げものである、とする考え方は、聖書中、まさに祈りの書と呼ぶにふさわしい「詩篇」の各詩行の中にしばしば登場する考え方であり、ミルトンもこれを踏襲している。例えば、悔い改めの祈りの詩篇として最も有名であり、イングランド革命において、王権神授説の根拠として争点の核となった詩篇第51篇の16節～19節を見てみよう。[14]

---

11 *CM*, V, pp.222-23.
12 *CM*, V, p.223.
13 Lewalski, *Protestant Poetics and the Seventeenth-Century Lyric* (Princeton: Princeton University Press, 1979).
14 こうした思考法の他の例として、詩篇第50篇14節「神にいけにえとして　賛美をささげよ。」がある。

16 神よ、死の嘆きから　わたしを救ってください。
　　わたしの舌は　あなたの正しさを声高らかに歌いましょう。
17 主よ、わたしのくちびるを開いてください。
　　わたしの口はあなたの誉れをのべ伝えましょう。
18 あなたは　いけにえを喜ばれず、
　　わたしが　焼きつくすいけにえをささげても、
　　それをよみされない。
19 悔いる霊こそ、この上ない　いけにえ。
　　神よ、あなたは　へりくだった悔いる心を、さげすまされません。

　この解釈について、フランシスコ会の解釈では、「神はいけにえそのものをよみされないというのではない。悔いる心の伴わない形式的ないけにえの奉献をきらうのである」となっている。(p.179)
　しかし、ミルトンは問題の詩行を字義通りに解釈した。そして、それゆえに、堕落後のアダムとイヴの霊的救済という、旧約聖書「創世記」にはまったく記述のないテーマを、『楽園の喪失』の最重要テーマの1つとして扱い、二人の救済の第一歩として、アダムとイヴがことばにならない、「溜め息と呻き声」からなる祈り、「心からの悔悛の祈り」を天に捧げる場面を歌い上げたのである。『楽園の喪失』第十巻最終の19行、1086行〜1104行を以下に引用する。

> What better can we do, then to the place
> Repairing where he judg'd us, prostrate fall
> Before him reverent, and there confess
> Humbly our faults, and pardon beg, with tears
> Watering the ground, and with our sighs the Air　　1090
> Frequenting, sent from hearts **contrite**, in **sign**
> **Of sorrow unfeign'd,** and humiliation meek.
> Undoubtedly he will relent and <u>turn</u>
> From his displeasure; in whose look serene,
> When angry most he seem'd and most severe,　　1095
> What else but favor, grace, and <u>mercie</u> shon?
> So spake our Father **penitent**, nor Eve
> Felt less **remorse**: they forthwith to the place
> Repairing where he judg'd them prostrate fell

> Before him reverent, and both confess'd,　　　　　1100
> Humbly thir faults, and pardon beg'd, with tears
> Watering the ground, and with thir sighs the Air
> Frequenting, sent from hearts **contrite**, in **sign
> Of sorrow unfeign'd**, and humiliation meek.

「裁かれたところへもどり、神のみまえに
虔しみひれ伏し、そこで心ひくく
われらの罪を告白し、みゆるしを乞いまつり、
いつもかわらぬ悔悛と柔和な謙遜のしるしに、
悔いた心の涙で地をうるおし、
われらの呻きで大気を満たそうぞ——
これ以上のことが、われらにできようか。
神はかならずや和らがれて、ごきげんを
なおされよう。神のしずけきみ顔には、
み怒りの、最（いと）きびしく見えるときでさえ、
好意、恩恵、憐みが光りかがようのだ」
大父は悔いた心でこう言った。エバも
ともにふかく悔いた、ふたりはただちに、
裁かれたところへもどり、神のみまえに
虔しみひれ伏し、心ひくくおのが罪を
告白し、みゆるしを請いまつり、
いつわらぬ悔悛と柔和な謙遜のしるしに、
悔いた心の涙で地をうるおし、
かれらの呻きで大気を満たした。

19 行の詩行中に、第一義として「悔悛」の意味を持つ語が四度出現する。"contrite"（1091 行）、"penitent"（1097 行）、"remorse"（1098 行）、そして "contrite"（1113 行）である。ミルトンはここで、アダムとイヴの悔悛と祈りが極めて真摯なものであることをこれらの語を重ねることによって強調している。

　「悔悛」を意味する語の選択にも、ミルトンの際だった精緻な配慮が見て取れる。二人の心 "hearts" を形容する "contrite" の語は、本来ラテン語で "con-"（ともに）"trite"（〔地に頭や体などを〕こすり付ける）という意味を持っており、そこから神学的に「深く罪を悔いている」という意味に発展していった。ミルトンはここ

で敢えて"contrite"の語を採用することによって、形ばかりの懺悔の姿—身体を低くして、あるいはひざまずいて祈りの姿勢を取ること—ではなく、不可視の心の低きさまこそが重要であることをも強調している。しかも、それは当事者全員が心をともにして、1つになって漸く達成される心の姿なのである。ここには、『王の像』(1649) に描かれた、チャールズ一世がひざまずいて神に祈る一幅の絵が英国の一般民衆の情動を激しく揺さぶり、処刑されたチャールズ一世に対する同情を煽ったことに対するミルトンの痛烈な糾弾が込められていると考えられる。

　アダムを形容する"penitent"の語は、当時「詩篇」中で最重要視された詩篇第51篇を含む、"the penitential psalms"（「痛悔詩篇」—第6篇、第32篇、第38篇、第51篇、第102篇、第130篇、第143篇の全7篇からなる—）の"penitential"に通ずる語である。ミルトンの時代に、詩篇第51篇はダビデ王が神に自分の罪を告白し、神の許しと慈悲を請う詩篇として人口に膾炙していた（ミルトン自身も『キリスト教教義論』において「詩篇」はダビデ王が書いたとしている）。ミルトンが本詩行で、ダビデ王の悔悛の詩篇を想起させる"penitent"の語を採用しているところから、アダムとダビデ王を連鎖させることによって、当時王党派がしきりに喧伝したチャールズ一世とダビデ王を同一視、あるいは、チャールズ一世をダビデ王以上の王として位置付けようとする政治的戦略に対して、ミルトンが真っ向から異を唱えていると考えられる。さらに、"penitential"という派生語ではなく、"penitent"という、より源泉に近い語を採用することによって、ダビデ王の罪の重さや悔悛の深さとは次元を異にする、アダムの犯した罪の重さと悔悛の深さをも鮮やかに浮かび上がらせている。

　イヴを形容する"remorse"の語には流音"r"と両唇音"m"が含まれ、"penitent"の語の持つ強い響きに対して、穏やかで柔和な響きがあり、男性のアダムを形容する語と女性のイヴを形容する語が、意味的には同質でありながらも、それぞれ独自の働きと効果を狙って採用されているという点も見逃せない。そして、"our Father penitent,"の後にすかさず"nor Eve / Felt less remorse"と続けられているところから、ミルトンがアダムの悔悛だけでなく、イヴの悔悛をも極めて重要視していることが明らかである。アダムの悔悛だけでは、人類の救いはあり得ない。イヴもまた悔悛してこそ、救いは可能となるのである。そのことは、本2行（1097-98）の前後を挟み込む形で、"hearts contrite"（1091行及び1103行）の語句が出現することからも明らかとなる。ミルトンは、アダムとイヴに代表される夫婦の形を共同体の最小にして最重要の単位と見なしていた。[15]　それは、そもそも旧約聖書「創世記」において、最初に神から与えられた人間の結びつきの単位だからである。しかし、それと同時に、ミルトンは個人としての人間の有り様をも尊重した。個人としてのアダ

ムを尊重するだけでなく、個人としてのイヴをも尊重した。夫婦という単位の重要性を認識しつつ、個人としてのアダム、さらにイヴを尊重しているミルトンの思考の形が、"hearts contrite"という語句の選択と配列にも現出しているのである。ここからもまた、アダムとイヴの悔悛と祈りが、ダビデ王の悔悛と祈りとは次元を異にするものであることが判明する。ダビデ王は単独に悔悛し祈っている。バテシバはまったく関与していない。聖書「第二サムエル記」の記述によれば、ダビデ王にとって妻バテシバは情欲の対象として描かれている。彼女自身の言動は記述されていない。そこに、読者が個人としてのバテシバの姿を読みとることはない。

　しかし、『楽園の喪失』第十巻の最終場面に描かれたアダムとイヴの「悔悛詩篇」とも言うべき詩行では、個人としてそれぞれ別箇の悔悛の情 ("penitent"："remorse") に溢れたアダムとイヴが、心を1つにして ("hearts contrite") 祈る姿が描出されているのである。ミルトンは、詩篇第51篇をもとにしながら、『楽園の喪失』において、ミルトン独自にして固有の、アダムとイヴの悔悛詩篇という新たな詩篇を創り出したということができる。

　それはまた、詩篇第96篇1節〜3節の「新しい歌をヤーウェに歌え。すべての地よ、ヤーウェに歌え。み名を讃えて、ヤーウェに歌え。日ごとに　その救いをのべ伝えよ。国々に　その栄光を語り、すべての民に　ふしぎなみわざを語れ。」という詩句や、詩篇第98篇1節及び4節〜6節の「新しい歌をヤーウェに歌え。ヤーウェは不思議なわざを行われた……すべての地よ、ヤーウェに歓呼せよ。声をあげて喜び、叫び、誉め歌え。立琴をかなでて　ヤーウェをほめ歌え。立琴と歌声をもって　たたえよ。ラッパと角笛にあわせ、王、ヤーウェの前で歓呼せよ。」の詩句、あるいは、詩篇第101篇1節の「わたくしはいつくしみと正義を歌う。ヤーウェよ、わたしはあなたを　ほめ歌う。」の詩句を幼少より、常日頃、口ずさみ、瞑想し、やがて『楽園の喪失』という叙事詩において実現させた、ミルトンというキリスト教詩人の神に対する真心の有り方だと言うことができる。

　ところで、人類史上初の、そして最重要と考えられる、アダムとイヴの悔悛の祈りの叙述は極めて短い。再度の引用は、宮西光雄訳を採用する。

　　われらの始祖なる父は、後悔しながらこう言った。
　　エバも彼に劣らず、悔恨の情を抱いていた。二人は

15　Georgia B. Christopher, *Milton and the Science of the Saints* (Princeton: Princeton University Press, 1982), p.146 に、17世紀には結婚は一般的に、"a little church" にして "a little state"、つまり、「小さな教会にして国家」だと考えられていた、とある。

直ちに、神が二人を裁いた場所へ行き、神の御前に
　　　敬虔にひれ伏し、そして二人とも、それぞれの罪を
　　　神妙に懺悔し、そして真心をこめた悲嘆と、従順な
　　　へりくだりとの、徴証（しるし）として、涙で、地面を濡らし、
　　　そして悔いる心情から、吐きだされる溜め息で、
　　　空気を満たしながら、お許しを、請いねがった。[16]
　　　　　　　　　　　　　　　　　　　　　　(ll.1097-1104)

　ここで2人がどのようなことばを用いて神の許しを願ったかについて、「ミルトン風詩人」[17] は具体的には何も語らない。ここで語られるのは、2人が「敬虔に」「神妙に懺悔し」(confess'd / Humbly thir faults)、「真心をこめた悲嘆」と「従順なへりくだり」をもって、その徴としての「涙」を流し、「悔いる心情」から吐き出される「溜め息」で空気を震わせ、悔悛し許しを祈念して祈った、という、祈る際に人が取るべき心の有り様と祈りの姿勢である。

　Barbara K. Lewalski は、この祈りの場面が1056～1096行のアダムの指示通りに行われたことを示すのみで、具体的な祈りのことばが描写されなかったのは、ミルトンの詩的戦略のゆえであると指摘する。[18] そしてその理由は、次巻（第十一巻）冒頭の御子の神との「とりなしの対話」に示唆されているという。

　　　The Son notes that of themselves Adam and Eve can produce
　　　only mute sigh and unskilled words, which he as their Priest and
　　　Advocate must interpret and perfect: in their stead and on their
　　　behalf he himself voices an eloquent prayer to the Father (11.22-44).
　　　Overcome by guilt and remorse and with their regenerate life barely
　　　begun, Adam and Eve are not yet able to compose lyrics of prayer
　　　and praise to God, even in the tragic mode. (pp.252-253)

　つまり、アダムとイヴが自分たちだけでは溜め息まじりの、未熟なことばしか使えないことに気づいた御子は、2人の祭司として、また擁護者として、彼らの涙と溜め息の意味を解釈し、完璧なものとすることに心を砕く。御子はアダムとイヴの代理として、またアダムとイヴの代弁者として、ご自身が父なる神に対して雄弁な祈りのことばを語る。それが第十一巻22～44行である。アダムとイヴの2人は罪の意識と自責の念に打ちひしがれ、しかも新生はまだ始まっていないため、神への祈りと賛美の詩を悲劇的な調子のものであってさえ、創り出すことができない、というのである。

ミルトンが叙事詩『楽園の喪失』中で、人類の代表たるアダム及びイヴと神の間の仲介者／弁護者としての御子の関係性について、アダムとイヴの「溜め息と稚拙な祈り」の意図するところを御子が汲み取り、それを解釈して完璧な祈りの歌へと仕上げるという形で具体化している、とするルワルスキーの分析は極めて説得力に富んでいる。それは、人類史上、最初の、そして最大の罪を犯し、それを悔い改める最初にして最重要の祈りが、堕落した始祖２人の口から、極めて易々と雄弁に、しかも流麗に出るとしたら、それがどのように優れた詩歌だったとしても、否、それが優れていれば優れているだけ、読者は却って空々しさを感じて白けてしまうかもしれないからである。それほどに２人の犯した罪は重かった。そのことが２人の行った、溜め息と未熟なことばによる神への悔悛の祈りから伝わってくるのである。

　しかし、ミルトンが第十巻のアダムとイヴの悔悛の祈りを描く際に、我々読者に伝えている重要なメッセージは他にもある。それは、真心からの祈り、心のこもった誠意溢れる祈りは、たとえそれが「溜め息」に近いものであったとしても、「呻き声」としか他の人々の耳には聞こえなかったとしても、そして、稚拙なことばでなされようとも、必ず神に届くものだ、というミルトンの信念である。それは、真のキリスト教徒が、真心から祈りのことばを神に捧げる際には、ことばの形や完成度に拘泥せず、素直に自発的に自然に従って祈ってよいのだ、という一般の人々への激励のメッセージにもなっている。何か、華麗に、ものものしく、荘厳な伴奏つきで大袈裟に、ことば巧みに祈る必要はないのである。ましてや、権力者から強制的に押し付けられたお仕着せのことばで祈る必要など、まったくない。このミルトンの主張は、さきに引用した『偶像破壊者』第16章の祈りの考察において十分に論じられていたことでもあった。ミルトンは『偶像破壊者』において展開した「祈りの理論」を『楽園の喪失』において具体化して見せたのである。そしてそのもとは第１部で見た翻訳詩篇第３篇にあった。

　これはまた、様々な技巧を学び、様々な詩的実験を繰り返して、多様な祈りのことばを神に捧げてきたミルトンなればこその、平信徒の人々に向けた説得力溢れるメッセージである。[19]　それはミルトンが『教会統治の理由』第二巻序文において述べているように、「自然―技法を知り、判断をあやまたぬ人々にとっては、自然は反則であるどころか、芸術を富ますものである―に従うべきなのか、」否か、という問

16　この箇所のみ宮西光雄訳。他はほぼすべて新井明訳。
17　Barbara K. Lewalski, *Paradise Lost and the Rhetoric of Literary Forms* (New Jersey, Princeton: Princeton University Press, 1985), p.252 に出現する "the Miltonic Bard" の野呂による日本語訳。
18　*Ibid.*, pp.252-53.
19　ミルトンは『教会統治の理由』において、福音の時代にあっては平信徒こそが「神の宮」である、と述べている。

題に関わっている。つまり、「技法を知り、判断をあやまたぬ」詩人が、ここで「自然に従」って、アダムとイヴの祈り―祈りの体を成さぬ、稚拙な祈り―を心からの悔悛の祈りとして御子に届けさせている、ということである。その意味で、第十巻最終場面のアダムとイヴの祈りは読者に感動を呼び起こす。時としては、ことば足らずと見える自然に近い描写が確かに「芸術を富ます」からである。

3　詩篇と『イングランド国民のための第一弁護論』

　第1部で考察したことだが、William Parker は、ミルトンによる英語翻訳詩篇第114篇2行の"After long toil their liberty had won"に関して、原典のヘブライ語詩篇には相当部分がないことを指摘した上で、ミルトンは押韻の関係からこの詩行を挿入したと見る。[1]　しかし、野呂はこれに同意しない。

　第一に、この行は42歳のミルトンが、当時、ヨーロッパ随一の学者とされたクローディウス・サルマシウス著『チャールズ一世弁護論』(1649) への応答として執筆した、ラテン語による政治論文、*Pro Populo Anglicano Defensio* (1651;『イングランド国民のための第一弁護論』) に出現する概念に極めて良く似ているからである。以下を参照されたい。

　　わたくしは、すべての賜物(たまもの)を与えて下さる全能の神を呼びまつります。われわれを自由へと導き、戦場で国王の驕慢と暴君の激情を打ち砕き、忘れがたき刑罰によってとどめをさした名高き人々に勝利と義がつき従ったように……[2]

　　われわれは国王に反旗をひるがえして神に祈りを捧げ、神は祈りを聞きとどけ、われわれを解放してくださいました。しかるに、王をもたぬ、かのイスラエルの民がかたくなに神に王を与えよと請い求めたとき、神は彼らに奴隷になれと命じられたのであります。そして、彼らがもとの統治形態に戻ったのは、バビロニア捕囚から解放されて、ユダヤに戻った後のことだったのであります。[3]

　　あるていどまでの隷従を支持している古い律法でさえもが、その放縦な専制支配から神の民を解放してきたことはすでに見てきたとおりでありますのに。[4]

　以上、3つの引用から明らかになることは、ミルトンが詩篇第114篇のことばと

思考に相通じる枠組みを用いて、イングランド革命における議会派の勝利を描写しているということである。つまり、議会派に代表される「イングランド国民」は、暴君チャールズの圧政のもとで隷従を強いられていたものが、神に呼びかけ、神に解放を祈り、祈りが聞き届けられて、神の手に導かれて自由を回復した、という思考法である。さらに踏み込んで言えば、ミルトンはイングランド革命における「イングランド国民」の勝利を出エジプトの枠組みで捉えていたということができる。

であればこそ、ミルトンは革命が成功裡に終結した（と見えた）1651年に論敵サルマシウスに応戦した『イングランド国民のための第一弁護論』において、革命が成功したのも、ひとえに神の恩寵によるものであったこと、イングランド国民は神に祈り求め、それが神に嘉されて、神の手に導かれて戦って勝利を治めたことを繰り返し述べているのである。ミルトンは『第一弁護論』の冒頭で次のように述べている。

　　この行為があたかもイングランド国民の手でなされたかのごとくに公言してよいものでありましょうか。行為自体が、いわば高らかに声をあげて、神の遍在を証言しているではありませんか。神は人には計り知れぬ知恵を示されて、人としての矩を超えて高あがりする高慢で不法の国王どもを打ち倒すのを常としておいでではありませんか。そしてしばしば、彼らを王家もろとも完膚なきまでに打ち砕くのであります。神のこの明らかな思し召しがあればこそ、われわれはほとんど奪われかけていた、かの安寧と自由とを願うようにと、思いがけず勇気づけられたのであります。われわれは神の導きに従ったのであります。そして、神の足跡を尊びつつ、神の導きにより明るく照らされ、指し示され、啓示された道を踏みしめてきたのであります。[5]

ここでミルトンが採用している言い回しは、ほぼそのまま出エジプトの言葉遣いに重なるものである。神は、エジプトのパロを打ち砕いたように、しばしば「暴君」を殲滅するものであり、抑圧されていた「民」を救い出し、「自由」を与えるものである。そして、神は「選び出した民」を導き、エジプトの民を雲や火の柱で導いたように、様々なしるしによって、取るべき道筋を民に示すのである。それはあたかも、神が紅海

1　*Milton : A Biography*, p.19.
2　新井明・野呂有子共訳『イングランド国民のための第一弁護論、および第二弁護論』、5-6頁。
3　上掲書、50頁。
4　上掲書、72頁。
5　新井明・野呂有子訳、4-5頁。

の只中に一筋の道を創り出してイスラエルの民を通過させたときのようである。「イングランド国民」は、神により「明るく照らされ、指し示され、啓示された道を踏みしめてきた」のであるから。ここに至ってわれわれは、ミルトンが『第一弁護論』を出エジプトの用語とイメージ、そして思考法をもって書き記していることを確信する。

　このように、ミルトンにとって出エジプトの主題は極めて重要な主題であった。そして、ミルトンは詩篇第114篇の翻訳を通してわがものとした出エジプト的思考法を常に携えて、詩作と論文執筆の道を歩んで行ったといっても言い過ぎではあるまい。

　以下では、Harris F. Fletcher 著 *The Use of the Bible in Milton's Prose* (1970) に示された4篇の詩篇が、『イングランド国民のための第一弁護論』において、どのように扱われているかを考察してみよう。

① 詩篇第51篇4節、〔5節、〕6節
　　悪に染まったわたしを洗い、
　　罪に汚れたわたしを清めてください。
　　（わたしは自分のとがを認めています。
　　わたしの罪は　いつも目の前にあります。）
　　わたしはあなたに、ただあなたに罪を犯し、
　　あなたの前で悪を行いました。

② 詩篇第94篇20節
　　腐敗の座が　あなた〔ヤーウェ〕の味方だろうか。
　　かれらは　おきての名において　重荷を造り出す。

③ 詩篇第105篇〔14節、〕15節
　　（ヤーウェは　かれらをしいたげるのを　だれにも許さず、
　　かれらのために　王たちを懲らしめた）
　　「油そそがれた者に手を触れるな。
　　わたしの預言者たちに害を加えるな」。

④ 詩篇第149篇8節〔9節〕
　　〔ヤーウェは〕民々の王たちを鎖で縛り、
　　位高い人たちに鉄かせをはめ、
　　（しるされたさばきを行うために。）

詩篇第51篇は、当時、「第二サムエル記」第12節から15節を基にした、ダビデの悔悛の詩篇と見なされ、良く知られていた。特に、「王権神授説」を標榜する王党派は、本詩篇の特に第6節を根拠として、国王は超法規的存在であり、その行いの責は神にのみ問われるものであって、臣下たる国民に国王を裁く権利はない、と主張した。王権神授説の根拠の1つとして当時極めて広く人口に膾炙していた詩篇及び節である。そして、王党派と議会派の争点の核となる詩篇でもあった。

　詩篇第94篇20節の最初の行は反語的疑問文であり、主なる神は正義と真実を愛するお方であるから、腐敗の座とは何ら関わりはない、ということになる。この世の権力者たちは、権力を濫用して、法という名の悪法を制定しては、民を苦しめる。しかし、それは主なる神のみ心からはかけ離れた邪悪な行為となる。

　詩篇第105篇14節及び15節においては、神によって「油そそがれた者」とは、この世の権力者ではなく、出エジプトを果たしたイスラエルの民を指す。主によって選ばれた民をしいたげる者たちは、たとえ王であっても神のさばきを受けて罰されることになる。

　詩篇第149篇8節においては、この世の王や高位の者たちは、神に捕縛され捕虜とされている。彼らの驕りは神により裁かれることになるのである。

　詩篇第51篇6節、詩篇第94篇20節、詩篇第149篇8節は、『第一弁護論』第2章において3篇が順番に出現して、ミルトンの論述を説得的に進める、その根拠として引用されている。

> 　他の人びとについては法は不法ならずと認めておきながら、国王については断固として否認するなどということをそなたが思いつかぬよう、わたくしはそなたに異議を唱える証人を喚問いたします。その人物はおそらく国王でありますが、そなたの言うような王権は彼自身にとっても神にとっても忌まわしいものだと主張する人物であります。「詩篇」第94篇〔20節〕に、「法を口実にして悪事をたくらむ不法の王座など、神よ、あなたとなんのかかわりがありましょうか。」ですから、国王たちのよこしまで邪悪な行ないが王権であるなどと神が教えておられるかのごとくに見せかけて、神をはなはだしく不法に冒瀆するのはやめていただこう。他ならぬ神ご自身が、邪悪な国王たちが王権を口実に害毒をまきちらしているのであるからとして、ご自分が国王たちと結びつけて考えられることはいっさい忌避しておられるからであります。[6]

6　『イングランド国民のための第一弁護論および第二弁護論』、46頁。

繰り返しになるが、当時「詩篇」はダビデ王により創作されたと考えられており、「ダビデ王の詩篇」と呼ばれていた。そして、ダビデ王が神の恩寵を得た、最高の王であり、イエス・キリストへと繋がる血族的な重要性を持っているとされていたことから、王権について議論する際には、「詩篇」は極めて説得的な資料として機能していたと想定される。ここでミルトンは、ダビデ王自身が詩篇第94篇において神の王座は悪事とは何のかかわりもないものであることを反語的に、神に対して質問する形で述べていることを根拠として、国王が超法規的存在として悪事をはたらいたり、国民に対して不正を行ったりすることは許されないことであるのだと主張している。

さらに、以下の引用においては、「真の王」は神のみであり、神は邪悪な国王たちを裁いて罰することを常とするのだとミルトンは主張している。ここでも、やはり、国王が超法規的存在としてどのような行ないをしてもそれを国民に問われたり、裁かれたり、処刑されたりすることはありえない、とする王党派の主張に真っ向から異議を唱えている。神は人間に「理性」を与えたのであるから、人は理性に拠り頼みつつ判断を下すことが認められているのであり、「愚かな」王たちが誤った行いをすれば、それは当然、処罰の対象になる、と詩篇第149篇を援用してミルトンは断定するのである。

> そればかりか、民は神の承認をえて、邪悪な王どもを裁くのであります。なぜなら、「詩篇」第149篇〔8-9節〕において、自分たちの王であるキリストを称賛する聖徒たちが、異教徒の王（そのすべてを福音書は暴君と呼んでいるのでありますが、）を「鎖で縛り……書きしるされたさばきを彼らのあいだで行なう」とき、神は聖徒たちに栄誉（ほまれ）を賜わっておいでなのであります。書きしるされたさばきにも、いかなる法にも拘束されないと、驕り高ぶるものどもをさえ、聖徒たちは裁くのであります。国王などというものは、たいがいは人のうちでも臆病きわまりなきものであるのに、神の覚えがいとめでたく、全世界の命運が国王のあごと支配とにかかっているのだとか、国王の影響のもと、もしくは国王のおんために、神の似姿をもつ人類全体が、理性をもたぬ、すこぶる低劣な獣（けもの）のごとくに見なされ、扱われてしかるべきであるなどと信ずるほどに、人を愚かにさせたり、冒瀆的にさせたりすることは、断じてあってはならないのであります。7

人間が王という名称を拠り所として、他の人間たちを牛馬のごとくにこき使ったり、搾取したりすることは、到底、神のお許しになるところではなく、それは冒瀆の行為そのものだという。それは、人間一人ひとりが、分に応じて、「神の似姿」たる理性

を生まれながらに獲得しているからに他ならない。

そして、以下で扱われる詩篇第51篇は、国王の超法規的権限、すなわち、神以外に王を裁くものは地上には存在しない、という究極の迷信を一般の人々に植え付けるためにたびたび使われて、だれもが良く承知していた詩篇であった。

> おつぎには、われらが宮廷人諸子の十八番であるあの使い古しの議論の登場であります。「わたくしはあなたに、ただあなたに、罪を犯しました」〔「詩篇」第51篇6節〕。ダビデ王が苦い後悔と自責の涙にくれ、荒布をまとい灰をかぶってうち伏し、心を低くして神の慈悲を請い願っているときだというのに、自分には奴隷の権利すらもつ値うちはないと考えているときだというのに、あたかも彼が王権についてなにか考えるところがあって語っているかのごときであります。同胞たる、神の民すべてが、自分とくらべて下賤きわまりないために、彼らを殺害し、犯し、略奪してもなんら罪咎とはなりえないと、ダビデ王が信じていたとでもいうのでありましょうか。いと聖らなる国王がそれほどまで驕慢に膨れ上がり、おのれや同胞にたいして忌むべきほどに無知であることの決してなきように。したがって、「ただあなたに罪を犯しました」とあるのは、「とくにあなたに……」と解釈すべきであることが明らかであります。しかしながら、かの詩篇作者〔ダビデ王〕のことばと思想は感情的な高ぶりの中で発されたものでありますから、法解釈に適用するには難がありますし、すべきではありません。
>
> だが、「ダビデ王は裁きの場にひき出されることはなかったし、最高法院(サンヘドリン)の前で助命の嘆願をすることもなかった」とそなたは言う。まさに然り。と申すのも、内密になされたために、そののち何年もの間ほとんどだれにも知られていなかった彼の行ない（最高法院ではそのたぐいのことは内密なのであるから）が明るみに出されるはずはないではないか。それは「あなたは隠れて、それをした」という「第二サムエル記」12章〔12節〕のことばに明らかである。さらに最高法院が私人としての市民を罰するのに手ぬるいとしたらどうであろうか。それをもってして私人は罰しえないと結論してよいのであろうか。ダビデ王が罰されなかった理由は明らかである。5節に「そんなことをした男は死刑だ」とあるとおり、彼は自分自身に宣告を下したのでありました。これにたいし、かの預言者はすぐさま「あなたがその男です」と答えました。つまり、預言者の目には、ダビデ王は死刑にされるべき身と

---

7 『イングランド国民のための第一弁護論および第二弁護論』、56-57 頁。

うつったのであります。しかしながら、神は御力(みちから)を働かせ特別の慈悲をダビデ王にかけられて、犯した罪と自分自身に下した死刑の宣告から彼を解き放ち、13節にあるように「あなたは死なない」とおおせになられたのであります。⁸

　ミルトンは、上記引用中で、詩篇第51篇の問題箇所は、ダビデ王が混乱の極みにあって発した私的なことばであって、王権を法的に定義・規定する場合には、何の意味もない、と断定する。さらに、ダビデ王自身がそれと知らずにではあるが、自分の犯した罪に対して死罪をもって報いよ、と述べている後続の箇所を引いて、本来ダビデ王はウリヤを戦場に送って死なしめ、妻バテシバを奪った罪により、死刑に処せられるべきであったのだと述べている。ここで、ダビデが死罪とならなかったのは、神が不思議な恩寵を与えたからであるが、それは極めて特殊な場合にのみ起こりうることであって、これをもってしてすべての王がどのような罪を犯そうとも許されるという結論を導き出すことは愚の骨頂であると言っている。ここでミルトンが注意を喚起しているのは、一定の語句を引用して是非を論じる場合、それだけを取り出して見るのではなく、必ずその前後のコンテクストを見て、総合的に判断を下すことの重要性である。さらに、自分に都合の良い結論を導くために、ある特定の語句にのみ固執して言い募ることの危険性にもミルトンは警鐘を鳴らしている。であればこそ、ミルトンが詩篇を根拠に、国民に至高の権威があること、真の王は神のみであることなどを証明する際に、彼は複数の根拠を旧約及び新約聖書から引証して論じているのである。

　ミルトンが王権神授説に対峙させて民権神授説を擁護する場合にも、その根拠として彼が援用するのは詩篇の文言である。敵が詩篇を盾にして王権神授説を標榜するのに対して、ミルトンもまた詩篇を盾にして民権神授説を擁護するのである。これもまた、議論の手法としては極めて説得力を持っている。ここで援用されるのが、詩篇第105篇である。

　　王にして預言者であったダビデは、「主に油そそがれ」聖別されたサウルを
　　殺すことは意にそまなかったと言ってよいかもしれぬ。だがダビデがしな
　　かったことはわれわれもしてはならないということはないのであります。ダ
　　ビデは私人として拒んだのであります。だからといって国務会議や議会(セネト)や全
　　国民がただちにダビデにならわなくてはならないということはないのであり
　　ます。ダビデは敵の寝こみをおそって殺すことを好まなかったというだけの
　　話しであります。だからといって、為政者も法にもとづいて罪人を罰する
　　ことを拒めというのでありましょうか。ダビデは王を殺すことを好まなかっ

た。だから議会も暴君を罰することはひかえるであろうというわけであるか。ダビデは神により油そそがれ王として承認された者を殺害するすることをためらった。だから油をそそがれて王と承認した者を国民たち自身が処刑することをためらうべきであるというのか。……

　神が預言者の手をとおして聖別なされたか、または「イザヤ書」44章〔28節〕にあるキュロスのようになにか特別の務めのために名指しされた王こそ、まこと主に油そそがれし者であるとわたくしは認めるものであります。それ以外は国民か軍隊か、もしくは自分自身の属する党派によってのみ（油そそがれ）承認されたのである、というのがわたくしの見解であります。だが、あらゆる王は神により油そそがれ、王として承認されたのであるとか、だから彼らは超法規的存在であるとか、いかなる悪事をはたらいても罰されるべきではない、などということをわたくしに認めさせようとしても、それはむだであります。ダビデが自分自身といくにんかの私人にたいし、主より「油そそがれし者」に刃をむけることを禁じたからとて、それがなんだというのか。神ご自身が油をそそいだ者、すなわち神の民にふれることを、「詩篇」105篇〔14-15節〕で神は王たちに禁じたではないか。つまり神は王に油をそそぐことよりもむしろ、民に油をそそぐことを好んだのであります。それゆえ、たとえ敬虔な信徒であっても法を破ったとすれば、それを罰したからとて合法でないはずがありましょうか。……

　ダビデはわれわれ〔イングランド国民〕がなしたと同じことをしたはずであります。なぜなら、ダビデは窮地に追いこまれて祖国の敵であるペリシテ人を援助することを申し出るという、われわれでさえわれらの暴君にたいしてはけっして取らなかったであろうと思われる戦略を取って、サウルと戦ったからであります。[9]

　ここでミルトンは、聖書が「神に油注がれし者」を「王」の意味で使用するからと言って、油を注がれた者で王の地位にある者すべてが適正な王として無条件に認められるべきではない、という今日考えれば至極当然の道理を説いている。

　ここでも、ミルトンはことばと実体・実態が乖離した状態を望ましくないものであると考えている。ことばと実体・実態が合致していてこそ、人間の生活や社会の動きは円滑に進むのである。ミルトンは何か重々しげな勿体ぶったことばで取り繕

8　『イングランド国民のための第一弁護論および第二弁護論』、59-60頁。
9　上掲書、114-16頁。

うことによって、人間社会に寄生し、人間社会を蝕んでいく、国王や大主教という名の国家的泥棒を決して容赦しない。

　既に見たように、ミルトンは『第一弁護論』において、イングランド革命を出エジプトの出来事に準え、革命後のイングランドを出エジプト後の約束の地を与えられつつあるイスラエルの民の共同体に準じて語っている。チャールズとその一派、そして主教たちは、エジプトの暴君パロとその軍隊に準えられ、その破滅はミルトンにとっては神の摂理として捉えられていた。

　さらに、ミルトンは「イングランド国民」を「神のイマゴ」たる「正しき理性」を用いて神の摂理をこの地上に実現する英雄的な人々として提示した。この神の摂理とはミルトンにとっては「暴君のもとで奴隷状態にあった」人類を「真実の意味の自由、すなわち神のもとへと復帰させる」ことに他ならないのである。『第一弁護論』の序言においてミルトンは「神は人類に賜物として理性を与えた」のであり、人類はこれを拠り所として「自分たちを守り、解放し、平等のものとする」ことができると述べた。神の賜与としての「理性」を用いて、「統治形態と為政者を選びとり」、「国王という名の為政者」が暴政に走った場合にはこれを廃位し、裁き、罰するということがミルトンの言う自由の内容であった。

　そして、この自由を享受するために人類は「知恵と雅量」を絶えず働かせる努力をしなくてはならない。「知恵と雅量」を用いて神から与えられた自由を守り、保持し、回復させるという努力を続けることこそ、まさしく「神との正しき関係に立つ」ことであり、こうした行為を営む人物こそ「自由な人」であり、「英雄」なのである。

　しかし、イングランド国民の行く手にはまだ多くの試練が待っている。それは出エジプト後のイスラエルの民の経た幾多もの苦難を見れば明らかである。そしてひとたび誤れば、また、王政復古という「エジプトの肉鍋」に戻ってしまう懸念はぬぐえなかった。それゆえ、『第一弁護論』の終結部はけっして手放しのイングランド国民礼賛で締めくくられてはいない。

　終結部においてミルトンは「イングランド国民」や共和政府の主だった人びとに直接語りかけて勧告する。彼らが戦場で敵を撃破したように、今度は平和の中にあって勇気、正義、節制、節度をもって自由を保持しなければならない、とミルトンは主張する。そしてもし彼らがミルトンの勧告に従うことなく、堕落の道を辿るなら、彼らはサルマシウスの言うとおり、「犯罪者」に過ぎず、かならず神の怒りをその身に招くことになるだろうと言うのである。

　すなわちミルトンは「イングランド国民」のうちに多くの英雄的資質を認めてはいても、彼らを完成された英雄とは考えていない、ということである。ミルトンにとっ

て完成された英雄とは「他のものにはるかに優り、善性と知性において神にこの上なく似たただひとりのお方」である神の御子キリストに他ならないのであるから。「神に似た」姿を保持するために「イングランド国民」は神に与えられた「英雄に特有の徳たる雅量」を働かせようと、つねに努力しなければならないのである。

このミルトンの英雄観がきわめて近代的であることは特筆にあたいする。自覚と努力によって「英雄」になる道が一人一人の人間に開かれているからである。また、この概念はすぐれて契約的でもある。すでに「神に似た」地位に到達した人物であっても、雅量と理性を働かせる努力を怠れば、その時点で彼は必然的に下劣な存在へと落下せざるをえないからである。

4　詩篇と『イングランド国民のための第二弁護論』

チャールズ一世と王権神授説を擁護し、イングランド共和制とミルトンを攻撃するラテン語の書、『王の血の叫び』（1652）において著者ドゥ・ムランは、イングランド共和政府の行ったチャールズ一世処刑を厳しく糾弾して、以下のように述べる。

> Compared with this, the crime of the Jews in crucifying Christ was nothing, whether you compare the intention of the men or the effects of the act. For the Apostle himself presents this testimony for the Jews: that they never would have crucified the King of Glory if they had recognized Him; and to these monsters in the shape of men …it was more than sufficiently evident what man they did violence upon, the king, the lawful king, and their own. [1]

つまり、ドゥ・ムラン（そして王党派）の説に従えば、チャールズ処刑の罪に比較すれば、キリストを磔にしたユダヤ人の罪など、問題にもならない、というわけである。ユダヤ人たちは自分たちがまさか、「栄光の王」を処刑しているとは思いもよらなかったのであるが、方や、人間の形をした「怪物ども」つまり、イングランドの国王殺害者たちは、自分たち自身の、法的にも正統な国王を殺害したと十分承知

---

[1] *CPW*, IV, Part II, p.1049. なお引用英文は、原文ラテン語を Paul W. Blackford が翻訳したものである。

していたからである、とドゥ・ムランは主張する。

　ドゥ・ムランはまた、ミルトンを「恐ろしき、醜悪なる、巨大にして盲目の怪物」[2]と呼んで攻撃する。ミルトンの時代には、失明は罪を犯した、その神罰であるという考え方が流布していた。つまり、ミルトンの失明を攻撃することは、ミルトンが罪を犯し、神から罰を受けた、と言うのに等しいことになる。そして、ミルトンの犯した罪と言えば、「神に油そそがれし者」である国王チャールズ一世の処刑に賛同し、これを称賛する冒瀆の書『偶像破壊者』ならびに『第一弁護論』を執筆し公刊したことに他ならない、というわけである。

　『王の血の叫び』に対する反駁の書『イングランド国民のための第二弁護論』は、1654年5月に出版された。ミルトンは論敵に反駁して、歴代の徳高き盲目の人々を列挙する。第一に、最賢の詩人たちとして挙げられるのはギリシア神話に登場する預言者ティレシアスとピネウスである。彼らは真実を実直に語った神のみ心に適った人物であると述べて、盲目が神罰とは無関係であることを主張する。第二に挙げられるのは、政治的・軍事的指導者として名高い自由の闘士や国家の守護者である。シチリアを解放したコリントのティモレオン、イタリアを解放したアッピウス・クラウディウス、ローマ市とアテネ女神の像を火災から救い、その際に失明した大神官カエキリウス・メテルスの名があげられ、彼らの身に起こったことを神罰と考えるのは筋違いである、と結論される。

　第三に、ヴェネチア共和制総督ダンドロ、ボヘミアの指導者にして信仰の擁護者ジシュカ、高名な神学者ギラルモ・ザンキの名が挙がる。そして最後に、旧約聖書の「創世記」において神の覚えが極めてめでたかったイサクとヤコブを例に出す。新約聖書からは「ヨハネ福音書」に記述されたキリストのことばと行いを引き合いに出して止めを刺すのである。

> なぜなら、周知の事実でありますが、かの族長イサクさえもが長の年月を盲目の身で過ごした〔「創世記」第15章12-17節〕のでありますが、イサクほど神のみ心に適ったものは他にはいなかったからであります。また、その息子のヤコブもまた、(たぶん数年のあいだを) 盲目のうちに過ごしたのであります〔「創世記」第48章1節〕が、ヤコブもまた、イサクにおとらず神の寵愛を得ていたのであります。最後に、われらが救世主キリストによりいやされた、かの男は生まれながらに盲目であり、それが本人はもとより、両親の罪によるものでないことはキリストご自身の証言により完全に証されているのであります。〔「ヨハネ福音書」第9章1-41節〕[3]

このように、ミルトンは聖書の記述を基にして、イサクとヤコブを取り上げ、彼らは神の寵愛を受けた者であり、かつ盲目であったこと、従って失明が神の罰によるのではないことを明らかにする。さらにミルトンは、イエス・キリストの証言を根拠として、失明は罪を犯した罰として神意により与えられるものではないことを証明する。ここまでのミルトンは、先例を列挙して論敵に反駁する、という形を取っており、論争の形式としては極めて説得力があり、手順も理性的である。

そして、その後に続く、ミルトンの神への呼びかけと祈願のことばは明らかに「詩篇」の調子を帯びている。

> わたくしといたしましては、わが心のうちをくまなく探られ、わが思考のすべてをご存じであられる、わが神よ、あなたを呼びまつるものであります。（すでにわたくしは、この点については力のおよぶかぎり真摯に、いくどとなく、わが心のうちとわが人生をくまなく調べつくしてきたのでありますが、）最近にもせよ、遠き過去にもせよ、かくのごとき災いがこの身にふりかかったのも当然の報いであるとされるような、なにか邪悪な思いをわたくしがいだいたり、邪悪な行ないをなしたことは、いまだかつていちどもなかったことを、神よ、証されよ！
>
> わたくしがいままでに書き記してきたものについては……やはり、わたくしは神を呼びまつるものであります。……わたくしは、その時にもいま現在も、真実にして理に適い、神の、み心にも適っていると確信することのみを書いてきたのだと、神よ、証されよ！ 4

これらのミルトンの祈願のことばは、「詩篇」の、特に、第139篇1〜4節及び23〜24節と響き合う。

> ヤーウェよ、あなたはわたしの心を調べ、
> わたしを知りつくしておられる。
> あなたは　わたしのすわるのも立つのも知り、
> 遠くからでも、わたしの思いを見とおされる。
> あなたは　わたしの歩むのも　いこうのも見守り、

---

2 *Ibid.*, p.1045.
3 『イングランド国民のための第一弁護論および第二弁護論』、367頁。
4 上掲書、同頁。

わたしのふるまいを　ことごとく知っておられる。
　　わたしの舌に　ことばが上らないうちに、
　　ヤーウェよ、あなたはすべてを察しておられる。
　　………………………………
　　神よ、わたしを調べて　わたしの心を知り、
　　わたしをためして　わたしの思いを見きわめてください。
　　わたしが不信の道を歩まないように、
　　わたしを永遠の道に導いてください。

　こうしたミルトンの論述の仕方は、「神の実在」という観念の希薄な現代人の目には、理性的論述から一転して、ミルトンが突然、論理的レベルから信仰という超論理的・神秘的レベルに飛躍して、論理の一貫性を破壊しているかのごとくに映るかもしれない。しかし、ミルトンの時代には、神の実在が真実として受け止められ、聖書とは神のことばと真理とが収められた、最高にして最上の書である、とする考え方がごく一般的であった。このことは、ミルトン自身も『楽園の回復』において、イエス・キリストの口を通して主張している。それは序章でも既に論じたことでもある。

　こうした時代的コンテクストから考えると、『第二弁護論』の上記引用箇所におけるミルトンの論述の仕方には極めて妥当性があり、論理的必然性があるといえる。ミルトンはまず、古代ギリシア・ローマの神話に登場する盲目の偉人や、歴史的偉人を列挙し、次に比較的近い時代のヨーロッパの盲目の偉人を挙げ、更に聖書を典拠として、旧約聖書中の偉人たちを挙げ、新約聖書のキリストの証言を引証する。順序としては、論証が進むにつれて、証人や証言の重要性も増していることが分かる。

　一方で、これらの証拠はすべて外的証拠である。最後に、そして最も重要な証拠となるのはミルトン自身の内なる証である。しかし、自分のことばだけで自分の身の証を立てることには限界がある。その時にこそ拠り所となるのが、神の証なのである。自分自身に過ちがないことを自分のことばで証しても説得力はない。そこで、ミルトンは詩篇作者〔ダビデ〕を範例とし、ダビデに倣って神に呼びかけ、自分の身の証をしてくれるようにと神に祈念するのである。この時、ミルトンは外的な証人を喚問して冷静に証拠を積み重ねていく "orator"（弁論者）の立場から、更に踏み込んで、神のことばを預かり、それを神の民に伝えていく "prophet"（預言者）の立場に立つことになる。そして、それは自己を弁護するミルトンの内なる声の発露ともなるのである。さらにこのレトリック（単に論理的・形式的テクニックとしてではなく）は、実は「詩篇」に特徴的なレトリックなのである。神への呼びかけ、自分のおかれた苦境への嘆き（訴え）、神への祈願、そして、神が自分の願いを聞き届けて下さったと

いう確信と(感謝、そして)そこから得られる心の平安、という述べ方は「詩篇」の"lamentation psalm"(嘆きの詩篇)に見出される型である。[5]

『第二弁護論』の当該箇所における、詩篇第139篇の調べは、新約聖書のことばと混淆しつつ、この後も続いていく。

> さらに、盲目の者、病魔に苦しみ耐える者、弱きものたちの列に加えられることには、わたくしはいささかも痛痒を感じてはおりません。……なぜなら、こうした状態にあったればこそ、父なる全能の神の慈悲と庇護とにいっそう近づくことができるのであります。使徒パウロの教えにあるように、弱さを通して最強にいたる確かな道があるからであります。〔「第二コリント書」第12章9節〜10節、及び「ヘブル書」第11章33節〜34節〕盲目というわたくしの弱さが、不滅にしてまったき強さをいっそう強力に生み出すのなら、わたくしがこの上なく救いがたきものとなることを祈りまつるものであります。わたくしの影から光に満ちた神の面ざしがいっそう明るく輝きだすのなら。なぜならそのときこそわたくしは、いと弱き者であると同時にいと強き者となり、盲目にして最高の視力の持ちぬしとなるのであります。盲目という不完全さを通してこそ、完全にして完成された存在となるのであります。つまり、暗闇にあったればこそ、光に包まれるのであります。〔第139篇11節〜12節〕[6]

上記引用箇所は、詩篇第139篇の響きに重なり合うようにして、第18篇28節、及び、詩篇第112篇4節「光は正しいもののために暗黒のうちにもあらわれる」の響きも加えられている。さらに、本論考における、詩篇第86篇、第88篇、そして第6篇に関する考察でも明らかにしたように、詩篇第86篇、第88篇、そして第6篇とも響き合っている。

本論考序論で引用した、小林和夫の指摘にもあるように、イエス・キリストは、し

---

[5] J. F. D. クリーチ著　飯謙訳『詩編』(東京：日本キリスト教団出版局、2011)、20-22頁。Nancy C. Lee, *Lyrics of Lament: From Tragedy to Transformation* (Minneapolis: Fortress Press, 2010), pp.91-92, p.95 et al. また、James L. Mays, *Preaching and Teaching the Psalms*, eds. Patrick D. Miller and Gene M. Tucker (Kentucky: Westminster John Knox Press, 2006), p.33 においては、詩篇はおおまかに「讃美詩篇」、「共同体の嘆きの詩篇」、「個人の嘆きの詩篇」、「個人の感謝の詩篇」、「王の即位の詩篇」、「知恵文学的詩篇」に分類されている。しかしながら、Mays 自身が、多くの詩篇が必ずしもある一定の型に収まるものではなく、付随的な要素を含んでいること、それは各詩篇が歌われた現実的な状況によるものであること、それを無視してある一定の型に各詩篇を分類するのは現実無視となることを指摘している(同書、p.35)。
[6] 『イングランド国民のための第一弁護論および第二弁護論』、370-71頁。

ばしば詩篇を語った。そして、決定的な十字架の受難において詩篇〔第22篇〕のことばで祈ったのである。[7]

　この時点において、ミルトンにとっての十字架とは「失明」であった。イエス・キリストが全人類を始原の罪とその罰としての死から解放し、自由なる人とするために、ご自分の命を贖いとして差し出し、十字架の受難を背負ったように、ミルトンは、イングランド国民と全ヨーロッパ、そして全人類を王権神授説という迷信の軛から解放し、自由なる人とするために、医者からの警告を敢えて振り切り『イングランド国民のための第一弁護論』を執筆して、視力を贖いとして差し出したのである。ここには、真のキリスト教的英雄の型に則った英雄的なミルトンの姿が提示されている。ミルトンにとって、究極の英雄とはイエス・キリストその人を指す。イエス・キリストこそが唯一無二の英雄であった。そして、「キリストに倣いて」生きることこそが真のキリスト教的英雄の型に則った生き方となるのであった。

　上記引用箇所において、ミルトンは「キリストに倣いて」、つまり、十字架の受難においてキリストが詩篇のことばで祈ったことに倣って、失明という受難にあって、詩篇のことばで祈っている。だが、当然のことながら、キリストが用いた詩篇のことばとミルトンが用いる詩篇のことばとは異なるものである。それは、キリストの十字架とミルトンの十字架はそれぞれが異なる十字架だからである。キリストは全人類解放のために命を懸けた。それに対してミルトンが懸けたのは視力であったに過ぎない、とミルトンは考えた。異なる状況で異なる条件においては、祈りのことばも違って当然、というミルトンの考え方がここからも明らかとなる。「キリストに倣いて」生きるとは、キリストの生きた形をそのままなぞることを意味しない。キリスト教徒にとって、「キリストに倣いて」生きるとは、時代的にも地理的にも、また置かれた状況や条件も異なる中で、人間が自己に与えられた神からの賜物の質に応じて、その最善を誠心誠意を込めて捧げるところにこそ求められる、とミルトンは考えた。単なる、模倣では、本質的な意味で「キリストに倣いて」生きることにはならない。

　上記引用箇所は、パウロ風の預言者的ミルトン、つまり、キリスト教的英雄の型に則ったミルトンの姿がくっきりと立ち上がる箇所として良く知られている。しかし、それだけには留まらない。ミルトンはまさに、「キリストに倣いて」、その意味で、キリスト的な、英雄的な自画像を提示しているのである。ここに描かれたミルトンの自画像は、やがて『楽園の喪失』第九巻で明らかにされる「忍耐と英雄的な殉教」(32 行)の鑑たるキリスト教的英雄の型に寸分の狂いなく重なって行くことになる。

　ミルトンは神の摂理を信じ、「暴君チャールズ」処刑を非難するサルマシウスの『チャールズ一世弁護論』に反駁し、イングランド国民を弁護するという「英雄的な務め」に取り組んだ。暴政から祖国を解放した英雄的なイングランド国民を称賛した。

イングランド国民の行為の正当性を証するために膨大な書物を紐解き丹念に読み込み、論敵の議論に逐一論拠を示して反駁し、論敵を敗退させた。しかし、時間の制約の中で目を酷使し、それが原因で失明した。

こうした「忍耐と英雄的な殉教」の人を描き出す際に、援用されているのが新約聖書のパウロ書簡中の「第二コリント書」と「ヘブル書」、そして旧約聖書の「詩篇」中の5篇、詩篇第18篇と第139篇、そして詩篇第86篇、第88篇、ならびに第6篇なのである。

　　ところで主が言われた、「わたしの恵みはあなたに対して十分である。わたしの力は弱いところに完全にあらわれる」。それだから、キリストの力がわたしに宿るように、むしろ、喜んで自分の弱さを誇ろう。だから、わたしはキリストのためならば、弱さと、侮辱と、危機と、迫害と、行きづまりとに甘んじよう。なぜなら、わたしが弱い時にこそ、わたしは強いからである。〔「第二コリント書」第12章9-10節〕

　　彼ら〔ギデオン、バラク、サムソン、エフタ、ダビデ、サムエル及び預言者たち〕は信仰によって、国々を征服し、義を行ない、約束のものを受け、ししの口をふさぎ、火の勢いをけし、つるぎの刃をのがれ、弱いものは強くされ、戦いの勇者となり、他国の軍を退かせた。〔「ヘブル書」第11章33-34節〕

　　あなたはわたしのともしびをともし、わが神、主はわたしのやみを照らされます。〔詩篇第18篇28節〕

「やみはわたしをおおい、
　わたしを囲む光は夜となれ」とわたしが言っても、
　あなたには、やみも暗くはなく、
　夜も昼のように輝きます。〔詩篇第139篇11-12節〕

上記のように、詩篇第139篇は、『第二弁護論』のミルトンの論述の中で前出の引用箇所と繋がりを持ち、論述のクライマックスを飾り、論述を力強く締め括るという役割を果たしている。ミルトンの意識の中で、「第二コリント書」及び「ヘブル書」のパウロのことばは、詩篇第18篇と第139篇及び第86篇、第88篇ならびに第6

7　本論考、3頁。

篇の詩篇作者〔ダビデ〕のことばと結びつき、パウロのことばとダビデのことばが融合して、言わばパウロ的にして、ダビデ的な新たな英雄のことばを形成するに至っている。そしてそれは「人間ミルトン」の姿を描き出す際に、旧約のことばと新約のことばが混淆し、相乗効果を生み出して、極めて力強い「忍耐と殉教」のキリスト教的英雄像を形成している、ということでもある。さらに言えば、キリスト自身が、しばしば「詩篇」を含めた、旧約聖書のことばを引用・援用しつつ、福音を語っていることは先にも指摘したが、ミルトンはここでも、「キリストに倣い」ながら、旧約の「詩篇」のことばと、新約のキリストや使徒たちのことばを融合させて、真実の神から人間に対する働きかけの仕組みについて語っている、ということができる。

ちなみに、Loius L. Martz は、『楽園の喪失』第三巻 29 〜 32 行に注目する。

> ...but chief
> Thee Sion and the flowrie Brooks beneath
> That wash thy hallowed feet, and warbling flow,
> Nightly I visit....   (III: 29-32)

そして、その後、以下のように述べている。

> This motif of the singer in darkness returns a few lines later, as the poet compares himself to the nightingale turning "her nocturnal Note," and it returns again in the prologues to two later books, where he calls upon the heavenly muse who visits his "slumbers Nightly" (7.29) or "who deignes / Her nightly visitation unimplor'd / And dictates to me slumbring" (9.21-23). He literally composes at night, while he is also living in the night of his blindness; yet, like David the psalmist in Zion, he knows that "the Lord will command his loving-kindness in the daytime, and in the night his song shall with me" (Ps. 42:8). "Thou hast proved mine heart", says the psalmist, "thou hast visited me in the night" (Ps. 17:3) "I have remembered thy name, O Lord, in the night, and have kept thy law" (Ps. 119:55).[8]

そして、マーツはこうしたミルトンの思考回路の背景には「詩篇」の響きがあると指摘する。さらにマーツは詩篇第 139 篇 8 節〜 12 節を引用した後、ミルトンが、

悲しみと悲嘆という制約の中にあってさえも一種の幸福感を創り出すのは、自分が〔常に〕神の御前に在るという信頼感があればこそのことなのだと指摘している。[9]

　ところで、ミルトンが、『第二弁護論』の失明への言及箇所において、詩篇風のことば使いと瞑想を経て到達するのは、まさにこの「神が自分と共に居てくださる」という確固たる信念に他ならない。ここで、ミルトンは単に聖書から、論述に相応しい箇所を選び出して、それを自分流に書き直して提示しているのではない。聖書こそが自己の信仰の拠り所であると考えたミルトンは聖書をくまなく繰り返し読み込んだ。すなわち、"meditate"し続け、神のことばと御意志の本質を探り、それに対して被造物たる人として応答する、という形での「神との対話」を行い続けたのである。そうした過程を経て、聖書の一語一句すべてがミルトンの精神的な血肉になっていったはずである。

　ミルトンは『欽定英訳聖書』(1612年版)を読み、ヘブライ語英語聖書を読み、『七十人訳聖書』を読み、『ウルガタ聖書』を読み、『大聖書』を読み、『主教聖書』を読み、『ジュネーヴ聖書』を読んだだけでなく、『リームズ・ドゥエー聖書』も読んだ。[10]

　さらに「詩篇」に関してはヘブライ語原典を基にその英語翻訳にも取り組んだ。現在、ミルトンが出版した形でわれわれの目に触れるのは、ミルトンが15歳の時に翻訳したとされる詩篇第114篇及び第136篇、1634年の『ラドロー城で上演された仮面劇』(通称『コーマス』)上演直後に取り組んだとされる詩篇第114篇のギリシア語訳、1648年夏に取り組んだとされる詩篇第80篇から第88篇までの9篇、そして1653年夏に取り組んだとされる詩篇第1篇から第8篇までの全8篇の計20篇である。(第114篇の英語訳とギリシア語訳を1篇と見なせば全19篇)

　ミルトンは恐らく他の詩篇作品の英語翻訳にも取り組んだと想定される。その中で、出来の良いものだけを残して後はすべて破棄したものと考えられる。しかし、ミルトンの関心が英語に翻訳された詩篇だけにあったのではないことは、多くの批評家によ

8　*Poet of Exile: A Study of Milton's Poetry* (New Haven and London: Yale University Press, 1980), p.85.
9　*Op.cit.*
10　*Paradise Lost: The Biblically Annotated Edition,* ed. Matthew Stallard (Georgia: Mercer University Press, 2011), pp.vii-xxxvi; John Broadbent, "The Poet's Bible", *John Milton: Introductions,* ed. John Broadbent (Cambridge: Cambridge University Press, 1973). Harris F. Fletcher,*The Use of the Bible in Milton's Prose* (New York: Haskell House Publishers Ltd., 1970), pp.44-45 によれば、『チャールズ一世弁護論』においてサルマシウスはローマ・カトリック教会御用達の『ウルガタ聖書』を使用しているが、それに対する反駁の書『イングランド国民のための第一弁護論』においてミルトンは、ローマ・カトリック教会に対する嫌悪から、プロテスタントが用いる Junius-Tremillius 版ラテン語聖書を使用しているという。Shawcross も *A Milton Encyclopedia,* の "Bibles" の項でミルトンの使用した聖書の種類について具体的に明示している (1:163)。それらの記述はほぼ一致している。

り証明されている。詩篇各篇の調べがミルトンの散文作品及び韻文作品の中に宝石を散りばめたごとくに見いだされるからである。例えば、Marjorie Hope Nicolson は以下のように述べている。

> ...these early paraphrases [of psalms], like all Milton's juvenilia, were exercises set by the young poet to himself, and all of them were to come to fruition in his later minor or in his major poems. The greatest paraphrases of the Psalms of David ever written are not in any anthology: they are embodied in the texture of *Paradise Lost*. [11]

ミルトン作品に散見される「詩篇」の調べは、旧約聖書、及び、新約聖書の他の書の調べ同様、ミルトンによって解釈し直され、咀嚼され、ミルトン自身のことばとなって、生きた文脈の中で生きたことばとして作品を形成する大きな力の1つとなっていったのである。それらは聖書から生がたのままに切り取られてストーリーや論述の中に不自然に嵌め込まれたものではない。ストーリーや論述を構成する他のことばと共に渾然一体となって新たなテキストを形成しているのである。そのため、ミルトンがテキストの中で明示していない場合、それら「詩篇」の調べは、そうとは意識されずに読み過ごされてしまうことも多いと思われる。しかし、それは剽窃や改竄などということばからはほど遠い。逆に言えば、ミルトンは、それほどまでに聖書及び「詩篇」を読み込み、それらを十分に消化吸収して、おのが血とし、肉としたのである。

---

11 *John Milton: A Reader's Guide to His Poetry* (New York: The Noonday Press, 1963； rpt. 1975), p.24.

第3部 『楽園の喪失』における出エジプトの主題

第3部 『楽園の喪失』における出エジプトの主題

1 紅海の浪間に漂うパロと地獄の燃えさかる炎の海に漂うサタン

　本論考第1部で見たように、ミルトン版詩篇第136篇第14節では、「赤色」に繋がる語"tawny"が採用され、紅海における鮮明な神の御業が印象深く語られている。「赤黒き王」は全軍団とともに、紅海に飲み込まれ、紅い海原の間に間に藻屑となって漂うのである。

　ここで海の藻屑となって漂うパロとその全軍団の姿は、そのまま『楽園の喪失』第一巻のサタンとその全軍団の姿へと重なっていく。彼らは天の戦いにおいて、御子の雷電（"thunder"）に撃たれて敗北し、天の門から追い落とされて地獄に落ち、地獄の燃えさかる火の湖の浪間に藻屑のごとく漂っていた。ここでわれわれが「紅い海」、「紅い海原」、そして「赤黒い王」から容易に連想するのは、地獄の赤く燃えさかる火の湖と火の波、そして地獄の「暗闇」の中で、赤く燃えさかる炎に焼かれる地獄の王サタンの姿である。

　15歳の少年詩人ミルトンは、この時点では、将来執筆する叙事詩の主題を聖書に取材することになるとまでは、よもや考えていなかったはずである。しかし、ここには、これより約45年後に出版することになる『楽園の喪失』の題材と作風の萌芽がある。更に言えば、少年詩人ミルトンは、原典詩篇第136篇の中心部分をなす出エジプトの描写に注目して、これに焦点を合わせて一層明確化した。出エジプトの以前と以降で内容に大きな転換が生じる、三部構成の構造に着目し、これを生かした。『楽園の喪失』においても、大天使ミカエルの語る「天の戦い」を中心として、それ以前とそれ以降では内容に大きな転換が起こった。

　さらに、紅海を2つに裂く主題（これはもともとのヘブライ語原典で既にこの構造が採用されており、それをミルトンが着目して踏襲しているのだが、）を神の御子による反逆天使の天からの追撃の部分で使っている。ミルトンは御子による反逆天使追討とそれに続く地獄での堕天使たちの描写を2つに切って、後半部分を第一巻の冒頭に置き、前半部分を天の戦いの最終部分に持ってきた。

　さらに、少年詩人ミルトンは原典詩篇が26節から成っていたものを2節削減して24節とした。24は12の倍数であり、12は叙事詩の基本となる数字である。これ

とは対照的に、後年のミルトンは『楽園の喪失』再版（1674）の際に、第五巻と第十巻をそれぞれ2つに分けて再構成した。それにより、最初10巻から成っていた本叙事詩は12巻となった。ホメロスやヴェルギリウスの叙事詩の系譜に位置付けるのに一層相応しい巻数にしたのである。15歳の若き詩人ミルトンは、12及びその倍数である24という数字に対するこだわりを持っていたことが明らかであるが、そのこだわりは、最終的には『楽園の喪失』を全十巻から全十二巻にする、という形で結実を見ているのである。

若き日に、神を主人公ヒーロー／英雄とし、神の御業を主題とする叙事詩風の詩篇翻訳パラフレイズを行ったミルトンは、後年、人に対する神の道の正しさを主題とする叙事詩を形成した。かつて叙事詩風詩篇の翻訳パラフレイズを行う際には、2節を削除して全24節とし、長編叙事詩執筆にあたり、2巻を増やして全12巻としたことは、ただの符合とは言えまい。ミルトンの念頭には、常に叙事詩の型へと向かう文学的メンタリティーがあったことが窺える。

Nicholas R. Jones は、『楽園の喪失』おける物理的行為と精神的行為の独自の結合を示す主要な例の1つは "stand" と "fall" という2つの動詞の複合的使用であると指摘する。[1] 続けて Jones は、『楽園の喪失』第三巻冒頭の神のことばの中に出現する "stand" と "fall" には少なくとも三種類の意味があると指摘するが、それを簡単に整理すると以下のようになる。[2]

(1) 神学的・象徴的な意味で、「立つ」とは「神に服従し続ける」の意味であり、「落ちる／堕ちる」とは「神に背いて反抗する」という意味である。つまり、2つの対照的な状態、「服従」と「不服従」を意味する。
(2) 動詞の字義に一層近い動作を意味する。「落ちる／堕ちる」とは伝統的キリスト教の宇宙論においては天国から地獄への落下を経験するという意味である。一方、「立つ」とは、そのような動作を行わないことを意味する。善き天使は天国に「立つ」が、邪悪な天使は地獄に「落ち／堕ち」てしまう。第一巻及び第二巻において、地獄の堕天使たちの「落ち／堕ち」た様が繰り返し語られる。一方で、善き天使たちが最初に描かれる際には、彼らが「星々の如く密に立った」（Ⅲ：61）とされている。
(3) 人間あるいは天使たちの物理的姿勢を意味する。アダムの直立した姿勢、ラ

---

[1] "'Stand' and 'Fall' as Images of Posture in *Paradise Lost*," *Milton Studies* VIII (Pittsburgh: University of Pittsburgh Press, 1975), p. 221.
[2] *Ibid.*, pp.223-24.

ファエルの輝く立ち居振る舞い、サタンの多様かつ縮小する変化が描かれる。ラファエルは立ち、サタンは落ちる。アダムはイヴとともに落ちるが、神の御子により支えられて立ち上がる。

　実際には『楽園の喪失』において、これら動詞の3つのレヴェルの意味が相互に絡み合って重層的に使用されていることは言うまでもない。さらに、"stand"（立つ）には「〔誘惑や逆境に〕耐える」、「揺るがずに踏ん張る、ぶれずに立った姿勢を保つ」という意味が内包され、"fall"（落ちる／堕ちる）には、「〔誘惑や逆境に〕屈する」、「揺らいで倒れる、ぶれて姿勢を崩す」という意味が内包されていることも改めて付記しておく。

2　バロンブローサに散り敷く落ち葉と紅海の浪間に浮遊する菅（すげ）の葉

　以下は、『楽園の喪失』第一巻301〜313行の引用である。サタンは地獄の火の海の中で、自軍（神に対する反乱軍）の堕天使たちに号令をかけて起き上がらせようとする。

> His Legions, Angel Forms, who lay intrans't
> Thick as Autumnal Leaves that strow the Brooks
> In *Vallombrosa*, where th' *Etrurian* shades
> High overarch't imbowr; or scattered sedge
> Afloat, when with fierce Winds *Orion* arm'd
> Hath vext the Red-Sea Coast, whose waves orethrew
> *Busiris* and his *Memphian* Chivalry,
> While with perfidious hatred they pursu'd
> The Sojourners of *Goshen*, who beheld
> From the safe shore thir floating Carkases
> And broken Chariot Wheels, so thick bestrown
> Abject and lost lay these, covering the Flood,
> Under amazement of thir hideous change.

　この場面では、サタン側の堕天使軍団の兵士たちは、御子の雷電により、天から追

い落とされ、九日九晩落ちた挙句、地獄の火の海で失神して倒れている。そうした堕天使たちの姿は「ヴァロンブローサ（"Vallonbrosa"）の谷の流れに散り敷く秋の落ち葉」や、「紅海に散らばって漂う、葦／菅の葉（"sedge"）」に喩えられている。"Vallombrosa"は、イタリアのフィレンツェ南東約30キロに位置し、「木陰の谷」を意味する。（ミルトンはイタリア旅行中の1638年9月、この地の修道院に宿泊して、オルガンを弾いている。[3] また、「葦／菅の葉」について言えば、ミルトンは、モーセに率いられてエジプトを脱出するイスラエルの民を追う、ビュシュリス王の軍勢が、兵も戦車ももろともに紅海の波に飲み込まれたおりに武器や武具と共に浪間に「葦／菅の葉が」浮遊する様を叙述している。"sedge"とは、古英語の原義で「剣、刀」を意味するが、それは葉の形が刀を連想させるからであるという。

「流れに散り敷く落ち葉」も「浪間に浮遊する水草の葉」もともに、寄る辺なき者の比喩となり、神に反逆した者の寄る辺なさを効果的に象徴しているといえよう。しかし、これらの葉に込められた象徴性は、詩篇第1篇第3節を背景に置いた時、その意味合いが一層鮮明になる。つまり、「神の律法の内にあって昼も夜も瞑想する者」の喩となる木の「葉は決して落ちることがない」。一方で、反語的並行法を用いれば、神を「あざける者」たちや、彼らの「座についた者」、すなわち仲間に加わった者たちの喩となる木は、植えられても実がならず、その葉は落ちてしまうということになる。ミルトンの描くサタンとその一党は、神を嘲り、神に反逆して戦いを挑み、天から追い落とされた。彼らはまさに落ちた（"fallen"）葉に他ならないのである。

ここで、もう一点、再確認しておきたいのは、ミルトンがサタンと堕天使の軍団の敗北の様子を、「出エジプト記」におけるエジプトのパロ、ビュシュリス王とその軍団の比喩で語っている、という点である。彼らは、イスラエルの民を抑圧し、圧政によって搾取し、何度も約束を反故にして、イスラエルの民のエジプト脱出を妨害した。しかし、最後には紅海において、神の裁きにより、軍団もろとも海の藻屑となった。この「出エジプト記」における「紅海通過」の主題は、ミルトンが好んで詩篇翻訳で取り組んだ主題である。本論考の第1部で考察したように、詩篇第114篇及び第136篇は、この主題を扱っていた。更にミルトンは、この2つの詩篇を、詩人15歳の時の英語翻訳作品として、『詩集』(1645)の巻頭を飾る"On the Morning of Christ's Nativity"の直後に置いた。また、ミルトンは第114篇には特に思い入れが強かったと見えて、ギリシア語訳を26歳になる直前、『ラドロー城で上演された仮面劇』（通称、『コーマス』）上演直後に行っている。そしてどちらの詩篇翻訳においても、エジプト

3　平井正穂訳『失楽園』上 (東京：岩波書店、1981；　再版 2011) 註 p.334; Susan L. Rattiner, ed., Noted by John A. Himes, *Paradise Lost* (New York: Dover Publications, Inc., 2005) , p.275.

王とその軍団は、神の祝福を受けたイスラエルの民の迫害者として描かれていた。

　それゆえ、『楽園の喪失』第一巻において、サタンとその一党が最初から「落ちた葉」や「エジプトのパロとその軍団」の比喩で語られていることは『楽園の喪失』の読みを進める上で、極めて重要である。なぜなら、第一巻では少なくともサタンは英雄的に叙述されている、という説があるが、その「英雄的叙述」の内実は、「神の前に立てずに落ちた／堕ちた」、神の民を抑圧し迫害し殲滅しようとする者を叙述する、「疑似英雄的」叙述に他ならない。ミルトンは、叙事詩第一巻のサタン出現の最初の場面で、大言壮語し、英雄的に振る舞うサタンの姿を提示する一方で、語り手たる叙事詩人の言葉を通して、サタンの欺瞞性を暴き出しているのである。ミルトンは無意識的にも内容的にも「サタンの側に組み」してはいない。『楽園の喪失』を歌う叙事詩人の立ち位置は、1624年、1634年、1648年、1653年に詩篇を翻訳する詩人の「立つ」位置の延長線にある。

　上記の『楽園の喪失』第一巻301～313行について、Matthew Stallardは、[4]「邪悪な軍団は落ち葉の比喩で語られている。『ジュネーヴ聖書』「イザヤ書」第34章4節を見よ」とした上で、"...all their hosts shall fall as the leaf fallen from the vine, and it falleth from the fig tree" を引用し、当該箇所との影響関係を示している。更に、Stallardは『欽定英訳聖書』及び『リームズ・ドゥエー聖書』[5]の「イザヤ書」同章同節を参照せよ、と述べている。また、「木陰の谷」、「エトルリアの樹影」(ヴァロンブローサ)("th'Etrurian shades") の詩句に、詩篇第23篇4節の「死の陰の谷」の反響がある、と指摘する。James H. Sims も同様の指摘を行っている。[6]

　平井正穂氏も同様の指摘を行った後、ダンテ作『神曲・地獄篇』第三歌からの反響がある、とする。John Carey and Alastair Fowler は、『神曲・地獄篇』第三歌112-15行からの反響を指摘する。[7] Carey and Fowler は、「落ち葉は、無数の死者の比喩」として、叙事詩の伝統的手法の中に位置づけられ、長らく継承されていると指摘し、ホメロス作『イリアッド』第六巻146行、ヴェルギリウス作『アエネイウス』第六巻309～310行を挙げている。

　また、紅海はヘブライ語では「葦／菅の海」("Sea of Sedge") と呼ばれると指摘し、ミルトンが当該箇所で「葦／菅の葉」が漂う海とした必然性を明らかにしている。C. M. Bowra では Bacchylides, 及び Tasso への反響の継承も指摘されている。[8]

　これらに付加して、論者は、ミルトン自身の詩篇創作翻訳の反響を特に強調しておく。つまり、ミルトンは詩篇第1篇のミルトン自身の英語訳の詩行を『楽園の喪失』第一巻301～313行に反響させているということである。さらに、そこには、ミルトン15歳時の英語翻訳作品である詩篇第114篇及び第136篇、そして25歳時に行った詩篇第114篇のギリシア語翻訳の反響も加わって行くのである。

さて、当該箇所に関して、Carey and Fowler は、ミルトンの独自性はこれらの「叙事詩的伝統」の流れの中で、「具体的で現実的な特定の地域性」（"the concrete precision of an actual locality"）を示した点にある、と指摘する。だが、ミルトンの独自性はそれだけではない。ミルトンは"fall"の語に「神への不従順、神からの離反、神への謀叛、天からの追放と地獄への落下、堕落」などのイメージを内包させている。「小川に散り敷く落ち葉」と「海に浮遊する葦／菅の葉」は単なる「川の流れや浪間に浮遊する死者あるいは、戦士者の幾多もの亡骸」を象徴するのではない。それらは、サタンや堕天使たちが、霊的にいかに神から離れ、神に見捨てられた存在となっているかを如実に示す比喩となっているのである。

　そもそも、厳密に言えば、サタンも堕天使たちも死者ではない。彼らは死ぬことはできないのである。昏睡状態にあるが、堕天使たちはサタンの号令とともに覚醒する。しかし、彼らは「神から極限まで離れている」という意味で、「死」の状態にある。いわば、肉体的には生きていても霊的には死んだ状態、つまり「生きた死」の状態にある。であればこそ、サタンはどこに居ても、楽園にあってさえ「地獄にいる」のである。それは、彼自身が、神から霊的に見捨てられ、永遠に拒絶されているという意味で「地獄そのもの」だからである。

　ところで、Isabel Gamble MacCaffrey は、『楽園の喪失』中、異なるテーマや神話と見えるものは実は１つに収斂されるものであり、それは表面には現れないものの、地下水脈のようにして全巻を貫き、それが増幅して一層の詩的効果を上げる、という意味のことを述べている。[9]　そして、その例として、第一巻611〜615行を引用して、これが先に本論考で引用した301行〜311行に呼応する、と指摘する。

> 　　　　　　…yet faithfull how they <u>stood</u>,
> Thir Glory <u>witherd</u>. As when Heavens Fire
> Hath scath'd the Forrest Oaks, or Mountain Pines,
> With singed top thir stately growth though <u>bare</u>
> <u>Stands</u> on the blasted Heath.

4　*Paradise Lost: A Biblically Annotated Edition* (Georgia: Mercer University Press, 2011), p.17.
5　『リームズ・ドゥエー聖書』はラテン語訳聖書であるウルガタ聖書（Vulgate）からの英訳聖書；旧約はフランスの Douay で 1610 年に、新約はフランスの Reims で 1582 年に、英国から亡命したカトリック教徒により翻訳された。
6　*The Bible in Milton's Epics*, p.224.
7　*Poems of John Milton* (London and New York: Longman Inc., 1968),p.480.
8　*From Virgil to Milton* (London: Publishing Company, 1945), pp.240-241, in Hughes, p.219, and in MacCaffrey, p.126.
9　*Paradise Lost as "Myth"* (Massachusetts: Harvard University Press, 1959), pp.124-27.

この場面で、サタンは召集した反逆天使の軍団を前に演説を行おうとしている。反逆天使たちはサタンに対して忠誠を尽くそうと力の限り踏ん張って立ち上がってはみたものの、彼らの栄光は葉が萎れるように萎れてしまっている。それはあたかも、楢の森や松の山が、天からの火〔雷〕に撃たれ、その頂きが焦げて、葉もないむき出しの姿で荒涼たる荒野になお、威風堂々と立とうとするかのごとくである。この場面で反逆天使の軍団は、雷に撃たれて黒焦げになり、それでも辛うじて幹のみ残した木々に喩えられている。確かにサタンと反逆天使たちは御子の雷電に撃たれて地獄に落ちた。そしてサタンの号令に従って、何とか「立ち」上がった。しかし、もはや彼らの栄光は削げ落ち、その実態は焼け焦げて形状のみ留めた枯れ木にも似ている。「その萎んだ栄光」が示すのは、落ち葉と同様、邪悪な者の末路が枯渇と死であることは避けがたい、ということである。なぜなら、「……地獄は、実を結ばぬ不毛("fruitless")ものなのである」から。[10]

第一巻301行から311行で扱われた落ち葉のイメージは、ここでは、かつて葉がついていたはずの木へと連鎖する。しかし、それは枯れ木であり、決して実を結ぶことはない。ここには、詩篇第1篇3節で歌われた、「ヤハウェの教えを昼も夜も瞑想する人」とは対極の、邪悪な者たちの姿がある。「小川のほとりに植えられて育つ木」とは逆に、「雷に撃たれて黒焦げになった木」は、「相応しき時に実をつけること」はなく、その「葉は落ち」、そこにあるのは、絶望と死のみである。ここで、意図的に、かつ、揶揄として"stood"及び"stand"の語が使用されているが、それは皮肉に反響して、見せかけのみ辛うじて「直立の姿を取る」、神に反逆し、永遠に神に見放された者たちの「死の廃墟」をグロテスクに浮かび上がらせている。彼らは物理的には「立って」いても、霊的には「堕ちた」状態にあり、その意味で死の国〔地獄〕に閉じ込められている。

もう1つ指摘しておくべきことは、ミルトンが詩篇第1篇の翻訳において採用しなかった、"wither"の語が、上記引用箇所では、堕天使たちの"glory"を形容する語として採用されている、ということである。ミルトンは詩篇第1篇の創作翻訳においては、原典ヘブライ語の"wither"の相当語句に従うことはしなかった。代わりに"fall"を採用し、対立概念を持つ対語"stand"との差異を鮮明にした。しかし、"wither"の語はそこで廃棄され、忘れ去られたのではなかった。であればこそ、ミルトンは上記『楽園の喪失』第一巻612行において、"Thir Glory witherd"とあるように、堕天使達のかつての栄光の抜け殻を「萎れた葉」の比喩で歌うのである。仮にここで、"Thir Glory fallen"と歌われていたとしたら、その詩的効果は半減するであろう。なぜなら、「栄光が落ちてしまっていれば」堕天使たちはただの邪悪なる者に過ぎなくなる。しかし、かつて神から与えられた栄光の見せかけのみが体にしが

みついている姿は、一層惨めな印象を堕天使たちに与えるからである。そして、そこにはもはや何の実質も存在しない、という点がその分だけ強調される。それによって、神に離反し、神に見放された存在の救いのなさが、強烈なイメージとして読者の脳裏に深く刻まれることになるのである。

かくて、この『楽園の喪失』第一巻の上記引用の詩行は、ミルトンがどれほど深く、丹念に詩篇第1篇の神の教えを"study"したか、すなわち「くまなく追求し、瞑想し、あるいは口ずさむ」ことを繰り返したかを示す証左となるのである。詩篇第1篇では表面にあらわれなかった、反語的並行法を構成する「悪しき人の比喩としての木」のイメージは、『楽園の喪失』に持ち越され、そこで完成を見るのである。

ちなみに、『楽園の喪失』注釈の古典中の古典とも言うべき、John A. Himes編註版[11]においては、第一巻611〜615行について、堕天使たちの比喩としての"Oaks"及び"Pines"の木のイメージには、ヴェルギリウス作『アエネイウス』第三巻680行の一目巨人(キュクロプス)の比喩の反響があり、さらに「ヨハネ黙示録」第8章7節や「ユダの手紙」第12節からの反響も指摘されている。[12] また、"singed top"（頭髪の焦げた梢）の詩句には「知的能力と預言者的な洞察力の喪失」が暗示されていると指摘されている。

かくて、『楽園の喪失』第一巻611〜615行には、『アエネイウス』、「ユダの手紙」、「ヨハネ黙示録」からの反響に加えて、詩篇第1篇からの反響も加わり、それらが渾然一体となって、独自のミルトン的世界を醸成しているということができるのである。

3　アブディエルと出エジプトの主題

以下に引用するのは『楽園の喪失』第四巻で新世界を前にして内省するサタンのセリフである。

> O had his powerful Destiny ordaind
> Me some inferiour Angel, I had **stood**

10　*Ibid.*, p.127.
11　*Paradise Lost* (New York, Cincinnati and Chicago: American Book Company, 1898), p.273.
12　「そして地上の三分の一が焼け、木の三分の一も焼け」（「ヨハネ黙示録」第8章7節）及び「実を結ばない、枯れに枯れて、根こそぎにされた秋の木」（「ユダの手紙」第12章）は、確かに当該場面でサタンとその軍団を描き出す際に、有効なイメージとして採用されている。

>　　Then happie; no unbounded hope had rais'd
>　　Ambition.　Yet why not？　som other Power
>　　As great might have aspir'd, and me though mean
>　　Drawn to his part; but other Powers as great
>　　Fell not, but stand <u>unshak'n</u>, from within
>　　Or from without, to all temptations arm'd.
>　　　　　　　　　　　　　　　　(58-65)

　サタンは仮定法過去完了形を用いて、実際には起こりえなかった事柄「自分が神の前に<u>立って</u>幸いな状態にあったろうに」と思いを巡らせる。ここでサタンが"stand"の語を「堕ちることなく、神に従順に仕える」という意味で用いていることは明らかである。一方で、'unshak'n'の語は、サタンが御子に対する嫉妬にかられて堕ちたのとは対照的に、堕ちることのなかった天の3分の2の天使達を形容している。
　また、第五巻では、サタンが天使の3分の1をひきつれ神に対して反逆しようとする中でただ一人、その言葉に惑わされず論陣を張り、サタンと訣別して神のもとへと帰ってくる熾天使アブディエルを形容する語として出現する。

>　　So spake the Seraph *Abdiel* faithful found,
>　　Among the faithless, <u>faithful</u> only he;
>　　Among innumerable false, unmov'd,
>　　<u>Unshak'n</u>, unseduc'd, unterrifi'd
>　　His Loyaltie he kept, his Love, his Zeale;
>　　Nor unmber, nor example with him wrought
>　　To swerve from truth, or change his constant mind
>　　Though single. <u>From amidst them forth he passd,</u>
>　　<u>Long way through hostile scorn, which he susteind</u>
>　　<u>Superior, nor of violence fear'd aught;</u>
>　　And with retorted scorn his back he turn'd
>　　On those proud Towrs to swift destruction doom'd.
>　　　　　　　　　　　　　　　　(896-903)

　引用場面において、アブディエルを形容するもう1つのことば、"faithful"は、英語翻訳詩篇第114篇の冒頭で"the seed of Tera's faithful Son"とあるように、ア

ブラハムを形容することばとして出現していた。ここで、「揺るぎなく」神に拠って立つアブディエルは、重層的な形容詞の使用によって、極めて信仰篤きものであることが強調されている。この動じないアブディエルの姿勢は、詩篇第136篇で神の民を通過させるためにガラスの壁のごとくに堅く立った紅海の大波に通じる。たとえ、たった一人であってもその態度に変わりはない。その後、アブディエルは、反逆天使軍団が両側に居並ぶ中を通過していく。その道はかなり長く、両側からは敵の嘲りと罵りが雨あられとばかりに降り注いでくるが、彼はそれにも動じない。敵からの危害も恐れずに彼らを超越した態度で、軽蔑を投げ返して背を向けて、ひたすらに一筋の道を通って、神を目指して歩み去っていく。「それら傲慢なる塔」のごとき反逆天使たちには、速やかな破滅がおとずれることになるのである。

　両側に轟々たる騒音が巻き起こる中、一筋の道を長い間歩き続けて、通過していく、という光景は、まさに「出エジプト」の主題に当てはまる。アブディエルは天使ゆえ、サタンと決裂した後は、翼を羽ばたかせて速やかに、その場を去って行くほうが天使のイメージとしてはしっくりくるかもしれない。しかし、ミルトンはそうは書かなかった。サタンと訣別して神の元へと帰っていくアブディエルの姿に、ミルトンは英語訳詩篇第114篇で描き出した、「信仰篤きアブラハムの子孫」のイメージをだぶらせて、紅海の荒波が逆巻くその間の一筋の道を神の導きによって、通過していくイメージを浮き上がらせているのである。つまり、サタンの誘惑からの帰還はアブディエルにとっての「出エジプト」だとミルトンは考えていた、ということである。知らなかったこととはいえ、サタンの巧みな弁舌に乗せられて反逆者の群れの中に入ってしまったのは、アブディエルの責任である。多くの者たちは、最初から反逆者ではなかったかもしれない。しかし、それと気づいた時に彼らは、敢えて後戻りすることができなかった。そうした中でアブディエルだけは、勇気を持って後戻りして行ったのである。悪の道に入ったと気づいても、そこから抜け出すのは容易ではないかもしれない。しかし、ミルトンはそれでも後戻りすることの重要性を読者に訴えている。それは、共和制を捨てて王政復古の波に乗せられ、またもや「エジプトの肉鍋」の誘惑に陥った、当時のイングランドの人々に対する、詩人の心からの警告の叫びであったかもしれない。

　そして、そのような困難に打ち勝った先には、必ず神の祝福があることも、ミルトンは読者たちに伝えるのを忘れてはいない。（物語の中では、大天使ラファエルが、一連の出来事をアダムに語る、という形を取っている。）たとえ、堕落がアダムとイヴに取って避けえないものだったとしても、ここで「サタンの陣営から後戻りして神の元へと帰った」アブディエルを範例として提示しておいたことは、堕落後のアダムとイヴが、二人で語り合い、神に許しの祈りを捧げ、楽園を去って行く前に、大天使ミカエルの教育を貪るようにして吸収し、堕落後ではあっても、真のキリスト教的英

雄の型の何たるかを理解したことと大きく連動していると考えられる。[13]

>   Henceforth I learne, that to obey is best,
>   And love with fear the onely God, to walk
>   As in his presence, ever to observe
>   His providence, and on him sole depend,
>   Mercifull over all his works, with good
>   Still overcoming evil, and by small
>   Accomplishing great things, by things deemd weak
>   Subverting worldly strong, and worldly wise
>   By simply meek; that suffering for Truths sake
>   Is fortitude to highest victorie,
>   And to the faithful Death the Gate of Life;
>   Taught this by his example whom I now
>   Acknowledge my Redeemer ever blest.[14]　(XII: 561-573)

　ここで語られる「キリスト教的英雄観」は、通常の英雄観とは異なり、極めて逆説的である。自己の力を頼みとせずに、神にのみ拠り頼み、摂理を守り、御前にあるがごとくに「歩む」人の姿には、詩篇第1篇の「義なる人」のイメージが生きている。善をもって悪に勝ち、小事をもって大事をなし、弱いと思われるものを用いてこの世の強きをくじく、心順なるものにより狡しきものをくじく、ということも現実からは、かけ離れた生き方のように思われる。しかし、ミルトン自身がこれを実践してきたからこそ説得力あることばとしてこれらのことばが生きるのである。ミルトンは盲目になったが、そのことは彼が叙事詩『楽園の喪失』を創作する妨げにはならなかった。むしろ、同時代の多くの盲目ではない作家たちの作品を抑えて、ミルトンの作品が金字塔として今の世に至るまで語り伝えられていることがその証拠となる。彼はまた、「真理のために忍苦した」。失明を覚悟して『イングラン国民のための第一弁護論』執筆に身を投げうった。処刑を覚悟して王政復古前夜に『自由共和国樹立の要諦』(1659)を執筆し、「エジプトの肉鍋」に後戻りする―すなわち、共和制を捨てて、暴君のもとで偽りの平和と惰眠を貪る―ことの愚をイングランドの人々に訴えた。王政復古後は、王党派のスポークスマンとして働くよう要請を受けたが、それを断り、逮捕されてロンドン塔送りとなった。弱いと思われるものを用いてこの世の強きを挫くとは、まさに詩篇第8篇で、生まれたばかりの赤子の口を神賛美の砦とする神の配剤に繋がる思考方法である。

さらに、本論との関連で言えば、ミルトンは詩篇という極めて短い単位の祈りの詩をいつも口ずさんで、瞑想を行い続けた。それは神との対話であり、神との契約の場でもあり、神からの祝福の場でもあった。そして、50年以上の長きに亘って、そうした行為を積み重ねることによって、ついに長編叙事詩『楽園の喪失』を創り上げていったのである。全体で1万5百行ほどの詩を詩篇全篇の数である150で割ると、約70行ほどの詩の長さになる。1653年のミルトンは詩篇第7篇（全64行）と第8篇（全24行）を1日で仕上げたが、その合計は88行となる。恐らくは、1日に、およそ70行から90行のまとまりを詠い上げる、というペースで長編叙事詩形成の作業を進めていったのではないだろうか。1万行強への詩作の道はまさに毎日が一歩一歩の積み重ねであった。その作業は1つの「出エジプト」の作業であったとは言えないだろうか。詩篇を重ねて、長編叙事詩を構築することは、その行為自体が、まさに「小事をもって大事をなす」英雄的な行為に他ならなかったのである。

こうして神の元へ戻ったアブディエルは、神から嘉せられ、祝福を受ける。第六巻29行から43行までの15行からなる詩行である（神の祝福のことばはミルトンの14行詩に近い形になっている）。

> **Servant of God**, well done, well hast thou fought
> The better fight, who single hast maintaind
> Against revolted multitudes the Cause
> Of Truth, in word mightier then they in Armes;
> And for the testimonie of Truth **hast born**
> Universal reproach, far worse to beare
> Then violence: for this was all thy care
> To **stand approv'd in sight of God**, though Worlds

---

13 ラファエルの教育は決して失敗したのではない。堕落の後で、自ら悔い改めのことばをアダムに捧げたイヴの中にも、イヴを許し、その自殺の提案を退けたアダムの中にも、ラファエルの教育成果は生きて働いていたのである。そして、ラファエルの教育成果が生きた背景には、第三巻で自ら人の罪を贖うために犠牲となることを申し出た御子の愛が、さらに第十巻で、アダムとイヴに罪の宣告と救済の希望を与えた御子の愛が注がれていたことも忘れてはならない。George Williamson, "The Education of Adam," *Milton and Others*, (London: Faber and Faber, 1965) では、ミカエルによるアダムの教育は、叙事詩のプロットにおける構造的な要素であると同時に『楽園の喪失』における教育的要素ともなっていると指摘されている。また、John M. Steadman, *Milton's Epic Characters* (Chapel Hill: The University of North Carolina Press, 1959 rpt. 1968) pp.72-73 では、追放の直前にミカエルによって教示される救世主の予言は、アダムの悲しみを和らげ、信仰による義認に必要不可欠な知識を与え、「永遠の摂理を擁護し、神の道の正しさを人びとに明らかにする」ことを目的としていると述べられている。

14 新井明は、この段落が「真のヒロイズムの告白」だと指摘している。『楽園の喪失』（東京：大修館書店、1978；第四刷発行 1983）、348頁。

> Judg'd thee perverse: the easier conquest now
> Remains thee, aided by this host of friends,
> Back on thy foes more glorious to return
> Then scornd thou didst depart, and to subdue
> By force, who reason for thir Law refuse,
> Right reason for thir Law, and for thir King
> *Messiah*, who by right of merit Reigns.
> 　　　　　　　　　　　　　(VI:29-43)

「神のしもべよ、よくやってくれた。よく
戦ってくれた。反逆の千万(よろず)を向こうに
まわして、単身、真理(まこと)の道を守りぬいて
くれた。彼らの武器より強いことばで。
そして真理(まこと)の証(あかし)のために、暴逆よりも
堪えがたきひとみなの非難に、よくぞ
耐えてくれた。きみは、たとい全人がきみを
責めるとも、神のまえで嘉(よみ)せられることを
のぞんだ。より易き勝利の道がいまや
備えられている。さきには侮蔑を浴びせられた
敵に、ここに集(つど)える友軍とともに立ち向かい、
理性をおのが律法とし、正しき理性を
おのが律法とすることを拒(こば)むもの、
み子として治めるメシアをおのが王とする
ことを否(いな)むものどもを、力によって押えよ」

　これが、神の軍勢が悪魔の軍団を迎え討つべく出撃の用意をしている所へ丁度戻ってきた熾天使アブディエルに対する神からの賞賛と激励のことばである。
　「かれらの武器より強いことばで」真理の戦いを戦い抜いた功績をまず前半で称え、その後で「武力」による「より易き勝利への道」へと進むことを勧告する神の言葉は、「神に従順に仕え」、邪悪な者たちの仲間に入ることなく、誘惑に「耐え」、「神の御前に立つ」アブディエルの姿を鮮明に映し出している。このアブディエル像の背景には、1653年夏にミルトンが連作翻訳を完成させた詩篇第1篇における「正しき人」の姿がある。ミルトンは詩篇第1篇で磨き上げた、神に嘉せられる幸いなる人の型をアブディエル造形の際に用いていることが明らかである。神はアブディエルを祝福し、

その功績を称え、さらなる務めへと進むことを命じる。その意味で、このソネット風の詩行は神による祝福、賞賛、そして勧告からなる、ミルトン独自のソネット風の創作詩篇と見なすことが可能となる。[15]

「武力」による戦いよりも「ことば」による戦いを「より崇高な」ものとするミルトンの主張が神のことばを通して、ここに余す所なくあらわれている。[16]

神の言葉に励まされて戦場におもむいたアブディエルは、サタンを見て次のように考える。

> O Heav'n ! that such resemblance of the Highest
> Should yet remain, where faith and realitie
> Remain not; wherefore should not strength and might
> There fail where Vertue fails, or weakest prove
> Where boldest; though to sight unconquerable ?
> His puissance, trusting in th' Almightie's aide,
> I mean to try, whose Reason I have tri'd
> Unsound and false; nor is it aught but just,
> That he who in debate of Truth hath won,
> Should in Arms, in both disputes alike
> Victor; though brutish that contest and foule,
> When Reason hath to deal with force, yet so
> Most reason is that Reason overcome.
>   (VI: 114-126)

「ああ天よ！信仰も真実も残ってさえ
いないのに、このように至高者(いとたかきもの)への似姿が

---

15 『楽園の喪失』第六巻 29-43 行の熾天使アブディエルに対する神からの語りかけのことばは、賞賛から勧告へという構造を持つ。この＜賞賛から勧告へ＞という構造は、1648 年執筆のソネット 15 番(「フェアファックス卿へのソネット」)と、1652 年執筆のソネット 16 番(「クロムウェルへのソネット」)の構造と極めて類似している。このソネット風の詩行と構造の類似性については、拙論『ミルトンの英雄観』「東京成徳短期大学紀要」第 11 号 (東京：東京成徳短期大学、1978) 及び「ミルトンの英雄観―その 2―」『東京成徳短期大学紀要』第 12 号 (東京：東京成徳短期大学、1979)で詳細に論じている。また、『楽園の喪失』に散見されるソネット風詩行については、拙論「ミルトンの英雄観―その 3―ソネットと後期の作品―」『東京成徳短期大学紀要』第 16 号 (東京：東京成徳短期大学、1983)で考察されている。

16 「武力」よりも「ことば」による戦いをより崇高と考えるミルトンの思考様式は、『イングランド国民のための第二弁護論』中に明確に提示され、展開される。また、このことについては、『ミルトンの英雄観―その 3―』でも考察されている。

残るとは！　徳もないくせに、どうして
　　勢力(ちから)がありうるのか？　大胆ではあり、無敵と
　　みえようと、力弱くはならぬのか？
　　全能者の加護を信じて、こいつの力を
　　ためしてやろう。こいつの理屈の不健全にして
　　虚偽なることは、すでにあばいた。真理の論争に
　　勝ったものが、武力においても勝つこと、
　　いずれの争いにも勝つことは、当然なりと
　　言うほかはない。理性が力と争うとき、
　　その争いが獣的できたなかろうと、
　　理性が勝つのが、道理というものだ」

　全13行からなる、このソネット風の詩行の後に、自信に満ちてサタンに挑み、機先を制してその兜に一撃を加えるアブディエルの姿が描かれる。サタンは「十足大きく／後に退き、十歩目は膝を折って／巨大な槍で」身体を支えねばならぬほどの打撃を受ける。

　しかしながら、天上の戦いはこれで終わるわけではない。この後、大天使ミカエルがサタンと一騎打ちを行って見事、勝利するが、それでも懲りないサタンとサタンの軍勢は、戦いの2日目には奇怪な武器（ミルトンの叙述から判断すると巨大な大砲に近いもの）をこしらえ上げて一挙に形勢を逆転しようと謀る。そして最終的には神の御子が「生ける霊によって動く、父なる神から与えられた生ける戦車」に乗って登場し、反乱軍を追い散らし、天の壁の際まで追い詰め、「雷電」を投げて地獄へと追い落とすのである。

　これらの場面では、詩篇第1篇で磨き上げられた、「正しき人」がサタンの甘言や誘惑に打ち克つ際に取るべき態度が、アブディエルを範例とする態度であることが語られている。

　つまり、"the Seed of Abraham" としての信仰篤き人々の姿がアブディエルの中に凝縮されているということである。しかし、サタンとの戦いはそこで終結するわけではない。どれほど正しき人であっても、人である限りはサタンとの戦いを終結させる力はないからである。

　『楽園の喪失』第十二巻の後半で、アダムは遂に "the Seed of Woman" とは聖母から生まれる神の御子（イエス・キリスト）のことだとの認識に達する。さらに "the Seed of Woman" とは、神への信仰と信頼に生きるすべての「義なる人」をも意味すると教わる。"seed" には "posterity, descendants" の意味があるが、『楽園の喪失』

においては、それは生物学的・遺伝的な「子孫」を意味するものではない。神への信仰と信頼に生きるすべての時代、すべての国民が"the Seed of Woman"には内包されているのである。

　人が一代でどれほど強力な戦いにおいて勝利を治めたとしても、それでサタンが最終的に打ち破られるわけではない。この世にはびこるサタンの力はそのような簡単なものではないのだ。しかし、だからと言って人類一人ひとりがサタンとの戦いを放棄すれば、そこで「義の人びと」の「精神的血族」の連鎖は途切れてしまい、「約束の種」である御子は聖母より生まれ出ずることが不可能となる。この精神的血族の連鎖の中から、大天使ミカエルのような強力な人物が出現し、サタンに大打撃を与えることがあるかもしれない。だが、サタンはまたもや鎌首をもたげ、反撃の大波を返してくるだろう。それでも、義なる人々の連鎖が綿々と継承されていけば、やがてその先に、遂には神の御子が「人の姿に身をやつして」生れてくることになる。サタンを最終的に打ち破ることができるのは御子しかいない。「蛇の頭を挫く」のは「女の子孫」である御子の務めとして預言されているとおりである。

　天上の戦いにおける、サタンとの闘争相手が、アブディエル→大天使ミカエル→神の御子というように漸層的に変わっていく背景には、上記で説明した、ミルトンから「義なる人々」へのメッセージがそこに象徴的に込められているからに他ならないのである。

4　神の御子と出エジプトの主題

　第一巻の物語の開始部分で、サタンの副将ベルゼバブは、地獄の海に落ちて変わり果てた姿の将軍に向かって声をかける。ベルゼバブのセリフは全体で28行ほどの長さになっている。

　　　O Prince, O Chief of many Throned Powers,
　　That led th'imbattelld Seraphim to Warr
　　Under thy conduct, and in dreadful deeds　　　　130
　　Fearless, endanger'd Heav'n's perpetual King;
　　And put to proof his high Supremacy,
　　Whether upheld by strength, or Chance, or Fate,
　　Too well I see and rue the dire event,

That with sad overthrow and foul defeat   135
Hath lost us Heav'n, and this mighty Host
In horrible destruction laid thus low,
As far as Gods and Heav'nly Essences
Can perish: for the mind and spirit remains
Invincible, and vigour soon returns,   140
Though all our Glory extinct, and happy state
Here swallow'd up in endless misery.
But what if he our Conquerour, (whom I now
Of force believe Almighty, since no less
Then such could hav orepow'rd such force as ours) 145
Have left us this our spirit and strength intire
Strongly to suffer and support our pains,
That we may so suffice his vengeful ire,
Or do him mightier service as his thralls
By right of Warr, what e'er his business be   150
Here in the heart of Hell to work in Fire,
Or do his Errands in the gloomy Deep;
What can it then avail though yet we feel
Strength undiminisht, or eternal being
To undergo eternal punishment ?   155

(I: 128-155)

「王よ、御座に座する〈威力〉たちの長よ、
閣下は、セラフの陣容をととのえて戦闘へと
導き、はばかるところなく烈しい行動におよび、 130
天の永遠の王を危機におとしいれて、
その主権を支えるものが、かれの実力なのか、
偶然なのか、運命なのかをためした。
だが恐ろしい結果を眼前にして、悔いる。
悲しい転覆と忌まわしい敗北を喫して   135
天国を失い、この強力な軍勢は
いま、このように壊滅に、ただ呻吟する。
ただし天使たちと天の霊質に滅び果てる

ことはない。心と霊は征服されることを
拒絶し、生気はただちに立ちもどる。　　　　　　140
たとい、わしらの栄光が消失し、至福が
果てなき悲惨に呑みこまれようと。
わしらを征服したもの、(そいつをいまは
全能と考えざるをえない。全能者でなけりゃ
わしらの力を打倒することなどできなかったろう。)　145
そいつが、わしらの霊と力を損(そこ)なわずに、わざと
この苦しみを味わわせようとする腹なのか。
そうなれば、復讐の怒りをまともに食らい、
この逆まく地獄の火のさなかで、あいつは
なにをしたいのかは知らないが、こちらは　　　　　150
敗けたのだから、奴隷として仕えるか、それとも
暗い淵(ふち)のなかでやつの使い走りをすることになる。
わしらの力は不滅、存在は永遠だとしても、
永遠の刑罰を受けるためだとするならば、
そんなものが、なんの役に立つというのか。」　　　155

　まず相手にその名前や位で呼びかけ、それを同格で受け、それを主格の先行詞とする関係代名詞節が続く、という文構造、そして戦いでの武功を称えるという内容は極めて勇ましく、英雄的な雰囲気を喚起するのに効果を発している。サタンは'Heaven's perpetual King'を危険に陥れたとベルゼバブはいうが、このいさましげな高揚した調子は、134行目で急激な変化を見せる。戦いに敗れて絶望にうちひしがれ、とまどい、神の真意をはかりかねる者の心情の吐露がそれに続く。高揚していると見えた冒頭の数行もよく見れば矛盾をはらんでいる。'perpetual'（永遠不滅な）ものを'endanger'（危険に陥れる）ということはありえないからである。
　さらに重要なことは、話者の神に対する認識の低さである。133行目の'whether upheld by strength, or Chance, or Fate,'という言葉からは、ベルゼバブが神の本質を摑んでいないことが明らかになる。そして彼は、神の最強の力の元を結局は「武力」だと考えている (I:143-145)。つまり、ベルゼバブは神をあくまでも単なる「武力」の範疇でしかとらえることができない。
　そして、これは一人ベルゼバブだけの問題ではない。大魔王サタンも同じ巻で「知力では劣っても、／力では他を圧するやつ」(I：247-248) と神を評している。堅く信仰に基づいた「武力」、「武力」に優越する至高の神の御稜威という考え方はサタン

の側の堕落天使にはまったく見出すことができない。

　このことは、第六巻820行から823行の御子の言葉―「かれらは力ですべてを量り、他の点での優劣は／競わない、また関知しない。だから私も／かれらとは、力あらそい以外はせぬつもりぞ。」―に裏打ちされている。このシーンで御子は敵方に対しては一言も言葉を発さずに「万雷」を手におどりかかる。これまで『楽園の喪失』の戦のシーンでは、実際に戦闘に入る前には必ずといってよいほど、敵方に対する呼びかけで始まる前口上があったのを思い合わせると、この御子のやり方は破格といえよう。

　しかし、本章冒頭で取り上げたベルゼバブの冗長で欺瞞に満ちたことばと、御子による沈黙の武力行使は、あざやかな対照をなしている。ことばばかりは勇ましいものの、時系列的に見れば、堕天使らはほんの10日ほどまえに御子の雷電を受けて天から駆逐され、地獄に落ちたばかりである。それでいて彼らはもう少しで天の王座に手が届いたかのごとくに弁じたてる。口先ばかりで実のない、武力においても極めて劣った存在であることが分かる。

　一方で、「みずから霊"Spirit"に生きるがゆえに曳くものを要しない」（第六巻752行）戦車に乗った御子は、まず始めにサタン軍との激戦で破壊された天界を回復させる。

　　引き抜かれた山々は、み子の命令によって
　　もとの場所にもどり、み声を聞いて山々は
　　すなおに従う。天はいつもの面持になり、
　　山や谷は新しい花を咲かせて微笑んだ。
　　　　　　　　　　　　　　（Ⅵ：781-784）

　ここで描かれる山々の姿は、ミルトンが翻訳詩篇第114篇で描き出した山々の姿と呼応しあう。それらは英語訳詩篇で羊たちが飛び跳ねて神を賛美した山々に連なり、ギリシア語訳詩篇では、花咲く園を思わせる牧場で仔羊たちが、牧神パン（キリストの予表として解される）の吹きならす牧笛に合わせて母羊の周りを飛び跳ねたあの丘陵に連なるのである。

　御子の戦車（"chariot"）は、旧約聖書の「エゼキエル書」第1章、第10章を下敷きにする、霊的な、「父なる神（"Paternal Deity"）」の戦車である。すなわち御子の戦車は父たる神から委譲されたものである。これは御子が神の正統の世継ぎであり、神の代行者であることを象徴している。そして、天に秩序と和平をもたらす。これと

は対照的に、サタンの戦車の原型になっているのは、ギリシア神話における日の神アポロンの不肖の息子パエトンの戦車である。

　　　　まん中に神のごとくに上げられて
　　　　背信者は、神の威光の偶像として
　　　　陽光さん然たる戦車に座し、炎のケラブらと
　　　　金色の楯とが、かれを囲んでいた。
　　　　　　　　　　　　　　（VI：99-102）

　このきらびやかな戦車の叙述はオヴィディウス作『変身物語』の日輪の戦車を想起させる。パエトンが御した時にも似て、見かけ倒しで実質がない。神を気取って登場したサタンであるが、アブディエルの一太刀を浴び、ミカエルに深手を負わされて戦車に担ぎこまれ、最後には御子の雷電で地獄に追い落されるのである。
　すでに述べたように、『楽園の喪失』において御子は雷電でサタン軍を天上から追放する。

　　　　だがみ子は力半分をも出さず、半射のままで
　　　　雷をとどめた。み子は悪魔の群れを滅ぼすのでは
　　　　なく、天から根絶することを狙っていた。
　　　　　　　　　　　　　　（VI：853-855）

　この御子の雷電は、ミルトンの翻訳詩篇第136篇11節に出現する「エジプトの初子」を撃った「雷電」をつかむ主の「手」に呼応している。やはり、15歳の詩人ミルトンの精神は、60歳になんなんとする円熟した詩人の中に息づいていたのである。
　ギリシア神話的家父長制度では「筆頭者」たるユピテルの所有していた雷電は、ここでは神ではなく「代行者」たる御子に託されている。キリスト教的家父長制度における「筆頭者」ではなく、「次席を占める者」に雷電が委譲されているのは、キリスト教神話の世界がギリシア神話の世界を凌駕する1つの証左である。また、『変身物語』第三巻でユピテルは「半射」の状態でセメレを雷電で撃つが、御子はサタンの一党をなぎ倒している。ユピテルの雷電が致死の武器であるのに反し、御子の雷電は戦車と同じく、あくまでも秩序回復のための平和の道具なのである。
　さらに、御子の乗る生ける戦車とは、水晶の大空が広がる、その上のサファイアの玉座のことであるが、それには純な碧玉と驟雨の弓形（＝虹）の彩りが散りばめてある。御子の右手には＜勝利＞が鷲の翼をつけて座し、御子の脇には弓と三矢の雷を入

れた矢ずつが掛かり、回りには煙と点滅する炎と、恐ろしい火花が渦を巻いている。御子はサファイアの玉座に座したままで智天使の翼に乗って水晶の空を威風堂々と天翔けた、とある。2つの描写を繋ぐのは、宝石づくし―特に水晶と碧玉―、虹、雷、鷲、御座、そしてその御座に座す御子のイメージである。第六巻の、サタン軍を天から一掃する場面の御子の姿を描写する際に、ミルトンが「ヨハネ黙示録」第4章からヒントを得ていることは明らかである。[17] また、御子（この世に人として生まれ、Christと呼ばれる）が御座に座す様子を描き出す、この詩行のまとまりが、"chrystal"（752行）の語を含む詩行で始まり、"Chrystallin"（772行）の語を含む詩行で終わっていることは特筆にあたいする。ミルトンは、まだこの時点では御子が「キリスト」という名称で呼ばれることはないものの、新約聖書において"Christ"と呼ばれる、まさにその人であることを"chrystal"及び"Chrystallin"の語を額縁のようにして響き渡らせることによって明らかにしているのである。

5 詩篇第136篇翻訳、『楽園の喪失』、そして出エジプトの主題

ところで、「出エジプト記」第14章13節を中心にした、「出エジプト」の主題が、『楽園の喪失』第六巻の御子による反逆天使放逐の場面と関連づけられていると指摘したのは、James H. Simsであった。[18] 神の御子は、イスラエルの民を率いてエジプトを脱出し、紅海を渡るモーセの姿と重なる。一方で、サタンと反逆天使の軍勢はエジプトのパロとその軍隊の類型として見ることができる。

御子は二手に分かれて隊列を組んでいる（"on either hand"）天の天使たちに「静まりて立て」（"stand still"）と命じる。そして、神の御稜威が叛徒を駆逐して天の壁から追い落とす様子をしかと見届ける（"behold"）ようにと命じる。それはちょうど、モーセがイスラエルの民に向かって「静まりて立て、そして主の救いの業を見よ」（"stand still, and see the salvation of the Lord"; Exodus 14:13) と述べて、エジプト軍がイスラエルの民を追って水壁のそそり立つ紅海へ侵攻したものの、海の波に飲まれて全滅する様を目撃した場面を彷彿させる、とSimsは主張する。

Simsの指摘はここまでである。われわれはさらに、第六巻801行以下の御子のことばを詳しく分析・検討してみよう。

   '**Stand still** in bright array, ye Saints, here **stand**,
   Ye Angels arm'd; this day from Battle rest;

Faithful hath been your warfare, and of God
Accepted, fearless in his righteous Cause,
And as ye have receivd, so have ye don
Invincibly; but of this cursed crew
The punishment to other hand belongs,
Vengeance is his, [19] or whose he sole appoints;
…**stand** onely, and **behold** [20]
Gods indignation on these Godless pourd
By mee, not you but mee they have despis'd,
Yet envied….　　　　　　　　(VI: 801-813)

　「出エジプト記」第14章13節のモーセのことば、"stand still" [21] を受けた形で開始される神の御子のことばは、天の従順な天使たちに対して発される。"stand" の語はここで三度繰り返されて、御子と天使たちの神に対する従順な姿勢を象徴する "stand still"（「堅く立つ」）を強調している。ここでは、堅く立ち、神の代行者としての御子の武勲をしかと見届ける、つまり証人(あかし)となることが天の天使たちに課された務めとなる。

　この後、御子は両側に居並ぶ天使軍団の間を御父の権威たる「生ける戦車」に乗って通り過ぎ、手にした雷電を放って叛徒たちを地獄へと追い落とす。"his fierce Chariot"（829行）の音は "torrent Floods"（830行）のようである。敵陣に乗り込んだ御子は "Grasping ten thousand Thunders"（836行；一万もの雷電を握りしめており）、その雷電で反逆天使の軍を撃ち倒す。一方、ミルトン版詩篇第136篇10節において、主は "with his thunder-clasping hand"（雷電を握りしめた手で）

17　新井明氏は『楽園の喪失』（東京：大修館書店、1978）、175頁の注記で、この場面には「エゼキエル書」第1章及び第10章、「出エジプト記」第28章30節、「ユダの手紙」第14章、「ヨハネ黙示録」第5章11節、詩篇第68篇17節等が重層的に響き渡っていると指摘する。野呂は「ヨハネ黙示録」第4章2-7節をこれに付け加える。

18　Gen. ed., William B. Hunter, Jr., *Milton Encyclopedia*, Vol.1 の "Milton and the Bible" の項, p.159.

19　ここには、「申命記」第32章35節の "Vengeance is mine," 及び「ローマ人への手紙」第12章19節、さらに詩篇第94篇1節の "O Lord God the avenger, O God the avenger, show thyself clearly," 及び「ヘブル人への手紙」第10章30節の "Vengeance belongeth unto me: I will recompense, saith the Lord"（いずれも『ジュネーヴ聖書』）が響き合うと、Matthew Stallard, ed., *Paradise Lost: the Biblically Annotated Edition* (Georgia: Mercer University Press, 2011), p.243 に指摘がある。

20　ここには、また、ミルトンの失明のソネット「ソネット23番」の "they also serve who only stand and wait"（「ただ立って待つ者もまた神に仕えている」）と連鎖する響きも存在する。

21　*The NIV Interlinear Hebrew-English Old Testament*, p.184 では、"**Stand firm** and you will see the deliverance the Lord will bring you today….The Lord will fight for you; you need only to be **still**." となっている。

エジプトの初子を打たれた。このように、『楽園の喪失』第六巻の御子の描写とミルトン版詩篇第136篇の主の描写は極めて似通っているのである。

雷電を投げつけられた叛徒たちの姿は、「出エジプト」において突然の洪水に襲われたエジプト軍の狼狽ぶりを彷彿とさせる。

> やつらは仰天して、抵抗心、勇気もあらばこそ、
> 無用の武器を地に落とした。楯や甲（かぶと）……
> 　　　　　　　　　　　　　　（VI: 838-839）

御子の矢は敵の上に「嵐のごとく降りかかった」（844行）。逆徒が「雷電に撃たれ」（857行）、天の水晶の壁（"Chrystal wall [22] of Heaven"; 860行）へと追い詰められると、水晶の壁は大きく開いて内側へと逆巻いて崩れる。（"op'ning wide, / Rowld inward"; 860-61行）そして、落ちて来た堕天使たちを地獄は飲み込み口を閉じる。（"Yawing receavd them whole, and on them clos'd"; 875行）

第一に、上記の御子の反逆天使追討の描写とミルトン版詩篇第136篇で使用されることばが似通っている。詩篇第136篇では、紅海の大波は"stood still"して道をあけ、神の民に紅海を通過させた。一方、第六巻で御子は他の天使たちに"stand still"して、御子が反逆天使たちを追討する様を見届けるように、と"stand"のことばを3回繰り返して命じた。詩篇第136篇で、主は"his thunder-clasping hand"の一撃によってエジプトのすべての初子を打ち倒した。一方、第六巻で御子は、右手に万雷をつかんで（"in his right hand / Grasping ten thousand Thunders"）、反逆天使の軍団を蹴散らし、地獄へと追い落とした。詩篇第136篇で海は「ガラスの壁」となって屹立して民を通したが、その後はエジプト軍団の頭上に荒れ狂う大波となって襲いかかり、すべてを飲み込んだ。第六巻では天国の「水晶」の壁は内側に巻き込む大波のように開いて、サタンの軍団を奈落へと突き落とした。時系列的には、この後に続く地獄の火の海の場面が『楽園の喪失』第一巻で描かれ、失神状態にあったサタンと反逆天使の一党へと受け継がれていくのである。ミルトンは、海が真2つに分かれて、祝福されたイスラエルの民を通した後、エジプト軍に襲い掛かっていく場面を背景において、叙事詩『楽園の喪失』を"in medias res"、すなわち、「事件の核心から」語り始め、しかも、叙事詩としての統一を整えたのである。「出エジプト」の紅海通過の場面はただ単に海が2つに割れただけではない。それは、また、人間たちの運命をも真ふたつに分けたのである。祝福された信仰篤き民は、危険を避けて海を渡り、約束の地へと向かった。

一方で、民を迫害した邪悪な暴君とその軍団は波に飲み込まれて海の藻屑となった。これはまさに、「堅く立つ義なるもの」たちと「神に逆らう邪悪なもの」たちの明暗を分ける場面であった。そもそも、この長編叙事詩の核となるのが、「堅く立つ」か「堕ちる」か、という人間に普遍の主題なのである。ミルトンは「出エジプト」の主題にさらに磨きをかけて、"stand" vs. "fall" という人類普遍の命題へと収斂させていったのである。

6　第十二巻における出エジプトの描写

　旧約聖書「出エジプト記」の中心的テーマである、イスラエルの民の紅海通過の物語は、それ自体独立した形で『楽園の喪失』第十二巻156行〜260行で大天使ミカエルの口を通して、アダムに語られている。それについては、第十二巻全649行中、100行強が割かれている。「出エジプト」の物語と対をなすと考えられる、第十一巻で語られる「ノアの方舟と洪水」の物語が第十一巻全901行中、60行強が割かれていることと照らし併せてみても、その比重の大きさが明らかである。
　この場面を描き出すミルトンの腕は冴え渡るが、ここで特に指摘しておきたいのは以下のことどもである。　第一にエジプトを襲った災害について描く際に、ミルトンが漸層法を採用している、ということである。まず、河がながされざる血の河と化す。次に蛙やノミやアブが蔓延する。次に王の家畜が伝染病等で死に、次に王自身も皮膚病となる。ついには、民すべても全身を皮膚病に犯されていく。ここで注目したいのは、災いはまず、河という自然の一部、人間の外部から始まるということである。次に語られるのは、蛙やノミ、アブといった下等な生物である。そして、「存在の鎖」においては、高等な動物である家畜に言及される。そして次が王である。災いの言及は人間世界の外にあるものから、人間に遠い存在、近い存在、そして遂には人の代表たる王に、さらに最後には民全体に、というように、次第に身近な存在へと移行し、脅威が叙々に人に迫ってくる様子がサスペンスを醸し出している。漸層法によって不気味さが増してくるのである。ミルトンに特有な考え方である、国民が王に優越する、という考え方が出てきているのも興味深い。位階制度に慣れ、王権神授説を標榜する物書きであれば、動物の次に国民が置かれ、最後に王に被害が及ぶという書き方になる

22　「水晶の壁」("Chrystal wall") というフレーズは、第十二巻において大天使ミカエルにより語られる「出エジプト」の挿話で「直立する海の波」を意味する "christal walls"（197行）と響き合う。

だろう。しかしミルトンはそのように書かなかった。ミルトンの「存在の鎖」の序列においては、王はあくまでも、動物と国民の間に位置づけられる存在なのである。[23]

　第二に指摘しておきたいのは、紅海が2つに割れてイスラエルの民が海の中の一筋の道を通過し、後を追ったエジプトのパロと兵士たちが紅海の波に飲まれて殲滅される、「出エジプト」の主題の核となる部分の描写である。194行から216行までを追ってみよう。

>   ...till in his rage
> Pursuing whom he late dismissd, <u>the sea</u>
> <u>Swallows him with his Host, but them lets pass</u>
> <u>As on drie land between two christal walls,</u>
> Aw'd by the rod of *Moses* so to stand
> <u>Divided</u>, till his rescu'd gain thir shoar:
> <u>Such wondrous power God to his Saint will lend,</u>
> <u>Though present in his Angel, who shall goe</u>
> Before them in a Cloud, and Pillar of Fire,
> By day a Cloud, by night a Pillar of Fire,
> To <u>guide</u> them in thir journey, and remove
> <u>Behinde them,</u> while th'obdurat **King** pursues:
> All night he will pursue, but his approach
> Darkness defends between till morning Watch;
> Then through the Fiery Pillar and the Cloud
> God looking forth will trouble all his Host
> And craze thir Chariot wheels: when by command
> *Moses* once more his potent Rod extends
> Over the Sea; <u>the Sea</u> his Rod <u>obeys</u>;
> On thir imbattelld ranks the Waves return,
> And overwhelm thir Warr: the Race <u>elect</u>
> Safe towards *Cannan* from the shoar advance
> Through <u>the wilde Desert,</u> not the readiest way,...

　……ついに〔王は〕憤怒に駆られ

> 放免したばかりの彼ら〔イスラエルの民〕を追撃するが、海は
> 彼〔王〕とその軍勢を呑みこむ。だが民が、乾いた地を通過するのは許す、
> ２つの水晶／キリストの壁（two christal walls）の間を行くがごとくに。
> 海は、モーセの杖に恐れおののきつつ、分かたれて
> 立ちつくし、ついに、民は救助され対岸に辿りつく。
> かくも驚異なる力を、神は神の聖者〔モーセ〕に与えるだろう。
> ただし、天使の内にいます神は、進まれよう
> 民の前を雲に包まれ、火の柱の中にあって—すなわち、
> 昼は雲に包まれ、夜は火の柱の中にあって、
> 日毎の旅の導者となられるが、一方では、民の背後に移動されよう、

> かの頑迷な王が追撃してくる時には。
> 夜を徹して王は追撃するが、その近接を
> 暗闇が間に立ちはだかり、夜明けまで寝ずの番となって阻む、
> そして火柱と雲とを透かして、
> 神は前方を見ながら、王の全軍勢を攻撃し、
> 戦車の車輪を粉砕したまう。と、その時、神の命令によって、
> モーセが今ひとたび、その力ある杖を差し伸ばし、
> 海の上にかざす。海は杖に従う。
> 隊伍を組んだ戦列の上に、波涛は戻って覆いかぶさり、
> 全軍団を殲滅する。選ばれた種族は
> 安全にカナンに向かって岸辺から前進する
> 荒涼たる沙漠（the wilde Desert）を通って—いと歩きやすき道ではなく、
> ……　　　　　　　　　　　　　　　　　　　　(XII:194-216)

　上記の詩行をさっと読んだ時に、読者は時系列に狂いがあるような印象を受けるかもしれない。しかし、上記引用箇所はミルトン的な並行法になっていると言って良い。[24] つまり、イスラエルの民から見た紅海通過と、エジプトの王、及び軍隊から見た紅海における自軍の全滅という、「出エジプト」の主題の対照的な２つの局面が併行して語られているのである。

23　ミルトンは『イングランド国民のための第一弁護論』において、国民が自分たちの中から知恵と勇気において他に抜きん出た者を選び出したのが、国王の起源だと主張している。ゆえに、国王は国民の「被造物」であり、国民の方が国王に優越する存在なのである。
24　序論で既に述べたように、並行法とはヘブライ文学の特徴的な技巧で、旧約聖書の、特に「詩篇」において顕著に見られる。

大きく四角で囲んだ中の下線部分、196行から204行までの9行ではイスラエルの民と神の関わりが描かれている。それに対して、205行以降、213行までの9行では、エジプトの王とその軍勢に対する神のやり方が描かれている。詳細については、第1部第I期の詩篇第136篇の分析・考察を行ったので、ここでは特に重要と考えられる点についてのみ述べることとする。

　第一に、この部分が丁度、神の人に対する関わり方と、サタン及びその一党に対する扱い方の縮図になっている、という点は是非とも指摘しておかなくてはならない。既に、『楽園の喪失』第一巻の地獄に落とされたサタンとその一党の姿は、「出エジプト」の物語における、エジプトの王(パロ)とその軍勢のイメージとことばで描写されていることを第3部の2章で指摘しておいた。

　それでは、神のイスラエルの民に対する関わり方は、何と対応しているのだろうか。それは、アダムとイヴが楽園を追放されていく場面である。これについては次章で述べる。ただし、ここで確認しておきたいのは、紅海の波の屹立と崩壊という出来事を通して、合わせ鏡のようにして語られるイスラエルの民と、エジプトの王(パロ)及びその軍勢という図が、『楽園の喪失』という叙事詩における、サタン及びその一党と、アダムとイヴという、合わせ鏡のような図式の縮小版になっている、ということである。それは、叙事詩中の最小単位の叙事詩＝(ミルトンの創作)詩篇、という形で『楽園の喪失』の中に収められているのである。それは、シェイクスピア作『ハムレット』において、「ゴンザーゴ殺し」という小さな黙劇が収められて、劇全体の構図を逆照射していたのにも似ている。

　第二に、引用詩行において下線と太字で示した**"two christal walls"**について述べておく。*The Oxford English Dictionary* は、"crystal" の項で、16～17世紀に "crystal" を "chrystal" と表記する場合があったと指摘している。また、定義2は、『欽定英訳聖書』「ヨハネ黙示録」第4章6節を用例として挙げているが、『欽定英訳聖書』の綴りは "chrystall" となっている。[25]

　本論考の第1部第I期：(1)において、15歳の少年詩人ミルトンが詩篇第114篇の英語訳を行った際に、「黙示録」に登場する神とイエス・キリストの御座を取り巻く「いのちの水」を象徴する「水晶(クリスタル)」("Chrystal")、「ガラス」("glass")、そして「澄んだ」("clear") の語を反響させたこと、そして、神を畏れて逆流するヨルダン川の源―神とイエス・キリストという、「いのちの水」の源泉("Chrystal Fountains")―を読者の脳裏にくっきりと浮彫にしてみせたこと、さらに、少年ミルトンが、水晶を "Chrystal" と綴ることによって、いのちの水の源とは、神と "Jesus Christ" その人であることを示唆している可能性が高いことを指摘しておいた。

　ちなみに、コロンビア版ミルトン全集 "Index" の "crystal" の項には、『楽園の喪失』

における当該語句の出現箇所が7つ挙げられているが、このうちの5例が、「出エジプト」の主題が扱われる箇所に出現する。第一巻742行"Chrystal Battlements"、第六巻757行" a chrystal Firmament"、第六巻860行"Chrystal wall of Heav'n"、第7巻293行"rise in crystal Wall"、第十二巻197行"on drie land between two christal walls"である。最後の用例が、現在の議論の対象となっている箇所である。綴り通りに解釈すれば、まさに「2つのキリスト（"Christ"）の〔築かれた〕壁の間の乾いた地」の意味になる。このようにして、ミルトンは『楽園の喪失』第十二巻の「出エジプト」の出来事が、神と御子（キリスト）の摂理によるものであることを明確に提示しているのである。ここに至って我々は、15歳のミルトンが行った詩篇第114篇の英語訳に認められる思考法が、それから約半世紀を過ぎた後まで、継続し、発展し、醸成されて『楽園の喪失』のクライマックスにおいて究極の耀きを放っていることに気づかされるのである。

　第三に、引用の最終行に提示されているように、イスラエルの民は紅海を通過した後に、荒涼たる沙漠（"the wilde Desert"）へと歩を進めていく様が詠われている。神と御子が民を解放した後で、自由なる民は「荒野」を40年間、彷徨するという、さらなる試練に立ち向かっていくことになるのである。

　最後に、この「出エジプト」の物語は、『楽園の喪失』の最終場面である、アダムとイヴの楽園追放の物語の先触れとなり、伏線となっているといえよう。なぜなら、次章で述べるように、アダムとイヴの楽園追放の物語もまた、これまでに述べてきた『楽園の喪失』の重要な場面―サタンとその一党の墜落、アブディエルの帰還、御子による反乱軍放逐―と同様、出エジプトの枠組みで詠われているからである。

　しかし、また一方で、この出エジプトの物語は、楽園を追放されたアダムとイヴのその後の歩みの有り方を予兆する機能も果たしている、ということができる。なぜなら、楽園を追放された二人もまた荒野に歩を進めて行くからである。

　この「出エジプト」の場面を注意深く読んでいくと読者はある事に気づく。それは、イスラエルの民とエジプトのパロがはっきりと固有名詞で明示されず、代名詞あるいは普通名詞（民は"they"で、パロは"he"あるいは"king"）で表されているということである。

　そもそも、『楽園の喪失』という叙事詩は聖書に描かれた遠い過去の出来事の再話として読まれるべきではない、と論者は考える。ミルトンは、アダムとイヴの楽園追放を主題とする叙事詩を通して、狭義には当時のイングランド国民に対して、広義には時代を越えて全世界の人々に、神との関わりを基盤とした、堕落後の人間のあるべ

25　詳細は、第1部　第I期：(1)を参照されたい。

き姿を提示し、人々にそのための教育を行っていると考えられる。

だからこそ、『楽園の喪失』には、旧約聖書「創世記」にはまったく登場しない、堕落前の人間に対する天使ラファエルの教育と堕落後の人間に対する天使ミカエルの教育が対を成して語られているのである。人類はすべて、アダムとイヴの堕落を通して、堕落を追体験し、堕落後には、アダムとイヴとともに神と御子の救済の業に与るのである。それによって、古き人としての過去の自分を脱いで、精神的に新たに出立する。

もう1つ、付け加えておけば、アダムとイヴがこれからのイングランド国民を象徴しているとすれば、出エジプトの出来事は『楽園の喪失』出版以降のイングランドに起こる出来事を預言しているとも考えられる。ここに至って、「パロ」の語が採用されず、「彼」あるいは「王」の語が採用されている理由が明らかになる。「彼」あるいは「王」とは、表面的にはエジプトのパロを指すように見えながら、実は、王政復古当時の王（チャールズ二世）を暗に意味していたと考えることも可能であろう。王政復古の後にも、神はイングランド国民を見捨てることはない。イングランド国民に自覚さえあれば、必ずや神は第二の出エジプトをイングランド国民に与えたもうであろう、というミルトンの預言的主張をそこに見ることができる。そして、確かにミルトンの預言は現実のものとなった。時代はチャールズ二世の時代ではなく、弟ジェームズ二世の時代になっていたが、「名誉革命」（1688年）により、イングランドにおいては、王政は事実上、終焉を迎えることとなったからである。

7　楽園追放の場面における出エジプトの主題

『楽園の喪失』第十二巻の最終部で、楽園を追われるアダムとイヴの描写にも「出エジプト」のイメージが漂っている。[26]

> In either hand the hastning Angel caught
> Our lingring Parents, and to th' Eastern Gate
> Let them direct, and down to the Cliff as fast
> To the subjected Plaine; then disappeer'd.
> They looking back, all th' Eastern side beheld
> Of Paradise, so late thir happie seat,
> Wav'd over by that flaming Brand, the Gate

> With dreadful Faces throng'd and fierie Armes:
> Som natural tears they drop'd, but wip'd them soon;
> The World was all before them, where to choose
> Thir place of rest, and Providence thir guide:
> They hand in hand with wandring steps and slow
> Through *Eden* took thir solitarie way.　　(XII: 637-649)

　ここで、アダムとイヴを楽園の外へと追放する大天使ミカエルは、両手で二人を捉えて急がせる。まっすぐに東の門へ導かれた二人は転げ落ちるかのごとくに坂を下り、「従順な」平野へとたどり着く。天使に導かれているとはいえ、その状態は、天の門から追い落とされた反逆天使たちに似通っている。アダムとイヴの場合の方が扱いはずっと穏やかではあるが、罪に汚れたサタンとその一党が天国にいることを許されなかったと同様、罪を犯したアダムとイヴも楽園に住み続けることは許されない。二人が行き着いた平野は、出エジプトの海の大波を思わせる「従順な」姿である。後ろを振り向いた二人が目にしたのは、武具に身を包んだ恐ろしい形相の天使の軍団であった。ここでは、紅海を渡り終わって振り返ったイスラエルの民が、恐ろしいエジプトの軍団を見たときの様子が二重うつしとなる。

　ところで、John T. Shawcross は、『楽園の喪失』第十二巻最終2行、648行-49行に特に注目した。そして、この行が詩篇第107篇4節と極めて良く似ていると指摘した。[27]

> They hand in hand with <u>wandring</u> steps and slow
> Through *Eden* took thir <u>solitarie way</u>.

　詩篇第107篇は賛美詩篇である。主を讃えよ、という呼び掛けから始まって、主の御業を順序立てて詠い、最後は「知恵ある人」に対する勧告で結ばれる。2節では、「主は苦しめる者の手から彼らを贖い／国々の中から集めてくださった」となっている。そして、第6節では「〔人々が〕苦難の中から主に助けを求めて叫ぶと／主は彼らを苦しみから救って下さった」と続いており、荒野での彷徨の後に主が人々をまっすぐな道に導いたとあるところから、ここには、荒野での彷徨→主の救いと導き、と

26　Shawcross, "*Paradise Lost* and the Theme of Exodus", 3-26.
27　*With Mortal Voice: The Creation of Paradise Lost* (Kentucky: The University Press of Kentucky, 1982), p.131. 但し、本頁では誤植があり、"Ps. 17:4" と表記されている。

いう流れが読み取れる。ミルトンはここに出エジプトの主題を認め、それを『楽園の喪失』の最終行で反響させることによって、その後に来る、主の救いと導きを読者に予感させ確信させる構造を作り出している、という意味のことをShawcrossは述べている。[28] 論者もこれに同意する。しかし、そこで人々が最終的な救いに至るのではなく、人々は何代にも亘って、荒野への追放→荒野での彷徨→神への祈願→神の救いと導き→安住の地への到達、というプロセスを繰り返すことになる、とShawcrossは言う。

だからこそ、神の御子、イエス・キリストが荒野で誘惑を受けることが「楽園の回復」になるのだ。これを範例として神を拠り所とする人々は象徴的な意味での荒野での誘惑に耐え、次第に成長していくことになる。そしてついに、キリストの来臨の時に至って、「必ずや地の／すべてが楽園となるが、それはエデンの楽園よりも遥かに幸いなる場所であり、／遥かに幸いなる日々が送られることになる」のである。(XII: 463-65)

最終行で、彷徨(さまよ)いの足取りで荒野を進むアダムとイヴは、まったく疑いの余地なく（"quite unmistakably"）、主に選ばれし人々が荒野で彷徨する姿と同一視されていると、Shawcrossは断言する。

それでは、当該箇所は英訳聖書ではどのように翻訳されているだろうか。『ジュネーヴ聖書』では以下のようになっている。

> When they wandered in the desert and wilderness out of the way,
> and founde no citie to dwell in.

ちなみに、『欽定英訳聖書』の当該箇所は以下のようになっている。

> They wandered in the wilderness in a solitary way; they found
> no city to dwell in.

二者を比較すると、当該箇所に関しては、"solitary way"の語があるところから、問題の詩行は『欽定英訳聖書』により近いことが分かる。

さらに、本詩篇の第一節の神への賛美を人々に推奨するフレーズの英語訳を比較すると、一層興味深い事実が判明する。これについては、Shawcrossは何も触れていない。

『ジュネーヴ聖書』詩篇第107篇第1節は以下のようになっている。

Praise the Lord, because he is good, for his mercie *endureth*
　for euer.

一方で、『欽定英訳聖書』は以下のようになっている。

　Give thanks unto the Lord, for *he is good*: for his mercy
　endureth for ever.

これは、まさに本論考第1部第I期の詩篇第136篇の各節の歌い出しのフレーズとほぼ同じなのである。ミルトンは詩篇第136篇を以下のように歌い始めた。

Let us with a gladsom mind
<u>Praise the Lord, for he is kind</u>
　　<u>For his mercies</u> ay <u>endure</u>,
　　Ever faithful, ever sure.

一方、『欽定英訳聖書』では以下のように始まっていた。

　<u>O give thanks unto the Lord;　for *he is* good: for his mercy</u>
　<u>*endureth* for ever.</u>

『欽定英訳聖書』の場合、詩篇第107篇の歌い出しと第136篇の歌い出しは"O"という間投詞を除けば、まったく同じである。それに対してミルトンの歌い出し方は、『ジュネーヴ聖書』に近い形になっている。比較をさらに徹底させるために、『ジュネーヴ聖書』詩篇第136篇の歌い出しを見てみよう。

　Praise ye y (=the) Lord, because he is good: for his mersie
　endureth for ever.

『ジュネーヴ聖書』も"ye"を除けば、詩篇第107篇と第136篇の歌い出しはまったく同じである。
　つまり、詩篇第107篇と第136篇はともに賛美詩篇であり、そこでは、神の人類

---

28 *Ibid.*, pp.131-32.

に対する数々の御業が歌われ、神への信頼が深まるという歌い方になっている。ミルトンもそのことは承知していた。ミルトンが若き日に翻訳した詩篇第136篇と第107篇は神賛美の部分が重なっており、それがともに「出エジプト」の主題を持っていることもミルトンは十分に承知していた。それは、ミルトンのみならず、『ジュネーヴ聖書』の詩篇翻訳者たちも、『欽定英訳聖書』の翻訳者たちも、そして当時教会で詩篇賛美歌を歌っていたすべてのイングランドのキリスト教徒の人々の了解事項であった。それゆえ、『楽園の喪失』最終部を、詩篇第107篇4節を想起させる詩行で結んだのは、それを読んだ人々に、「荒野での彷徨と神の救いと導き」、すなわち「出エジプト」の主題を確信させるという効果を与えるために他ならなかったのである。

そして、二人がこれから歩を進めていく荒野をミルトンは全面的に否定してはいない。それも、この荒野が、紅海を通過したイスラエルの民の行く手にあった荒野に重なっているからである。出エジプトを果たしたイスラエルの民は主に導かれながら、40年間、荒野を彷徨した。ミルトンは、第十二巻223行から226行で、イスラエルの民が荒野を彷徨している間に、自分たちの統治法を確立し、12の部族から70人の元老（senate）を選び出して法に基づいた統治を開始したことを極めて高く評価している。荒野は人を鍛える場所であり、より善きものを創り出す可能性を秘めた場所でもある。

そして、イスラエルの民を神が火の柱や雲の柱となって導いたように、アダムとイヴにも神の摂理が導き手として先に立ち、二人に選ぶべき道を示してくれるのだ。それゆえ、アダムとイヴは最小の共同体の単位をなす夫婦として、手と手を結び合い、前人未到の地を、道を選びながら歩を進めていくのである。なぜなら、

>　……谷間にても平野にても、
> ここ（楽園）と同じく、神はいまし、尊きみ姿を
> あらわされよう。神の臨在のしるしは
> つねにきみにつき従い、きみはつねに
> 善と父性愛とにまもられて、神の
> み顔とみ足の聖き足跡とを示される
>
>　　　　　　　　　　　（XI: 349-354）

アダムとイヴの楽園追放の場面の前半は、天から追放される（出エジプトのイメージを漂わせる）反逆天使と二重うつしになり、後半は神の導きにより、出エジプトを果たし、荒野を彷徨するイスラエルの民と二重うつしになっている。

そこでは罪に対する罰の厳しさと未来の祝福への希望が描かれるが、現実を指向する前向きのエネルギーに満ち溢れている。楽園を失ったことを悲しみつつも、新たな

生を前向きに生きようとするアダムとイヴの姿は、現実に生きるわれわれに力と希望を与えてくれるのである。そして、そのエネルギーは、詩篇の持つ力でもある。詩篇にはどん底の悲痛に喘ぎつつも、神への呼びかけと内省を通してどん底から這い上がり、神に拠り頼もうとする人々の祈りと希望が満ち溢れているからである。

8　『楽園の喪失』第十二巻と神賛美の創作詩篇

　『楽園の喪失』第十二巻の天使ミカエルのことばには、極めて良く似たフレーズが間を置いて繰り返される。それは、"in his Seed / All Nations shall be blest" (ll.125-126) に始まり、"all Nations of the Earth / Shall in his Seed be blessed" (ll.147-148) と反響（こだま）し、"His [Abraham's Seed's] day, in whom all Nations shall be blest" (l.277) と呼応し、"So in his seed all Nations shall be blest." (l.450) という形で収束する。これは、以下に引用する、第十巻179行から181行の御子による蛇／サタンへの罪の宣告のことばを受けた形で発される「前福音」（"Protevangelium"）を内に秘めた神秘のフレーズなのである。[29]

Between Thee and the Woman I will put
Enmitie, and between thine and her Seed;
Her Seed shall bruse thy head, thou bruise his heel.
　　　　　　　　　　　　　　　(X: 179-181)

ここで言う、"her Seed" すなわち、"the Seed of the Woman / the Woman's Seed" は、アブラハムを開祖として、イサクからヤコブへと継承され、ダビデ王を通じて、やがては処女マリアを生母として誕生するイエス・キリストへと収斂し、さらにイエス・キリストへの信仰を通して、神に忠実な信仰篤き、すべてのキリスト教徒を意味する。そして、彼らを通して、＜キリストの教えと救い＞は全世界へと広がっていく、という思考法はミルトンの時代のキリスト教徒にとっては良く知られていた。

29　*John Milton, Paradise Lost IX-X,* ed., J. Martin Evans (Cambridge: Cambridge University Press, 1973), pp.39-40. なお、"Protevangelium" については、本論考第１部第１期：(1)―4) "the blest seed of Terah's faithful Son", "Protevangelium", そして "the Seed of Woman" でも論じている。詳細はそちらを参照されたい。

しかし、『楽園の喪失』第十巻の時点でのアダムとイヴ（そしてサタン）には、"her Seed"の意味するところは不明のままであった。それゆえ、悔い改めたアダムとイヴのために、神と御子は天使ミカエルをアダムの元へと遣わして、楽園追放の前に大いなる救いの約束と確信を二人に修得させるべく、アダムに対する教育を行わせたのである。

　そして、"in his Seed / All Nations shall be blest" (ll.125-26) に始まり、"So in his seed all Nations shall be blest." (l.450) に収束する、これらのフレーズの間の詩行は、一つ一つまとまりを持つ詩行として機能し、それらの段階を順次、経て行くことによって、アダムが "the Seed of the Woman / the Woman's Seed" の意味するところを次第に明確に認識していく、という構造になっているのである。

　特筆すべきは、この構造が、本論考第Ⅰ部第Ｉ期（2）で考察した、ミルトン訳詩篇第136篇のリフレイン部分の機能と相通ずるものがある、ということである。ミルトン訳詩篇第136篇においては、"For his mercies aye endure, / Ever faithful, ever sure." のフレーズが繰り返されつつ、その間に、イスラエルの民に対する主の偉大なる御業の一つ一つが詠い込まれ、賞賛され、全体として出エジプトの主題が完成する、という形をとっていた。

　そして、『楽園の喪失』第十二巻においては、アダムに対する天使ミカエルの教育が進められていく中で、信仰篤き、選ばれた民（主に拠り頼むすべてのキリスト教徒）に対する主の偉大なる御業が一つ一つ詠い込まれ、賞賛され、全体としてアダムが "Protevangelium" ―すわなち、御子がイエス・キリストという「偉大なる人」の形を取ってこの世に生まれ、十字架刑に処せられることによって、アダムの犯した原罪と、それに起因する全人類の罪を贖うという良き知らせ―の内容を理解し修得する、という形でアダム（及びイヴ）の教育が完結する。つまり、第十二巻におけるアダム（及びイヴ）の教育自体が出エジプト的な詠唱の枠組みにおいて扱われているのである。

　ところで、「ルカ福音書」第1章46節から55節、及び67節から80節には、天使から受胎告知を受けた聖母マリアによる神賛美のことばと、洗礼者ヨハネ誕生直後の父ゼカリアによる神賛美の預言のことばが響き渡る。英語訳は『欽定英訳聖書』による。

> And **Mary** said, My soul doth magnify the Lord, and my spirit hath rejoiced in **God my Saviour**....for, behold, from henceforth <u>all generations shall call me blessed. ... And his mercy is on them that fear him from generation to generation. He hath shewed **strength with his arm; he hath scattered the proud**</u> in the imagination on their hearts. <u>He hath put down the mighty from *their* seats, and

exalted them of low degree.... He hath holpen his servant **Israel**, in remembrance of *his mercy*; As he spake to our fathers, to **Abraham**, and **his seed for ever.**

And his father Zach-a-ri-as was filled with the Holy Ghost, and prophesied, saying, Blessed *be* the Lord God of Israel; for he hath visited and redeemed his people, And hath raised up an horn of salvation for us in the house of his servant **David**; …that he should be saved from our enemies,…To perform the mercy promised to our fathers, and to remember his holy covenant; the **oath** which he sware to **our father Abraham**, that he would grant unto us, that we being delivered out of the hand of our enemies might serve him without fear, In holiness and righteousness before him, all the days of our life....To give **knowledge of salvation** unto his people by the remission of their sins, Through the tender mercy of our God .... **To give light to them that sit in darkness** and *in* the shadow of death, to guide our feet into the way of peace.

　神の子を受胎すると告知されたマリアの神賛美のことばと、神の子の先触れとなるヨハネの誕生を告知されたゼカリアの神賛美の預言とは、どちらもが、新約聖書における「マリアの詩篇」と「ゼカリアの詩篇」と呼ぶべき構造をもっている。どちらもが神のなさりようを賛美し、神を信頼し、神の救いが自分たちを含む「選ばれた民」である"Abraham's seed"に変わらずに与えられることを確信する、という構造になっているからである。[30]

　しかも、マリアのことばとゼカリアの預言は、『楽園の喪失』第十二巻の天使ミカ

---

[30] ここで言う、「選ばれた民」及び "Abraham's seed" の内容は、ミルトン自身が『楽園の喪失』第十二巻446-49行で語っているとおり、物理的・生物学的な「子孫」を指すのではなく、「全世界に、／アブラハムの信仰を継ぐ子らに」と述べているとおり、精神的な、時空を超えて、主を中心とする「信仰共同体」を成す人々のことを指している。このことについて、ミルトンは *Christian Doctrine* Bk. 1, Ch. XXVIII (CPW. 547) において以下のように述べている。論者野呂の主張の裏付けとなる箇所である。

> As for the text which my opponents make so much fuss about, *the promise is made to you and to your seed*, I wish they would pay some attention to the way in which Paul explains this passage, Rom. ix. 7,8. If they did so they would understand that the evangelical promises were not made to anyone's seed, that is, not to the sons of anyone's *flesh*, not even *Abraham's*, but only to *the sons of God*, that is, to believers. Under the gospel only believers *are sons of the promise* and *are counted among the seed*.

エルのことば、及び蒙を啓かれたアダムのことばと極めて良く似ている。

　太字で示された語句と下線で示された概念やフレーズ —"Mary," "**God my Saviour**," "all generations shall call me blessed," "**his mercy** *is* on them that fear him from generation to generation," "**strength with his arm**," "**he hath scattered the proud**," "He hath put down the mighty from *their* seats, and exalted them of low degree," "He hath holpen his servant **Israel**," "in remembrance of *his* mercy," "**Abraham**, and his seed for ever," "Blessed be the Lord God of Israel," "redeemed his people," "salvation for us in the house of his servant **David**," "he should be saved from our enemies," "To perform **the mercy** *promised* to our fathers," "to remember his **holy covenant**," "**the oath** which he sware to **our father Abraham**," "he would grant unto us, that we being delivered out of the hand of our enemies might serve him without fear," "In holiness and righteousness before him, all the days of our life," "To give **knowledge of salvation** unto his people by **the remission of their sins**," "Through the tender mercy of our God," "**To give light to them that sit in darkness** and *in* the shadow of death," "to **guide our feet into the way of peace**" —は、大天使ミカエルやアダムの発することばと響き合っているのである。本章冒頭で挙げたリフレイン風のフレーズ— "in his Seed / All Nations shall be blest" (ll.125-126), "all Nations of the Earth / Shall in his Seed be blessed" (ll.147-148), "His [Abraham's Seed's] day, in whom all Nations shall be blest" (l.277), "So in his seed all Nations shall be blest" (l.450)—はもとより、"by that Seed / Is meant thy great deliverer" (ll.148-149), "The Records of his Cov'nant" (l.252), "Promised to *Abraham* and his Seed" (l.260), "Son of *Isaac*" (l.268), "Enlightner of my darkness" (l.271), "Just *Abraham* and his Seed" (l.273), "a better Cov'nant" (l.302), "*Joshua* whom the Gentiles *Jesus* call" (l.310), [31] "the second" (l.321), [32] "his Regal Throne/For ever shall endure" (l.323), "the Royal Stock / Of *David*" (ll.325-326), "the Womans Seed to thee foretold, / Foretold to *Abraham*" (ll.327-328), "Remembring mercie, and his Cov'nant sworn / To David" (ll.346-347), "*Davids* Sons" (l. 357), "A Virgin is his Mother" (l.368), "The seed of Woman: Virgin Mother" (l.379), "thy Saviour" (l.393), "In thee and in thy Seed" (l.395), "Proclaiming Life to all who shall believe / In his redemption" (ll.407-408), "But to the Cross he nailes thy Enemies" (l.415), "Not onely to the Sons of *Abrahams* Loines / Salvation shall be Preacht, but to the Sons / Of *Abrahams* Faith wherever through the world" (ll.447-449), "by things deemd weak / Subverting worldly strong" (ll.567-568), "I now/ Acknowledge my Redeemer ever blest" (ll.572-573), "The great deliverance by her Seed to come / (For by the Womans Seed) on all Mankind"(ll.600-601), "By mee the Promis'd Seed shall all restore" (l.623) ― などが挙げられる。

　このことから明らかになるのは、ミルトンが『楽園の喪失』第十二巻の＜楽園追放＞というクライマックス部分において、新約聖書「ルカ福音書」のマリアとゼカリアによる神賛美の＜詩篇＞を想起させることばを随所に散りばめ響かせている、ということである。それは、ミルトンが＜人類の始祖の楽園追放＞というテーマと＜受胎告知＞のテーマを対概念として捉え、＜楽園追放＞という主題を、＜受胎告知＞の聖母マリアとゼカリアによる＜神賛美の詩篇＞という枠組みの中で描き出しているということである。

　そもそも、＜楽園追放＞と＜受胎告知＞は、しばしば対概念として捉えられることが多かった。例えば、フラ・アンジェリコによる、「受胎告知」の主題を扱った絵画は複数あるが、その内、「楽園追放」を背景においた絵画は有名なもので２点現存している。２点ともに、天使ガブリエルにより受胎を告知されるマリアを前景化し、背景左上部には、大天使ミカエルにより楽園を追放されるアダムとイヴが描かれている。フラ・アンジェリコ（またはベアート・アンジェリコ：Fra' Angelico / Beato Angelico、1390 頃〜 1455）は 15 世紀前半のフィレンツェを代表する画家である。ミルトンが大陸旅行へと出かけ、フィレンツェに逗留していた間に、フラ・アンジェリコによる「受胎告知」のフレスコ画を見たという可能性は大きい。さらに、その中には背景に「楽園追放」を描いたフレスコ画も複数あったかもしれない。

　しかし、ここで問題となるのは、ミルトンがフラ・アンジェリコの絵画を見たか否かということではない。問題は、既にフラ・アンジェリコの時代から、＜楽園追放＞と＜受胎告知＞の主題は、対の主題として当時のキリスト教世界において認識されていた、という事実である。[33]

　つまり、先達の画家たちが絵画という芸術形式の中で追及した＜楽園追放＞と＜受胎告知＞という対概念の具現化を、ミルトンは「叙事詩」という文学形式の中で、「神

31　Shawcross 編注版 *Paradise Lost* の注に、Joshua も Jesus も "savior" を意味するとある。
32　上掲書注に "David" を指すとある。
33　近年では、ラファエル前派の一人と目されるエドワード・バーン＝ジョーンズ（Edward Burne-Jones, 1833 -1898）作「受胎告知」も背景のドームの壁にミカエルにより楽園を追放されるアダムとイヴの姿を描いている。（フラ・アンジェリコとは逆に「楽園追放」の図は、画面右上に配されている。）

賛美の詩篇」という枠組みを用いて追及したということになる。

　しかも、フラ・アンジェリコの絵画が「受胎告知」を前景化して、背景の一部に「楽園追放」をあしらったのとはまったく異なり、ミルトンは「楽園追放」を主題として詠いあげる際に、それを大天使ミカエルによるアダムの教育のプロセスの中に組み込み、修得すべき教育内容を"Protevangelium"として設定した。そして、その詩行中に「ルカ福音書」第1章の受胎告知を受けた聖母マリアと、イエスの先駆となるヨハネの誕生に際する父ゼカリアによる＜神賛美の詩篇＞のことばを散りばめ、反響させていったのである。

　つまり、『楽園の喪失』第十二巻は、それ自体が全体としてミルトン自身の手になる新たな＜創作詩篇＞の形を取っている、ということができるのである。

完

結　論

結論

　本論考において、論者は英国の叙事詩人ジョン・ミルトンが折に触れて行ってきた詩篇翻訳に注目した。これらの詩篇翻訳と『楽園の喪失』創作との関係を中心に、考察を重ね、20篇の詩篇翻訳のほとんどすべてが、『楽園の喪失』に何等かの影響を与えていることを確認した。特に論者が注目したのは、出エジプトの主題である。聖書「出エジプト記」におけるイスラエルの民のエジプト脱出と紅海通過の物語は、ミルトンにとって特に重要なテーマであることを確認した。

　ミルトンは生涯で20篇の詩篇翻訳を残している。その内のほぼ半数は、直接的あるいは間接的に出エジプトの主題に言及している。論者は、ミルトンが15歳の時に英語訳を行った詩篇第114篇と第136篇のどちらもが「出エジプト」を主題としていることに注目し、この2篇の詩篇に認められることばやイメージ、そして詩的構造に注目し、これらがほぼ半世紀を経て創作された『楽園の喪失』のことば、イメージ、そして詩的構造に大きな影響を及ぼしていることを証明した。

　第1部では、ミルトンの翻訳詩篇を4期に分けて、それぞれ第一期（詩篇第114篇と第136篇）における出エジプトの主題を中心に考察した。第二期（ギリシア語訳詩篇第114篇）においても、そこに現れた出エジプトの主題が、英語訳詩篇第114篇とどのように関わり合っているのかを考察し、それぞれが微妙に異なる側面を持つ二つの詩篇訳がどちらも『楽園の喪失』に大きな影響を与えていることを確認した。第三期（詩篇第80篇から第88篇）においては、出エジプトの主題と『楽園の喪失』の関わりを確認すると同時に、詩篇で扱われている出エジプト以外の要素の中にも、『楽園の喪失』の創作と大きく関わっている要素が数多くあることを確認した。第Ⅳ期（詩篇第1篇から第8篇）においても、それぞれの翻訳詩篇に現れた出エジプトの主題と『楽園の喪失』との関係を考察するとともに、詩篇で扱われている、出エジプト以外の要素の中に、『楽園の喪失』の創作と大きく関わっている要素が数多くあることを確認した。

第2部では、ミルトンの散文作品の内、『教会統治の理由』、『偶像破壊者』、『イングランド国民のための第一弁護論』、そして『イングランド国民のための第二弁護論』の四つに焦点を宛てて、詩篇との関わりを考察した。また、出エジプトの主題がこれらの散文作品においてどのように展開されているかを解明した。その結果、ミルトンがこれらの散文作品中で、革命前の英国をエジプトのパロのもとで隷属状態に喘ぐイスラエルの民に準えて語っていること、また、主教制度及びチャールズ一世の暴政からの脱却という、新たなエジプト脱出の行為を、ミルトンが英国の国民に向けて勧告していること ―すなわち、革命の遂行を勧告していること― を確認した。さらに、ミルトンは革命後のイングランド共和制を出エジプト後のイスラエルの民の状態に準え、神の導きにより荒野での彷徨の後に、律法と約束の地が授与されたように、イングランド国民が節制、忍耐、勤勉さ、信仰をもって新たな秩序の確立と新たな約束の地の形成に励むようにとイングランド国民に勧告していることを確認した。すなわちミルトンは、イングランド革命を「新たな出エジプト」と考えており、革命を遂行したイングランド国民を「新たなイスラエル」と見なしていたこと、王政復古を新たな「エジプトへの隷属状態」への後戻りと考えていたことを証明した。

　第3部では、『楽園の喪失』における出エジプトの主題が、第一巻の地獄の場面、第五巻の熾天使アブディエルの場面、第六巻の神の御子が反逆天使を討伐する場面、そして第十二巻のアダムとイヴの楽園追放の場面で採用され、詩的効果を高めていることを考察し、証明した。また、第十二巻で扱われる「出エジプト」の物語が、叙事詩『楽園の喪失』の凝縮版として、叙事詩全体を逆照射し規定し、読者に読者固有の「出エジプト」体験を促進させる機能を果たしていること、王政復古後のイングランド国民に新たな「出エジプト」を預言していることを指摘した。また、『楽園の喪失』第十二巻が全体としてミルトンによる、神賛美の創作詩篇の構造を持っていることを指摘した。これは、ミルトン15歳時の詩篇の英語翻訳の研鑽の結果が土台となっている。さらに、ミルトンが『楽園の喪失』を創作する際に、詩篇を最小の単位として、幾重にも組み立てて最終的には長編叙事詩を完成させた可能性があることも指摘した。

　以上から、ミルトンが詩篇翻訳を通して自己の詩の技術と詩的感性を高めていったこと、そして神への信仰を一層揺るぎないものとしていったこと、さらに、このようにして心を砕いて翻訳された詩篇のことばと精神と詩の技巧が『楽園の喪失』を創作する際に大きな力となっていたこと、その際に出エジプトの主題が様々な意匠を凝らして、長編叙事詩『楽園の喪失』を統合された、詩的統一の取れた作品とする大きな要因になっていることを明らかにした。

　さらにミルトンが出エジプトをキリスト教における再生の象徴として捉えているこ

とも明らかである。神により義とされる人は、幾度もの出エジプト体験を通して、困難を乗り越えて、神を拠り頼んで、自己鍛錬を続けていくべきであることをミルトンは主張している。

　このようなミルトンの生を指向する積極性は、現代の日本のような混迷の極みにある社会でこそ、学びとっていく意義があるものと確信している。すなわち、われわれ日本人も、新たな出エジプト体験を果たして、この混迷した社会を新たな約束の地としてとらえ、個人と社会、そして国土の再生を目指していかなければならないということである。

年　表
参考文献
索　引

年表

※ 年表は新井明訳『楽園の喪失』(東京:大修館書店、1978)、巻末「年譜」を基に、野呂が加筆した部分がある。

ミルトンの出版動向と私的・公的状況	英国の政治的状況
	1637年　チャールズ一世、『英国国教会祈祷書』使用をスコットランドに強要。
	1638年　スコットランド、兵を召集し英国に対抗。
	1639年5月～6月　第一次主教戦争
	1640年4月～5月　短期議会
	8月～10月　第二次主教戦争
	11月～1660年　長期議会
	12月　「根絶請願」が議会に提出される。
1641年～1645年　実に精力的に政治的・宗教的・家庭的論文を執筆し、出版している。 　5月　『イングランド宗教改革論』 　6月か7月　『主教制度論』 　7月?『スメクティムニューアスに対する抗議者の弁明への批判』	1641年5月　国王政治顧問ストラフォード伯処刑。 　7月　星室庁、廃止。 　11月　「大抗告」議会を通過
1642年1月～2月『教会統治の理由』 　4月頃『スメクティムニューアス弁明』 　初夏　メアリ・パウェルと結婚。約1か月後メアリ里帰りの後、帰宅せず。	1642年8月～1646年　第一次内戦 　10月23日　エッジ・ヒルの戦い

1643年8月　『離婚の教理と規律』	1643年6月　議会、検閲制を布告。 　11月　議会、スコットランドと「厳粛なる同盟と契約」を結ぶ。
1644年2月　『離婚の教理と規律』再版 　6月　『教育論』 　8月　『マーティン・ブーサー氏の判断』 　11月　『アレオパジティカ』	1644年7月2日〜3日　マーストン・ムーアの戦いで王党軍敗北。
1645年3月　『四弦琴(テトラコードン)』、『懲罰鞭(コラスティーリオン)』 　夏？　妻メアリ、ミルトンのもとへ戻る。	1645年1月4日　『英国国教会祈祷書』の廃止、公的礼拝の訓告 　1月　ウィリアム・ロード主教処刑 　6月14日　ネイズビーの戦いで、ニュー・モデル軍、王党軍を撃破。 　11月11日　チャールズ一世、ワイト島に逃亡。議会は、国王との折衝すべてを打ち切ることを決定。スコットランドは国王と密かに連絡を取り合う。
1646年1月　『第一詩集』英語詩篇第114篇と第136篇（15歳時翻訳）及びギリシア語詩篇114篇（25歳時訳）所収。 　7月　長女アン誕生	1646年5月　チャールズ一世ニューアークのスコットランド軍のもとに庇護を求めて逃走。第一次内戦の終結。
1647年3月　父ジョン没	1647年1月末　スコットランド軍ニューキャッスルより撤退。チャールズ一世イングランドの捕虜になる。
1648年4月　詩篇80篇〜88篇韻文翻訳／この頃までに片目失明 　10月　次女メアリ誕生	1648年2月〜8月　第二次内戦 　4月　スコットランド軍、イングンドへの侵入準備をすすめる。王党派は至る所で元気を回復。ロンドンで王

	党派の暴動が起こる 12月 「プライド大佐の粛清」、長老派議員追放、残部議会が残る。
1649年2月 『国王と為政者の在任権』 　3月　共和政府の外国語担当秘書官に任ぜられる（〜1659年） 　5月 『和平条項に関する所見』 　10月 『偶像破壊者』	1649年1月30日　チャールズ一世処刑 　2月　ジョン・ゴードン匿名で『王の像』 　5月（〜1660年）共和政府の発足 　5月（あるいは10月）クローディウス・サルマシウス『チャールズ一世弁護論』
	1650年　チャールズ二世、スコットランドに赴き、王政復古のため、長老派の助力を求める 　9月3日　ダンバーの戦いで、クロムウェル軍、スコットランド軍を撃破。
1651年2月 『イングランド国民のための第一弁護論』 　3月長男ジョン誕生	1651年1月　チャールズ（二世）、スコットランドで戴冠。 　9月3日　ウスターの戦いで議会軍チャールズ（二世）を打破・大勝利。
1652年はじめ（前年末？）両眼失明。 　5月2日　三女デボラ誕生 　5月5日　妻メアリ・パウウェル・ミルトン産褥死 　6月長男ジョン没	1652年　ホッブズ『リヴァイアサン』 　6月（〜1654年）第一次オランダ戦争／ウィンスタンリー『自由の法』 　9月　ドゥ・ムラン『王の血の叫び』
1653年8月　詩篇第1篇〜8篇韻文翻訳完成	1653年　9月サルマシウス没 　12月（〜1658年）クロムウェル、残部議会を解散。護民官政治始まる。

1654年5月 『イングランド国民のための第二弁護論』	1654年4月 イングランド、オランダを撃破、対オランダ平和条約締結。 10月 アレグザンダー・モア『公共の信託』で『イングランド国民のための第二弁護論』に反駁。
1655年 「ソネット18番」作成。 8月 『自己弁護論』／この頃、『英国史』、『キリスト教教義論』の制作を開始。 11月 旧師トマス・ヤング没。	1655年4月 北イタリア、ピエモンテにて、サボア公によるヴァルドー派プロテスタントの大虐殺。 10月（～1659年）共和政府、スペインと開戦
1656年11月 キャサリン・ウッドコックと結婚。	1656年 ハリントン『オシアナ』
1657年10月 娘キャサリン誕生。	
1658年2月 妻キャサリン没。 3月 娘キャサリン没。『**楽園の喪失**』**制作に着手。**	1658年9月 クロムウェル没／リチャード・クロムウェル、父の死後、護民官に任ぜられる。
1659年2月頃 『教会問題における世俗権力』 8月 『教会浄化の方法』	1659年5月 リチャード・クロムウェル辞職
1660年 『自由共和国樹立の要諦』 投獄（?）出獄（?）	1660年5月 王政復古／ボイルの法則／王立協会発足
1663年2月 エリザベス・ミンシャルと結婚。	
	1665年3月（～1667年）第二次オランダ戦争／（～1666）ロンドン大疫病

1667年8月（？）『楽園の喪失』初版（十巻本）	1666年9月　ロンドン大火／ホッブズ『ビヒモス』
1669年6月　『ラテン語文典』	
1670年11月以前　『英国史』	
1671年　『楽園の回復』、『闘技士サムソン』	
1672年　『倫理学』	1672年（〜1674年）　第三次オランダ戦争
1673年　『真の宗教について』、『第二詩集』	
1674年7月　『楽園の喪失』十二巻本　11月8日（？）没。	

PRIMARY SOURCES

<洋書>

Biblia Sacra: Iuxta Vulgatam Versionem. Eds. Robert Weber, B. Fischer, H. J. Frede, *et al.* Stuttgart: Deutsche Bibelgesellschaft, 1969; rpt. 1983.

The Book of Common Prayer and Administration of the Sacraments and Other Rites and Ceremonies of the Church According to the Use of the Church of England: together with the Psalter or Psalms of David, pointed as They are to be sung or said in Churches; and the Form and Manner of Making, Ordering, and Consecrating of Bishops, Priests, and Deacons. Oxford: Oxford University Press. (出版年は不明。記述内容から、エリザベス二世即位〔1952〕) 後の出版)

The Book of Common Prayer Ornamented with Wood Cuts from designs of Albert Durer, Hans Holbein, and others. In Imitation of Queen Elizabeth's Book of Christian Prayers. London: Folio Society, 2004.

Brooks, Cleanth, and John E. Hardy, eds. Poems of *Mr. John Milton*: The 1645 Edition. London: Harcourt, Brace and Company, 1951.

Carey, John, and Alastair Fowler, eds. *The Poems of John Milton.* London: Longman, 1968.

Early Protestant Spirituality. Ed. Scott H. Hendrix. New York: Paulist Press, 2009.

The Geneva Bible. 1560 Edition. Peabody, Massachusetts: Hendrickson Publishers Marketing, LLC, 2007.

The Holie Bible [The Doway Bible]. 2 Vols. Doway, 1609-1610. Facsimile edition. Kyoto: Rinsen Book Co., LTD., 1990.

The Holy Bible. New York: Cambridge University Press, 1995. Authorized King James Version.

Jones, Alexander, gen. ed. *The Jerusalem Bible.* The Popular Edition with abridged introductions and notes. London: Darton, Longman & Todd Ltd, 1974.

Kohlenberger III, John R., ed. *The NIV Interlinear Hebrew-English Old Testament.* Four Volumes in One Genesis – Malachi. Grand Rapids: Zondervan Publishing House, 1979 rpt. 1987.

Marshall, Alfred, ed. *The Interlinear Greek-English New Testament.* Grand Rapids: Zondervan Publishing House, 1975.

Milton, John. *Complete Poems and Major Prose.* Ed. Merrit Y. Hughes. New York: Odyssey Press, 1957.

——. *The Complete Poetry of John Milton.* Revised Edition. Ed. John Shawcross. New York: Doubleday & Company, INC., 1963 rpt. 1971.

——. *Complete Prose Works of John Milton.* Ed. M. Wolf, et al. 8 vols. New Haven: Yale University Press, 1953-82.

——. *Paradise Lost.* Ed. John. A. Himes. New York: American Book Company, 1898.

——. *Paradise Lost.* Ed. Susan L. Rattiner. New York: Dover Publications, Inc., 2005.

——. *Paradise Lost: The Biblically Annotated Edition.* Ed. Matthew Stallard. Georgia: Mercer University Press, 2011.

——. *Paradise Lost IX-X.* Ed. J. Martin Evans. Cambridge: Cambridge University Press, 1973.

——. *Paradise Regained, The Minor Poems and Samson Agonistes.* Ed. Merritt Y. Hughes. New York: The Odyssey Press, 1937.

——. *The Works of John Milton.* Ed. Frank Allen Patterson, et al. 18 vols. New York: Columbia University Press, 1931-40.

The New Testament [The Rhemes Bible]. Rhemes, 1582. Facsimile edition. Kyoto: Rinsen Book Co., 1990.

Rahlfs, Alfred, ed. *Septuaginta.* Duo volumina un uno. Stuttgart: Deutsche Bibelgesellschaft Stuttgart, 1935 rpt. 1979.

Sydney, Sir Philip, and Mary Sydney Herbert. T*he Psalms of Sir Philip Sydney and the Countess of Pembroke.* Ed. J. A. C. Rathmell. New York: Doubleday & Company, Inc., 1963.

——. [An Excerpt from] *Defence of Poesie. The Oxford Anthology of*

English Literature. Eds. Frank Kermode et al.Vol.1. Oxford: Oxford University Press, 1973. 637-649.

Wheatly, Charles. *A Rational Illustration of the Book of Common Prayer of the Church of England Wherein Liturgies in general are proved lawful and necessary, and an Historical Account is given of our own: and the seeming Differences reconcil'd: All the rubricks, Prayers, Rites, and Ceremonies are explained, and compared with the Liturgies of the Primitive Church: The exact Method and Harmony of every Office is shew'd, and all the material Alterations are observed, which have at any time been made since the first Common Prayer-Book of King Edward VI, with the particular Reasons that occasioned them.* London: Printed for the Author; and are to be Sold by M. Smith, R. and J. Borwick, R. Knoplock, R. Wilken, A. Bettesworth, and F. Fayram. 1722.

The Whole Book of Psalmes: Colleceted into English Meeter by Thomas Sternhold, Iohn Hopkins, and others, conferred with the Hebrew, with apt notes to sing them withall. London, Printed for the Companie of Stationers. 1631.

<和書>

アウグスティヌス『アウグスティヌス著作集』第18巻Ⅰ　今義博・大島春子・堺正憲・菊池伸二訳　東京：教文館, 1997.

いのちのことば社出版部編『新聖書注解　旧約3　ヨブ記→イザヤ書』東京：いのちのことば社, 1980.

太田道子「詩編」『旧約聖書注解：新共同訳2』『新共同訳　旧約聖書注解Ⅱ　ヨブ記—エゼキエル書』石川康輔　ほか編　高橋虔　B・シュナイダー監修東京：日本基督教団出版局, 1994.

旧約聖書翻訳委員会訳『旧約聖書XI　詩篇』東京：岩波書店, 1998.

新改訳聖書刊行会訳『聖書　新改訳』東京：日本聖書刊行会発行　東京：いのちのことば社発売, 1970.

ダンテ『ダンテ全集』第8巻　中山昌樹訳　東京：日本図書センター, 1995.

日本基督教団讃美歌委員会編『讃美歌21略解』東京：日本基督教団出版局, 1998.

日本聖書協会『旧約聖書』1955年改訳　東京：日本聖書協会発行, 1985.

フランシスコ会聖書研究所訳注『聖書　原文校訂による口語訳　詩篇』東京：中央出版社，〔1968〕1981．

松田伊作「詩編」『旧約聖書』XI　東京：岩波書店，1998．

ミルトン，ジョン『イングランド国民のための第一弁護論および第二弁護論』　新井明・野呂有子共訳　埼玉：聖学院大学出版会，2003．

―――．『イングランド宗教改革論』新井明他訳　東京：未来社，1976 rpt. 1984．

―――．『教会統治の理由』新井明・田中浩訳 東京：未来社，1986．

―――．『失楽園』平井正穂訳　東京：筑摩書房，1979．

―――．『四弦琴(テトラコードン)―― 聖書と離婚論』辻裕子・渡辺昇訳　東京：リーベル出版，1997．

―――．『マーティン・ブーサー氏の判断』新井明他訳　東京：未来社，1992．

―――．『ミルトン英詩全訳集』上巻・下巻　宮西光雄訳　東京：金星堂，1983．

―――．『楽園の回復　闘技士サムソン』新井明訳　東京：大修館書店，1982．

―――．『楽園の喪失』新井明訳　東京：大修館書店，1978．

―――．『離婚の教理と規律』新井明他訳　東京：未来社，1998．

SECONDARY SOURCES

<洋書>

Allen, Don Cameron. *The Harmonious Vision: Studies in Milton's Poetry*. Baltimore: The Johns Hopkins University Press, 1954.

Bevins, Winfield. *Our Common Prayer: A Field Guide to the Book of Common Prayer.* Simeon Press, 2013.

Boddy, Margaret P. "Milton's Translation of Psalms 80-88." *Modern Philology* 64 (1966): 1-9.

―――. "Psalms, Milton's Translations from the." *A Milton Encyclopedia.* Ed. William B. Hunter et al. Lewisburg, Pa.: Bucknell University Press, 1979.

Bowra, C. M. *From Virgil to Milton.* London: Publishing Company, 1945.

Broadbent, John. "The Poet's Bible." *John Milton: Introductions.* Ed. John Broadbent. Cambridge: Cambridge University Press, 1973.

Brooks De Vita, Alexis. "Seeds and Angels' Wings: Blues Signification and Milton's 'Paraphrase on Psalm 114.'" *English Language Notes*. 38 (2000): 34-42.

Campbell, Gordon and Thomas N. Corns. *John Milton: Life, Work and Thought.* Oxford: Oxford University Press, 2008.

Christopher, Georgia B. *Milton and the Science of the Saints.* Princeton: Princeton University Press, 1982.

Croatto, J. Severino. *Exodus: A Hermeneutics of Freedom.* Trans. Salvator Attanasio. New York: Orbis Books, 1981.

Cruden's Complete Concordance to the Old and New Testaments. Eds. C.H. Irwin, et al. Cambridge: Lutterworth Press, 1930; revised edition 1985.

Collette, Carolyn P. "Milton's Psalm Translations: Petition and Praise." *English Literary Renaissance* 2 (1972): 243-259.

Darbishire, Helen, ed. *The Early Lives of Milton.* London: Constable, 1932.

Durocher, Richard J. "Tradition and the Budding Individual Talent: Milton's Paraphrase of Psalm 114." *Cithara* 49 (2009): 35-42.

Dailey, Prudence, ed. *The Book of Common Prayer: Past, Present and Future.* London: Continuum International Publishing Group, 2011.

Evans, J. M. *Paradise Lost and the Genesis Tradition*. Oxford: Clarendon Press, 1968.

Fixler, Michael. *Milton and the Kingdoms of God.* London: Faber & Faber. l964.

Flannagan, Roy. "Comus." *The Cambridge Companion to Milton*. Ed. Dennis Danielson Cambridge: Cambridge University Press, 1989. 21-34.

Fletcher, Harris Francis. *The Use of the Bible in Milton's Prose*. New York: Haskell House Publishers Ltd., 1970.

Forsyth, Neil. *John Milton: A Biography*. Oxford: Lion, 2008.

French, J. Milton, ed. *The Life Records of John Milton*. 5 vols. New Brunswich: Rutgers University Press, 1949-58.

Frye, Roland Mushat. *Milton's Imagery and the Visual Arts: Iconographic Tradition in the Epic Poems*. Princeton: Princeton University Press, 1978.

Gay, David. "'Lawful Charms' and 'Wars of Truth' : Voice and Power in Writings of John Milton and George Wither." *Papers on Language and*

Literature (Spring 2000): 177-197.

Goldberg, Jonathan. "*Virgo Iesse* : Analogy, Typology, and Anagogy in a Miltonic Simile" *Milton Studies* V (1973): 177-190.

Goldman, Jack. "Comparing Milton's Greek Rendition of Psalm 114 with That of the Septuagint." *English Language Notes*. 21 (December 1983): 13-23.

Hamlin, Hannibal. *Psalm Culture and Early Modern English Literature*. Cambridge: Cambridge University Press, 2004.

———. "Psalm Culture in the English Renaissance: Readings of Psalm 137 by Shakespeare, Spenser, Milton and Others." *Renaissance Quarterly* 55 (2002):224-257.

Hedges, James L. "Protevangelium." *A Milton Encyclopedia*. Ed. William B. Hunter et al. Vol. 7. Lewisburg, Pa.: Bucknell University Press, 1979.

Hill, Christopher. *Milton and the English Revolution*. London: Faber & Faber, 1977.

Hunter, William B. "Milton Translates the Psalms." *Philological Quarterly* 40 (1961): 485-494.

———, ed. *A Milton Encyclopedia.* 9 vols. Lewisburg, Pa.: Bucknell University Press, 1978-83.

Jacobus, Lee A. "Milton Metaphrast: Logic and Rhetoric in Psalm I." *Milton Studies* XXIII (1990): 119-132.

Jefferey, David Lyle, gen. ed. *A Dictionary of Biblical Tradition in English Literature*. Grand Rapids: WM. B. Eerdmans Publishing Co., 1992.

Jones, Nicholas R. " 'Stand' and 'Fall' as Images of Posture in *Paradise Lost*." *Milton Studies* VIII (1975): 221-246.

LeConte, Edward. *Milton's Unchanging Mind*. New York: Kennikat Press, 1973.

Lee, Nancy C. *Lyrics of Lament*. Minneapolis: Fortress Press, 2010.

Lewalski, Barbara Kiefer. *The Life of John Milton.* Oxford: Blackwell, 2002.

———. *Milton's Brief Epic: The Genre, Meaning, and Art of Paradise Regained.* Providence: Brown University Press, 1966.

———. *Paradise Lost and the Rhetoric of Literary Forms*. Princeton: Princeton University Press, 1985.

———. *Protestant Poetics and the Seventeenth-Century Religious Lyric*,

Princeton: Princeton University Press, 1979.
Lewis, C. S. *A Preface to Paradise Lost.* 1942; rpt. London: Oxford University Press, 1960.
Lieb, Michael. P*oetics of the Holy: A Reading of Paradise Lost*. Chapel Hill: University of North Carolina Press, 1981.
―――. "John Milton." *The Blackwell Companion to the Bible in English Literature*. Eds. Rebecca Lemon et al. Chichester: John Wiley & Sons Ltd., 2009; rpt. 2012. 269-285.
MacCaffrey, Isabel Gamble. *Paradise Lost as "Myth."* Cambridge: Harvard University Press, 1967.
Martz, Louis L. *Milton: Poet of Exile.* 2nd ed. New Haven: Yale University Press, 1986.
―――. *The Paradise Within: Studies in Vaughan, Traherne, and Milton*. New Haven: Yale University Press, 1964.
―――. *The Poetry of Meditation: a Study of English Religious Literature of the Seventeenth Century*. New Haven and London: Yale University Press, 1954; rpt. 1978.
Masson, David. *The Life of John Milton: narrated in connexion with the political, ecclesiastical, and literary history of his time*, 7 vols. 1875-1898, New and Revised Edition. Gloucester: Peter Smith, 1965.
Mays, James L. *Preaching and Teaching the Psalms.* Eds. Patrick D. Miller and Gene M. Tucker. Kentucky: Westminster John Knox Press, 2006.
Nicolson, Marjorie Hope. *John Milton: A Reader's Guide to His Poetry*. New York: The Noonday Press, 1963; rpt. 1975.
Noro, Yuko Kanakubo. "The Making of Satan, Milton's Old Enemy―from *Pro Populo Anglicano Defensio to Paradise Lost.*" *Bulletin of College of Humanities and Sciences, Nihon University* 65. Tokyo: College of Humanities and Sciences, Nihon University, 2002. 43-48.
―――. "On Milton's Proposal for "Communitas Libera" Reconsidered― from *Defensio Prima*, through *The Readie and Easie Way to Paradise Lost.*" *Milton in France*. Ed. Christophe Tournu. Berne: Peter Lang Publishing Inc, 2008. 131-140.
Parker, William Riley. *Milton: A Biography.* 2 vols. Oxford: Clarendon Press, 1968.

Patrick, J. Max, and Roger Sundell, eds. *Milton and the Art of Sacred Song*. Madison: University of Wisconsin Press, 1979.

Patrides, C. A. *The Grand Design of God: The Literary Form of the Christian View of History*. London: Routledge, 1971.

———. *The Phoenix and the Ladder: The Rise And Decline of the Christian View of History*. Berkcley: University of California Press, 1964.

———. "The 'Protevangelium' in Renaissance Theology and *Paradise Lost*." *Studies in English Literature* III (1963): 19-30.

Patrides, C. A., and Joseph Anthony Wittreich Jr., eds. *The Apocalypse in English Renaissance Thought and Literature: Patterns, Antecedents and Repercussions.* Ithaca: Cornell University Press, 1984.

Pecheux, Sister M. Christopher. "The Council Scenes in *Paradise Lost*." *Milton and Scriptural Tradition*. Eds. James H. Sims and Leland Ryken. Columbia: University of Missouri Press, 1984. 82-103.

Phillips, Edward. "The Life of Mr. John Milton." *The Early Lives of Milton*. Ed. Helen Darbishire. London: Constable,1932.

Revard, Stella P. "The Renaissance Michael and the Son of God." *Milton and the Art of Sacred Song*. Ed. J. Max Patrick and Roger H. Sundell, Madison: University of Wisconsin Press, 1979. 121-135.

Radzinowicz, Mary Ann. *Milton's Epics and the Book of Psalms*. Princeton: Princeton University Press, 1989.

———. "Psalms and the Representation of Death in *Paradise Lost*." *Milton Studies* XXIII (1990): 133-144.

———. *Toward Samson Agonistes: The Growth of Milton's Mind.* Princeton: Princeton University Press, 1978.

Samuel, Irene. "The Regaining of Paradise." *The Prison and the Pinnacle*. Edited by Balachandra Rajan, London: Routledge, 1973. 111-134.

Samuel, James. *Dante and Milton*. New York: Cornell University Press,1966.

Shawcross, John T. "Bibles." *A Milton Encyclopedia*. Ed. William B. Hunter et al., Vol. 1. Lewisburg, Pa.: Bucknell University Press, 1979.

———. "The Hero of *Paradise Lost* One More Time." Edited by Patrick J. Max & Roger H. Sundell. *Milton and the Art of Sacred Song*. Madison: The University of Wisconsin Press, 1979.

———. *With Mortal Voice: The Creation of Paradise Lost*. Kentucky:

University Press of Kentucky, 1982.

———. "*Paradise Lost* and the Theme of Exodus." *Milton Studies* II. (1970): 3-26.

Sims, James H. "Milton and the Bible." *A Milton Encyclopedia*. Ed. William B. Hunter et al., Vol. 1. Lewisburg, Pa.: Bucknell University Press, 1978.

———. *The Bible in Milton's Epics*. Gainesville: University of Florida Press, 1962.

Sims, James H. and Leland Ryken, eds. *Milton and Scriptural Tradition: The Bible into Poetry*. Columbia: University of Missouri Press, 1984.

Steadman, John. M. *Epic and Tragic Structure in Paradise Lost*. Chicago: University of Chicago Press, 1976.

———. *Milton's Epic Characters*. Chapel Hill: The University of North Carolina Press, 1959 rpt. 1968.

Summers, Joseph H. *The Muse's Method: An Introduction of Paradise Lost*. New York: Center for Medieval and Early Renaissance Studies, 1981.

Svendson, Kester. *Milton and Science*. New York: Greenwood Press, Publishers, 1956.

Swaim, Kathleen M. "Flower, Fruit, and Seed: A Reading of *Paradise Lost*", Milton Studies V (1973): 155-176.

Swift, Daniel. *Shakespeare's Common Prayers—The Book of Common Prayer and the Elizabethan Age*. Oxford: Oxford University Press, 2013.

Tenney, Merrill C., gen. ed. "Psalms, Book of." *The Zondervan Pictorial Encyclopedia of the Bible*. Vol. Four: M-P. Grand Rapids: The Zondervan Corporation, 1975 rpt. 1976. 924-949.

Tillyard, E. M. W. *Milton*. London: Chatto and Windus, 1930.

Toland, John. *The Life of John Milton: containing, besides the history of his works, several extraordinary characters of men, and books, sects, parties, and opinions, with Amyntor, or a defense of Milton's life, and various notes now added*. Folcroft: Folcroft Library Editions, 1976.

Vita, Alexis Brooks De. "Seeds and Angels' Wings: Blues Signification and Milton's 'Paraphrase on Psalm 114' ." *English Language Notes* (December 2000): 34-42.

Wall, John N. "The Contrarious Hand of God: *Samson Agonistes* and the Biblical Lament." *Milton Studies* XII (1979) 117-139.

Walzer, Michael. *Exodus and Revolution*. New York: Basic Books, Inc., Publishers, 1985.
Warner, Rex. *John Milton*. London: Max Parrish & CO LTD, 1949.
West, Robert H. "Abdiel." *A Milton Encyclopedia*. Ed. William B. Hunter et al., Vol. 1. Lewisburg, Pa.: Bucknell University Press, 1978.
Williamson, George. *Milton and Others.* London: Faber and Faber, 1965.
Wittreich, Joseph Anthony, Jr., ed. *Milton and the Line of Vision.* Madison: University of Wisconsin Press, 1975.
Woodhouse, A.S.P., and Douglas Bush, eds. *The Minor English Poems.* Vol. 2, parts 1-3 of *A Variorum Commentary on The Poems of John Milton*. 4 vols. London: Routledge, 1972.

＜和書＞
新井明『英詩鑑賞入門』東京：研究社, 1986 rpt. 1987.
―――.『ミルトン』東京：清水書院, 1997.
―――.『ミルトンの世界―叙事詩性の軌跡』東京：研究社, 1980.
―――.「ミルトンのソネット演習」(1)〜(4),『英語青年』Vol. CXXVII.―Nos. 1-4. 東京：研究社, 1981.
―――.『ミルトン論考』東京：中教出版, 1979.
入子文子『ホーソーン・《緋文字》・タペストリー』東京：南雲堂, 2004.
大塚野百合『讃美歌と大作曲家たち』大阪：創元社, 1998.
―――.『讃美歌・聖歌ものがたり』大阪：創元社,〔1995〕1996.
小野功生「『失楽園』の主題と出エジプト記」日本キリスト教文学会『キリスト教文学研究』第 3 号 (1983), 22-34.
木田献一『「詩編」をよむ』上　東京：NHK 出版, 2006.
クーパー, J. C.『世界シンボル辞典』岩崎宗治・鈴木繁夫訳　東京：三省堂, 1992.
クリーチ, J. F. D.『詩編』飯謙訳　東京：日本キリスト教団出版局、2011.
斎藤康代「Milton と『詩篇』(1)―幼少時代と「詩篇」の Paraphrase」東京女子大学紀要『論集』第 33 巻 (2 号) (1983), 93-123.
―――.「Milton と『詩篇』(2)―ギリシア語訳「詩篇」とその周辺」東京女子大学紀要『論集』第 37 巻 (2 号) (1987), 115-126.
―――.「Milton と『詩篇』(3)―「詩篇 80 − 88」」東京女子大学紀要『論集』

第42巻（2号）（1992），117-143.

左近淑『旧約聖書＜3＞　詩編を読む』東京：筑摩書房，1990.
佐々木勝彦『まだひと言も語らぬ先に―詩編の世界』東京：教文館，2009.
十七世紀英文学研究会編『ミルトン研究』東京：金星堂，昭和49.
武村早苗『ミルトン研究』東京：リーベル出版，2003.
ドリュモー，ジャン『楽園の歴史Ⅰ　地上の楽園』西澤文昭・小野潮共訳　東京：新評論，2000.
日本基督教団出版局編『キリスト教人名辞典』東京：日本基督教団出版局，1986.
野田茂登子『ミルトンの詩作と思念にみる欧米的精神構造』東京：英宝社，2013.
野呂有子「『イングランド国民のための第一弁護論』における自由と隷従」『イギリス革命におけるミルトンとバニヤン』永岡薫他編　東京：御茶の水書房，1991. 273-332.
―――．「『イングランド国民のための第一弁護論』におけるミルトンの英雄観」『ミルトンとその光芒』新井明編　東京：金星堂，1992. 72-85.
―――．「道化としてのサタン、サルマシウスそしてチャールズ一世――王権反駁論から『楽園の喪失』へ」『摂理をしるべとして―ミルトン研究会記念論文集』新井明・野呂有子編　東京：リーベル出版，2003. 53-76.
―――．「母と娘の脱＜失楽園＞」『神、男、そして女』辻裕子他編　東京：英宝社，1997. 170-208.
―――．「ミルトンの英雄観」東京成徳短期大学『東京成徳短期大学紀要』第11号（1978），37-44.
―――．「ミルトンの英雄観―その2―」東京成徳短期大学『東京成徳短期大学紀要』第12号（1979），35-40.
―――．「ミルトンの英雄観―その3―ソネットと後期の作品――」東京成徳短期大学『東京成徳短期大学紀要』第16号（1983），23－32.
原恵・横坂康彦　『讃美歌　その歴史と背景』東京：日本キリスト教団出版局，2004.
村山えり(現大濱えり)「『失楽園』における「従うもの」―サタンとアブディエルの論争についての考察」『ミルトンとその光芒』新井明編　東京：金星堂，1992. 44-58.
矢内原忠雄『聖書講義Ⅵ　詩編　続詩編』東京：岩波書店，1978.
ラッセル，レティ，M.『自由への旅―女性からみた人間の解放』秋田聖子他訳　東京：新教出版，1983.
ルイス，C. S.『詩編を考える』ルイス宗教著作集6、西村徹訳　東京：新教出版社，1976.

ルター , マルティン『ルター著作集』第二集　第 3 巻（第二回詩編講義）竹原創一訳　ルーテル学院大学ルター研究所（編集責任者・鈴木浩）編　東京：リトン , 2009.

―――.『ルター著作集』第二集　第 4 巻（イザヤ書第 9 章、第 53 章講解、詩編序文、七つの悔い改めの詩編他）徳善義和・俊野文雄・中野隆正共訳　ルーテル学院大学ルター研究所（編集責任者・鈴木浩）編　東京：リトン , 2007.

ルルカー , マンフレート『聖書象徴事典』池田紘一訳　京都：人文書院 , 1988.

索 引

1　索引中の書名タイトルは、原則として著者の次に日本語書名が挙げられている。英語書名のみが記されているもの、あるいは日本語書名の後に英語書名が併記されているものは、本文中に当該の英語書名が出現する場合があることを示す。
2　索引の数字は、本文及び脚注に出現する人名及び書名等の掲載頁を示す。

【あ行】
アブラハム　Abraham　　52-51, 59, 101, 121, 141, 265, 270, 289, 291
新井明　　13, 28, 39, 44, 49, 57, 59, 63, 121, 155, 187, 212-213, 267, 277
アン　Anne Boleyn　　19
アンドルーズ主教　Bishop Andrew　　213
飯謙　　211, 249
イサク　Issac　　52-53, 59, 101, 246-247, 289
石川康輔　　33
岩崎宗治　　53
ウィザー　George Wither　『教会の讃美歌と歌曲』　　22
ウィッティンガム　William Whittingham　　20
ウィリアムソン　George Williamson　　267
ウィンスタンリー　Gerrard Winstanley　『自由の法』　　302
ヴェイン　Sir Henry Vane　　177
ヴェルギリウス　Publius Vergilius Maro　　36, 85, 257
　『アエネイウス』　260, 263
　『牧歌』　46
ウォルツァー　Michael Walzer　　220
『英国国教会祈祷書』／『国教会祈祷書』／『祈祷書』　The Book of Common Prayer　20, 23-25, 89, 172, 217
エヴァンズ　Martin Evans　　289
エウリピデス　Euripedes　　36
エドワード六世　Edward VI　　20, 89
エフタ　Jephtha　　251
エリザベス女王　Queen Elizabeth　　19, 21-22
オヴィディウス　Publius Ovidius Naso　『変身物語』　　275
太田道子　　53
オリゲネス　Origenes Adamantius　　36

【か行】
カインとアベル　Cain and Abel　　176
カヴァーデイル　Miles Coverdale　　22, 24
カエキリウス・メテルス　Caecilius Metellus　　246
カルヴァン　John Calvin　　19, 89
キース　William Keith　　20
木田献一　　168
ギデオン　Gideon　　251

キャサリン　Catherine of Aragon　19
キリスト（御子）Jesus Christ / the Son　33-35, 38, 40, 52-61, 97, 101-103, 105, 109, 116, 117, 121, 124, 127, 137, 141, 143, 168-169, 222, 240, 245-248, 250-252, 270, 283, 286, 289-290, 294
ギル　Alexander Gill　48-49, 97
クーパー　Jean C. Cooper　53
クラウデイウス　Claudius　246
クランマー　Thomas Cranmer　20, 25
クリーチ　J. F. D. Creach　211, 249
クリストファー　Georgia B. Christpher　233
クレメンス七世　Clemens VII　20
クロムウェル　Oliver Cromwell　14, 105, 123, 154, 177, 302-303
クロムウェル　Richard Cromwell　303
ケアリー　John Carey　18, 261
ケアリーとファウラー　Carey and Fouler　58, 190, 260-261
ゴードン　John Gaudon　『王の像』　153-154, 156, 171-173, 209, 221-225, 228, 232, 302
ゴールドバーグ　Jonathan Goldberg　61
ゴールドマン　Jack Goldman　85
小林和夫　34, 165

【さ行】
斎藤康代　15, 19, 43-44, 59, 71, 73, 87, 97, 181
榊原康夫　35
左近淑　71
サボワ公　Duke of Savoy　105-106, 109, 303
サマーズ　Joseph H. Summers　93, 95
サミュエル　James Samuel　167
サムエル　Samuel　251
サムソン　Samson　251
サルマシウス　Claudius Salmasius　110, 154-158, 198-200, 237, 302
　『チャールズ一世弁護論』　14, 62, 154-156, 221, 236, 251, 253, 302
ザンキ　Girolamo Zanchi　246
サンデイーズ　George Sandys　19
賛美歌
　「ヴェニ・クレアトール・スピリトゥス」　20, 217
　「テ・デウム」　20, 217
　「ベネディチ・テ」　20, 217
　「み恵み深い主に」　22, 72
　『讃美歌21』　17, 20, 22, 72
　　賛美歌第12番　110
　　賛美歌第525番　110
　　賛美歌第658番　110
繁野天来　『ミルトン失楽園物語』　326
シェイクスピア　William Shakespeare　13, 33
　『ハムレット』　282
ジェームズ一世　James I　21, 64-65
ジェームズ二世　James II　284
シドニー　Sir Philip Sydney
　『詩の弁護』　Defence of Poesie　19, 22
　『アルカディア』　Arcadia　172-173, 222-223

『シドニー兄妹共同訳詩篇』　*The Psalms of Sir Philip Sydney and the Countess of Pembroke*
　　　83, 136, 163, 165
シドニー，メアリー　（Penbroke 伯爵夫人）　Mary Sydney Herbert　19, 22
シムズ　James H. Sims　42-43, 124, 260, 276
シモンズ　James Simmonds　61
シュナイダー　B. Schneider　33
ショークロス　John T. Shawcross　16-17, 101, 105, 116, 160-161, 167, 285-286, 293
ジョーンズ　Edward Burne-Jones　293
ジョーンズ　Nicholas R. Jones　257
ジョンソン　Samuel Johnson　41, 47
シルベスター　Joshua Sylvester　41, 48, 58-59, 64
『デウ・バルタス　聖なる一週間』　*Du Bartas His Divine Weekes and Workes*　41, 48, 58
スウェイム　Kathleen M. Swaim　60
スヴェンドソン　Kester Svendson　159, 19
鈴木繁夫　45
スタラード　Matthew Stallard　93, 95, 181, 253, 260
スターンホールド　Thomas Sternhold　18, 20, 23, 53
『スターンホールド＝ホプキンズ詩篇歌集』
　　　The Whole Book of Psalms　18, 20-21, 23-25, 216-217
ステドマン　John M. Steadman　267
ストラッフォード伯　Earl of Strafford　300
スペンサー　Edmund Spenser　『妖精の女王』　219
聖書
　『ウルガタ聖書』　*The Vulgate / Bibla Sacra: Iuxta Vulgatam Versionem*　22, 63, 181, 253,
　　　260-261, 286-88, 290-293
　『カヴァーデール聖書』　22-24
　『欽定英訳聖書』　*The Authorized Kng James Version of the Bible*　21, 25, 52-53, 55, 57,
　　　59, 63, 66, 72-73, 82, 85, 96, 99, 114-115, 129-130, 132-133, 136, 142, 162-
　　　165, 176, 181, 187, 193, 217, 253, 260, 282, 286-288, 290
　『欽定英訳聖書』　版詩篇第80篇　114
　『欽定英訳聖書』　版詩篇第136篇　73-77
　『主教聖書』　*The Bishop's Bible*　253
　『ジュネーヴ聖書』
　　　The Geneva Bible　3, 20-21, 52-53, 133, 253, 260, 277, 286-288
　『聖書　新改訳』　54, 129-130, 135
　『聖書　原文校訂による口語訳　詩篇』　24, 39
　『大聖書』　253
　『七十人訳聖書』　181, 253
　『ヘブライ語英語聖書』　*The NIV Interlinear Hebrew-English Old Testament*　73, 129-130,
　　　132-133, 143, 151, 181, 253
　ヘブライ語（原典）詩篇第8篇　203
　ヘブライ語（原典）詩篇第80篇　112-113
　ヘブライ語（原典）詩篇第88篇　150
　ヘブライ語（原典）詩篇第114篇　51, 63
　ヘブライ語（原典）詩篇第136篇　70, 96
　『リームズ・ドゥエー聖書』　*The Rheims Douay Bible*　22, 55, 63, 83, 136, 253, 260-261
聖書各書
　「イザヤ書」　34-35, 191, 243, 260
　「エゼキエル書」　33, 35, 55, 57, 274, 277
　「エペソ人への手紙」　191-192

「エレミア書」 35
「雅歌」 36-37
「士師記」 127-128, 130
「サムエル記」 19, 199
「詩篇」 Psalms 13-15, 18-19, 21-44, 33, 281
詩篇第1篇 147, 160, 260, 262
詩篇第1〜5篇 23
詩篇第6篇 251
詩篇第6〜8篇 23
詩篇第9〜11篇 23
詩篇第12〜14篇 23
詩篇第17篇 209
詩篇第18篇 251-252
詩篇第19篇 15, 147
詩篇第22篇 35, 250
詩篇第32篇 232
詩篇第38篇 232
詩篇第50篇 229
詩篇第51篇 24, 107, 182, 209-210, 229, 232-233, 238-239, 241-242
詩篇第68篇 57, 191, 277
詩篇第78篇 209
詩篇第86篇 251-252
詩篇第88篇 253
詩篇第94篇 106-107, 209-210, 238-240, 277, 106-107
詩篇第96篇 233
詩篇第98篇 233
詩篇第101篇 233
詩篇第102篇 232
詩篇第105篇 107, 209-211, 238, 242
詩篇第107篇 285-288
詩篇第112篇 249
詩篇第121篇 212
詩篇第130篇 232
詩篇第136篇 288
詩篇第137篇 39, 107-108
詩篇第139篇 249, 251-253
詩篇第143篇 232
詩篇第144〜146篇 23
詩篇第147〜149篇 23
詩篇第149篇 107, 209-211, 238-240
詩篇第150篇 151
「出エジプト記」 16, 19, 51-52, 57, 66, 82, 102, 116, 218-219, 224, 259, 276-277, 279, 296
「申命記」 19, 58, 130, 277
「ゼカリヤ書」 191
「創世記」 14, 19, 51-52, 58-59, 62, 176, 230, 232, 248, 284
「第一コリント書」 203, 215-216
「第二コリント書」 249, 251-252
「第二サムエル記」 210, 233, 238, 241
「ダニエル書」 20, 35

「ヘブル人への手紙」／「ヘブル書」　203, 215-216, 249, 251-252, 277
「マタイ福音書」　38, 106, 191
「民数記」　19, 58
「ユダの手紙」　57, 263, 277
「ヨシュア記」　51-52, 58, 67, 83, 95, 187
「ヨハネ福音書」　246-247
「ヨハネ黙示録」／「聖ヨハネの黙示録」／「黙示録」　36-37, 53-57, 62, 83-85, 130, 218-220, 263, 265, 276-277, 282
「ヨブ記」　33, 35-36, 55, 147, 165
「ルカ福音書」　39, 191, 290, 293-294
「レビ記」　19
「ローマ人への手紙」　277
聖母マリア／処女マリア　Virgin Mary　52, 61-62, 143, 219, 289-290, 293-294
ゼカリア　Zechariah　290-291
ソポクレス　Sophocles　36

【た行】
ダービシャー　Helen Darbisher　35
武村早苗　159
タッソー　Torquato Tasso　36, 260
田中浩　37, 213
ダニエルソン　Dennis Danielson　199
ダビデ王　King David　19, 24, 110, 120, 154, 171-172, 178-179, 221-223, 232-233, 240-243, 248, 251-252, 289
「ダビデ王の詩篇」　"The Psalms of King David"　19, 172
ダンテ　Dante Alighier『神曲』　167, 260
チャールズ一世　Charles I　14, 23, 24, 48, 64, 56-57, 109-110, 123, 126-127, 149, 153-156, 185, 221-225, 232, 236, 245-246, 251, 253, 297, 300-302
『チャールズ王の詩篇』 Psalterium Carolinum　222
チャールズ二世　Charles II　222, 284, 302
ツヴィングリ　Huldrych Zwingli　89
辻裕子　227
坪内逍遥『小説神髄』　326
ティモレオン　Timoleon　246
ティリヤード　E. M. W. Tillyard　41, 48
ティレシアス　Tiresias　246
ドゥ・ムラン　Peter du Moulin
『王の血の叫び』　156-158, 186, 209, 245-246, 302

【な行】
ニコルソン　Marjorie Nicolson　41-42, 254
野呂有子　28, 39, 49, 59, 227, 237

【は行】
パーカー　William R. Parker　59, 62, 64, 69, 71, 73, 110-111, 147, 151, 152, 236
ハーディ　John Edward Hardy　47, 89, 99, 103
ハイムズ　John A. Himes　259, 263
パウェル, メアリ　Mary Powell (ミルトンの妻)　158, 177, 187, 302
バウラ　C. M. Bowra　260
パウロ　Paul　215, 249, 250-252

バキリデイーズ　Bacchylides　260
バッキンガム公　Duke of Buckingham　48
パターソン　Frank Allen Patterson　159, 219
パトリーズ　C. A. Patrides　51, 59
ハムリン　Hannibal Hamlin　19, 107, 155, 223
バラク　Barak　224, 251
パレウス　David Pareus　36
パロ　Pharaoh　47, 65-66, 69, 84, 95, 108, 218-220, 223-224, 237, 244, 256, 259-260, 276, 280, 282-284, 297
原恵　19, 73
ハリントン　James Harrington　『オシアナ』　303
ハンター　Willian B. Hunter　61, 277
ピーチョウ　Sister M. Christopher Pecheux　124
平井正穂　169, 259-260
ピネウス　Phineus　246
ヒューズ　Merrit Y. Hughes　59, 99
ヒル　Christopher Hill　48, 63, 97
ファウラー　Alaster Fowler　58, 190, 260-261
フィリップス　Edward Phillips　35, 149
フィリップス　John Phillips　149, 176
フィルマー　Robert Filmer　『国王家父長論』　155
ブーサー　Martin Bucer　65, 89, 301
フォークス　Guy Fawkes　21
ブッシュ　Douglas Bush　65
フラ・アンジェリコ　Fra' Angelico　6-9, 293-294
ブラク　Adrian Vlacq　157
フラナガン　Roy Flannagan　199
ブルックス　Cleanth Brooks　47, 99, 103
ブレイク　William Bleak　117
フレッチャー　Harris Francis Fletcher　43, 181, 208-209, 212, 238, 253
ブロードベント　John Broadbent　253
プレン　John Pullain　20-21
ベーコン　Francis Bacon　『学問の進歩』　The Advancement of Learning　48
ヘッジズ　James L. Hedges　61
ヘンリー八世　Henry VIII　18-20
ホッブズ　Thomas Hobbes
　『ビヒモス』　304
　『リヴァイアサン』　302
ボデイー　Margaret P. Boddy　19, 124, 149, 165, 167, 171, 175, 181, 185, 199, 203
ホプキンズ　John Hopkins　18, 20, 53, 216-217
ホメロス　Homer　36, 85, 257
　『イリアッド』　260

【ま行】
マーツ　Louis L. Martz　181, 252
マッカフリー　Isabel Gamble MacCaffrey　261
宮西光雄　39, 44, 191, 233, 235
ミルトン　John Milton（父）　59, 73, 101
ミルトン　John Milton
　「キリスト降誕の朝に寄せる頌詩」　13, 46, 67, 99, 103, 110, 193, 201, 259,

「キリストの受難」(未完) "The Passion" 46, 67
「咳がもとで亡くなった女児の死を悼むの詩」 201
ソネット第15番「Fairfax卿に宛てて」／「フェアファックス卿へのソネット」 214, 269
ソネット第16番「クロムウェルへのソネット」 269
ソネット第18番 104, 103, 105-107, 303
ソネット第19番 188-192, 1204
ソネット第23番 277
「父に宛てて」 59, 97, 101
『アレオパジティカ』 14, 65, 153, 301
『イングランド国民のための第一弁護論』 14, 17, 24, 39, 43, 62, 96, 110, 121, 123-124, 148, 153, 155-156, 158, 172, 177, 182, 185, 198, 200, 208-209, 211, 214-215, 221, 236-241, 244, 247, 250, 253, 256, 264, 281, 297, 302
『イングランド国民のための第二弁護論』 14, 17, 35, 51, 121, 153, 155, 157-159, 183, 185-187, 190-191, 199, 208-209, 237, 239, 241, 243, 245-249, 251, 253, 269, 297, 303
『イングランド宗教改革論』 65, 219, 300
『英国史』 14, 304
『快活な人』 13
『教育論』 65, 300
『教会浄化の方法』 303
『教会統治の理由』 14, 17, 35, 38-37, 43, 65, 208-222, 235, 297, 300
『教会問題における世俗権力』 303
『キリスト教教義論』 Christian Doctorine 14, 42-43, 232, 303
『偶像破壊者』 14, 17, 24, 43, 123-124, 154, 156, 171-173, 177, 208-209, 221-223, 235, 246, 297, 302
『国王と為政者の在任権』 154, 177, 209, 302
『四弦琴』 65, 209, 301
『自己弁護論』 Pro Se Defensio contra Alexandrum Morus 14, 157-159, 303
『自由共和国樹立の要諦』 The Readie and Easie Way to Establish a Free Commonwealth 14, 266, 302
『主教制度論』 65, 300
『真の宗教について』 304
『スメクティムニューアスに対する抗議者の弁明への批判』 65, 300
『スメクティムニューアス弁明』 65, 300
『第一詩集』／「詩集」／『1645年版詩集』 Poems of Mr. John Milton, English and Latin Compos'd at several times 15, 41, 46-47, 49, 64, 66-67, 193, 301
『第二詩集』 15, 110, 160, 304
『懲罰鞭』 65, 301
『沈思の人』 14
『闘士サムソン』 14, 42-43, 128, 151-153, 1203, 205, 304
『マーティン・ブーサー氏の判断』 65, 89, 301
『楽園の回復』 Paradise Regained 14, 25, 35, 38-39, 42-43, 172, 203, 205, 248, 286, 304
『楽園の喪失』(『失楽園』) Paradise Lost 13, 17, 38, 40, 41-43, 48-49, 53, 56-57, 60-61, 68-69, 85, 89, 91, 94-95, 101-103, 105-106, 109, 116-118, 120-121, 122-124, 126-128, 130, 133, 135-137, 139-143, 144, 152-153, 160, 165, 167-169, 171-173, 175-176, 181, 193, 198-199, 203-205, 214-215, 219, 226, 229, 230, 233, 235, 250, 252, 256-258, 260-263, 266-267, 270, 274-276, 278-279, 282-286, 288-291, 293-294, 296-297, 303-304
『ラテン語文典』 304

『仮面劇』／『ラドロー城で上演された仮面劇』(通称『コーマス』)
　　A Masque presented at Ludlow Castle　14, 24, 97, 149, 253, 259
『離婚の教理と規律』／『離婚論』　14, 65, 209, 229, 301
『リシダス』　14
『倫理学』　304
『和平条項に関する所見』　154, 302
ギリシア語翻訳詩編第114篇／ギリシア語詩篇第114篇　15, 97-99, 100-104, 261, 274, 296, 301
翻訳詩篇第1〜8篇　17, 49, 110, 147, 159, 160, 204, 208-209, 254, 296, 302
翻訳詩篇第1篇　161, 164, 181, 190, 268-270
翻訳詩篇第2〜8篇　15
翻訳詩篇第2篇　165-169
翻訳詩篇第3篇　169-172
翻訳詩篇第4篇　174-178, 251
翻訳詩篇第5篇　161, 178-183
翻訳詩篇第6篇　147, 160, 183-193, 232, 251
翻訳詩篇第7篇　193-201, 214, 267
翻訳詩篇第8篇　160, 193, 200-204, 267
翻訳詩篇第80篇　111-118, 136, 212, 214
翻訳詩篇第80〜88篇　15, 17, 25, 49, 110, 124, 131, 147, 160, 208, 253, 296, 301
翻訳詩篇第81篇　118-121, 136
翻訳詩篇第82篇　110, 122-124, 136
翻訳詩篇第83篇　125-128, 136, 142, 212
翻訳詩篇第84篇　92, 110, 128-130, 136
翻訳詩篇第85篇　110, 131-137, 212-213
翻訳詩篇第86篇　92, 110, 136, 147, 212-213, 250-252
翻訳詩篇第87篇　106, 136, 144-145
翻訳詩篇第88篇　128, 145-159, 184, 190, 250-251
翻訳詩篇第114篇　15, 16, 40-41, 46-50, 56-59, 62-63, 65-70, 83, 95, 97-99, 102, 105, 109, 116, 120, 132, 153, 187, 193, 228, 236, 253-254, 259-260, 265, 283, 296, 301
翻訳詩篇第136篇　15, 16, 18, 22, 40-41, 43, 46-47, 65, 57-68, 70, 72-89, 94-95, 97, 110, 132, 153, 190, 193, 253, 256, 259-260, 265, 275, 277-78, 282, 287-288, 290, 296, 301
ミルトン　John Milton (息子)　157-158, 177, 187, 203
メアリー一世　Mary I　20-21
メアリー・ステュアート　21
『メルキュリウス・ポリティクス』　157
メイズ　James L. Mays　249
メイソン　Emma Mason　35
モア　Alexander More　『公共の信託』　157, 159, 303
モーセ　Moses　15, 19, 48-49, 66, 69, 85, 220
モンタギュー　Robert Montagu　41, 47

【や行】
ヤコブ　Jacob　51, 59, 120, 132, 246-247, 289
矢内原忠雄　47, 135, 141
横坂康彦　19, 73, 219
ヨシュア　Joshua　67

ヨセフ　Joseph　116
ヨハネ　John　294

【ら行】
ライケン　Leland Ryken　124
ラスメル　J. C. A. Rathmell　53
ラツィノウィッツ　Mary Ann Radzinowicz　41-43
リー　Arthur Robert Lee　『多文化アメリカ文学』　326
リー　Nancy C. Lee　249
リーブ　Michael Lieb　35
ルコント　Edward LeConte　153
ルター　Martin Luther　33
ルルカー　Manfred Lurker　53
ルワルスキー　Barbara Keifer Lewalski　92, 229, 235
レイヴンクロフト　George Ravenscroft　23
レイヴンクロフト　Thomas Ravenscroft　18, 73
　"A Prayer to the Holy Ghost"　73
　『詩篇歌集』　23
ローズ　Henry Lawes　24, 110, 149
ロード　William Laud　22-23, 64, 301
ローマ教皇　the Pope　19+20, 104, 107-109

【わ行】
ワイヤット　Sir Thomas Wyatt　19
ワルドー　Peter Waldo　104

あとがき

　本書の出版にあたっては、日本大学文理学部による、平成26年度文理学部学術出版助成を受けている。ここで改めて文理学部に心より感謝の意を表する。

　本書の出版社冨山房インターナショナルの前身は冨山房である。坪内逍遥が世界の名著を日本人のために分かり易く再話しようという大プロジェクトに乗り出し、それを「通俗世界文学」シリーズとして世に問うた時、それに賛同し協力したのが冨山房であった。シリーズの第一号として、坪内の校閲により、繁野天来再話『ミルトン失楽園物語』が出版されたのは、明治36年2月のことであった。実に今から110年前のことである。

　冨山房インターナショナルとはご縁があってアーサー・ロバート・リー著『多文化アメリカ文学』の翻訳を同僚の原公章先生と出版したのも本出版社であった。2012年に東京で開催された第10回国際ミルトン学会での野呂の口頭発表 "The Story of Paradise Lost by Tenrai Shigeno and Milton's Paradise Lost" の準備のために国立国会図書館に赴いたが資料は入手できなかった。しかし、神保町の冨山房インターナショナルの応接室で初版本を手にとることができた。その時の感激は筆舌に尽くせない。

　『小説神髄』において新たな時代に相応しい新たな小説の誕生を構想した坪内は、その一環として世界の名著シリーズを刊行した。その記念すべき第一号がミルトン著『楽園の喪失』の再話だったということは、当時の日本の知識層にとっていかにミルトンに対する関心が高いものであったかを証する。

　この事実を知った時、野呂は将来、ミルトンに関する書物を出す機会に恵まれることがあれば、必ず冨山房インターナショナルにお願いしたいと考えていた。冨山房インターナショナルは、この出版事情の厳しい時代にあって採算を度外視して、野呂の

希望に答えて下さった。この場を借りて出版社及び新井正光氏にも心からのお礼を申し上げたい。

　ミルトンを愛し、後には『失楽園』の全譯が冨山房百科文庫に所収されることになった繁野天来の後を受けて、110年の時を経た今、著者のささやかな仕事が形になることを天与の恵みだと考えている。本書の誕生に関わって下さったすべての方々にも改めて謝意を表したい。

　なお、索引は、日本大学大学院文学研究科博士前期課程1年の小川佳奈さん作成の原案を基に、日本大学文理学部講師上滝圭介氏と野呂と共同で加筆訂正を行なったものである。また、博士前期課程2年の金子千香さんは、野呂とともに索引の校正にご協力下さった。この場を借りて上滝氏、金子氏、そして小川氏にお礼を申し上げる。

　　　2014年10月6日

　　　　　　　　　　　　　　　　　　　　　　　　　　　　　　　　　野呂有子

野呂有子（のろ・ゆうこ）

1951年生まれ。東京教育大学（修士）。学術博士。東京成徳大学を経て、現在、日本大学文理学部教授。

■主要著訳書■

『〈楽園〉の死と再生――野呂有子教授還暦記念論文集』（監修，金星堂），『摂理をしるべとして―ミルトン研究会記念論文集』（共編，リーベル出版），『神、男、そして女―ミルトンの「失楽園」を読む』（共著，英宝社），『多文化アメリカ文学』（共訳，冨山房インターナショナル），『イングランド国民のための第一弁護論および第二弁護論』（共訳，聖学院大学出版会），「20世紀の『楽園の喪失』、そして現在」『英語青年』（第154巻 第9号），『古代悪魔学 サタンと闘争神話』（監訳，法政大学），『シャーロック・ホームズとお食事を』（監修・監訳，東京堂出版）他多数。

詩篇翻訳から『楽園の喪失』へ
- 出エジプトの主題を中心として -

2015年2月18日 第1刷発行

著　者	野呂有子
発行者	坂本喜杏
発行所	株式会社冨山房インターナショナル
	〒101-0051　東京都千代田区神田神保町1-3
	TEL. 03 (3291) 2578　FAX 03 (3219) 4866
	URL：www.fuzambo-intl.com
デザイン	平田栄一
印　刷	株式会社冨山房インターナショナル
製　本	加藤製本株式会社

本書に掲載されている写真、図版、文章を著者の許諾なく転載することは法律で禁止されています。 乱丁落丁本はお取り替え致します。

©Yuuko NORO 2015, Printed in Japan
ISBN978-4-905194-87-3　C0098